O livro dos mandarins

Ricardo Lísias

O livro dos mandarins

Capa
Retina_78

Imagem de capa
Bryan Mullennix/Getty Images

Revisão
Ana Kronemberger
Bruno Correia
Ana Julia Cury

CIP-Brasil. Catalogação na fonte
Sindicato Nacional dos Editores de Livros, RJ

L753l
Lísias, Ricardo
O livro dos mandarins / Ricardo Lísias. – 1ª ed. – Rio de Janeiro: Objetiva, 2009.
344p.

ISBN 978-85-60281-97-8

1. Ficção brasileira. I. Título.

09-3890 CDD: 869.93
CDU: 821.134.3(81)-3

1ª reimpressão

[2018]

EDITORA SCHWARCZ S.A.
Praça Floriano, 19, sala 3001 — Cinelândia
20031-050 — Rio de Janeiro — RJ
Telefone: (21) 3993-7510
www.companhiadasletras.com.br
www.blogdacompanhia.com.br
facebook.com/alfaguara.br
instagram.com/editora_alfaguara
twitter.com/alfaguara_br

para Joaci Pereira Furtado

As informações ruins e o alto custo da obtenção de boas informações têm sido uma das principais causas das falhas de mercado e das políticas econômicas equivocadas dos governos.

Matthew Bishop, *Economia sem mistério*

Será que era possível evitar algo do que aconteceu? Naquela hora lembrei-me das palavras do padre com quem me encontrei no trem a caminho do Cairo: "Meu filho, no final das contas, todos nós viajamos sozinhos."

Tayeb Salih, *Tempo de migrar para o norte*

Livro 1

Brasil
Agosto de 2003

I

Paulo tentou endireitar as costas para não entrar muito curvado no banco logo na segunda-feira, mas a dor tinha se deslocado para o lado esquerdo da coluna, bem acima do rim, e ele não conseguia, de jeito nenhum, andar com a espinha dorsal completamente reta. Para não causar má impressão, trocou a pasta de lado. Quem o olhasse, com certeza acharia que o peso dos documentos e dos livros que um homem como ele tem que carregar o deixava torto.

Só hoje, que fique claro, Paulo está curvado para o lado esquerdo. A dor que ele sente nas costas se desloca e cada dia fica em um lugar diferente. Do pescoço à bacia, sem muito critério. Desde criança ele sente essa dor estranha. Além de alguns momentos excepcionais, nunca é muito forte, mas em compensação jamais desaparece.

Discreto, e sem reclamar, Paulo já tentou de tudo: desde os tratamentos tradicionais, passando pelo mesmo acupunturista que atende o ex-presidente Fernando Henrique Cardoso; ele chegou a tomar três tipos de chá contrabandeados da Amazônia venezuelana, deitou-se dignamente no sofá de uma benzedeira e experimentou uma enorme variedade de massagens diferentes que uma cidade como São Paulo é capaz de oferecer.

Nada funcionou.

O problema é que, do mesmo jeito que hoje Paulo está entrando no banco meio curvado para o lado esquerdo (porque sua pasta está cheia de documentos e livros), às vezes é preciso dobrar um pouco as costas para a frente e outras, não raro, deixar o ombro direito mais alto que o esquerdo. Como a dor o acompanha desde a infância, ele aprendeu a disfarçar.

Ele parece cada dia mais magro, Paula comentou de passagem enquanto terminava de adoçar o café. Sua melhor amiga, que prefere chá mas hoje está tomando apenas um copo de água por causa da dieta nova, não quis nem responder. Ele é tão magro.

Mesmo se fosse gordo, como o Godói, ou se estivesse no peso certo, como a Paula, Paulo não estaria livre da dor nas costas. Aliás, nem se fizesse musculação junto com os estagiários o problema se resolveria. De vez em quando, antes de dormir, ele para um pouco diante da janela e se pergunta, mas não com pose de vítima, se algum dia aquilo vai terminar.

Vai, vai sim.

Paulo ainda não sabe, mas quatro meses depois de se mudar para Pequim, ele quase não vai mais sentir dor nas costas. Agora, no mesmo instante em que massageia a região inferior da coluna, fechado na sala enquanto espera o computador ligar, mais de cem pessoas formam uma fila em frente a uma loja de camas na capital chinesa.

A invenção, a bem da verdade, é coreana. Mas, até aqui, os chineses é que têm feito mais uso da Ceragem, uma cama que, com quarenta minutos por dia, alivia a dor nas costas de qualquer um. Dois meses deitando-se nela três vezes por semana e a pessoa se sente mais jovem. Vai ser o caso dele.

II

Só que ainda falta algum tempo para Paulo embarcar para a China. E ele, antes, vai ter que passar por quinze dias de treinamento em Londres. Para quem desde a infância tem sentido aquela dor, essas semanas a mais não significam muito. Sobretudo sabendo que finalmente alguma coisa vai dar jeito.

Mas ele nem imagina.

A Ceragem não resolverá todo o problema da dor nas costas que o Paulo sente desde a infância. Mas as coisas deverão melhorar muito e ele vai passar dias seguidos sem sentir nada. E quando o incômodo voltar, será bem tênue. A única coisa que não vai mudar é aquela estranha mobilidade. A dor continuará às vezes aqui e, outras, em cima do rim esquerdo ou nos pontos superiores da espinha dorsal. Mas será praticamente imperceptível.

Alguns médicos chegaram a dizer que não conseguem encontrar um tratamento adequado por causa dessa mobilidade. A dor, afinal de contas, anda. Um especialista passou quase seis meses investigando duas hipóteses: ou algum problema ósseo, ou um mal de origem reumática. Mas não obteve resultado e acabou irritando Paulo pela obviedade, ao dizer que ele sofria de algo raro.

Outras pessoas também enfrentam um problema parecido. Muitas vezes, como a dor acaba não sendo tão intensa, elas sequer tentam algum tratamento mais prolongado. O maior jogador de xadrez do mundo, Bobby Fischer, chegou uma vez a queixar-se a um médico, mas revelou, em seguida, que a dor não tirava sua concentração durante as partidas. Já Mané Garrincha guardou o segredo durante toda a vida, com medo de que o tratamento o obrigasse a deixar os campos de futebol. No caso dele, além de uma assimetria nas pernas, a dor também não atrapalhava em nada. Aliás, talvez os médicos possam começar a pesquisa por esse dado: a dor móvel não interfere na vida das pessoas. Muitas vezes, ela chega até mesmo a distraí-las.

Esse, a bem da verdade, não é o caso do Paulo. Quando ele está concentrado no trabalho, nada, absolutamente nada o distrai ou faz com que ele se desvie do foco.

Por isso, e não pelo que o Godói deve estar espalhando por aí, não havia mesmo chance de qualquer outra pessoa ser selecionada para o Projeto China. Desde que recebeu o convite para escrever uma carta de intenções, Paulo dedicou sua vida a isso. Agora, depois de ser o escolhido para representar a América Latina, ele está um pouco mais tranquilo, mas continua firme nas aulas de mandarim. Quem disse que o Godói se preocupou em estudar chinês?

Por causa da concentração, durante a época da redação da carta de intenções, Paulo passou vários dias sem se lembrar da dor nas costas. Mas a bendita estava lá, ao contrário do que vai acontecer quando ele fizer algumas sessões de relaxamento deitado na Ceragem em Pequim. Aí a dor vai, de fato e por longos intervalos, desaparecer mesmo.

III

O Godói jamais vai se perguntar por que o Paulo não procurou a cama Ceragem enquanto morava no Brasil. Muita gente está fazendo isso. A cama Ceragem. Nem mesmo a Paula, que já trabalhou no departamento do Godói, mas agora é a secretária pessoal do Paulo, vai ter essa ideia. A propósito, os dois ainda se falam, mesmo depois da transferência dela. A bem da verdade, cumprimentam-se e, às vezes, o Godói elogia a roupa da Paula.

O Paulo, que já ouviu os gracejos do filho da puta para sua secretária, acha que o Godói está sendo falso, como sempre. A Paula, por sua vez, não dá muita bola e responde às insinuações da Paula com uma risadinha boba. Afinal de contas, comentam as duas, o Godói é casado. Ele deve fazer esse tipo de elogio só porque os dois trabalharam alguns meses juntos.

Em uma grande empresa, ainda mais num banco, algumas coisas não podem ser ditas diretamente. Aos poucos você aprende esse tipo de regra. Por isso, Paulo nunca disse para sua secretária deixar de falar com aquele canalha filho da puta. Aliás, o Godói é bem o tipinho que fica adulando as secretárias para ver se consegue descobrir alguma coisa sobre os outros diretores.

Com certeza ele vai querer ocupar o lugar do Paulo aqui no Brasil, agora com a confirmação definitiva de que ele foi o escolhido para integrar o Projeto China. Mas o Godói pode ficar tranquilo: Paulo já está preparando sua substituição com a encarregada-geral de recursos humanos do banco, a Paula. Obviamente.

Os dois se dão tão bem que Paulo chegou a sugerir, há alguns meses, que Paulo a promovesse para uma diretoria, ou ao menos a uma outra posição melhor no banco. Bem que gostaria, Paulo respondeu, mas ela tem uma formação muito específica.

Quem quer muito subir na profissão é o Godói, Paulo tem certeza. Só de pensar que o filho da puta também tentou rascunhar uma carta de intenções para se candidatar ao Projeto China, ele sente um frio na espinha.

Quando a dor está localizada em algum ponto da coluna vertebral e um calafrio sobe pelas suas costas, Paulo sente um choque tão grande que, aí sim, é impossível disfarçar. Ele descobriu isso na adolescência e, aos poucos, foi aprendendo a controlar todo tipo de sentimento que possa causar algum tremor na coluna. Nesses casos, a dor é momentânea mas insuportável. Hoje, faltando pouco para embarcar para a China, é muito difícil que ele sinta alguma coisa que cause um frio na espinha.

No entanto, o filho da puta do Godói ainda consegue tirá-lo do sério. Só de lembrar, um choque muito violento o dobrou para o lado e sua vista escureceu. Paulo estendeu o braço esquerdo para se apoiar na parede, mas perdeu o equilíbrio e, contorcendo-se para trás, acabou caindo de joelhos entre a mesa e uma estante, exatamente na hora em que o computador emitia o aviso de que estava, por fim, ligado.

IV

Só mesmo quem sentiu uma dor assim sabe descrever o sofrimento do Paulo. Você perde o controle e se sente retorcido. É impossível ficar parado, pois a dor se espalha pelas costas e parece que um terremoto, ou alguma coisa muito pesada, uma pedra imensa ou um muro, impede a respiração. Mexer-se é pior, já que você perde o equilíbrio e as pernas, para quem ainda consegue senti-las, não têm a menor força para aguentar aquele peso todo. Inevitavelmente, os mais fortes se ajoelham e, se não for o caso, você cai jogado no chão. Como é impossível pensar em qualquer coisa, você muitas vezes, na queda, acaba batendo as costas em um objeto, a ponta de uma cadeira ou uma caixa, por exemplo. Tudo fica muito confuso. Quando isso acontece, sem dúvida a dor é uma das mais fortes que podem atingir o ser humano. Quem tem um filho lembra-se, em um relâmpago, do rosto dele e estende o braço, tentando em vão agarrar alguma coisa. Os mais jovens sentem-se terrivelmente sozinhos, e muitos idosos acabam morrendo ali mesmo, ou um pouco depois, no hospital, por causa das complicações que um osso quebrado pode causar. Ninguém, nem os novos, os que têm um filho ou os mais velhos, ninguém consegue se levantar sem lacrimejar. Quando o frio na espinha encontra a dor nas costas perto da coluna vertebral, às vezes é preciso alguns instantes para saber se continuamos vivos. Depois, é necessário ficar imóvel por mais algum tempo, para acomodar de novo os ossos ao resto do corpo e sentir que as pernas continuam fortes. Algumas pessoas, você toma fôlego e só levanta quando a respiração está completamente normalizada. Outras preferem ficar em pé de uma vez. Nesse caso, com certeza será preciso algum descanso, com o corpo reto, para a tontura passar. Em compensação, para elas aquela maldita agonia desaparece mais rápido do que para quem fica deitado por mais tempo. É uma tortura, por isso Paulo foi aprendendo, desde o começo da adolescência, a não sentir frio na espinha. Ele não gosta de arriscar nem quando a dor está longe da coluna vertebral. Hoje em dia, dificilmente ele sente algum calafrio, de qualquer natureza. Só mesmo o filho da puta do Godói, que sempre quis o cargo dele no banco, tira-o do sério. Mais controlado do que nunca (um pouco, a bem da verdade, graças à concentração com que leva sua vida profissional, mas muito também por conta do treinamento que faz há anos para não sentir frio na espinha), Paulo acabou não despencando no chão, mas apenas caindo ajoelhado entre uma estante e a mesa. Ele está sozinho dentro da sala, mas a porta ficou aberta, o que significa que alguém pode entrar a qualquer momento. Se isso acontecer, porém, você já sabe o que fazer: vai fingir que está procurando uma caneta no chão. Para dar certo e ninguém saber da sua dor nas costas, é preciso afastar logo qualquer marca de incômodo no rosto. Isso tem que ser feito rápido, antes de alguém entrar. Se entrar. Paulo tem prática e, pouco depois de cair prostrado, já está apalpando o carpete atrás da caneta, no caso de alguém entrar na sala. Você tem prática? Enfim, se alguém entrar na sala. Paulo precisa se recuperar rápido, pois alguém pode entrar na sala. E se alguém entrar na sala.

V

Mas ninguém irá surpreendê-lo no chão: a bem da verdade, nunca mais. Muito embora Paulo ainda não saiba, essa foi a última vez na vida que ele sentiu um calafrio na espinha. Tomara.

Quem pode garantir? Para muitos, o treinamento de Londres poderia ser, no mínimo, bastante violento. Sem falar na competição entre os participantes. Com certeza os doze escolhidos vão querer mostrar suas habilidades – que, convenhamos, não são poucas – para se dar bem na hora da definição do organograma. Até aqui, ninguém sabe como isso vai ser feito.

Enfim, para muitos esse tipo de experiência seria estressante, para dizer o mínimo. Paulo não sabe, mas não vai sentir nenhum tipo de calafrio em Londres. Nem na espinha e nem em qualquer outra parte do corpo. Ele está muito bem preparado, como todo mundo no banco sabe.

A autoconfiança dele é justificada.

A propósito, ainda não foi decidido, mas Paulo vai receber um excelente cargo quando o banco definir a posição de cada um em Pequim. O pessoal aqui no Brasil, o presidente, os vice-presidentes e a maioria dos diretores, todos vão se sentir muito orgulhosos. Ninguém nunca duvidou da capacidade dele: claro, todo bom executivo sabe reconhecer quando tem diante de si um talento importante para a empresa.

Como tudo vai correr bem em Londres, Paulo não terá muito motivo para se prostrar de dor. Claro, ela estará, como sempre, andando daqui para ali em suas costas, um dia sobre o lado esquerdo da bacia e, no outro, no meio dos ombros, embaixo do pescoço. Mas a essa altura o Godói já não poderá prejudicar a vida profissional do Paulo. Muito remotamente, talvez.

Nem isso. E ele estará tão longe, com a cabeça ocupada com os problemas do banco em Pequim, que um ser como o Godói já não vai incomodar.

Com pouco tempo na China, Paulo descobrirá a cama Ceragem e, depois de comprar uma por um preço meio salgado, vai aos poucos afastar aquela dor estúpida da sua vida. A experiência em Pequim irá transformá-lo em um profissional quase perfeito.

Agora, faltando poucas semanas para desembarcar na China (e para comprar a Ceragem), Paulo está caminhando devagar até a mesa da Paula. Com o corpo firme, ele sente a agradável vitalidade que toma conta de todo mundo depois que um ataque agudo de dor nas costas passa. Todo tipo de sensação ruim tem uma fisiologia. Você é que precisa se familiarizar com ela.

Mas a secretária ainda está no banheiro e precisará de mais uns cinco minutos para voltar à mesa. Como essa gente perde tempo. Enquanto isso, Paulo volta para sua sala e lê na internet a opinião de vários economistas sobre o começo do governo Lula. No geral, são positivas, com algumas reservas em questões específicas. O presidente da filial brasileira do banco, porém, acha o governo excelente. Todos os temores estão definitivamente esquecidos e o Paul, um escocês muito inteligente e com habilidades múltiplas (sem meias-palavras: um executivo completo), em uma das primeiras reuniões de que o Paulo participou como diretor, chegou a insinuar que talvez o atual governo fosse tão bom quanto o anterior. O pessoal de Londres estava, também, muito contente. Mas, a bem da verdade, Paulo acha que Fernando Henrique Cardoso, que também sente dor nas costas, fez um governo insuperável.

Paulo voltou para a mesa da secretária, mas ela continuava no banheiro. Essa gente perde muito tempo na vida. Enquanto movia o pescoço de cá para lá, em um claro sinal de reprovação, Paulo notou que a Paula, outra vez, tinha colocado o porta-retrato do Paulinho ao lado do computador.

É por isso que essas secretárias nunca arranjam nada melhor, pensou enquanto voltava furioso para a sua sala. De onde não deveria ter saído, aliás, ele repetia quase em voz alta. Você quer ser gentil com essa gente, mas eles não se emendam. Como detesta crianças, e bebês fofos de seis meses não são coisa para o ambiente da empresa, ele resolveu trabalhar na própria mesa que, por sinal, não tem porta-retrato nenhum.

Quando ouviu a secretária voltando do banheiro, Paulo pediu que ela viesse para a sala dele. Paula concordou, mas antes deu um beijo na fotografia do Paulinho, seu sobrinho, que é a coisa mais fofa desse mundo.

VI

O Godói pediu a demissão da tonta porque, além de insistir em manter a fotografia do sobrinho ridículo em cima da mesa, a idiota tem medo de vento. Muita gente se sente ameaçada durante uma tempestade, sobretudo se for dessas cheias de trovão. Não é o caso dela. Se não estiver ventando, tudo bem.

Mas, com algum sinal de ventania, a garota não sai de casa... E é isso mesmo que a idiota usa para justificar as faltas: medo de vento. O Godói não aguentou e acabou pedindo a demissão dela. Nada mais previsível. Tudo nesse filho da puta, a propósito, é trivial.

Antes das mudanças, todas as demissões do pessoal de nível médio para baixo (com os diretores e vice-presidentes, é claro, funciona de um jeito diferente) tinham que passar pela Paula, a encarregada-geral de recursos humanos. Não que ela tivesse alguma importância: empresas grandes às vezes inventam essas burocracias.

Por coincidência, naquela mesma noite, Paulo deu carona para a Paula e soube que o filho da puta do Godói tinha pedido a demissão da pobre coitada de uma secretária. Aproveitando que precisava mesmo de uma, Paulo não se conformou e insistiu para que a moça fosse transferida para o seu departamento, o recém-criado Setor de Desenvolvimento. Paula não viu muito problema e, inclusive, ajudou a espalhar o boato de que ele tinha se esforçado para preservar o emprego de uma secretária, problemática inclusive.

Muito solidária, a atitude do Paulo combina com as intenções humanitárias que o banco vem assumindo há algum tempo. Ele mesmo tinha sido cotado para dirigir o Setor de Responsabilidade Social, mas acabou ficando com o de Desenvolvimento, talvez mais adequado para suas habilidades. Pelo que dizem no banco, ele acumulou tantos dados que pensa em escrever um livro. Sem falar na habilidade para gerenciar pessoas.

O Godói sequer chegou a ser cogitado para qualquer um dos dois cargos. Com muita justiça, aliás: o banco não deve mesmo dar atenção para um filho da puta desses. Não é possível colocar para dirigir o Setor de Responsabilidade Social um canalha que no primeiro problema já vai demitindo a secretária. Como um cara desses chegou a diretor, é difícil saber.

Enfim, não que a moça seja grandes coisas. A idiota tem medo de vento. Além disso, em pleno expediente, coloca na mesa um porta-retratos com a foto do Paulinho, o sobrinho recém-nascido. Quem consegue trabalhar com esse molequinho tonto por perto?

De fato, ela é uma idiota. Mas o Godói, outro idiota, precisa aprender que filhos da puta como ele não têm poder no banco. Além disso, ter trazido uma estrupícia para a sua equipe demonstra que o Paulo é um diretor tolerante. Os funcionários podem se sentir seguros com ele e saber de sua compreensão para as bobagens que inevitavelmente cometem. Ele não é um filho da puta igual ao Godói, que vai demitindo por qualquer coisa. Mas entenda de uma vez por todas: essa fotografia ridícula aqui dentro não dá.

VII

Quando vão trabalhar juntos, Paulo prefere ficar em pé, muitas vezes de costas para a mesa, enquanto a Paula ouve as instruções e cuida do texto. Depois, ele revisa tudo e manda de volta, para ela cuidar da formatação. É verdade que às vezes a Paula dá uns escorregões no português, defeito inadmissível para o Paulo, mas em compensação ela é muito caprichosa.

A propósito, e a bem da verdade, esse será um dos primeiros conselhos que o Paulo vai escrever no seu livro para futuros executivos: compreenda que você cuida do conteúdo dos memorandos enquanto a secretária acerta margens, parágrafos e tudo que se refira à formatação final. As coisas que não exigem raciocínio. Quem não sabe manejar com precisão esses recursos não está preparada, sobretudo as mulheres, para o cargo de secretária. E se for discreta e calada, melhor. A Paula, por esses critérios, é uma funcionária praticamente perfeita.

Ela se limita a ouvir, passar tudo para o computador e perguntar apenas o que é, de fato, fundamental. Quase sempre, durante o expediente, a Paula está de boca fechada. E o Paulo só fala com ela quando precisa muito. De resto, no departamento dele as instruções vão por e-mail. Além de evitar falatório, o procedimento faz com que tudo fique registrado.

Tenha uma cópia de tudo, estará no livro para futuros executivos.

Isso não quer dizer que depois o Paulo confere se os seus funcionários cumpriram uma por uma as obrigações e nem que pretende ler os e-mails que eles trocam entre si, muito embora a política da empresa permita que as mensagens internas sejam examinadas pelos diretores de cada um dos departamentos. Paulo prefere que seus funcionários se comuniquem, no horário do expediente, através de correio eletrônico porque escrever faz com que a pessoa exercite o raciocínio e aprofunde as próprias ideias. Sem falar que o e-mail tem a maravilhosa qualidade de evitar falatório. Não que ele vá consultar o correio interno de cada um de seus funcionários, mas se houver algum problema, está tudo gravado para o cara refazer o serviço e corrigir o erro. Aqui está, de passagem, um outro conselho que vai entrar no livro: providencie uma cópia de tudo, assim, todas as vezes que um de seus funcionários errar, será mais fácil para ele endireitar a besteira.

Mas não foi por causa dos vários erros que a Paula cometeu que eles refizeram a carta de intenções para o Projeto China incontáveis vezes. Quando o Paulo resolveu inserir algumas imagens, foi preciso apagar tudo para redigir um novo texto em que o desenho ocupasse um lugar ativo no processo de construção das ideias. Ele teve essa luz durante uma das aulas de mandarim. Para a cultura chinesa, as figuras são muito importantes. Eles usam muito bem os dois lados do cérebro justamente porque se comunicam por um sistema em que o desenho é fundamental.

No dia seguinte, logo cedo, Paulo explicou para a Paula que recomeçariam tudo, tentando agora fazer um documento em que as imagens fossem decisivas para o texto. Com isso, facilitariam a compreensão de quem fosse ler e, ainda, usariam os dois lados do cérebro. Paula não comentou nada, mas achou a história interessante. Os futuros executivos, portanto, devem estimular seus funcionários a usar os dois lados do cérebro.

A bem da verdade, ela achou a história tão interessante que, um pouco antes do almoço, pelo horário registrado na caixa de saída, mandou um e-mail para alguns amigos, vários do banco, contando que em mandarim o mesmo desenho que significa "harmonia" serve, conforme o Paulo disse na carta, como "partícula aditiva na gramática, o que significa que os chineses perceberam há milênios que a soma de valores é o que traz o verdadeiro sucesso". Paula, inclusive, anexou a imagem do ideograma 和 para os amigos guardarem de lembrança.

Quando viu aquilo, antes de ir embora à noite, Paulo teve um ataque de fúria e decidiu que de fato aquela imbecil estúpida devia mesmo ter sido mandada embora. Em casa, porém, ele olhou para a foto do ex-presidente Fernando Henrique Cardoso, que também sente dor nas costas, e se emocionou (um pouco apenas) com aquela placidez controlada e altiva. Paulo confia muito nas pessoas que, mesmo sentindo dor nas costas, conseguiram chegar lá. E Fernando Henrique Cardoso, para ele, é o exemplo de que problemas de coluna não atrapalham a vida profissional de ninguém, se a pessoa tiver concentração, claro.

O que a Paula tinha feito não era tão grave. Com certeza o ex-presidente também acharia. Ao menos, demonstra que a secretária está aprendendo alguma coisa enquanto trabalha com ele. Sem falar que, citando suas palavras, ela indiretamente mostra para os outros que seu chefe se preocupa em fazer com que os funcionários aprendam alguma coisa durante o expediente. Nos ouvidos de algum diretor, talvez até de um vice-presidente, a informação com certeza acaba chegando. Ao Paul, é mais difícil, mas quem sabe?

E demitir a Paula seria dar um gostinho de vitória para o Godói, o que ele jamais vai fazer. Aquele filho da puta precisa saber o seu devido lugar.

Aí está outro conselho que Paulo vai escrever no livro para futuros executivos: sempre dê um jeito para que seus funcionários aprendam algo interessante enquanto trabalham e faça com que eles, na medida do possível, usem os dois lados do cérebro. Com isso, vão cumprir suas tarefas com mais gosto e, talvez, tornar públicas as habilidades múltiplas do chefe.

VIII

Quando vão trabalhar juntos, Paulo prefere ficar em pé, muitas vezes de costas para a mesa, enquanto a Paula ouve as instruções e cuida do texto. Mas nem sempre foi assim. Para ditar a primeira versão da carta de intenções, ele colocou uma cadeira ao lado da dela e, com o arquivo de gráficos e um dos quatro relatórios de atividade do departamento abertos no monitor, passou quase duas horas tentando formular o primeiro parágrafo, sempre o mais importante.

No final do expediente, muito irritado, Paulo empurrou a cadeira para trás, colocou as duas mãos na lateral da mesa, olhou diretamente para o rosto da Paula, que estava verde de susto, e disse que não conseguiria fazer nada, absolutamente nada, nada mesmo, se ela não sumisse com aquele porta-retrato ridículo. Ele o viu sobre a mesa dela quando saiu para almoçar e desde aquela hora não consegue esquecer a cara daquele molequinho tonto. Sem esperar resposta, mandou a secretária sair e enviou um e-mail dizendo que continuariam no dia seguinte.

Como é típico dos funcionários que jamais vão subir na vida, Paula foi chorar no banheiro. E levou junto a fotografia do Paulinho. Ela sabe que, na posição que ocupa no banco, o Paulo tem mesmo que mostrar autoridade. Mas será que o chefe precisa ser grosso o tempo inteiro?

Convenhamos, carregar o porta-retrato do sobrinho recém-nascido para o trabalho é sair dos limites. A bem da verdade, os funcionários não sabem mesmo deixar a vida lá fora quando vêm para a empresa. Precisam trazer o porta-retrato do Paulinho só para, enquanto estiverem digitando um texto, dar uma olhada no sobrinho e errar um dado fundamental. Será que uma imbecil dessas consegue entender que escrever "três" no lugar de "quatro" pode significar um prejuízo enorme no relatório de produtividade da equipe? Claro que não, por isso ela vai passar o resto da vida sendo funcionária.

Paula sabe que Paulo é um diretor exigente. Todo mundo no banco conhece sua fama. Ela compreende que uma pessoa nesse cargo precisa assumir responsabilidades imensas. E a cobrança deve ser pesada. Enquanto enxugava o rosto, ela se acalmou repetindo, na frente do espelho, que aquilo tudo é uma máscara. Por trás do homem sério se esconde uma pessoa sensível e generosa. Do contrário, por que então ele se preocupa em proteger o emprego dela?

No piso de cima, o Godói naquele instante mesmo apertava o botão do elevador para descer à garagem. O expediente no banco terminou. No andar da Paula, só o Paulo e o Paulo esperavam o elevador. Ela ficou ainda mais um tempo no banheiro e, quando finalmente saiu, viu por baixo da porta que a luz da sala do Paulo ainda estava acesa. Ele iria trabalhar até mais tarde.

Antes de desligar o computador, Paula leu os e-mails, respondeu um sério "ok" para o chefe, colocou o porta-retrato do Paulinho na bolsa e tentou ouvir o que o Paulo estava fazendo.

Mas ele detesta barulho e prefere trabalhar em silêncio. Não deve gostar de música, Paula pensou, descendo no elevador. Mas em casa, é lógico que ele ouve alguma coisa, continuou refletindo no ônibus. Com certeza deve ser música clássica, Paula concluiu.

Na mesma hora em que ela dava um beijo no Paulinho, Paulo finalmente encerrava o expediente no banco. Ele levantou todos os dados da equipe desde o dia em que assumiu a chefia e, ainda, organizou as informações que recolheu na época em que trabalhou nos negócios com a Petrobras. Pelo que tinha entendido na reunião com o Paul, o banco iria se empenhar em consolidar algum tipo de parceria com a Petrochina. Se não isso, ao menos trabalhariam em algo relacionado a petróleo, entre outras coisas.

No elevador, Paulo sentiu que a dor nas costas tinha ido do músculo lombar para o alto da coluna vertebral. Mas parecia tênue e, por isso, ele resolveu não chamar o massagista que o estava atendendo nos primeiros dias de redação da carta para o Projeto China. Naquela época, ele ainda não sabia que, de fato, seria escolhido para participar da equipe do banco em Pequim. A bem da verdade, muito menos que lá ele conseguiria finalmente um tratamento efetivo para a dor nas costas. Aliás, nem o livro para futuros executivos era prioridade. Se ele conseguisse fugir da perseguição do Godói, aquele filho da puta, e quem sabe atingisse uma vice-presidência dali a alguns anos, já estava bom demais.

Quando a gente olha para o passado. Se bem que executivos não devem fazer isso.

IX

No dia seguinte, bem cedinho, Paulo pediu para a Paula trabalhar na sua sala, fechou a porta e disse para o Paulo cuidar de tudo e incomodar somente se houvesse alguma coisa urgente. Claro que a notícia correu o andar inteiro, e piorou ainda mais quando todo mundo viu que na hora do almoço ela estava bem alegrinha.

É incrível como os funcionários que vão continuar funcionários pelo resto da vida gostam de falar. Por isso, no livro para futuros executivos que ainda não é prioridade para o Paulo (nesse momento ele pensa apenas no Projeto China), ele vai formular um conselho muito importante para os colegas que algum dia precisarem promover alguém dentro de uma empresa: prefira sempre os funcionários mais calados.

E que fique claro que quando rascunhar esse trecho, depois que já estiver em Pequim repousando na cama Ceragem, ele não vai se referir às pessoas que ficam quietas durante o expediente. Essa é uma obrigação de qualquer funcionário. Aqui, nesse caso, ele está falando de quem fica calado no elevador, que não costuma deixar a mesa a cada duas horas para ir ao banheiro e, sobretudo, toma café só em casa mesmo.

É preciso desconfiar de quem toma café durante o trabalho, ele dirá. Além dessas características, para identificar o melhor, o futuro executivo deve observar como os candidatos a uma promoção cumprimentam os colegas. Os mais indicados normalmente não olham no rosto de ninguém, murmuram apenas um bom dia, e mesmo assim só quando a pessoa se dirige antes a eles, e vão direto para o computador.

Por fim, o livro lembrará de dizer que são totalmente inadequados funcionários que chegam ao trabalho rindo, comentam a roupa das colegas e o calor, falam de futebol ou de qualquer outra besteira que viram na televisão. O Godói é desse jeito, diga-se de passagem.

Um filho da puta.

A Paula apareceu toda feliz na hora do almoço porque o Paulo foi bonzinho a manhã inteira. Ele estava de bom humor e até fez uma piada, dizendo que, naquela noite mesmo, começaria aulas intensivas de mandarim. Agora vai ser todo dia! Ele disse que daqui um mês, Paula contou rindo para a Paula, vou ter que digitar todos os memorandos em chinês mesmo. Do jeito que ele é, a Paula respondeu, eu não duvido. Só que o Godói também estava no elevador. E ele é do tipo que gosta de conversar com todo mundo.

Naquela manhã o banco havia passado uma circular, enviada para os funcionários de nível técnico para cima, explicando o que era o Projeto China e passando instruções muito vagas para quem quisesse escrever uma carta de intenções. O Paulo já estava sabendo e tinha sido convidado, muito calorosamente, a participar pelo próprio presidente do banco no Brasil. Mas é uma norma divulgar a concorrência. Antes de se despedir das duas, o Godói disse que tinha pensado em redigir um texto também, mas a China fica longe demais para ele, riu. Não promova funcionários que riem enquanto falam. Como o Godói chegou a diretor, é difícil saber. Um estúpido desses ocupando o mesmo cargo do Paulo.

Na volta do almoço, a Paula continuava alegre porque, aparentemente, o Paulo tinha ficado satisfeito com o trabalho da manhã. Ele lera tudo enquanto comia e desejava mudar só uma ou outra coisinha. Havia algo sobre petróleo que ele gostaria de acrescentar. Quando o Paulo elogiou o capricho dela, antes de continuarem, a Paula chegou a ficar vermelha e, confiante, disse que faria tudo para que o texto ficasse bom e ele fosse o escolhido.

Ela acha que ir para a China cuidar desse negócio de petróleo deve ser uma coisa importante para qualquer um aqui do banco. Por isso várias pessoas estão pensando em tentar.

X

O Paulo prefere as secretárias que trabalham com a boca fechada. A Paula, por sua vez, costuma ficar com a boca fechada a maior parte do expediente. Dessa forma, os dois acabam se dando muito bem: ela recebe os e-mails com as instruções pela manhã, tenta não esquecer nada, atualiza o serviço com as solicitações que chegam depois do almoço e, antes de colocar o porta-retrato do Paulinho na bolsa e ir embora, confere tudo.

A bem da verdade, logo que foi transferida Paula achou estranho aquele jeito de trabalhar e se incomoda um pouco com o silêncio dos funcionários do setor do Paulo. Vai ver que é por isso que todos falam tanto durante o almoço, no elevador, na porta do banco, na fila do caixa eletrônico e por tudo que é lado.

Mas ela ficou tão agradecida quando soube que o Paulo tinha defendido seu emprego no banco que, no final das contas, só olhar para o rosto do Paulinho já deixa as coisas mais leves. Mas agora o porta-retrato tem que ficar escondido.

Quem contou para a Paula que tinha sido o Paulo o responsável pela permanência dela no banco também disse que ele fez questão de se reunir com a Paula do RH para saber exatamente o problema que motivara o outro diretor a pedir a bendita demissão. Ainda mais: ele queria aprender a controlar o problema de sua futura secretária. Por isso, Paula se sentia segura no departamento do Paulo.

Outra pessoa que falou bastante disso, com certa discrição inerente ao seu cargo, é lógico, foi a própria Paula. Ela ficou impressionada com a seriedade do Paulo em querer entender com o setor de RH a natureza do problema da menina e não pôde deixar de comentar com algumas pessoas.

Só que, ao contrário do que muitos pensam no banco, Paulo sabe que o seu empenho para que a tal secretária fosse mantida e o seu esforço para entender e conviver com o problema dela tornaram-se públicos. Ele será bem claro, quando for escrever o livro para futuros executivos, ao afirmar repetidas vezes que numa grande corporação tudo se espalha muito rapidamente.

Paulo acha que, no final das contas, sua equipe só ganhou com a vinda da Paula, apesar do problema dela e do Paulinho. Primeiro, toda a equipe, bem como o banco inteiro, viu que ele sabe conviver com os defeitos dos outros e, inclusive, se esforça para entendê-los. Assim, seus subordinados podem ficar tranquilos. Reforce o sossego da sua equipe, ele vai escrever também. Depois, o pessoal deve ter acabado concluindo que o Paulo é uma pessoa tolerante e que não gosta de atitudes radicais. Por fim, ficou claro, pelo menos para o Godói, que ali ele não tem poder nenhum e que, enquanto o Paulo estiver no Brasil, não vai ficar abrindo as asinhas.

O Paulo e a Paula, por tudo isso, estão se dando muito bem. Mas ele preferia, com muita sinceridade, que ela continuasse com a boca fechada. Pela cara que a Paula fez quando ouviu isso, ela vai ficar quietinha, sim.

Então tem um monte de gente querendo ir para Pequim?

Irritado, Paulo não conseguiu formular nenhum parágrafo à tarde. Se já soubesse que realmente ele será o escolhido – e que sua ida para a China garantirá ainda um tratamento efetivo para a dor nas costas que o incomoda desde a infância – teria poupado muito nervosismo. Enquanto ditava algumas palavras, para depois pedir que elas fossem apagadas, a todo momento ele procurava, em vão, o porta-retrato do Paulinho em algum lugar da sala. Mas a Paula tinha deixado a foto na gaveta da mesa em que trabalhava, e para onde logo voltou.

Paulo se trancou e mandou um e-mail para a secretária, dizendo que continuariam no dia seguinte, bem cedinho. Além disso, passou outro para a equipe inteira, solicitando que todos mantivessem sobre a mesa apenas os objetos absolutamente necessários para o trabalho. E reforçou a importância do silêncio durante o expediente, coisa que também vai fazer no livro para futuros executivos.

Só de pensar que o filho da puta do Godói cogitou escrever também uma carta de intenções para o Projeto China, Paulo quase sente um frio na espinha. Ele se acalmou apenas à noite, com a aula de mandarim. A professora é excelente: Paulo gostou muito de saber que Bill Gates considera o estudo da língua chinesa um ótimo investimento. Com certeza, pensou em casa, o ex-presidente Fernando Henrique Cardoso, que também tem dor nas costas, concorda.

XI

No dia seguinte, Paulo já estava no escritório quando o vento anunciou, logo cedo, uma daquelas tempestades cujos raios assustam alguns funcionários enquanto fazem outros correr para as janelas, loucos para apreciar a cor prateada do céu. Os dois grupos são formados por vagabundos que usam qualquer pretexto para largar o trabalho. O vento, que apavora bem menos gente que os raios, já estava forte.

Buuuuuu, Paulo fez baixinho com a boca, em um raro momento de bom humor, que a propósito ninguém testemunhou. Ele previa um expediente inteiro sem secretária. Buuuuuu, repetiu. Ela deve estar morrendo de medo.

A bem da verdade, no bairro onde mora com a família, a Paula está morrendo de medo mesmo, não só do vento, que ameaça matá-la, mas do que pode acontecer com o Paulinho durante uma tempestade daquelas, que talvez o mate também, ela pensou enquanto procurava confirmar se o menino estava realmente dormindo dentro do berço.

Mas o Paulinho respirava tranquilo. Enquanto ela o olhava, o vento fez tremer o vidro da janela. Paula pegou o Paulinho nos braços e voltou correndo para a cama. Ela se sentia protegida ouvindo a respiração do sobrinho.

Na sala, seu Paulo não esperou a filha pedir e telefonou para o banco, tentando avisar que ela faltaria. Quem atendesse sequer perderia tempo perguntando o motivo, pois o Paulo tinha explicado a todos no departamento como agir com o problema da Paula em um e-mail que ela, por delicadeza, não recebeu. Muito embora tivesse logo ficado sabendo.

O pessoal achou desnecessária a exposição do problema da moça e, até, um pouco invasiva. Paula não se incomodou muito e, a bem da verdade, sentiu-se protegida ao saber que o chefe não só conhecia seu problema, como se preocupava em explicá-lo aos outros. Já o Paulo, que acaba de fazer outro buuuuuu por causa de um novo e lindíssimo raio, teve certeza de que, com o e-mail, sua equipe pôde confirmar que ele é um homem tolerante, consciente das inúmeras deficiências de seus funcionários e pronto para contorná-las sem permitir que a produtividade, preocupação de todos no banco, seja afetada.

Um outro trovão chamou a atenção da Paula que, olhando na mesma hora para o Paulinho, viu o rosto dele tremer. Paulo, do outro lado da cidade, pensou em fazer um último buuuuuu, mas se lembrou de que já não estava na sua sala, e sim aguardando o elevador. Não havia ninguém por perto, mas ele não quis arriscar. Esse será outro conselho que o Paulo vai escrever no livro para futuros executivos.

A porta do elevador abriu enquanto o telefone da mesa de um de seus funcionários, dali ele não podia distinguir direito qual, tocou. Paulo, no entanto, sequer cogitou voltar para saber do que se tratava: com certeza era alguém da família da retardada para avisar que hoje ela não iria trabalhar por causa do vento.

Buuuuuu, ele deixou de novo de fazer, depois do trovão mais forte de todos, ouvido em metade de São Paulo. Agora que a Paula está chorando de verdade, até porque o Paulinho fez uma expressão assustada com o barulho, Paulo cumprimenta a Paula, que o havia chamado para uma conversa.

Os dois chegam muito cedo ao banco.

O pretexto para a reunião é passar algumas informações sobre psicologia para ele enriquecer a carta de intenções. Ela torce pelo excelente profissional que enxerga no homem Paulo. Mas, na verdade, quer colher alguns subsídios para redigir um perfil dele. Trata-se de uma solicitação secreta do Paul, que está juntando material para remeter ao pessoal de Londres. É difícil que alguém leia, mas ele quer se precaver por todos os lados. Até com essas bobagens.

XII

O homem Paulo tem noção do tanto que deve à excelente profissional que ele, aos poucos e com a convivência, foi descobrindo na grande mulher que é a Paula. Em uma empresa (os futuros executivos precisam saber) é necessário sempre descobrir não apenas bons talentos, mas também aliados. Sobretudo, é importante que essas qualidades estejam juntas na rede de relacionamentos que um profissional precisa estabelecer para ter sucesso. Networking, é o que ele vai escrever.

Nem o homem Paulo e muito menos a mulher Paula sabem ainda, mas é muito provável que ele acabe se estabelecendo, quase até a aposentadoria, em Pequim. Muita coisa, como ele vai descobrir dali a alguns meses, deverá colaborar para isso. Um fator importante será a descoberta da Ceragem, uma cama com pedras quentes no fundo do colchão que de fato ameniza consideravelmente a dor nas costas de quem se dispõe a um relaxamento de quarenta minutos por dia.

Claro, Paulo pode, com três ou quatro anos de experiência na China, colocar a cama em um avião e se tornar um dos maiores executivos do banco em qualquer outro país. Só que ele vai descobrir a cama em Pequim, e isso o levará a desenvolver um afeto especial pela cidade. Mas talvez seja cedo para concluir tudo isso.

Por enquanto, ele está preocupado em redigir uma carta de intenções que impressione o Paul e, quem sabe, o pessoal de Londres. Mesmo que não seja selecionado para o Projeto China, pode conseguir alguma promoção no banco, uma vice-presidência. É muito comum nas empresas de grande porte, o homem Paulo escreveu no rascunho para o livro dedicado aos futuros executivos.

Mas ele vai ser selecionado, sim.

Além de gozar, já faz tempo, da companhia da boa profissional que é a mulher Paula, o que enriquece qualquer um, o homem Paulo assimilou com atenção a dica de demonstrar, na carta, que ele está disposto a considerar a cultura local como um dado importante na implantação do banco na China. Para ter mais informações, imprimiu uma série de sites com dados e gráficos sobre o desenvolvimento do país e até uma biografia recente de Mao Tse-tung, o Grande Timoneiro.

Curiosamente, um dos textos falava, de passagem, do sucesso da Ceragem na China. Apesar de ter sido criada pelos coreanos, a cama estava indo muito bem no enorme país vizinho. Nesse momento, a informação não chamou a atenção dele, que se entreteve com uma descrição do desenvolvimento histórico da língua chinesa. O idioma, por causa de seus mistérios desafiadores, para usar as palavras do texto, já o estava apaixonando.

O homem Paulo passou o resto da tarde organizando as informações. Para adiar qualquer fofoca, obviamente inevitável, preferiu levantar sozinho os dados da cooperação do banco em algumas operações da Petrobras. Ele participou muito de perto. Talvez o segredo de sua proposta esteja na junção do petróleo com a cultura chinesa. Agora, finalmente, a carta está ficando adequada, ele sorriu sozinho.

Essa conclusão o homem Paulo tirou apenas no final do expediente, quando a propósito a tempestade já tinha passado. Do outro lado da cidade, Paula olhava o sobrinho brincando no colo do avô. Algumas horas antes, ela tinha telefonado para o banco, propondo compensar a falta com uma hora extra por dia. Por e-mail, o homem Paulo já tinha agradecido, sem responder nem sim e, como é prevenido, muito menos não. Trata-se de um recurso para deixar a funcionária com receio e, talvez, evitar futuras faltas. Sem dúvida, é preciso compreender os problemas do pessoal da sua equipe, mas sempre demonstrando autoridade. Esse é o outro item do livro para futuros executivos.

Antes de ir para casa, o homem Paulo ainda teve uma ideia brilhante: na internet, procurou todas as eventuais visitas que o ex-presidente Fernando Henrique Cardoso fez à China. Com certeza, dali ele, que também sente dor nas costas, retiraria outras informações valiosas.

XIII

Durante o mandato, apesar de manter uma boa proximidade com o país do Grande Timoneiro, Fernando Henrique Cardoso esteve na China apenas uma vez, no final de 1995. Antes de se deitar, o homem Paulo imprimiu a foto em que o ex-presidente e a primeira-dama, a antropóloga Ruth Cardoso, jantavam em um restaurante tradicional. Ele vai gostar muito de comer lá.

Fernando Henrique Cardoso, que também sente dor nas costas, não voltou outras vezes à China porque, com certeza, soube fortalecer tão bem os laços entre os dois países que, depois, os assessores não devem ter tido dificuldades para continuar o diálogo. Mesmo trabalhando em um banco privado, com sede na Europa, o homem Paulo se sente muito orgulhoso de participar dessa corrente de brasileiros.

A mulher Paula, inclusive, escreveu no perfil psicológico que o Paul tinha solicitado, e que só ele vai ler, que uma das fontes dos excelentes resultados que o homem Paulo sempre alcança é o ânimo que tem para enfrentar desafios e aprender. Estar sempre disposto a enfrentar novos desafios e a aprender será, portanto, uma dica do livro do homem Paulo. Ele e a mulher Paula vão manter relações muito estreitas por bastante tempo, apesar da viagem à China.

O homem Paulo é muito sério, ela continuou, e consegue chefiar uma equipe relativamente grande com tranquilidade. Seja muito sério, será outra dica. Além disso, e sobretudo, ele compreende o seu lugar na hierarquia e age sempre segundo os interesses do banco. Compreenda e aja.

Paul recebeu o relatório no final do dia e gostou muito do que leu. A bem da verdade, ele acrescentou três ou quatro frases para destacar ainda mais o papel do homem Paulo nas parcerias com a Petrobras. O texto da Paula só não foi de imediato para Londres porque estava em português. No dia seguinte, uma das secretárias da presidência o verteria e ele seria encaminhado para a central do banco na Europa. Se tivesse sido escrito em inglês, o pessoal de Londres já estaria impressionado com esse funcionário brasileiro tão especial.

A bem da verdade não, porque ninguém vai perder tempo lendo.

Por isso que o Paul não dá confiança demais para essa mulher Paula. Ela é competente, mas onde já se viu um funcionário, mesmo de médio escalão, não saber inglês? Trata-se de algo imperdoável, escreveu para ela. Até as secretárias melhorzinhas sabem.

A mulher Paula leu o e-mail do Paul apenas no dia seguinte de manhã. Ela ficou magoada, lógico: nenhum elogio, só repreensões. Mas é assim mesmo, esses presidentes não sabem reconhecer o mérito de ninguém. Tudo filho da puta.

Naquele momento mesmo, o homem Paulo terminava de organizar no laptop o arquivo que preparara na noite anterior, em casa, com alguns aspectos da cultura chinesa. Quando a Paula chegasse, ele iria começar outra versão da carta, para destacar ainda mais seu interesse em trabalhar em harmonia com a cultura local. Esse é um dos valores mais caros à filosofia do banco.

XIV

Quando a Paula chegou, mal leu os e-mails: era melhor correr direto para a sala do chefe. Por sorte, ele estava bem humorado. De fato, o homem Paulo tinha ficado muito contente com o arquivo sobre cultura chinesa que ele próprio havia concebido.

Durante a noite, enquanto fuçava na internet, imprimia fotos e gráficos e refazia na imaginação a viagem do ex-presidente Fernando Henrique Cardoso à China, a dor nas costas, que ele compartilha com seu ídolo, alojou-se com uma pontada no meio da espinha dorsal. Eu preciso superar isso, Paulo repetia enquanto olhava afetuoso para uma das fotos do Fernando Henrique, eu preciso superar.

Corajoso, o homem Paulo dobrou o corpo e, meio virado para a frente, continuou trabalhando até encerrar os duzentos slides do Powerpoint. Um deles falava da grandiosidade da muralha chinesa. Assim, a Paula deveria anotar de imediato o adjetivo "grandioso". Antes de começarem a nova versão, explicou, fariam uma lista. Primeiro, ela deveria anotar as expressões mais importantes que Paulo vai ditar. Então, veriam como elas podem ser ligadas para formar um texto. Esse é um dos pontos da linguística corporativa, um ramo do conhecimento que aos poucos ele vem estudando e ajudando a conceber.

Depois de escrever a palavra, e repeti-la mentalmente, grandioso, grandioso, Paula pediu desculpas pela falta do dia anterior. Outro detalhe importante, ouviu como resposta, é o fato de a língua chinesa ser única: seus princípios não mudam há séculos. Paula, portanto, escreveu "único", a segunda palavra.

O Confucionismo, o homem Paulo observou relendo o slide de número 49, é uma espécie de filosofia muito popular na China. Existem duas frases do filósofo que se tornaram famosas: "Tudo é bonito, mas nem todos enxergam a beleza" e "Uma viagem de mil quilômetros começa com um passo". A lista continuou, portanto, com as palavras "tudo", "todos" e "mil". Paula gostou tanto da última frase que, na hora do almoço, resolveu colocá-la como fechamento fixo dos seus e-mails.

À tarde, o banco inteiro já estava sabendo que o homem Paulo, agora, tinha resolvido ler filosofia chinesa. Ou coisa que o valha. A secretária da presidência que verteu o perfil psicológico para o inglês contou também, mas apenas para a sua melhor amiga, que o nome daquele homem Paulo já estava sendo enviado para Londres. É lógico que esse cara vai longe, deve ter sido a resposta da Paula. A bem da verdade, ninguém ouviu a conversa das duas.

Um andar acima do homem Paulo, e apenas um abaixo do Paul, o Godói se divertia com a mesma secretária, dizendo que não iria jamais para a China porque a túnica do Mao não fica bem com nenhuma gravata. Claro, vociferou alguém um andar abaixo, um idiota como esse Godói não tem a menor chance de ir para a China. Imagina se um puxa-saco desses é capaz de aprender mandarim.

A bem da verdade, a língua chinesa ofereceu diversas outras expressões para a lista. "Harmonia", "união", os "dois lados do cérebro" e por aí vai. No final, o homem Paulo e a Paula tinham quase cem termos. Imagina se o Godói, esse filho da puta, conseguiria uma lista assim? O máximo que esse idiota sabe é comprar uma gravata preta e outra listradinha.

Estúpido.

Só na aula de mandarim, à noite, o homem Paulo conseguiu se acalmar um pouco. A dor continuava no meio da espinha, um pouco mais leve agora que ele estava distraído. Alegre mesmo, só ficou no final da aula, quando a professora disse que um método excelente para estudar idiomas é fazer fichinhas com cada uma daquelas informações: por exemplo, o sentido dos traços ao desenhar os ideogramas ou o vocabulário básico.

Um grande executivo sempre se antecipa ao mundo.

XV

Agora, parece que finalmente a carta de intenções engrenou. O homem Paulo achou o tom e, de hora em hora, enriquece o arquivo com informações que vai retirando da internet, enquanto dita o texto para a Paula. Dessa forma, a produtividade fica dobrada. No horário de almoço, depois de um trecho particularmente chato sobre o ainda precário setor de serviços chinês, ele elaborou um mapa com as coordenadas da viagem que Fernando Henrique Cardoso fez ao país do Grande Timoneiro.

Em um dos dias, mais especificamente em 17 de dezembro de 1995, o ex-presidente e sua esposa cancelaram a agenda oficial por causa do mau tempo e ficaram no hotel. Fernando Henrique recebeu uma massagem tradicional, que lhe fez muito bem para as costas. Ao ler essa última linha, o homem Paulo sentiu a espinha tremer.

O calafrio lançou-o para a frente e como a dor estava estacionada junto à coluna vertebral, ele notou a pontada subindo pelo dorso até chegar, praticamente, à parte inferior da nuca. Sem fôlego, o homem Paulo segurou na mesa e procurou se acalmar.

Em vão.

No instante seguinte as pernas perderam a força e ele caiu ajoelhado. Quando tentou, mais uma vez, apoiar-se na mesa, sua mão esquerda encontrou algumas folhas que ele tinha imprimido da internet, aquelas mesmas sobre Confúcio, e escorregou. Enquanto caía, o homem Paulo bateu o nariz no braço da cadeira.

A porta da sala estava aberta. Se algum dos funcionários viesse falar com ele, encontraria o chefe prostrado de dor. Depois do inevitável negrume que invade a cabeça de alguém nessa situação, a primeira imagem que lhe veio à mente foi a cara do Godói rindo. Filho da puta, você nunca vai sair do Brasil, filho da puta.

Aos poucos, aquelas palavras o ajudaram a recobrar a respiração. Vai ficar no Brasil, vai ficar no Brasil, vai ficar no Brasil, repetiu tomando fôlego. Já em pé, o homem Paulo fixou os olhos na folha com a fotografia do ex-presidente Fernando Henrique Cardoso e respirou fundo.

O cara que mudou a história desse país sabe muito bem o que é sentir aquele tipo de dor. Enquanto o homem Paulo colocava na cabeça que precisava também fazer aquela massagem na China (a bem da verdade, não vai ser necessário: a cama Ceragem será suficiente), uma mancha vermelha apareceu na folha. O líquido foi se espalhando em um movimento vagaroso e harmônico. O homem Paulo achou bonito o contraste da cor vermelha com o papel mais fosco.

Um instante depois, ele notou que a mancha logo chegaria à foto do Fernando Henrique. Uma pontada, outra, estremeceu-lhe as costas. Com o ex-presidente acontece a mesma coisa, consolou-se inclinando a folha para a direita. O líquido vermelho inverteu o curso e a foto foi preservada. O homem Paulo sorriu e, ao mesmo tempo, notou que o sangue escorria do seu nariz, ferido durante a queda. A camisa também estava manchada.

Por precaução, ele guardava outra, com mais uma gravata de reserva, na sala. Depois de alguns minutos no banheiro, onde ele quase nunca ia, com a cabeça erguida para estancar o sangue, o corpo relaxado em cima de uma das privadas e a porta trancada para ninguém vê-lo, o homem Paulo voltou com a camisa limpa.

A essa altura, Paula já estava abrindo o arquivo para os dois poderem continuar a carta. Com a ponta dos olhos, ela viu que o chefe tinha trocado de roupa. Ele não se veste mal, não, pensou. As meninas é que são maldosas, aquelas bobonas.

XVI

A carta engrenou mesmo e, com a lista de palavras e os arquivos do Paulo, no início da tarde os dois já tinham uma boa quantidade de texto. Mesmo assim, começaram uma outra versão. Aquela estava ótima, o homem Paulo explicou, mas os dois precisavam fazer tudo de novo porque a palavra "globalização" tinha que aparecer logo no primeiro parágrafo. Ora, o assunto é a China, justificou-se mais para si mesmo do que para a secretária, que no final das contas cumpriria a ordem que fosse. A bem da verdade, o homem Paulo notou que todos os artigos publicados durante a viagem do ex-presidente Fernando Henrique Cardoso à China usavam muitas vezes o termo.

Um dos responsáveis pelo sucesso profissional do homem Paulo, além da concentração e das habilidades múltiplas, é o talento para compreender as palavras e saber usá-las com precisão. Por essas e outras, ele gosta de colecionar termos e, do mesmo jeito, tem tanta facilidade para aprender línguas. A Paula nunca contou para ninguém, mas acha lindo ouvir o chefe falando inglês.

No livro para futuros executivos que o homem Paulo vai escrever mais para a frente, quando estiver sossegado em Pequim, um dos principais capítulos será sobre palavras. Desenvolva alguma intimidade com elas. Saiba usá-las adequadamente e nunca deixe de dar atenção até às mais insignificantes. Além disso, meça cuidadosamente uma por uma. Saiba para quem dirigi-las. Também esteja sempre acompanhado por palavras de sentido positivo e, nos textos de sua equipe, prefira os termos que destaquem os resultados e a produtividade do trabalho.

Essa última dica o homem Paulo conseguiu passar muito bem para o pessoal que trabalha com ele no Setor de Desenvolvimento. O melhor funcionário, que aprendeu a lição com muita eficácia, é o Paulo. Ele adora e-mail e, o homem Paulo desconfia, provavelmente já começou a colecionar palavras.

O homem Paulo com toda certeza vai para a China, isso o próprio Paulson em Londres já decidiu. Ele, porém, ainda não sabe e o Paul vai dizer apenas na hora certa. Dessa maneira, inocentemente, o homem Paulo tem feito raciocínios com as seguintes palavras: se eu for o escolhido, vou tentar que o Paulo ocupe o meu lugar.

A transição, no entanto, não será fácil. Ele, com o bom senso de sempre, vai pedir a ajuda da mulher Paula. De fato, ela responderá no momento adequado: é difícil. Mas com muito trabalho e dedicação todos conseguem superar os novos desafios. Talvez a mulher Paula também colecione palavras. Ela é muito competente, pró-ativa e bastante dedicada à empresa.

Mas, voltando ao assunto, se o escolhido for mesmo o Paulo. A bem da verdade, isso não importa nem um pouco agora, até porque não vai ser. Muito menos o Godói, o homem Paulo vai comemorar em Pequim.

O importante, nesse momento, é observar que o tal boato sobre a queda de produtividade do setor do homem Paulo é inteiramente falso. Claro, ele tem gasto a maior parte do tempo pensando na China, mas seus funcionários continuam trabalhando, alguns com intensidade redobrada, pois querem o lugar do chefe. Trata-se de uma fofoca, muito provavelmente espalhada pelo Godói, esse filho da puta invejoso.

XVII

Mas não foi por causa desse maldito boato que o homem Paulo pediu para se reunir com o Paul. A bem da verdade, a fofoca ainda não o atingiu e, quando ele finalmente souber do que estão falando (através da mulher Paula), vai dar risada do filho da puta do Godói: no mesmo dia, pela manhã, ele terá entregue um novo relatório para o Paul, que o elogiará bastante.

Dois dias antes, inclusive, o que significa dizer, se as contas estiverem certas, daqui a mais ou menos três semanas, o homem Paulo terá dado uma entrevista para um desses jornais especializados em economia e mundo corporativo. É um universo que ele conhece bem, como vai ficar ainda mais claro dali a um pouco mais de tempo, data de seu provável embarque, partindo de Londres, para a China.

O homem Paulo ainda não sabe, muito embora tanto o Paul quanto o pessoal de Londres já estejam desconfiados, mas sua performance durante o treinamento na capital inglesa vai ser tão impressionante que ele será escolhido para o posto-chave do Projeto China.

Tudo o que ele sabe nesse momento, o Paul está ouvindo atentamente: o homem Paulo recolheu, nos últimos dias, sim, claro, uma enorme quantidade de informações sobre a China; além disso, reuniu dados históricos, é verdade, impressionantes, daquela nação milenar e também criou um arquivo no laptop com aspectos culturais, fantástico, e já está aprendendo o mandarim. Magnífico!

O homem Paulo não foi falar tudo isso para o Paul (muito embora o Godói deva pensar que sim), querendo mostrar serviço ou ganhar mais um ponto em busca de sua indicação. O que ele deseja, explica, é uma autorização para reter na empresa sua equipe por meia hora depois do expediente para fazer uma preleção diária sobre a China. Com isso, seus funcionários ficariam bem aparelhados para redigir os relatórios de tendências e formular dicas ainda mais embasadas para a direção do banco.

Se acaso ele sair.

Paul achou a ideia excelente. Aliás, logo depois que o homem Paulo deixou a sala, ele a relatou ao Paulson lá de Londres, acrescentando mais um dado à ficha dele.

Evidentemente, o homem Paulo obteve a autorização. A partir de amanhã, escreveu no e-mail circular para a equipe, às dezoito horas todos devem estar reunidos na antessala para a primeira preleção sobre a China.

Filho da puta. Filho da puta.

A bem da verdade, a reunião com o Paul rendeu mais do que o homem Paulo esperava. Dali a uma semana, ele vai fazer uma palestra de uma hora sobre a China para os diretores de departamento e vice-presidentes do banco.

A notícia correu por todos os andares, o homem Paulo logo soube. O Godói deve ter ficado furioso. A mulher Paula, por sua vez, adorou: ela soube bem na hora em que recebia (fique claro que depois do seu horário de trabalho) a garota que costuma dar aulas de conversação em inglês para alguns diretores do banco. Antes de começar, no caso dela pelo básico, a mulher Paula foi até o espelho arrumar o penteado. Olhando-se, sentiu orgulho de sempre ter enxergado no homem Paulo um profissional brilhante.

XVIII

Agora, finalmente, parece que a carta de intenções vai mesmo ficar pronta. Depois da aula de mandarim, ontem à noite, profissional brilhante definiu a linha geral: em cada página, três palavras-chave no mínimo. Se possível, uma figura e um ideograma para o leitor usar os dois lados do cérebro e, variando entre dez e quinze parágrafos, uma informação histórica ou um dado cultural. O importante, dica do Paul, será destacar bem a experiência com a Petrobras. Profissional brilhante vai, ainda, resumir sua história no banco e, discretamente, revelar que sabe inglês muito bem e que se comunica perfeitamente em espanhol. Nesse trecho destacará a iniciativa de estudar mandarim. Com isso, ele acredita que será grande a chance de ser escolhido para a equipe do Projeto China. O texto final terá exatamente quarenta páginas. Oitenta, se acrescentarmos a versão em inglês que ele mesmo vai providenciar.

No início da primeira preleção, inclusive, Paulo, um dos mais destacados funcionários do departamento, quis saber do chefe, quando ele começou a falar sobre o mandarim, se um texto traduzido para o chinês ocuparia o mesmo espaço que o original na língua portuguesa.

Profissional brilhante não tem certeza, porém, se uma versão para o chinês da carta ocuparia ainda outras quarenta páginas, mas respondeu que não, o texto seria mais curto. Por exemplo: “homem” em português é “homem”. Em mandarim, essas cinco letras ocupam apenas um ideograma. Portanto, o texto ficaria mais curto. Enfim, essa é outra demonstração das habilidades múltiplas do profissional brilhante, pois ele respondeu intuitivamente, criando o raciocínio na hora mesmo.

Meio escondidos lá atrás, o Paulo e o Paulo trocaram um olhar irônico: o Paulo está querendo ser promovido a diretor do departamento... De fato está mesmo. Profissional brilhante, por sua vez, achou a pergunta muito boa. Discreta e capaz de produzir um ensinamento do chefe para a equipe. No livro dos mandarins, ele vai escrever que funcionários como esse são os melhores. A propósito, na carta de despedida que irá redigir para o Paul, profissional brilhante vai de fato apontar Paulo como o seu substituto ideal.

Aliás, na mesma carta de despedida, profissional brilhante vai sugerir que o Godói seja transferido para o Suriname ou para a Bolívia. Mas isso não vai acontecer. Não que o Paul tenha algum apreço pelo Godói. Ele, a bem da verdade, nem sabe quem é o filho da puta que, profissional brilhante tem certeza, deseja a qualquer custo um cargo maior que o de diretor. O fato é que o Paul não vai ler a carta de despedida do profissional brilhante. Nem a carta de intenções para o Projeto China ele se dará ao trabalho de folhear.

Agora, quando profissional brilhante encerra a primeira fala aos seus funcionários sobre a China, despedindo-se com o “ideograma do dia”, são dez e meia da noite em Londres e o Paulson praticamente acaba de decidir a equipe que irá cuidar das atividades do banco em Pequim. Nesse exato momento, ele coloca um asterisco na frente do nome do Paul*, um profissional brilhante. Se o sujeito for mesmo o que o Paul está dizendo, Paulson o enviará para o posto estratégico. Ele precisa apenas ver se o brasileiro é realmente tudo isso. Os dias em Londres serão suficientes para uma conclusão positiva. E o Paul*, sem querer adiantar muito, vai arrasar. Ninguém estará tão preparado como ele.

A preleção acabou. Fechado na sala, Paul* escreve os últimos e-mails do dia. Paulo, na mesa, confere se anotou tudo o que o chefe disse. Ele está maravilhado com a China. Sozinhos no elevador, o Paulo e o Paulo riem enquanto colocam um apelido no chefe: o Maozinho estava animado hoje!

No banheiro, preparando-se para ir embora, Paula se olha no espelho e conclui que o chefe é mesmo inteligente. O pessoal é que tem inveja dele. Em casa, ela tentará resumir para o seu pai e o Paulinho, que passa boa parte do dia no colo do avô, o que entendeu sobre a China.

Mas a conversa não vai durar muito. No momento em que finalmente o Maozinho sai do banco (ele ficou acertando um dos arquivos sobre a China), a irmã da Paula chega em casa toda feliz. Ela e o marido conseguiram comprar a banca de jornal perto do ponto de ônibus. Quando o Paulinho nasceu, todo mundo em casa concluiu que era preciso garantir o futuro do menino. E, para isso, o melhor é ter um negócio próprio.

XIX

Quando a Paula chegou, o Maozinho já estava no banco. A bem da verdade, ela não gostou muito do apelido. O chefe dela não é malvado, não. As pessoas é que têm inveja da inteligência e da carreira dele no banco. Se ele conseguir de fato ir para a China, aí é que vão falar mesmo.

De fato, vai haver uma pequena crise quando sair o anúncio de que o Maozinho é um dos escolhidos para o Projeto China. A bem da verdade, o nome dele já foi selecionado há algum tempo, mas a notícia ainda é sigilosa. Inclusive, todos os já integrantes da América Latina, Estados Unidos, Europa e Ásia foram selecionados. O mistério está em saber por que o Paulson colocou um asterisco apenas no nome do Maozinho.

A princípio, Paul achou que da América Latina, além do Maozinho, iria alguém do México. Eles estavam conseguindo excelentes resultados com o Nafta. Mas o pessoal de Londres optou pelo Paulino, um dos vice-presidentes no Chile. Ele não é muito conhecido, mas parece que tem bastante experiência com operações de risco.

Na Inglaterra, Maozinho não vai se dar muito bem com o colega de região. Orgulhoso da coleção italiana de gravatas, o cara fala alto demais e não consegue parar quieto na cadeira. Não se concentra, portanto. Inclusive, esse Paulino será um dos cases negativos que o Maozinho vai estudar no livro dos mandarins.

Ele simpatizou mesmo foi com um certo Pauling, um irlandês de modos discretos, escolhido por ter experiência no Japão e, assim, conhecer um pouco da cultura oriental. A opção vai ser um erro, como todos vão descobrir daqui a uns oito meses, até porque, além de tudo, chineses e japoneses se detestam.

Enfim, em Londres ao menos, Maozinho vai imediatamente se dar bem com esse Pauling. É o que importa aqui. Foi ideia dos dois, já na primeira reunião, preparar um banco de dados on-line com todas as informações de que dispunham sobre a China. Assim, o grupo teria mais facilidade para fazer projeções futuras. Durante a primeira noite, apesar do frio, Maozinho foi dormir só depois de ter alimentado o banco de dados com todas as informações de um dos arquivos que tinha trazido do Brasil.

Enfim, a Paula de fato não acha que o chefe dela seja uma pessoa ruim, ele não é um malvado, não. Enquanto ela repete isso na frente do espelho do banheiro, o telefone da mesa do Maozinho toca e o assusta. Ele estava absorvido com uma informação que o Paul acabara de mandar por e-mail. Com o susto, sentiu que a dor tinha ido para o lado esquerdo da bacia.

Era a mulher Paula pedindo para ele subir, pois queria contar uma coisa importante. Aparentemente, ela lhe diz sem muitos rodeios, alguns funcionários o estão apelidando de Maozinho.

A bem da verdade, Maozinho não ficou exatamente bravo. Lá no fundo, chegou a sentir uma ponta de orgulho por ter sido comparado ao Grande Timoneiro. Mas a situação é diferente, os funcionários precisam entender isso.

Por essa razão, Maozinho mudou o assunto da preleção do dia e resolveu falar um pouco de Mao Tse-tung, sobretudo da sua enorme capacidade de organização. E, para encerrar, escolheu como o "ideograma do dia" justamente "coragem". Paula achou bem-feito, para todo mundo ver que o chefe dela não é malvado, não.

XX

Durante a preleção, os dois engraçadinhos que colocaram o apelido no Maozinho sentiram-se levemente acuados. Não que eles tenham algum respeito pelo chefe. A bem da verdade, detestam esse psicopata débil mental que pensa que sabe tudo mas só quer ganhar dinheiro e se sentir por cima dos outros.

Ele não disse claramente que já está sabendo do apelido. Mas é lógico que resolveu falar do Mao Tse-tung por algum motivo.

Inclusive, a preleção de hoje foi mais uma demonstração das habilidades múltiplas do Maozinho. Jamais deixe seus funcionários perceberem o que você efetivamente sabe das atitudes deles. Apenas dê pistas para que todos possam tirar as próprias conclusões.

Hoje, Paula trouxe um caderninho para anotar algumas frases e também o "ideograma do dia". Sentado ao lado dela, Paulo pediu autorização para gravar as frases do chefe. Lá atrás, os dois engraçadinhos, meio envergonhados, trocaram um olhar. O puxa-saco quer ser promovido.

A bem da verdade, nem o Paulo e nem o Paulo devem ficar preocupados, pois o Maozinho sabe muito bem que o autor do apelido é o filho da puta do Godói. O idiota deve estar fazendo tudo para ver se, caso Maozinho consiga mesmo ir para Pequim (ele não só vai de fato para a China, como ocupará uma posição privilegiada no Projeto e ainda, de passagem, conseguirá um tratamento que realmente será um alívio para a dor nas costas), o banco o promova ao lugar de diretor do Setor de Desenvolvimento.

A preleção já está terminando. A conclusão é que Mao Tse-tung foi um grande líder e deixou o país preparado para que os sucessores implantassem com tanto vigor a economia de mercado. A responsabilidade é dele. Não, muito embora alguns estejam pensando, Maozinho não é maoísta. Esse conceito, hoje em dia, já não é suficiente para explicar a complexidade do mundo globalizado e do mercado financeiro.

XXI

A bem da verdade, Maozinho teve uma excelente ideia ao contratar aulas particulares de mandarim. Ele estava cansado daquela turma de retardados que não saía do ma má maa mã. Agora, ele já consegue dominar vários diálogos, aprendeu o sentido dos traços, assimilou uma série de ideogramas e, a cada dia, torna-se mais íntimo do idioma.

O bom das aulas é que a distração faz com que a dor não passe de um incômodo tolo. Se pensa nela, descobre que hoje a pequenina tortura estacionou debaixo do ombro esquerdo, na parte inferior da nuca ou no meio da coluna. Tanto faz. Mas, caso consiga passar muito tempo distraído, Maozinho pode se considerar uma pessoa plenamente saudável.

Ele tem a saúde perfeita, é bom que todos saibam. Claro, do jeito que aqueles dois funcionários da limpeza o olharam na saída do elevador, alguém já deve ter descoberto e espalhado a notícia: o Maozinho tem um probleminha nas costas, o Maozinho sofre da coluna, o Maozinho tem dores horríveis nas vértebras, o Maozinho está para ser internado. Maozinho morreu! Só pode ter sido o filho da puta do Godói.

A bem da verdade, ninguém no banco sabe que o Maozinho sofre com uma dor nas costas que não fica parada. Hoje, ela está sobre a parte inferior da região lombar, mas talvez amanhã se desloque para o espaço entre o ombro esquerdo e o pescoço. Do mesmo jeito, aqui no Brasil, só o Paul sabe que o Maozinho já foi escolhido para integrar o Projeto China. Nem ele e nem o Paulson, porém, ouviram qualquer coisa sobre a tal dor nas costas. Portanto, não é ela o motivo do asterisco que está na frente do nome do Maozinho na lista das pessoas que, depois do treinamento em Londres, vão direto para Pequim.

A revelação de que talvez o pessoal do banco soubesse da dor nas suas costas deixou Maozinho furioso. Do contrário, por que aqueles dois funcionários da limpeza o olhariam daquele jeito? Paula vai ter um dia bastante difícil.

A bem da verdade, não vai, não. No mesmo instante em que o Godói, aquele filho da puta, chega para fazer alguma brincadeira besta com as três, Maozinho abre uma mensagem do Paul comunicando que ele será entrevistado, logo no dia seguinte à tarde, por um dos maiores jornais de economia do Brasil. Bem-feito: quando sair a matéria, o Godói vai morrer de ciúmes, aquele filho da puta que nunca vai para a China.

Enfim, a bem da verdade, o Godói nunca vai para a China mesmo. Mas esse não é o problema agora. Ao reler o e-mail do Paul, Maozinho notou algo de muito estranho na pauta da entrevista. Agitado, chamou a Paula para que os dois continuassem a carta, mas, depois de duas horas, só tinham conseguido um parágrafo sobre o problema da energia na China.

XXII

Maozinho tentou mais um pouco, mas não conseguiu continuar a carta. A bem da verdade, pensou enquanto pedia para a Paula sair. Já vai tarde, burra. A bem da verdade, pensou, a pauta é mesmo estranha. Antes de tudo, é preciso dizer que o Maozinho sente-se orgulhoso de poder falar, ainda mais para um jornal como aquele, sobre o Setor de Desenvolvimento do banco. Esse não é o problema.

Quem sabe algumas outras empresas descubram a ideia e, assim, façam o mesmo. É um prazer para ele abrir caminho para outros profissionais. Aliás, esse vai ser um dos assuntos da apresentação do livro dos mandarins: as pessoas que se preocupam com o destino do mundo e o bom andamento da economia nunca devem impedir a circulação das ideias. Sobretudo as que colaboram para o desenvolvimento da sociedade.

Ele vai especificar, também na apresentação, que segredos estratégicos devem ser levados para o túmulo. Uma pessoa que trai a corporação da qual faz ou fez parte, mesmo se tiver sido demitida, está profissionalmente morta. O que ele pode dizer, ainda, é que aprender com a experiência é sinal de profundidade mental, mas revelar segredos é coisa que só pulhas como o Godói fazem. Maozinho tem certeza de que o banco deve afastar qualquer informação sigilosa daquele filho da puta. Na primeira oportunidade, claro que o desgraçado vai falar tudo. Funcionários que nunca são promovidos costumam ter muito ressentimento da empresa. Por isso, outro bom conselho para os futuros executivos, no capítulo sobre como crescer ainda mais na vida profissional, vai recomendar muita atenção para com os funcionários que estão há anos sem ser promovidos.

A propósito, logo que a entrevista sair, Paul pretende pedir uma versão para o inglês (não para a mulher Paula, lógico, pois até agora a coitada só aprendeu o verbo to be) e enviá-la para o Paulson. A ideia acabará se revelando excelente. Ninguém chega à posição de presidente nacional de um banco gratuitamente. Paul sabe muito bem como trabalhar. Em Londres, Paulson vai gostar de tudo, mas ficará verdadeiramente maravilhado com a recomendação que Maozinho fez no jornal: no livro, claro, ela vai ter muito mais destaque: jamais revele os segredos de uma empresa, leve-os para o túmulo. Depois de repetir a frase na cabeça, em inglês ela soa ainda melhor, Paulson colocou outro asterisco na frente do nome do Pau**.

O segundo item da pauta, a relação dele com os seus subordinados, também não deixou Pau** muito espantado. Todo mundo sabe que ele tem uma excelente relação com a equipe, consegue tornar todos pró-ativos e, ainda, é capaz de trabalhar bem com uma funcionária que outro setor considerou muito problemática para a empresa, a idiota da Paula.

No caso, o importante é fazer os funcionários interagirem, valorizando os pontos fortes de cada um, deixando-os então mais produtivos e confiantes. Sem dúvida, é preciso ter visão de conjunto para definir o curso da equipe, mas ainda assim um chefe deve também saber olhar individualmente para cada um de seus funcionários. E, por fim, é sempre bom ter dentro de si uma dose de generosidade. No caso do Pau**, por exemplo, ele a revela dividindo com sua equipe o grande conhecimento que adquiriu sobre a China nesse tempo todo de estudo.

Pois bem, aí é que está: por que o Paul instruiu o jornal a perguntar sobre a China antes da escolha dos integrantes do projeto? Será que ele já está sabendo de alguma coisa? Ninguém se torna presidente nacional de um banco gratuitamente. Ansioso, Pau** telefonou para a mulher Paula e pediu para que ela viesse até a sua sala. Quando colocou o telefone de volta no gancho, sentiu aquele maldito frio na espinha e sua vista, na mesma hora, escureceu.

XXIII

Mas a dor, agora, está longe da coluna vertebral. Ela e o calafrio, portanto, não se encontraram e Pau** conseguiu se aguentar em pé. A bem da verdade, ele perdeu o fôlego e sentiu as pernas fraquejarem. Com as mãos apoiadas na mesa, tentando respirar fundo, fechou os olhos e procurou fixar na cabeça a imagem do ex-presidente Fernando Henrique Cardoso.

Se um homem como aquele tinha, mesmo sentindo dor nas costas, mudado o país, ele também conseguiria superar o problema. Ele também conseguiria superar o problema. Ele também conseguiria superar.

Mais difícil seria se a dor estivesse em algum ponto da coluna vertebral. Aí ela e o frio na espinha se encontrariam e causariam um choque quase insuportável. Por isso, Pau** evita cada vez mais se emocionar ou sentir-se ansioso com alguma coisa. Assim diminui o risco de terminar estatelado no chão.

Pau** sente essa maldita dor desde a infância. A bem da verdade, como no caso do ex-presidente Fernando Henrique Cardoso, o incômodo nunca atrapalhou sua vida. Na adolescência, às vezes um calafrio já o fazia tremer desesperado. É verdade. Desde aquela época ele tenta controlar as emoções.

Não é que se desinteresse completamente, mas mesmo sexo é algo que precisa de certa prudência. Uma de suas maiores curiosidades é descobrir como o ex-presidente faz. Ele nunca vai perguntar, claro. Pessoas discretas sempre saem ganhando. Esse vai ser outro conselho, é óbvio, do livro dos mandarins.

A mulher Paula, que é psicóloga, e portanto entende muito bem desse tipo de coisa, desceu rápido para ver o que ele queria. Com ela, depois de tudo, Pau** não precisa ter muita cerimônia.

A bem da verdade, ele nunca entendeu porque o Paul não a promove. Ora, existem outras mulheres ocupando cargos de diretoria no banco. Não muitas, é verdade. Também não dá. Mas a mulher Paula faria um ótimo trabalho.

Claro, bem lá no fundo, o Pau** acha esse negócio de RH uma besteira. De repente, no entanto, a mulher Paula consegue render ainda mais em um posto de fato importante para o banco. Enfim, todo mundo sabe da dificuldade dela com o inglês, o que é grave, mas mesmo assim. Deixa para lá. A mulher Paula acabou de entrar e o Pau** não quer perder tempo.

Por isso, perguntou sem muitos rodeios: o Paul já sabe o nome dos escolhidos para o Projeto China? Mas se ele nem terminou a carta ainda...

A mulher Paula, então, contou-lhe sobre o tal perfil que, secretamente, tinha escrito e, sem vacilar, revelou que o banco inteiro está falando da tal entrevista para o jornal. Claro, é lógico que ele é um dos escolhidos.

No começo, Pau** ficou muito irritado. Então o Paul o está fazendo de bobo! Aquele desgraçado daquele gringo gago. Ninguém pode falar, mas ele é gago. É gago. É gago. Pois é, o gaguinho não tem respeito por ninguém mesmo. É só ver o caso da mulher Paula: há mais de dez anos fazendo um excelente trabalho com o RH do banco e nunca recebeu uma promoção.

Ela concordou, um verdadeiro absurdo, aquele gago filho da puta. E olha, a mulher Paula diz mais, no dia que achar algo melhor, vai embora na mesma hora. E escreve um e-mail irônico, ainda por cima em inglês, para o gaguinho, agradecendo por tudo. De-de-dear Paul.

É um bando de filho da puta mesmo. Ainda mais aquele gago idiota. Sem falar no Godói, Pau** complementou.

XXIV

Pau** agradeceu muito e pediu para a mulher Paula deixá-lo informado de tudo que ficasse sabendo sobre o Projeto China. A bem da verdade, o ideal era ela lhe dizer qualquer coisa que parecesse segredo, sobretudo a respeito dos outros diretores. E dos vice-presidentes também. Agora que ele conquistou um posto realmente importante no banco, de escala internacional, com certeza será vítima de todo tipo de armação.

Ora, a mulher Paula respondeu, depois de tudo ele sabe muito bem que tem nela, a coordenadora de RH, uma aliada, talvez a única pessoa de fato ao lado dele naquele ninho de filhos da puta. E ele pode ter certeza de que ficará sabendo de tudo, inclusive sobre o Paul, aquele gago desgraçado daquele filho de uma puta. Do outro, o Godói, ela também lhe diz imediatamente, assim que souber o que o funcionariozinho de merda está tentando aprontar para o lado dele.

Deles, ela complementou enquanto aceitava, grata e ofegante, a prova de respeito e consideração que o Pau** dedicava a ela há alguns anos. Satisfeita e bem mais calma, a mulher Paula insinuou que, depois daquilo, os dois poderiam ir almoçar juntos. Pau** adoraria, mas naquele momento talvez prefira ficar sozinho. A mulher Paula fez psicologia, por isso compreende que ele, de fato, precisa de um tempo consigo mesmo para organizar tanta informação. Não vão faltar oportunidades para todo mundo do banco vê-los juntos.

Pau**, a bem da verdade, ficou um pouco tenso com a notícia de que seu nome já está definido para o Projeto China. Certo, um executivo de porte internacional como ele precisa saber controlar as emoções.

Não é para qualquer um, pensou enquanto retirava da gaveta o mapa que tinha imprimido com o roteiro da viagem que o ex-presidente e sociólogo Fernando Henrique Cardoso fez à China em 1995. O que mais o intrigava era aquela massagem que ele recebera no hotel, em um dia de mau tempo.

Quando chegasse à China, Pau** imaginou de olhos fechados, na primeira oportunidade iria viajar àquele hotel e procurar o massagista. Não será difícil encontrá-lo: é lógico que Fernando Henrique Cardoso pediu o melhor profissional da cidade. Ou da região, muito provavelmente.

Logo que chegar à China, a bem da verdade, Pau** vai de fato contratar um dos melhores massagistas do país. Para a dor nas costas que ele sente desde menino, porém, não adiantará nada.

Mas não é por isso que ele deve sentir raiva do Paul. Mesmo a massagem não funcionando muito bem, a indicação, entre tantas coisas, irá sim praticamente resolver o problema das costas dele. Lá em Pequim, Pau** vai descobrir a cama Ceragem, uma invenção magnífica que, com quarenta minutos por dia, coloca a saúde de qualquer um no lugar.

Enfim, é bom lembrar que ele deve isso à força com que o Paul trabalhou para que seu nome fosse um dos indicados para o Projeto China. Ninguém mais do que o Pau**, inclusive, para saber que não é por acaso que alguém conquista um cargo de nível internacional em uma grande corporação. Paul tem seus motivos para guardar segredo.

Talvez Paul esteja prevendo que o treinamento em Londres vai ser duro. Então está armando tudo para fazer com que Pau** se prepare o melhor possível. Se for isso, trata-se de um gesto de amizade e consideração. É reconfortante saber que, além de tudo, seu chefe é um amigo.

Ninguém chega ao cargo do Paul impunemente: ele sabe reconhecer as pessoas certas. O amigo pode deixar, Pau** falou consigo mesmo, não vou decepcioná-lo.

Claro, a mulher Paula, inclusive, foi muito injusta com o amigo Paul. Em primeiro lugar, ele não é gago, não, de jeito nenhum. Pau** entende muito bem de idiomas, como todo mundo deve estar vendo com os fantásticos progressos que ele tem feito no mandarim, e sabe que para um estrangeiro, alguns sons são muito difíceis de pronunciar. E olha que o amigo Paul aprendeu português muito rápido.

Um frase bonita: ninguém chega a um cargo de nível internacional à toa, Pau** escreveu no caderninho de mandarim. Em português, é claro. Depois em inglês, que ele domina muito bem, a propósito, e por fim em espanhol, cá entre nós com um errinho de conjugação verbal. Uma coisa boba, se considerarmos o fato de que com seis meses de China ele vai se comunicar muito bem em mandarim. E quase sem dor nas costas.

A bem da verdade, a mulher Paula precisa compreender que o RH não é um lugar importante no banco. Só um chefe, depois de treiná-lo, pode estimar a capacidade de um funcionário. Claro, ela deve continuar contando tudo para ele, pois para se dar bem em uma empresa, é preciso ter um networking eficaz. Mas talvez ela possa entender que o amigo Paul não tem obrigação, mesmo, de promovê-la.

Claro que ele nunca vai dizer isso para a mulher Paula. Inclusive, no livro dos mandarins, Pau** vai ser bem claro ao afirmar que se a pessoa quer conquistar um cargo de nível internacional precisa, além de construir um networking poderoso, medir muito bem o que diz na empresa. O amigo Paul, que será um dos cases mais importantes do livro, chegou aonde está hoje porque sempre soube muito bem perceber os talentos ao seu redor e, mais ainda, foi competente para fazer subir quem ele acredita que merece.

A propósito, o e-mail que acaba de chegar é do amigo. Amanhã, ainda pela manhã, a jornalista confirma que virá entrevistá-lo. Mas ele pode ficar tranquilo, pois antes o próprio amigo Paul vai conversar com ela. A moça é confiável, o amigo concluía antes de terminar com uma despedida que dificilmente dedica a um dos diretores. O amigo Paul é mesmo um homem especial. Um sujeito raro.

XXV

Desde a infância, Pau** sente uma dor estranha nas costas. Na maior parte das vezes, ela não chega a ser muito forte. Mesmo assim incomoda bastante, sobretudo porque não dá um minuto de alívio e, mais, mexe-se de cima para baixo, vai de perto do rim para o pulmão direito, da nuca para a região inferior da coluna vertebral, e assim por diante. Nada tira da cabeça do Pau** que essa mobilidade é uma das principais causas para que ele não tenha, em tantos anos de tentativas, encontrado um tratamento eficiente. Os médicos diagnosticam reumatismo, depois voltam atrás, pensam em alguma outra coisa, mudam de ideia, trocam a medicação, sem qualquer progresso.

A bem da verdade, na maior parte das vezes, a dor não chega a ser muito forte. No entanto, existe uma combinação que, inevitavelmente, causa um choque terrível. Se acaso a dor estiver localizada em algum ponto da coluna vertebral e o Pau** sentir um frio na espinha, fatalmente terminará prostrado no chão. Não dura muito, mas aqueles poucos instantes muitas vezes o fazem pensar em morrer.

Por isso, aos poucos, Pau** desenvolveu uma técnica quanto ao calafrio. Nem sempre dá certo, é verdade, mas o procedimento, simples e eficaz, já o manteve em pé algumas vezes. Antes de se emocionar, Pau** se concentra para saber exatamente onde a dor está localizada. Sim, se ele estiver muito entretido com alguma coisa, ou melhor. Sim, se ele estiver muito entretido com o trabalho, já está tão acostumado com a dor que nem se lembra dela. Aí vem o frio na espinha.

Se a dor, então, estiver mesmo em algum ponto da coluna vertebral, Pau** faz uma força gigantesca para controlar a emoção. Muitas vezes dá certo, mas ele acaba sentindo um pouco de acidez no estômago. Melhor do que terminar no chão.

No entanto, se o choque for muito grande, ele não consegue se controlar e acaba rolando de dor. Definitivamente, Pau** não pode sentir frio na espinha quando a dor está na coluna vertebral. Só que aquele filho da puta do Godói sempre consegue irritá-lo.

A bem da verdade, a notícia de que ele vai mesmo para a China deixou-o tenso. Claro, a mulher Paula sempre o ajuda a diminuir o nervosismo. Mesmo assim, convenhamos, dessa vez a notícia é forte demais. Agora que está sozinho, Pau** pensa no que a experiência na China pode significar para sua carreira. É um mercado grandioso, infinito, cheio de possibilidades e que está redesenhando a face da economia mundial. E ele, como antes aconteceu com o ex-presidente Fernando Henrique Cardoso, vai participar dessa transformação histórica em um lugar privilegiado.

A emoção é grande demais e um calafrio faz os nós superiores da espinha dorsal tremerem. Pau** está sentado e na mesma hora pressiona as costas no espaldar da cadeira. O suor molha as costas da camisa enquanto a coluna continua tremendo de cima para baixo. Por precaução, ele coloca as duas mãos na mesa e força os pés no chão. Pau** tenta ver se a porta está aberta, mas seu coração disparou, cegando momentaneamente a vista. O calafrio, com rapidez, percorre os últimos pontos da coluna e faz a bacia se agitar.

O frio na espinha acabou e ele continua sentado. Para ter certeza disso, enrijece as pernas, sente os joelhos dobrados e, concluindo o ritual, coloca as mãos na lateral da cadeira. O frio na espinha acabou e ele continua sentado.

Por sorte a dor estava no ombro esquerdo. Pau** foi até a janela recobrar o fôlego. Do alto do prédio do banco, ele consegue enxergar as pessoas, pequenininhas, lá embaixo. Elas correm, abrem o guarda-chuva, tentam se proteger da tempestade que virá, entram nas lojas ou compram o jornal. Mesmo assim, continuam muito pequenas.

Pau**, não. Ele vai crescer profissionalmente na China de uma maneira que. De uma maneira como nunca antes teve a oportunidade de mostrar, de fato, do que é capaz. Com alguns anos e, assim, clareza absoluta do que está acontecendo na economia mundial, talvez Pau** se torne uma das maiores autoridades do mundo em desenvolvimento financeiro, aprimoramento de projetos e filosofia econômica. Sim, o Godói vai ver, o Pau** é um intelectual, além de tudo.

Pensando na sua atividade de filósofo, Pau** fechou a cortina e resolveu aprofundar a preleção de hoje. A emoção, a bem da verdade, ainda não estava plenamente controlada. Para se prevenir, ele avisou à Paula que não trabalhariam na carta nem à tarde nem na manhã seguinte, data da entrevista. Ele pretende se preparar. Paula deve avisar o resto do departamento, porém, que a preleção do final do expediente está mantida.

Mas a Paula vai ler o e-mail só em cima da hora. Por sorte, conseguirá avisar todo mundo. No momento em que Pau**, ainda emocionado, tranca a porta de sua sala, ela se fecha no banheiro em pânico por causa do vento. Além daquele medo todo, agora Paula tem muito receio de que o Paulinho também não consiga se sentir seguro durante uma ventania. O sobrinho vai sofrer muito, ela pensa enquanto abraça a foto do menino.

Como sabe, ela e o resto do banco, que a amiga se desespera no meio de uma tempestade com vento, Paula telefonou para a Paula para tranquilizá-la. Paulo atendeu e disse que não sabia onde a secretária do departamento estava. Talvez na sala do Maozinho.

O banco começa o expediente da tarde.

Do outro lado da cidade, onde também venta muito, Paulinho brinca no colo do avô. O menino chegou a ouvir os trovões e até mesmo foi à janela olhar a chuva com o seu Paulo. A bem da verdade, o Paulinho não dá muita bola para tempestades, com ou sem vento.

Mas a Paula só vai saber disso dez minutos antes da preleção do final do expediente, quando finalmente sair do banheiro e telefonar para casa. Ela vai ficar tão feliz com a notícia que, chorando, beijará o porta-retrato do Paulinho na frente dos outros mesmo. Em silêncio, as pessoas vão olhar para o computador, para uma folha de jornal ou para.

Está tudo bem.

XXVI

Para dizer a verdade, a Paula gosta das preleções, principalmente das curiosidades e do "ideograma final". Ela já anotou dez, um mais interessante que o outro, e quando o Paulinho crescer mais um pouco, pretende ensinar a ele. A China é o futuro do mundo e o sobrinho precisa estar preparado.

Com certeza, o Paulinho vai aprender rápido. Ele é muito inteligente. E isso não é coisa de tia coruja: ontem ele foi sozinho, engatinhando, até onde o avô tinha guardado a bola, embaixo da estante. Só que o Paulinho também é muito levado, aquele menino fofo.

Como sempre, Paula sentou-se na ponta da mesa, pertinho de onde o Pau** ficaria. Ao seu lado, o Paulo revisa o conteúdo das outras preleções. Ele quer ser promovido.

A propósito, os dois engraçadinhos que colocaram o apelido no Pau** sentaram no fundo da mesa. O Paulo e o Paulo continuam desconfiados de que o chefe sabe que são eles os autores da brincadeira. De jeito nenhum, só pode ter sido o Godói.

Mas Pau** anda de bom humor. Agora há pouco, chegou mesmo a cumprimentá-los em chinês, enquanto se sentava e organizava o material da preleção.

您好

您好, o pessoal respondeu em coro. Entre si, para treinar, eles podem usar algo menos formal: 你好 enquanto esperam os funcionários que estão atrasados chegarem. Em chinês, "desculpe" a gente fala 对不起. Repitam, por favor. Paula achou interessante e anotou.

Dezoito horas.

A preleção de hoje acaba de começar com uma explicação sobre a abundante mão de obra chinesa. Ainda tenso com a notícia da sua escolha, mas muito inspirado, Pau** explicou o povoamento do país, as características do deserto central, a questão da energia e arranjou um jeito de explicar que um funcionário precisa sempre ser leal à empresa. A propósito, em chinês "leal" é 忠诚. "Amanhã" na China se diz 明天, e "com certeza" é 确实无疑.

A bem da verdade, Paula prefere ouvir o chefe falando inglês. É bonito. "Bonito" é 漂亮的. Mas ninguém pode falar que ele não aprende as coisas rápido. Igual ao Paulinho, ela sorriu enquanto olhava a foto do sobrinho no colo.

Pau** notou que a secretária tinha se desconcentrado um pouco e esticou o pescoço para descobrir por que ela olhou para baixo. Pois não é que a idiota daquela retardada começou de novo com a história da foto daquele nenê filho da puta?

Não existe bom humor que resista a uma coisa dessas.

Inclusive, os chineses jamais levam para a empresa assuntos pessoais. Naquele grande país só existem projetos. É como em um banco, Pau** gritou enquanto se levantava. Em um instante, passou do bom humor para um estado de fúria quase incontrolável. Outro calafrio vai percorrer agora mesmo suas costas.

Onde está a dor? É o que ele tenta descobrir enquanto caminha para a outra ponta da mesa.

Ela continua no ombro. Um pouco mais forte, mas afastada da coluna vertebral. O Paulo e o Paulo encolheram-se: Pau** está em pé perto deles. Do outro lado da mesa, ele não corre o risco de olhar de novo para aquela fotografia ridícula de merda. Se continuasse ao lado da Paula, não conseguiria tirar os olhos do Paulinho e talvez batesse na imbecil.

Hoje a preleção terminará mais cedo. Pau** precisa acabar de preparar a entrevista do dia seguinte. A jornalista vem amanhã de manhã e tudo deve estar organizado sobre as mesas e no chão. Para a Paula, ele mandou um e-mail particular pedindo que aquela fotografia ridícula desapareça, de uma vez por todas, da vida dele. Enfia no seu, ele quase escreve.

XXVII

Pau** não teve uma boa noite de sono. Desde criança, ele sente uma dor incômoda nas costas. Nenhum tratamento, até hoje, funcionou de verdade. Ele ainda não sabe, mas sua transferência para a China além de tudo ainda vai fazer com que ele conheça a cama Ceragem.

A invenção coreana tornou-se a mania dos chineses. Com quarenta minutos de repouso diário, a pessoa resolve quase todos os problemas físicos. Se não tanto, consegue relaxar a ponto de diminuir qualquer tipo de dor. É o que vai acontecer com o Pau**. Depois de se acostumar com a cama, a dor que anda por suas costas desde que ele é menino praticamente desaparecerá. Em primeiro lugar, ela deixará de ser permanente: desde criança, a maldita dor está na bacia, ou sobre o rim direito ou, o que é pior, em um ponto da coluna vertebral. Em algum lugar, todos os dias, ela não o deixa livre. Todos os dias, o tempo inteiro, é aquela tortura.

A agonia dele, inclusive, não é por causa da intensidade da dor. Dói, é verdade, e seria injusto esconder isso. Mas nem tanto. O problema é dormir com aquele maldito incômodo no ombro direito e acordar com ele do outro lado das costas. O que angustia é saber que a dor anda. Mas não é só isso. Inclusive, muitas vezes dá para esquecê-la

No começo da adolescência, desesperado, ele pensou em pegar um martelo e terminar com aquilo de uma vez. Mas ele não conseguiria acertar as próprias costas. Teria que pedir para algum amigo. E isso ele não admite: Pau** não aceita, de jeito nenhum, que alguém saiba que ele sente aquela dor maldita. Durante a infância, quem o levava ao médico era a mãe, que prometia não contar nada para o papai.

Nem para o papai, ela sempre repetia na sala de espera.

Mas uma vez o papai chegou bêbado, como ele sempre fazia, e gritou com o menino. A mãe o tinha traído, Pau** chorava na cama enquanto fazia muita força para não sentir um calafrio na espinha. Além de tudo, além daquele desgraçado bêbado, além de tudo a dor ainda estava bem no meio da coluna vertebral. Se ele se emocionasse, o calafrio a encontraria e, sem dúvida, Pau** desmaiaria de dor.

Dito e feito. E o pior foi dormir no chão a noite inteira ouvindo os gritos dos pais. Fazia calor naquela noite e a voz do pai bêbado se confundia com o latido do cachorro dos vizinhos, a música na rua e o resto, todo esse barulho e essa maldita bagunça.

E a dor. Como está quente, meu Deus. Por favor, senhor Jesus. Até hoje Pau** não sabe se a mãe chorou. Ele se lembra do calor.

Agora à noite, também faz um calor terrível. Pau** está há duas horas tentando dormir.

Há duas horas e meia, ele força o rosto no travesseiro, repete um por um os ideogramas que já decorou na cabeça, vez por outra fixa o rosto de Fernando Henrique Cardoso na imaginação, mas não consegue relaxar.

No andar de baixo, estão ouvindo música. Como naquela outra noite em que o pai chegou bêbado e gritou que sabia de tudo. A mãe o traíra. Mas não é isso que está tirando o sono do Pau**.

A notícia de que seu nome já está, de fato, escolhido para ir para o projeto na China mexeu muito com ele. O tratamento para a dor nas costas é importante, claro, mas não é isso que está tirando o sono do Pau**. A bem da verdade, ele nem sabe que descobrirá a cama Ceragem e que essa magnífica invenção praticamente o livrará daquela dor maldita.

Duas coisas intimamente ligadas emocionam o Pau**: a primeira delas é poder testemunhar a extraordinária mudança que a economia mundial está vivendo, e lá mesmo na China; depois ele simplesmente não pode acreditar na lealdade do amigo Paul. Mesmo sabendo que integrando aquele projeto Pau** com dois ou três anos terá condições não só de ocupar o lugar dele, mas até de estar em posição de comandá-lo na hierarquia do banco, mesmo sabendo disso, o amigo Paul o indicou. De fato é preciso sacrificar-se pela empresa, ele repetiu tomando banho logo cedo, e depois anotou no esboço do livro que, lá em Pequim, ele vai começar a escrever.

Pau** não dormiu nada. A Paula, porém, teve uma das melhores noites de sua vida. Saber que o Paulinho não herdou dela o medo do vento deixou-a com tanta felicidade que nem o e-mail daquele grosso bobão foi capaz de estragar o resto do dia. Paula simplesmente deletou, deu um beijo na fotografia do sobrinho, sorriu para todo mundo e, cheia de coragem, muito feliz com a notícia de que o sobrinho vai crescer um rapaz forte e corajoso, sem medo do vento, ainda ousou dizer que se ele quiser demitir, que demita, pois ela vai continuar com a fotografia do Paulinho.

Ninguém ouviu direito.

XXVIII

Mas o Pau**, apesar do Paulinho, não vai demitir a Paula. A bem da verdade, há alguns meses ela quase perdeu o emprego. O Godói, aquele filho da puta, começou a achar a situação bastante complicada. Sempre que um vento mais forte resolve balançar as cortinas, ela perde o controle, começa a tremer e a chorar e, na mesma hora, corre para o banheiro. Se a tempestade tiver começado de madrugada, a secretária nem aparece. É difícil para um banco manter uma funcionária que tem medo do vento.

O filho da puta, então, comunicou o aviso prévio ao RH. Todas as demissões abaixo dos diretores e vice-presidentes precisam passar pela mulher Paula. Não que esse setor vá decidir alguma coisa, só para um aval mesmo. O desligamento das pessoas que ocupam postos mais altos, por sua vez, vai direto para a mesa do amigo Paul.

A mulher Paula logo viu que era coisa do filho da puta do Godói. Conversando com o Pau**, mais tarde, ela contou a história. Claro, uma funcionária com medo do vento de fato é um transtorno para qualquer equipe. Ainda assim, demiti-la é um exagero. Esse cara está querendo mostrar poder para os outros funcionários.

A propósito, foi dessa maneira que a jornalista começou a entrevista. Pau**, trinta e seis anos, considerado um dos principais talentos em análise futura e gestão de equipes, acha que um chefe deve saber conviver com os problemas de seus funcionários. Seguros de que podem contar com a compreensão dos superiores, eles se sentem mais tranquilos e produzem melhor. Reconhecendo no chefe, além de uma autoridade inquestionável, um ser humano compreensível, a equipe tende a admirá-lo ainda mais. Pois bem, conhecimento, compreensão e humanidade são três das características fundamentais de um bom chefe. A quarta é representar os interesses da empresa e tornar os funcionários, dos mais simples àqueles poucos altamente especializados, fiéis a ela. Fidelidade é uma palavra importante.

Pau**, trinta e seis anos, considerado um dos principais talentos do Brasil em análise futura e gestão de equipes, adora palavras e chega a colecioná-las. Aliás, a cada semana esse executivo exemplar cola no pé do seu e-mail uma lista de termos inspiradores. Assim, os funcionários podem formar para si significados mais produtivos enquanto trabalham. Em uma grande corporação, usar a palavra certa no lugar mais adequado é um dos segredos do sucesso.

Por fim, outra característica importante de um chefe, continua Pau**, trinta e seis anos, é a generosidade. É preciso dividir com os funcionários o seu conhecimento, para que a equipe produza cada vez mais e melhor.

Pau**, trinta e seis anos, com a autorização dos seus superiores, criou um programa que vem sendo considerado inovador dentro do banco em que trabalha: a preleção do final do dia. De segunda a sexta, por meia hora depois do expediente, seus funcionários se reúnem ao redor de uma mesa de reuniões (todos, dos mais simples àqueles poucos especializados) para ouvir o chefe discorrer sobre história, cultura, política e sobretudo economia chinesa.

A propósito, Pau**, trinta e seis anos, acredita que todo grande executivo é, ao mesmo tempo, um intelectual. Nos últimos meses, seu objeto de estudo tem sido a China, esse gigante que assusta e fascina o resto do mundo. Compreender a dinâmica dessa nação tão complexa é de fato analisar os rumos que a humanidade vai tomar. Para isso, Pau**, trinta e seis anos, recomenda uma análise que integre fatores econômicos a questões culturais mais amplas. Aprender mandarim é um de seus objetivos para os próximos meses.

Por fim, esse executivo de trinta e seis anos e com um livro nos planos explicou o que significa o "Setor de Desenvolvimento". Trata-se de um campo novo cuja importância só agora vem sendo percebida pelas grandes corporações. Pau**, trinta e seis anos, é um dos pioneiros nessa área. Sua principal função é a análise de tendências e a criação de estratégias futuras para que o banco, por exemplo, possa aprimorar seu desempenho sem sofrer grandes surpresas. Para tanto, é preciso observar uma série de dados, internos e externos à empresa, saber interpretá-los e resumi-los em informes diretos e claros. Ora, daí se explica também a intimidade com as palavras desse executivo de tanto sucesso.

XXIX

A matéria saiu três dias depois e, como o amigo Paul tinha previsto, foi muito favorável ao Pau**, trinta e seis anos, e ao próprio banco. Primeiro o texto explicava a visão lúcida que Pau**, trinta e seis anos, tem da condução de uma equipe. Não é à toa que desde que ele assumiu a direção, o Setor de Desenvolvimento tem produzido uma quantidade muito maior de informes, todos mais profundos, claros e ilustrados. Depois, a matéria resumiu o interesse do Pau**, trinta e seis anos, pela China, seus estudos e, felizmente, não falou nada sobre o Projeto China.

Claro, a imprensa vai acabar noticiando alguma coisa mais para a frente. Só que, para esse caso específico, o banco vai destacar alguém de Londres e ordenar expressamente que nenhum dos integrantes do projeto dê qualquer tipo de declaração. Esperto do jeito que é, Pau**, trinta e seis anos, já deve ter entendido isso. Por fim, o jornal destacou a importância de uma grande corporação criar um "Setor de Desenvolvimento", uma espécie de centro de pesquisa e informação. Sem dúvida, aquela matéria vai valorizar o banco em determinados segmentos do mercado financeiro.

Pau**, trinta e seis anos, chegou ao banco antes dos jornais. O pessoal da limpeza, porém, já estava trabalhando. Ele teve certeza de que aquelas duas mocinhas repararam nele e, depois, trocaram algumas palavras antes de rir. Bom, em primeiro lugar aquelas duas retardadas nem sequer sabem o que é um jornal de economia. Depois, do mesmo jeito, para elas China deve ser o que veem escrito, caso saibam ler, nas merdas que compram na loja de R$ 1,99. Portanto, não estão rindo do jornal. As duas devem saber da maldita dor nas costas dele.

No elevador, um frio na espinha percorreu a coluna do Pau**, trinta e seis anos. Por sorte, a dor estava na lateral direita da bacia e ele sentiu apenas uma leve tontura. No entanto, quando a porta abriu, Pau**, trinta e seis anos, apoiava uma das mãos, só para garantir, na parede do elevador. Uma velhota com um balde o viu desse jeito antes de sumir provavelmente em direção ao andar onde o filho da puta do Godói trabalha, sem dúvida manipulando essa gente simplória. Uma moedinha e esses coitados falam tudo.

De graça mesmo.

Às dez horas da manhã o amigo Paul pediu para chamar o Pau**, trinta e seis anos. O presidente do banco no Brasil queria parabenizar um de seus diretores mais ilustres e avisar que a matéria já estava sendo vertida para o inglês para ser enviada para Londres. A mulher Paula também estava muito excitada e queria ver logo o homem em que, desde a primeira vez, ela soube reconhecer no excelente profissional.

A Paula discordou das amigas: o chefe dela pode ser um grosso, mas ele não se veste tão mal não. Aqueles dois Paulos não perderam a oportunidade de comentar que o Maozinho está mesmo ficando famoso, logo vai virar um Maozão.

O Pau**, trinta e seis anos, também gostou. Mas bem menos que o amigo Paul. Ou melhor, talvez ele tivesse ficado mais contente se a merda da dor que anda nas suas costas continuasse secreta. Mas agora, os informantes do Godói. Enfim, enquanto caminha até a sala do amigo Paul, Pau**, trinta e seis anos, conclui que de fato é melhor contar mesmo para ele da dor antes que a história chegue pela boca de outros, coisa que o filho da puta do Godói deve estar providenciando. Além de tudo, Pau**, trinta e seis anos, acha que essa é uma maneira de agradecer tanta generosidade.

Na sala da presidência o amigo Paul o abraçou. Logo o texto estaria com o pessoal de Londres. Pau**, trinta e seis anos, agradeceu sinceramente mas disse que gostaria de lhe contar algo delicado e, com aquilo, colocar o cargo à disposição. O amigo, antes de tudo, precisa saber que ele está fazendo aquilo também como prova de lealdade ao banco. Pau**, trinta e seis anos, sabe que um bom executivo deve, se for preciso, até se demitir pelo bem da empresa.

O amigo Paul sentou-se intrigado e pediu para o outro falar. Pau**, trinta e seis anos, então, contou que de vez em quando uma tontura de nada o incomoda, sobretudo se tiver comido alguma coisa com muito sal. Ele tenta evitar esse tipo de alimentação, mas às vezes acontece sem querer, como hoje cedo no elevador. Não é nada grave, mas o amigo Paul sabe como o pessoal aumenta as coisas: um funcionarinho desses vê a gente com uma leve tontura e sai logo dizendo que testemunhou um diretor caído no chão, rolando de dor. Mesmo assim, Pau**, trinta e seis anos, faz questão de colocar o cargo à disposição do amigo Paul.

A bem da verdade, o amigo Paul ficou mesmo um pouco espantado com a história, mas atribuiu o exagero à emoção com que Pau**, trinta e seis anos, recebeu a matéria do jornal e disse para ele deixar de besteira. Ora, maneire no sal e pronto. Ainda assim, em um e-mail, o amigo Paul descreveu para o Paulson a ferrenha lealdade do sujeito que, àquela altura, já estava escolhido para ocupar o lugar mais estratégico do Projeto China. Paulson ficou, outra vez, impressionado com aquele brasileiro excepcional e acrescentou outra estrela na frente do nome do Pa***.

XXX

Agora, ninguém mais no banco duvida que o Pa*** vai mesmo para Pequim. Nem ele: antes de se despedir, o amigo Paul o tranquilizou mais uma vez, dizendo que na China a comida tem pouco sal. Pa*** voltou muito satisfeito para a sua sala e, antes, chegou a avisar à Paula, pessoalmente, que à tarde os dois continuariam a carta de intenções.

O Pa*** sabe que, se quiser parar, pode entregar o texto daquele jeito mesmo. O seu nome já está confirmado. Mesmo assim, decidiu utilizar todo o prazo que tem, mais uma semana, para aprofundar alguns trechos. De um jeito ou de outro, ele vai continuar estudando a China: um executivo jamais deve largar um trabalho pela metade. Além de deixar uma péssima impressão na equipe, um chefe que não termina uma tarefa parece um profissional inseguro. E esse vai ser outro conselho do livro dos mandarins: demonstre segurança do momento em que acorda até o final do dia. Uma pessoa insegura jamais será promovida.

À tarde, a Paula veio continuar a carta de intenções com a bolsa no ombro. E, é lógico, a fotografia do Paulinho dentro. Pa*** pediu para ela sair de novo e voltar vinte minutos depois, sem trazer nada. A sala dele já está muito bagunçada.

Ao lado direito do computador, uma pasta deixa cair pelos lados um monte de folhas impressas da internet e outras com anotações dele mesmo ou recortes de jornal e revista. Os recortes de livro estão na pasta ao lado. Por trás, uma outra, bem mais organizada, traz passo a passo a viagem do ex-presidente Fernando Henrique Cardoso à China. Ele refez tudo no laptop e depois imprimiu. Pa*** já descobriu, inclusive, o endereço exato do hotel onde o homem que mudou a história do Brasil fez a massagem redentora.

Ainda na mesa, Pa*** deixa três dicionários de mandarim. Um traz o glossário básico e a correspondência das palavras e expressões mais importantes da língua portuguesa. O outro é um amplo vocabulário inglês-mandarim e o terceiro, um belo volume de capa cinza com letras douradas, é um dicionário inteiro na língua dos chineses. Com exceção de uma ou outra palavra, Pa*** ainda não consegue usá-lo, mas muitas vezes vira as páginas atrás de um desenho inspirador.

Na aula passada, inclusive, a professora particular voltou a falar da fantástica habilidade que os falantes de mandarim têm para usar os dois lados do cérebro. Do lado direito, a pessoa pratica o som, enquanto o esquerdo é utilizado para o desenho. Os chineses são, portanto, seres humanos completos e, Pa*** tem certeza, essa harmonia cerebral deve ser um dos pilares do extraordinário desenvolvimento chinês. No livro, ele vai enfatizar que os executivos devem sempre usar os dois lados do cérebro.

Com tudo isso, não há espaço para a fotografia do Paulinho. A Paula poderia resistir e levar o porta-retratos debaixo do braço. Sem olhar para o meu sobrinho, repetiria corajosa, eu não trabalho. E, se quiser, pode demitir. Pa*** ficaria em uma situação complicada: se demitisse, repetiria o gesto do filho da puta do Godói. Mas se deixasse a situação passar, perderia completamente a autoridade e logo acabaria malfalado no banco inteiro.

Mas a Paula não quer confusão. Ela ligou em casa na hora do almoço e soube que o sobrinho tinha comido tudo, tudinho que o vovô deu para ele. Aquele gordinho fofo. Além disso, o seu Paulo contou que a irmã e o cunhado já na semana seguinte inaugurariam a banca de jornal perto do ponto final do ônibus. Agora com o Paulinho, a família precisa ter um negócio próprio para garantir o futuro do menino. Com tudo isso de bom acontecendo, ela não quer brigar.

E, a bem da verdade, a Paula não tem raiva do chefe. Ele é grosso mesmo, isso ela admite. Mas, em compensação, até ensina alguma coisa. Que outro diretor no banco faz preleção no final do expediente? Sem falar que ele é importante mesmo: até aparece no jornal. O Pa*** é grosseiro daquele jeito porque deve enfrentar muita inveja lá dentro. Por essas e outras, Paula deu um beijo na foto do sobrinho, guardou o porta-retrato na bolsa que ficou no braço da cadeira e voltou para a sala do Paulo com as mãos vazias.

XXXI

A tarde rendeu muito. Pa*** colocou novas figuras no texto, interpretou mais quatro ideogramas enquanto reforçava a importância de Mao Tse-tung para o sucesso do mercado financeiro chinês e desenvolveu bem umas dez páginas sobre petróleo. Primeiro, descreveu seu papel em duas parcerias estratégicas do banco com a Petrobras. De passagem, inclusive, lembrou que sua atuação se deu exatamente no final da era Fernando Henrique Cardoso, que consolidou a política energética – e consequentemente financeira – que mantém o Brasil funcionando até hoje. Pa*** sente muito orgulho de ter participado de tudo isso.

Depois, sempre buscando o auxílio de imagens, para exercitar os dois lados do cérebro, Pa*** analisou rapidamente a situação do petróleo no mundo, sobretudo considerando as diversas instabilidades políticas. Experiente no campo de análises futuras, ainda observou que a opção da China pela África como região fornecedora de energia é bastante sábia. O trecho sobre o petróleo terminava com uma projeção das possibilidades de cada região e procurava demonstrar que, de fato, o eixo financeiro do mundo já não pendia tanto para o lado norte-americano. Em dez anos, o alinhamento China-África fará a economia mundial mudar de feição.

O resto da carta foi coberto por uma espécie de demonstração de que Pa*** está preparado para participar de todo aquele processo. Consciente dos desafios, elencava desde fatores técnicos até a desenvoltura para tratar com seres humanos, compreender diferentes pontos de vista e, sobretudo, promover acordos. Paula, que digitava enfeitiçada por tanta informação, no final das contas começou a achar que talvez o sobrinho, mais para a frente, pudesse também aprender um pouco desse negócio de China.

Uma hora antes da preleção do dia, a carta estava encerrada. Pa*** imprimiu uma versão para corrigir em casa, agradeceu todo educado à secretária e pediu para ela avisar a todos que a aula seria muito importante.

Pa*** começou falando da crise que todo momento de transição gera. O exemplo, claro, foi a China. Bem administrado, aquele impressionante país conseguiu em poucos anos adaptar-se à economia capitalista sem causar praticamente nenhum trauma à população.

Lógico que Mao Tse-tung, o Grande Timoneiro, já vinha há décadas prevendo isso e, portanto, soube preparar o povo para a transição. Dessa forma, é preciso ter consciência de que, no mundo contemporâneo, só se tornará um profissional bem-sucedido quem entender que uma das palavras-chave para o sucesso é 忠诚. Enfim, disso já falamos, mas é preciso também, e aqui vai outra palavra decisiva, ter absoluta 信任 na instituição.

Basta ver que a confiança que o povo chinês deposita no governo é praticamente infinita. Com isso, aos poucos o país tem entrado nos eixos com ganhos para toda a população. Ora, um país é uma instituição, e toda instituição funciona como uma família: cada um tem uma função e, se todos fizerem a sua parte, as coisas sempre progridem.

Lacrimejando, Paula anotou essa parte com letras grandes. Paulo, por sua vez, enrolava-se ao copiar o ideograma 信任 e, paralelamente, memorizar o que ouvia do chefe. Mesmo com os dois lados do cérebro em descompasso, ele acreditava que seria promovido a diretor. O Paulo e o Paulo também, e por isso já estavam elencando possíveis apelidos.

Paulo concluiu com o ideograma do dia: 才能. Se todos olharem bem os traços que formam essa palavra, verão que o segundo lembra uma casa. Pois é, aí é que está: se juntarmos os dois lados do cérebro, veremos que em linguística corporativa a empresa tem que ser a casa do talento. É o que esse ideograma tão bonito significa. A China só chegou onde está hoje porque, como as melhores empresas, também soube ser o abrigo dos talentosos.

XXXII

Pa*** passou boa parte da noite revisando a carta. Faltavam certos detalhes sobre a parceria do banco com a Petrobras e, logo depois da aula particular de mandarim, ele se lembrou de algo sobre a Venezuela. Como não tinha nenhuma referência segura, apenas indicou a informação em uma nota de rodapé, até porque ele sabe que tudo que diga respeito a Hugo Chávez anda chamando muita atenção. Na verdade, o banco intermediou um pagamento belga à Venezuela, mas foi antes de Chávez assumir a presidência. No Brasil, Fernando Henrique Cardoso já estava no poder. Um presidente que para ele será inesquecível: o cara também sofre de dor nas costas...

Pa*** sente o incômodo desde criança e já tentou de tudo. De vez em quando, a dor o deixa quase em pânico. Não porque seja muito forte: o problema não é a intensidade, mas sim o fato de que ela anda pelas costas. Ontem estava no ombro esquerdo e agora à noite estacionou bem no meio da coluna vertebral.

Mas não há nenhum motivo para Pa*** sentir um calafrio na espinha. Ele faz um bom trabalho à frente de sua equipe no banco, sabe que seu nome já está confirmado para a China e as aulas de mandarim estão dando excelentes resultados. Além disso, com certeza ele vai se destacar durante a semana de treinamento em Londres.

Ainda assim e a bem da verdade, Paulo não sabe duas coisas. Primeiro: a existência daqueles asteriscos que Paulson colocou na frente do nome dele. Nenhum outro dos escolhidos para o projeto tem recebido esse destaque. Essa distinção, para falar corretamente. Depois, daqui a algumas semanas, quando já estiver instalado em Pequim, Pa*** descobrirá a cama Ceragem. Com quarenta minutos de repouso por dia, em menos de um mês a dor nas costas deverá quase desaparecer. De fato, a mudança para a China vai mesmo significar muito para a vida desse excelente profissional.

Como não se emocionou, a dor não impediu Pa*** de ter uma ótima noite de sono. Para adormecer, ele gosta de repassar na cabeça os ideogramas que já aprendeu. Quase cinquenta! Seu mandarim oral, porém, está ainda melhor.

Pela manhã, a Paula acertou a formatação final da carta. Como o chefe parecia mais alegre do que no dia anterior, ela achou que talvez pudesse pedir demissão naquela hora mesmo, enquanto ele conferia uma por uma as folhas da carta. Mas Pa*** estava sem tempo para conversar, pois o amigo Paul havia aceitado recebê-lo dali a meia hora.

Mas é só para entregar a carta de intenções para o Projeto China. O amigo Paul, porém, pediu para ele sentar, enquanto colocava o texto do Pa*** em uma gaveta. Ele iria ler, coisa que nunca fez, e enviar uma cópia em inglês para Londres provavelmente já no dia seguinte, algo que não aconteceu. Quando soubesse o resultado do processo de escolha, a bem da verdade já definido, ele comunicaria Pa*** imediatamente.

Agora, porém, o amigo Paul queria dar outra notícia. A matéria do jornal tinha feito tanto sucesso que o editor entrou em contato com o banco para ver se Pa*** não aceita escrever, ele mesmo, uma página inteira com as experiências e a reflexão que vem construindo sobre esse gigante imprevisível chamado China.

Pa***, claro, topou. A notícia espalhou-se pelo banco naquela tarde mesmo. Dois vice-presidentes, um deles com a sala perto de onde o Godói trabalha, acharam que um destaque daqueles não podia ir para um diretor. Os outros, porém, não estavam muito preocupados em perder o cargo, já que o tal Pa***, um excelente profissional a propósito, irá mesmo para a China, como todo mundo sabe.

Já ficou óbvio.

A mulher Paula, por sua vez, ligou a noite inteira para a casa dele. Ela queria parabenizá-lo pelo convite do jornal, lógico, mas também alertar o homem que ela sempre soube reconhecer no excelente profissional do enorme falatório que havia se instalado no banco.

Como o amigo Paul pediu urgência com o texto para o jornal, Pa*** retirou o telefone do gancho e depois da aula de mandarim ficou absolutamente concentrado. E, a bem da verdade, gostou da experiência: Pa*** é, de fato, um escritor. Só no dia seguinte a mulher Paula conseguiu lhe dizer que no banco estão falando que com aquelas roupas ele vai passar vergonha no treinamento em Londres.

XXXIII

Só pode ter sido o Godói que espalhou tal asneira. Esse imbecil filho de uma puta desgraçada pensa que a carreira de uma pessoa depende de algumas gravatinhas caras e de um terno azul hoje e outro riscado amanhã.

Mas, a bem da verdade, Pa*** precisa mesmo de roupas novas. Não por causa desse boato idiota que o Godói espalhou por inveja. Faz um ou dois meses que ele não compra nada.

De fato, a página saiu com destaque no jornal dois dias depois e causou novo estardalhaço no banco. O Maozinho está mesmo com tudo. Alguns vice-presidentes, caso, por exemplo, do Paulo, admiraram a habilidade com que o amigo Paul está fazendo as coisas. E, do mesmo jeito, quase todos notaram que algo de realmente especial acontecerá com o Pa*** nessa história de Projeto China. Claro que tudo isso tem ligação com os tais asteriscos, muito embora até aqui ninguém saiba deles.

O amigo Paul, a bem da verdade, já foi informado. E o pessoal de Londres pode ficar tranquilo, pois ele garante a lealdade do executivo que está enviando. Pa***, eles vão ver na Inglaterra, é muito concentrado, conhece bem a dinâmica do banco, gosta de aprender, adapta-se facilmente a novos desafios e, como está ficando cada dia mais experiente, suporta bem um ambiente cheio de pressão.

Pa*** não pode realmente negar que conquistou tudo o que tem até hoje por causa do banco. Com esse destaque, súbito mas merecido depois de tanto esforço, seu valor no mercado de talentos cresce ainda mais. Depois de alguns anos na China, ele realmente estará a ponto de ocupar um cargo de presidência. Por isso, Pa*** fica ainda mais admirado com todo o apoio que tem recebido do amigo Paul. Muitos outros presidentes não fariam tanto por medo de que, depois, ele voltasse mais forte e poderoso. Mas, enfim, o amigo Paul não chegou onde está hoje à toa. Ele sabe muito bem que um profissional de sucesso às vezes precisa se sacrificar pela empresa.

A mulher Paula também ficou muito orgulhosa, de novo, com essa nova conquista do excelente profissional que sempre viu no homem Pa***. Por essas e outras, ela fica contente em ajudá-lo a comprar as roupas que ele vai levar para Londres e depois para Pequim. E se essa gente, os funcionariozinhos, quiserem sair espalhando essa gentinha invejosa, podem saber que os dois vão apenas fazer compras, depois da aula de mandarim dele, como se alguém tivesse alguma coisa a ver com isso.

E, olha, que fique bem claro que o Pa*** não está indo comprar roupas novas só porque esse bando de imbecil resolveu repetir as asneiras que o filho da puta do Godói, cheio de inveja, saiu dizendo por aí. Pa*** precisa reforçar o guarda-roupa para o inverno da Europa, muito rigoroso agora no final de janeiro. Depois, em Pequim às vezes esfria bastante também. Sem falar que roupas novas dão sorte.

Excitada, a mulher Paula escolheu quatro ternos, dois Armani e dois Ralph Lauren, alguns paletós Ermenegildo Zegna e um sobretudo da mesma marca. Depois, resolveu voltar para buscar outro. Quanto às gravatas, Pa*** aceitou as dicas dela e pegou doze de uma vez, todas Bulgari ou Hermès, embora não enxergasse muito bem a diferença. Das camisas, ele perdeu a conta. As mais bonitas eram Versace, ainda que a mulher Paula prefira as Paul Smith.

Dá gosto ver os três pares de sapato Bally que eles compraram. Pretos, claro, pois toda mulher de verdade sabe que não existe sapato masculino de outra cor. Pa*** também adorou.

Aliás, gostou tanto que logo no dia seguinte estreou um par no banco. Não teve quem não reparasse. O Paulo e o Paulo comentaram que aquele tipo de sapato não combina muito com o estilo do Mao Tse-tung. Pelo jeito, o chefe ainda não está completamente aclimatado à China. A Paula adorou ver o Maozinho com um par daqueles e até comentou no almoço. Se ele falasse inglês com aqueles sapatos, ficaria muito charmoso. Um dia, o Paulinho vai ser daquele jeito também, mas não em tudo, cruz-credo. Só o amigo Paul, preocupado, não reparou direito na elegância do Pa*** quando eles conversaram de novo, no dia seguinte.

XXXIV

O amigo Paul chamou Pa*** logo cedo e, com isso, deu ainda mais motivo para as pessoas continuarem falando. Os dois já são íntimos. Os dois já são íntimos, o povinho começou a repetir. Apenas os vice-presidentes, e ainda assim nem todos, sabem que o Projeto China deve envolver algo de realmente especial. Inclusive, de fato as estrelas em frente ao nome do Pa*** indicam que.

Assim que entrou na sala, o amigo Paul sorriu e lhe deu os parabéns. Pa*** havia sido um dos escolhidos para trabalhar em Pequim! Mesmo feliz, ele sinceramente estranhou, pois esperava a confirmação para um pouco mais tarde, já que tinha entregue a carta de intenções no dia anterior apenas. Mas, enfim, é lógico que o pessoal de Londres não perde tempo. Esse vai ser outro sério conselho que Pa*** vai dar no livro para futuros executivos: no mundo de hoje é preciso agir com toda velocidade. Não perca tempo para tomar decisões e esteja preparado antes que elas apareçam. Um bom executivo pensa em tudo.

Ilustrativo, ainda, será o case do amigo Paul. Fiel à empresa, ele soube valorizar Pa*** para torná-lo forte a ponto de colocar o próprio posto de presidente em risco. Por essas e outras, Pa*** emocionou-se e sentiu um calafrio percorrer sua coluna vertebral. Vendo o outro daquele jeito, meio sem palavras e trêmulo, o amigo Paul não teve outra opção senão abraçá-lo. Todo futuro executivo deve manter a solidariedade com os colegas e alegrar-se com o sucesso deles, mesmo que sejam conquistas maiores que as de si mesmo, caso do amigo Paul, pensou Pa*** enquanto se desesperava para descobrir onde a dor estava. Se ele caísse no chão na frente do amigo Paul, tudo estaria perdido.

Foi o sal, talvez tentasse dizer. Mas não será preciso, pois a dor está no ombro direito e vai, então, apenas lhe tirar um pouco de fôlego. Sinceramente agradecido, Pa*** sentou-se e fez questão de dizer que jamais irá esquecer de tudo o que o amigo Paul fez, a dedicação, o profissionalismo, a lealdade ao banco e até aquela amizade tão sincera. Imagina só quando, além de tudo, ele descobrir que sua temporada na China ainda vai praticamente curar aquela maldita dor nas costas.

Inclusive, o amigo pode saber que será um dos principais cases do meu primeiro livro, uma espécie de guia para jovens executivos com análises financeiras, geopolíticas e dicas de gerenciamento. Então você está escrevendo um livro? Ainda não, é uma ideia para o futuro, talvez nos momentos de descanso na China, quando eu já estiver estabelecido por lá. O amigo Paul pigarreou ao ouvir e continuou dizendo que gostaria de tratar justamente desse assunto mesmo, a China.

No próximo final de semana, o banco vai promover um encontro de confraternização e debates em um centro de treinamentos para executivos. A princípio, estão convidados apenas os vice-presidentes brasileiros, alguns diretores que trabalham em estados mais distantes de São Paulo e um grupo que virá do exterior, mais especificamente do Peru, da Argentina e do Chile. Trata-se também de uma oportunidade de atualização, pois você sabe que os desafios, nesse mundo globalizado, vêm aumentando. O que eu queria de você é uma palestra, de duas horas no máximo, sobre a China. Eu sei, inclusive porque li a sua carta de intenções, aliás ótima, parabéns, eu sei que você está quase um especialista no assunto. Por favor, não diga nada do Projeto, apenas trate desse fenômeno que é a China, como você tem feito com os seus funcionários, de um jeito mais profundo, é claro. Até por quê.

Além disso, Pa***, a partir da semana que vem, por favor, vá arrumando as coisas e instruindo seu pessoal. Vamos conversar de novo para ver como vai ficar a transição. Se você topar, e eu tenho certeza de que vai, à tarde mando um e-mail com os dados do encontro desse final de semana. Eu mesmo estou curioso para ouvir o que você tem a dizer sobre a China.

Pa*** topou, claro.

XXXV

O encontro ficou marcado em uma graciosa e muito bem-cuidada chácara da grande São Paulo. O lugar foi projetado por um grupo de consultores para, durante a semana, receber executivos à procura de mentoring, coaching e couseling e, nos fins de semana e feriados, promover jornadas de treinamento, atualização e desenvolvimento de novas técnicas empresariais.

Cheia de árvores, a propriedade conta com um grande auditório, algumas salas laterais onde os consultores recebem os executivos individualmente, um refeitório com uma pequena cozinha industrial, alguns quartos para as pessoas que preferirem passar a noite ali, um belo salão de jogos e, na parte externa, um lago com peixes ornamentais e um jardim projetado para dar a impressão de paz, já que muitos executivos que procuram a consultoria estão estressados.

A propósito, o treinamento sempre começa por ali. Uma consultora formada em psicologia, com MBA em gestão empresarial e especialização em terapias corporais alternativas, explica como cada uma das flores consegue, algumas por bastante tempo, manter o brilho e a beleza mesmo entre outras espécies igualmente lindas. Acontece que um jardim sobrevive justamente porque as flores sabem coexistir, conquistam seu espaço dentro daquele pequenino universo e lutam para brilhar entre as outras que também têm um potencial gigantesco. A beleza, qualidade que os seres humanos dividem com as flores, não é algo que surge, simplesmente, mas que persiste. Paulo anotou tudo para depois pesquisar a flora chinesa.

Antes do almoço, ainda, os executivos do banco assistiram a uma palestra sobre os novos desafios e a política da alma com o dono e coordenador da consultoria, um sujeito que aos vinte e nove anos tinha chegado ao cargo de vice-presidente de uma das maiores empresas do mundo. Aos trinta e dois, atrás de renovar os horizontes, ele resolveu aplicar parte da fortuna que tinha ganho em um empreendimento em que pudesse dividir a experiência adquirida em doze anos de ascensão contínua e meteórica no universo das grandes corporações. Nesses dois dias de intenso aprendizado, os executivos irão descobrir como juntar em apenas uma as dez competências fundamentais para a carreira de um líder empreendedor no século XXI.

Depois do almoço, o grupo descansou com uma pequena exposição sobre a vida dos peixes no lago, outro microuniverso em que diversas culturas convivem em paz. Às quatorze e trinta, todos se reuniram para ouvir o Pa*** expor algumas hipóteses sobre a China. Humilde, ele começou dizendo que apenas resumiria seus estudos desses anos todos e apresentaria algumas conclusões, ainda provisórias. Para começar, os colegas podem apreciar o seguinte ideograma, que significa algo como, em que vocês irão perceber a harmonia dos traços, que convivem juntos para alcançar o máximo de rendimento, conforme aliás nossos novos amigos falaram hoje pela manhã sobre o jardim e o lago, duas coisas muito apreciadas na China.

Pa***, então, expôs como o povo chinês encara a administração polêmica de Mao Tse-tung, procurando não enxergar no líder a figura negativa que muitos no Ocidente ainda tentam atribuir a ele, mas sim a imagem de um Grande Timoneiro que preparava o país para os desafios que viriam adiante. Depois, alguns gráficos e mais dois ideogramas explicaram a solução que a China estava dando para o problema da energia e Pa*** expôs o produtivo (e solidário) relacionamento do país com algumas nações africanas.

Uns mais, outros menos, todos aplaudiram Pa*** que, a propósito, tinha resolvido vestir o figurino de Londres que a mulher Paula, não convidada para o evento, preparara. O amigo Paul chegou, na frente dos outros, a abraçá-lo e se disse muito impressionado com a fala. Depois de ouvir tudo aquilo, Pa*** deve imaginar, ele ficou com ainda mais vontade de ler a tal carta de intenções que, aliás, o pessoal de Londres adorou, meus parabéns.

Ele não leu?

XXXVI

Ao contrário do que essa gentinha deve estar falando, a dor nas costas do Pa*** não aumentou com a tensão antes do treinamento em Londres. Se o Godói quer saber, inclusive, ele está bastante calmo. Pa*** tem noção de que ficará na companhia dos melhores quadros do banco no mundo. Mas ele se preparou, como o pessoal da Inglaterra pôde ver na carta de intenções.

Além disso, Pa*** está tomando cuidado com o sal, cumprindo as recomendações do amigo Paul. Não há, portanto, motivo para nervosismo. Lógico, se ele soubesse que, além de tudo, a temporada na China irá lhe proporcionar o único tratamento eficaz para a dor nas costas que ele sente desde garoto, talvez ficasse meio nervoso, sim.

Mas Pa*** só vai descobrir a cama Ceragem quando já estiver muito bem instalado em Pequim. Depois de dois meses relaxando quarenta minutos por dia, aquela maldita dor vai praticamente desaparecer. Agora, porém, cumprindo as recomendações do amigo Paul, Pa*** pensa apenas em deixar a situação no Brasil da maneira mais adequada possível para o banco e comer pouco sal. Não é porque ele chegou ao nível internacional que vai relaxar na última hora.

Tensa mesmo está a mulher Paula. Para ela foi um desaforo não receber um convite para ir ao final de semana de treinamentos na consultoria. Sendo psicóloga, além da autoridade mais alta em RH do banco, talvez ela devesse inclusive participar da organização do evento, o que com certeza ajudaria os consultores a se aproximar ainda mais da cultura da empresa. Será que precisa saber inglês para fazer isso?

É ela que está ligando continuamente para a sala do Pa***. O banco inteiro não para de comentar o enorme sucesso que foi a preleção do final de semana. Alguns vice-presidentes estão impressionados com ele e com o abraço em público do amigo Paul.

A mulher Paula, a bem da verdade, quer dizer para ele que de fato está com medo de ser demitida. Recursos Humanos nunca foi um setor muito valorizado pela presidência e, agora, com a força que essa história de consultoria vem conquistando, o emprego dela está ameaçado. Sem falar que fora do banco a mulher Paula nunca conseguirá ganhar aquele salário.

Pa*** vai atender ao telefone só à tarde. Nesse momento, ele está reunido com todos os membros de sua equipe. Umas quinze pessoas. Se os visse do corredor, o Godói já iria sair dizendo que agora o setor passa o dia todo com as tais preleções sobre a China. Só porque o amigo Paul abraçou o cara em público...

Não é isso. Pa***, como um chefe consciente, está tentando preparar sua equipe da melhor maneira possível para a transição. De início, ele contou que foi selecionado para ser um dos executivos do banco, cada um vindo de uma parte do mundo, para integrar as novas iniciativas da empresa na China. Todos os funcionários, um por um, cumprimentaram-no pela magnífica conquista. A Paula, por outro lado, foi a única que de fato se sentiu orgulhosa com a notícia. Afinal de contas, ela tinha participado de tudo aquilo.

Pa*** continuou explicando que a transição causaria alguma crise, normal, mas que todos poderiam ficar tranquilos. Não há risco de demissão e a equipe é um sucesso.

À tarde, Pa*** finalmente atendeu o telefone e tranquilizou a mulher Paula. O medo é natural, mas nada deve acontecer. Ele não vai escrever no livro para futuros executivos, mas esse foi um dos seus únicos erros na carreira: a mulher Paula será demitida quando ele ainda estiver em Londres, antes mesmo de desembarcar em Pequim.

Ela pode ficar tranquila, Pa*** continuou, porque não vai acontecer nada. Quem também quer muito conversar com ele é a Paula. Como ela viu que o chefe estava feliz, achou que talvez o momento fosse bom para comunicar sua saída do banco.

Pa*** pediu para conversar no dia seguinte. Ele precisa preparar as preleções finais e, além de tudo, planeja escrever um último relatório para o amigo Paul, detalhando os ganhos da equipe desde o dia em que assumiu a diretoria. Dessa vez, Pa*** vai fazer o texto sozinho, já que pretende começar a se preparar para o livro dedicado aos futuros executivos. A experiência da redação é uma oportunidade que ele não pode deixar passar. Além de tudo, a temporada na China irá torná-lo um escritor.

XXXVII

Pa*** agradeceu à professora de mandarim com sinceridade. Ele admira pessoas que trabalham por conta própria e, além disso, consegue ver nela muito do espírito persistente e guerreiro do povo chinês. A bem da verdade, 保拉 ficou verdadeiramente feliz com a notícia de que um de seus melhores alunos agora representaria na China um banco tão importante.

保拉 sempre observou que Pa*** usa com muita habilidade os dois lados do cérebro. Por isso, inclusive, sentiu-se segura para, logo de cara, entrar com os ideogramas. Os professores de mandarim como língua estrangeira normalmente ficam meses com os alunos usando um sistema de transliteração fonética, o famoso pin-yin. Com o Pa***, porém, ela adotou uma mescla que acabou se revelando muito eficiente. Sem falar que em poucos meses ele memorizou dezenas de ideogramas, compreendeu o método utilizado por séculos para fazer o desenho, praticou bastante os traços e não sentiu muita dificuldade para se adaptar ao sistema tonal. Sem dúvida, Pa*** vai se dar muito bem na China.

Agora, nas últimas semanas no Brasil, os dois combinaram de praticar apenas o mandarim oral. Pa*** quer fortalecer sua capacidade de comunicação, para logo de imediato se integrar à cultura chinesa. Por enquanto, ele pensa apenas no trabalho do banco, mas essa habilidade de expressão ainda será muito útil quando conhecer a cama Ceragem.

Pa*** sente uma dor nas costas bastante incômoda desde menino. Não se trata de algo exatamente muito forte, mas como a localização da dor varia praticamente todos os dias, o tratamento acabou sendo muito difícil. A princípio, os médicos desconfiaram de algum mal de origem reumática, muito raro em crianças. Mas a hipótese, depois de alguns exames, foi afastada sem que nenhuma outra explicasse melhor o problema. Até hoje, mais exatamente no lado de baixo da nuca à esquerda, a dor o incomoda.

Com alguns meses na China, Pa*** vai conhecer uma cama que será praticamente a solução. A pessoa deita em um colchão sobre algumas pedras quentes e relaxa por quarenta minutos. Nas primeiras sessões, o corpo sente algo estranho, mas depois de uns dez dias, o alívio é enorme.

Por enquanto, muito longe ainda de Pequim e da cama Ceragem, Pa** quer deixar tudo em ordem no Brasil. Por isso, acaba de sentar, em casa, para redigir um último relatório para o amigo Paul. Ele poderia fazer isso no banco, mas prefere, dessa vez, escrever sozinho. Algumas informações serão confidenciais – ele deve muito ao amigo Paul – e, por outro lado, Pa*** quer já começar a sentir a experiência da escrita. Pequim, ele desconfia, irá torná-lo um escritor.

Um escritor!

Depois de fazer um histórico de sua trajetória no banco, Pa*** listou as conquistas do departamento a partir da data em que assumiu a diretoria. Foram dezenas de relatórios, uma infinidade de informações compiladas, análises para diversos setores e, como resultado, uma clareza maior para as operações do banco. No final do texto, Pa*** apontou a harmonia da equipe e lembrou da grande conquista que foi ter conseguido trabalhar com uma funcionária problemática como a secretária Paula, o que passou para todos um valor fundamental de tolerância, agora que o banco resolveu investir mais na sua imagem de agente social.

Pa***, porém, já tinha avisado à mulher Paula que dessa vez a tal secretária seria demitida. Sem ele para gerir os problemas da moça, o banco ficaria com um incômodo nas costas, e isso de fato ele não deseja nem para o pior inimigo. Não são todos os diretores que sabem administrar, por exemplo, um funcionário que tem medo do vento. Pa*** admite que é muito estranho, mas, mesmo assim, resolveu mantê-la na equipe porque julgou que a atitude traria ganhos internos, o que aconteceu de fato. Mas agora, sem ele, é melhor que a secretária Paula saia do banco. Além de tudo, com o status que Pa*** adquiriu com a indicação para a China, o Godói não terá muito o que dizer.

Na manhã seguinte, Pa*** mandou um e-mail pedindo para que a Paula viesse logo cedo conversar com ele. Não demorou muito e, sem a fotografia do Paulinho, ela sentou curiosa na frente do chefe, aliás certa de que aquela também era uma boa ocasião para comunicar o que tinha decidido. Sem muitos rodeios, Pa*** explicou que, com a sua ida para a China, a situação dela no banco ficaria muito difícil e talvez o novo chefe não fosse como ele. Por isso, ela será demitida.

Impressionada com a generosidade do chefe, Paula começou a chorar na mesma hora. Ele é uma pessoa boa, sim.

XXXVIII

Pois então, é por isso que esses funcionários nunca conseguem nada na vida. Diante de uma pequenina dificuldade, em vez de se reerguer, começam a chorar. Por que essa retardada, por exemplo, não pergunta os seus defeitos, pede algumas dicas e, quem sabe, até não admite os problemas e diz que está disposta, na próxima oportunidade, a fazer melhor?

Paula agradeceu muito e respondeu que, naquele tempo em que os dois trabalharam juntos, ela notou que estava na companhia de uma pessoa não só muito séria e inteligente, mas também de um ser humano compreensivo e generoso. E aqui ela inclui, pois todo mundo ficou sabendo, o fato de o chefe, em um momento muito importante da vida dela, ter impedido a sua demissão.

Como o Pa*** sabe muito bem, o sobrinho dela nasceu forte e lindo. A família se preocupa muito com o futuro do Paulinho (e por causa disso mesmo ela volta a agradecer, pois se tivesse sido demitida naquela época, não poderia ter ajudado a comprar o enxoval) e por isso decidiu abrir um negócio próprio. É difícil, mas está dando certo. O cunhado vendeu o carro e o seu Paulo acrescentou umas economias antigas para a família poder comprar a banca de jornal perto do ponto final do ônibus.

A Paula iria mesmo pedir demissão, pois pretende ajudar a irmã. E além de tudo, ela quer começar a estudar de noite. E o Pa*** sabe muito bem, hoje em dia não é nada fácil pagar uma faculdade. Agora, com o dinheiro da indenização ela vai poder garantir algumas mensalidades até a coisa se acertar de novo em casa. Se o Pa*** não tivesse essa bondade de demiti-la, talvez a Paula só pudesse começar a estudar no segundo semestre.

Inclusive, ela quer saber se o chefe não tem nenhuma indicação de livro, ele que parece ler tanto, para quem está começando um negócio próprio. Pa*** respirou fundo, sentiu a dor ficar um pouco mais forte perto da bacia, fixou a imagem de um Fernando Henrique Cardoso muito calmo na cabeça e recomendou qualquer um sobre a China. Vendo que o chefe estava sem paciência, provavelmente porque tinha muito o que fazer, Paula agradeceu e pediu licença para sair.

Ele não é um Maozinho, não.

Assim que a secretária fechou a porta, Pa*** telefonou para a mulher Paula marcando um almoço. Primeiro, ela devia cancelar a demissão daquela menina débil mental porque, além do banco não ser uma instituição de caridade, ele não quer ir embora com fama de bonzinho. A propósito, outro conselho para o livro dedicado aos futuros executivos: nunca vá embora com fama de bonzinho.

A mulher Paula também lhe passou o contato de um parente que tinha feito mestrado em Letras, escrevia poesia e deu aula em uma faculdade. Parece que ele também faz versões de textos para o inglês. Pa*** gostaria de levar para Londres, no idioma deles, a carta de intenções, mas pretendia cortar todos os trechos que falavam de sua candidatura, afinal de contas ele agora já tinha sido escolhido. Sem problemas, ela respondeu, ele pode fazer uma edição também. A bem da verdade, quem fazia as versões para o inglês era a esposa do poeta Paulo, mas os dois tinham um acordo e às vezes um assinava o trabalho do outro. Casais felizes são assim.

Por aquele valor, o cara aceitou ir ao banco naquela tarde mesmo. Pa*** explicou tudo, passou-lhe uma cópia do texto e pediu urgência. No final do expediente, antes da preleção sobre fidelidade e segredo corporativo, Pa*** atendeu uma ligação do Paul e soube que os documentos e a passagem dele para Londres estavam confirmados para a data inicialmente combinada e que no aeroporto de Heatrow haveria um motorista do banco o aguardando. Ele vai levar Pa*** para o hotel e no dia seguinte, conforme as diretivas que o pessoal enviou de Londres, o mesmo motorista estará no saguão o aguardando. Para cada um dos envolvidos no Projeto China, o banco designou um motorista particular durante todo o treinamento em Londres. Pa*** deveria se reunir com o amigo Paul logo no dia seguinte de manhã, para a última conversa, e depois os outros diretores e vice-presidentes iriam todos à sala de reuniões tomar um café e lhe dar os parabéns, para se despedirem do velho colega e brilhante profissional.

XXXIX

O começo da noite não foi fácil para o Pa***. Depois de concluir o relatório final, inserindo o trecho em que comenta a economia que o banco fez com a decisão de não demitir a secretária Paula (a menina pode ter medo do vento, mas é muito espertinha e está querendo o valor da indenização, já que vai se demitir de qualquer jeito), ele se deitou, mas demorou para adormecer. Primeiro, repassou todos os ideogramas que conseguia lembrar.

Quase oitenta, mas o sono não veio. Depois, Pa*** virou de bruços e concentrou-se para localizar a dor, aliás, bem leve naqueles últimos dias. Felizmente, estava na região do baço, e não na coluna vertebral. Ele, então, resolveu refazer na cabeça o trajeto da viagem do ex-presidente Fernando Henrique Cardoso à China e isso o acalmou.

Caso sentisse frio na espinha, a emoção não o faria desmaiar de desespero. Pa*** já explicou para os diversos médicos que tentaram algum tratamento, até hoje sem nenhum resultado, que se ele sentir aquele tremor na coluna e a dor estiver em algum ponto da vértebra, a sensação é a de que de fato ele vai morrer sem ar, com a vista escurecida e as pernas aleijadas. Nenhum conseguiu um tratamento eficiente.

Mas quando chegar à China, com poucos meses Pa*** vai conhecer a cama Ceragem e seus problemas nas costas diminuirão drasticamente. O ex-presidente Fernando Henrique Cardoso, que nesse exato momento atravessa a grande muralha, fez uma bela massagem na China. No entanto, é honesto dizer, ainda mais por se tratar do mundo da política, que o problema nas costas do famoso sociólogo, agora tomando chá perto da praça Tiananmen, que é linda, como é bonita, é muito diferente do que o executivo tem desde menino, e Fernando Henrique Cardoso finalmente entra em um avião enquanto Pa*** vira-se de lado e adormece.

No dia seguinte, Pa*** praticamente acordou, depois de uma maravilhosa noite de sono, na sala do amigo Paul. Antes de tudo, o presidente do banco no Brasil presenteou um de seus diretores mais aplicados e fiéis com uma pasta de couro. Dentro, ele vai encontrar a passagem de primeira classe para Londres, algumas instruções prévias que o pessoal de lá mandou e um bônus de agradecimento. A bem da verdade, trata-se de um vale que poderá ser trocado em Londres ou depositado aqui no Brasil mesmo. Todos os futuros integrantes do Projeto China estão recebendo um.

A propósito, vai ser com parte desse dinheiro que ele vai comprar a cama Ceragem.

O amigo Paul, para encerrar, apenas sublinhou que o nome dele foi escolhido porque o banco espera algo que poucos, em uma situação como aquela, podem oferecer: fidelidade absoluta à instituição. Pa*** garantiu que sim. Antes de tudo, ele gostaria de entregar para o melhor chefe que já teve e jamais terá na vida, coisa que não deixará de ressaltar no livro dedicado aos futuros executivos, o seu relatório final. Enfim, está tudo lá, como o amigo Paul poderá ler.

Mas ainda sobram dois outros assuntos urgentes que não estão no texto. Um é a fundamental demissão daquele diretor, o tal Godói. Com a autoridade que adquiriu durante a seleção para o Projeto China, Pa*** pode dizer tranquilamente para o amigo Paul que aquele sujeitinho é um perigo para o banco. O outro não entendeu nada, mas fingiu anotar tudo na capa do relatório final, que já estava em suas mãos.

Olha, é constrangedor mesmo, mas o Pa*** gostaria de dizer que de fato o banco deve demitir também a mulher Paula. Ele sabe que essa hipótese já está sendo considerada e gostaria de reforçá-la. O RH só serve para atravancar a vida dos diretores. Algumas tardes de treinamento naquela consultoria e todos eles, até os mais bobos, aprendem como tratar os funcionários. E o amigo Paul sabe que ele está fazendo isso para provar sua profunda lealdade à empresa e, portanto, pede absoluto sigilo.

Perplexo, o amigo Paul abraçou Pa*** convencido de que o banco tinha mesmo feito a escolha certa. Ele jamais os trairia. Com a mão no ombro do outro, aliás bem em cima da dor, Paul o levou até a sala de reuniões, onde alguns colegas já aguardavam para a despedida. O presidente pediu desculpas, disse que precisava enviar um e-mail urgente e que não demoraria a voltar.

Paulson, então, logo soube que o tal brasileiro, para fazer a instituição funcionar ainda melhor, indicou a demissão da própria namorada, ou amante, ou, enfim, não vem ao caso. De fato, o cara é realmente muito fiel. Para não esquecer, Paulson abriu a pasta, achou a folha com os selecionados para o Projeto China e colocou outra estrela na frente do nome do P****. Disparado, ele será a figura-chave de todo o grupo.

XL

P**** não gosta muito de encontros informais, sobretudo estes com quinze pessoas que se reúnem para não fazer nada, talvez dar umas risadas, relaxar um pouco e com certeza perder muito tempo. No caso, inclusive, ele achou dispensável até mesmo a confraternização de despedida. Os diretores presentes, com certeza mortos de inveja (do bônus ninguém sabe ainda, nem mesmo o próprio P**** teve tempo de conferir o valor), o abraçaram o mais rápido que podiam, alguns desejando boa sorte, e logo foram para as pequenas rodinhas perto das bebidas.

Apenas o Paulo, que com aquela idade já não tem muitas pretensões no banco, procurou puxar um pouco de conversa, reforçando a ideia do tal livro, quem sabe nos momentos de descanso na China. P**** fez que sim com a cabeça, garantindo que vai mesmo escrevê-lo, e pediu para que os dois se afastassem um pouco. Olha, agora que eu estou deixando o banco no Brasil (provavelmente para nunca mais voltar), vou te falar com toda sinceridade: se você não demitir aquele filho da puta do Godói, aquele diretor que trabalha com você, mais cedo ou mais tarde, e a bem da verdade ele já deve ter feito isso, o cara vai te trair.

Mas a conversa teve que ser interrompida porque o amigo Paul, voltando, queria falar algumas palavras. Essas mesmas que os vice-presidentes já esperavam. Depois, um por um, eles abraçaram de novo o P**** e os mais seguros até deram no colega alguns tapinhas nas costas. Como a dor estava exatamente abaixo do ombro direito, os cumprimentos recaíam todos sobre ela.

Ao contrário do que muita gente pode pensar, isso não traz nenhum sofrimento para o P****. Depois de alguns tapas, de qualquer intensidade, a dor apenas se torna um calombo enrijecido e perde por algumas horas a mobilidade. Só isso, nem melhor, nem pior. Antes de sair, o amigo Paul ainda recomendou, de brincadeira, que o P**** tomasse cuidado com o sal. Afinal de contas, agora ele é um dos principais nomes do banco no mundo inteiro. Um frio na espinha percorreu as costas do P****, mas como a dor havia se transformado em um calombo, bem longe da espinha dorsal, ele pôde voltar sem nenhum problema para sua sala.

Antes de terminar de empacotar as últimas coisas, P**** escreveu um e-mail para a secretária, explicando que tinha reavaliado a situação profissional dela e que a experiência com a redação da carta para o Projeto China a havia tornado uma funcionária muito mais sofisticada. Paula devia ficar feliz, pois o banco reconhecia seu valor e tinha decidido mantê-la no cargo.

Paula saiu do banco às onze horas da manhã para nunca mais ver aquele filho da puta na frente.

Quando todos os funcionários já tinham retornado do almoço, P**** perguntou sobre a secretária, mas ninguém sabia dizer onde ela tinha se metido. Enfim, havia chegado o momento de agradecer-lhes, pois sem eles o departamento não teria se tornado fundamental para o banco, e nem tão produtivo. P**** deseja boa sorte a todos, explica que por enquanto eles ficarão sem um diretor – ou seja, devem apenas continuar o que estão fazendo – mas já na semana seguinte terão alguma posição definitiva sobre isso. Ele não sabe dizer se virá alguém de fora ou se o banco vai reestruturar a própria equipe.

P**** apertou a mão de um por um e, em silêncio, caminhou até o elevador. Se o Godói aparecer, ah, agora sim, ele diz todas as verdades. Sua única companhia até a garagem foi uma faxineira, porém. Pelo jeito que ela o olhou, com certeza está sabendo da dor nas costas. Mas agora essa gentinha já não tem mais nenhuma importância para a vida dele.

XLI

Os dois últimos dias no Brasil P**** resolveu passar sozinho. A mulher Paula insistiu para que os dois se encontrassem, mas ele explicou que precisava se concentrar nos preparativos finais da mudança. Não é fácil decidir o que levar. O treinamento, além disso, deve exigir muito dele e, P**** garante, é só impressão dela: não existe o menor risco do banco demiti-la.

A mala até que não ficou tão pesada: além das roupas, ele está levando apenas algum material de estudo de chinês, um dicionário e uma ou outra coisa que lhe pode ser útil no treinamento em Londres. Por sorte, ele conseguiu armazenar toda a coleção de informações sobre Fernando Henrique Cardoso no laptop mesmo. Um funcionário, na última hora, escaneou o que ele tinha imprimido.

Na bagagem de mão vai o computador, um livro do ex-presidente que ele está tentando ler faz tempo, a documentação toda, um resumo das expressões mais comuns em mandarim e um pequeno guia de viagem de Pequim. Não que P**** pretenda, agora que o projeto está no começo, planejar algum tipo de turismo na China. A bem da verdade, ele acha que conhecer alguns pontos importantes da capital chinesa pode ser um sinal de respeito à cultura do país que irá recebê-lo.

No horário combinado, a mulher Paula apareceu para levá-lo ao aeroporto. Ela estava aflita mas, por outro lado, confiava muito nele. Afinal de contas, nesses anos todos de banco ela viu poucas pessoas evoluírem tanto. Sem falar na generosidade do excelente profissional que está por trás do homem que ela conhece muito bem.

No caminho, a mulher Paula lhe entregou a versão para o inglês da carta, e disse que o tal parente gostaria de manter contato. Como tem experiência com literatura (o cara escreve poesia), ele poderia dar uma ajuda nos textos que o executivo, futuro líder do banco na China, pretende escrever.

P**** agradeceu e disse que, com certeza, procuraria o rapaz. Ele quer ter pessoalmente a maravilhosa experiência com a escrita que, já ficou claro, irá enriquecê-lo ainda mais. Um assessor, porém, será fundamental para o projeto do livro que ele tem em mente.

No aeroporto, a despedida entre os dois foi meio fria. P**** é muito discreto e, no mais, estava preocupado em saber como a dor se comportaria até Londres.

Mas a viagem foi tranquila. A maldita dor nas costas que ele sente desde menino, e que a cama Ceragem deverá aliviar, ficou no lado esquerdo da bacia. Como a generosidade do banco tinha reservado um lugar na primeira classe, P**** acomodou-se de uma maneira em que a dor quase não incomodava e dormiu logo depois da primeira refeição, para acordar quando o avião já estava preparando a aterrissagem.

P**** não teve nenhuma dificuldade para encontrar o motorista. O sistema de ar-condicionado do veículo logo o aqueceu e, pela primeira vez, ele sentiu algo estranho: o banco parecia disposto a protegê-lo. Essa sensação faz muito bem a qualquer pessoa.

XLII

Ainda mais se você estiver, da janela do carro, assistindo ao dia começar nas ruas de Londres. Fazia muito frio, mas não estava chovendo, o que permitia às pessoas caminhar com um pouco mais de calma. Como sempre na capital inglesa, havia certa ansiedade no ar e o trânsito, entre aqueles táxis pomposos e os ônibus, lindos mas muito mal conduzidos, estava insuportável.

Nada disso, porém, nem o trânsito, a ansiedade e muito menos as pessoas, impressionavam P****. Inesperadamente, ele emocionou-se ao olhar, de dentro do carro, para os prédios, a publicidade agressiva e a enorme quantidade de bancos diferentes que se enfileiravam em algumas ruas. P****, claro, já tinha estado em Londres algumas vezes, mas não na condição com que, agora, em janeiro de 2004, ele desembarcava.

Agora, em janeiro de 2004, no momento em que sua vida está de fato começando a decolar, P**** sente o rosto muito aquecido, as pernas um pouco frágeis mas bem situadas no chão do carro, um peso estranho no peito, o coração um pouco acelerado e uma necessidade urgente de chorar. Um homem do nível dele, porém, jamais daria esse gostinho para um reles motorista, mesmo um inglês. Sem falar no Godói. P****, por isso, respirou fundo, fingiu que estava arrumando os óculos para enxugar o olho esquerdo e, depois, limpou o vidro do carro com o mesmo gesto emocionado e contido.

Percebendo o interesse do passageiro, o motorista inglês perguntou se P**** gostaria de passar por alguns pontos turísticos da cidade. Eles estavam indo em direção à Piccadilly Street, onde fica o hotel Ritz, um dos mais luxuosos da capital, e talvez pudessem, no mínimo, se aproximar do Palácio de Buckingham. Com uma manobra um pouco maior, contornariam o St. James Palace e, se o trânsito ajudasse, conseguiriam passar pela National Gallery e, na volta, entrariam por Piccadilly Circus.

P**** achou o motorista insolente e não respondeu. No saguão do hotel, ainda muito desconcertado com a estranha emoção que o curvava um pouco para a frente (e não a dor nas costas), uma moça muito educada sorriu para ele e dispensou-o de preencher qualquer ficha. Ela apenas pediu uma assinatura, pois o banco já tinha tomado todas as providências. Antes do hóspede subir, a moça passou-lhe ainda um bilhete deixado especialmente para ele.

De próprio punho, Paulson, a maior autoridade executiva do banco no mundo inteiro, desejava-lhe uma ótima estadia em Londres e passava o telefone celular de uma secretária, à disposição dele o tempo inteiro. Qualquer coisa que precisasse, bastava telefonar. Meia hora depois, enquanto P**** ainda examinava as instalações do quarto, a mesma moça da portaria pediu a autorização dele para passar uma chamada urgente. Do outro lado, Paulson queria saber como tinha sido a viagem. Depois, explicou que todos os participantes do projeto já estavam em Londres e que teriam o dia para descansar e se instalar melhor. Às dezoito horas, o mesmo motorista o aguardaria no saguão para levá-lo ao primeiro encontro, apenas um evento de apresentação. Paulson, por fim, disse que tinha excelentes referências dele e que, sabendo que estava diante de um verdadeiro intelectual, esperava que P**** desempenhasse um papel muito importante para o banco.

Depois de agradecer, P**** desligou e precisou de um pouco mais de força para encontrar uma cadeira. Sentado, com as costas bem retas, ele prometeu para si mesmo que faria tudo, absolutamente tudo que precisasse para servir o banco. E quem sabe um dia ele não ocupasse o cargo do Paulson?

Sozinho, sem correr o risco de ser visto por ninguém, P**** apoiou a mão esquerda na perna, colocou a direita no rosto e chorou por quase dez minutos. A dor nas costas estava ali e, como sempre, tinha se deslocado um pouco. Se ele soubesse que o banco ainda lhe proporcionaria, em Pequim, a oportunidade de conhecer a cama Ceragem, talvez P****, que não é muito afeito a isso, sentisse a maior emoção da sua vida.

XLIII

Antes de se levantar, agora ainda mais forte e determinado, P**** fechou os olhos e procurou se concentrar para descobrir onde a dor estava. Bem no meio da coluna vertebral. A bem da verdade, isso o deixou confuso.

E ele não desmaiou? Desde menino P**** sente uma dor estranha nas costas. Ela não é muito forte mas, em compensação, anda de lá para cá. Os médicos sempre acham que se trata de reumatismo, mas nenhum exame confirma. Ele já tentou de tudo. A situação fica realmente grave quando a dor estaciona na coluna vertebral: se, por algum motivo, ele se emocionar e um calafrio lhe percorrer a espinha, é difícil até respirar, quanto mais se manter em pé. Dessa vez, porém, ele chegou a chorar e, mesmo com a dor em uma das vértebras, não desmaiou.

Equivocado, P**** concluiu que talvez o Projeto China já estava fazendo tão bem que até aquela maldita dor nas costas, que o incomoda desde menino. A bem da verdade, enquanto chorava, a desgraçada da dor deslizou até a coluna vertebral. Não deu tempo de desmaiar, no entanto, pois o calafrio já tinha passado.

Enfim, seja lá o que for, P**** sabe muito bem que o importante agora é não se emocionar para fazer bonito e mostrar que ele está em plena forma. Paulson não vai se arrepender de tê-lo convidado. Prevenido, P**** resolveu fazer uma espécie de diário com a localização da dor. Assim, conseguiria controlar com mais cuidado onde ela estava e se comportaria conforme suas possibilidades de se emocionar. Logo, a bem da verdade, ele vai esquecer a ideia.

Algum tempo depois, mais precisamente às treze horas, P**** pediu um lanche pelo interfone. Ele só pretendia sair realmente quando o motorista chegasse.

Organizando as informações que tinha até ali, traçou um plano estratégico para os dez dias de treinamento. Primeiro, P**** deve arranjar uma forma de demonstrar que está absolutamente afinado com a nova política econômica chinesa. Depois, aos poucos, ele precisa provar que conhece a fundo a cultura e a história daquele país milenar e, caso ocupe um cargo de liderança, está disposto a integrar-se àquele povo, até porque ele já tem um bom nível de mandarim, detalhe que é imprescindível mostrar.

Como objetivo final, P**** quer reforçar a sua mais absoluta lealdade ao banco. Não serão dez dias fáceis, mas vale dizer, desde já, que ele será absolutamente bem-sucedido, cumprindo com folga todos os pontos da estratégia que traçou. No final do treinamento, com a quinta estrela na frente do nome, ***** será chamado para uma conversa reservada com Paulson e embarcará um pouco depois dos outros, já que mesmo ocupando um lugar central no Projeto, ele terá que desempenhar algumas funções bastante sigilosas.

Falta pouco para o motorista chegar. ***** tomou um longo banho, sublinhou no diário da dor que ela continua no meio da coluna vertebral e se sentiu curioso para saber o que estaria acontecendo no Brasil. Ele quase telefonou para a mulher Paula, mas no meio do caminho se lembrou de que devia controlar as emoções.

XLIV

Apesar de não ter simpatizado com quase nenhum dos colegas do projeto, ***** saiu com uma excelente impressão do primeiro encontro e, mais, fez um amigo. O banco realmente estava levando-os a sério e as perspectivas pareciam ótimas. Antes da conversa com o Paulson, eles foram recebidos por um dos vice-presidentes de Londres, Paul, que explicou em detalhes como o treinamento estava organizado.

Como já sabiam, todos os gastos com hotel, transporte e alimentação em Londres serão cobertos pelo banco. No final, eles receberão um bônus que será depositado em uma conta aberta em nome de cada um na agência central de Londres. Quando forem para Pequim, os valores serão transferidos para o Industrial and Commercial Bank of China, com quem eles mantêm um convênio.

Por falar nisso, na China cada um terá uma residência também paga pelo banco. Aqueles cuja família está se preparando para mudar receberão um imóvel maior. Ninguém sofrerá com falta de conforto. O transporte ficará a cargo de cada um, mas as residências estarão próximas ao local de trabalho. Além disso, para o salário que vão receber, um carro na China é coisa muito barata. Hoje, é o segundo país que mais fabrica veículos no mundo.

Depois, Paul, uma espécie de braço direito do Paulson, explicou em linhas gerais o que o banco espera deles. Ninguém ouviu qualquer novidade. Não se trata de um projeto de expansão no varejo bancário. A instituição não quer abrir uma rede de agências no enorme território chinês, até porque já existem várias.

A ideia é ampliar os projetos em conjunto com o governo chinês, alguns já em um bom estágio de andamento. De início, os escolhidos devem apenas se aprofundar nas parcerias que já existem, observando sempre as particularidades do governo e a maneira com que os negócios são conduzidos. Isso pode ajudar muito a consolidar conversações futuras. A propósito, vamos esquecer a palavra política aqui em Londres mesmo.

Desde já, eles devem se concentrar em questões ligadas ao petróleo, à transferência de energia e ao desenvolvimento urbano, sobretudo no que diz respeito à construção civil. O comércio internacional interessa também, mas o banco precisa compreender melhor a dinâmica dos novos atores que a China está fazendo surgir, sobretudo na África.

Paulson veio falar com eles um pouco depois das dezenove horas. O presidente mundial cumprimentou a todos e, sem muitos rodeios, foi logo dizendo que naquela sala estavam os melhores cérebros do banco. As nossas estrelas. Ele confiava muito em todos, conhecia o histórico de cada um e se colocava à disposição para qualquer coisa. Simpático, Paulson acrescentou que ele mesmo gostaria de ir para a China. Para o mundo das finanças, não existe desafio maior.

Antes de sair, Paulson pediu para que ***** se apresentasse. Parabéns! O trabalho de pesquisa do brasileiro era impressionante e talvez ele pudesse mostrá-lo aos outros. Nos escritórios, continuou, e mesmo nos diálogos com o governo, eles só vão usar o inglês. Mas a iniciativa de estudar mandarim revela muita coisa.

***** agradeceu, mas preferiu ficar calado. Rígido na cadeira, com a maior discrição possível ele forçou as mãos ao lado das pernas e endureceu os joelhos. ***** também prendeu o fôlego e com isso conseguiu evitar um previsível frio na espinha. Um desmaio ali colocaria tudo a perder. Os outros olharam imediatamente para ele, mas ninguém deve ter percebido nada. Talvez um pouco de sal a mais na comida. Durante o jantar, um irlandês muito simpático, Pauling, se aproximou para saber mais sobre aquela história de mandarim e os dois viram que talvez pudessem se aliar para render o máximo durante o treinamento.

XLV

Pauling tem uma história curiosa no banco. Hoje, com um pouco mais de sessenta anos, ele é um desses executivos-sênior que estão se tornando cada vez mais comuns, por causa da dificuldade de encontrar novos quadros. Com o tempo, tornou-se um dos principais conselheiros da presidência londrina, ainda que ocupe um cargo no Japão. Desde a faculdade, ele sempre trabalhou no banco, tendo sido uma figura-chave quando o caso Irã-Contras ameaçou destrinchar uma série de operações bancárias que, talvez, depois de um intrincado ir e vir de contas entre a Europa e alguns paraísos fiscais, desembocassem em um constrangedor investimento do IRA.

Não que o banco, sob nenhuma hipótese, tivesse qualquer ligação com grupos terroristas e muito menos com o tráfico internacional de armas. Eles sempre foram muito cuidadosos com isso e podemos dizer que, para além de alguns deslizes involuntários, têm a ficha completamente limpa. No entanto, durante a década de oitenta, aparentemente algumas organizações irlandesas de caridade usaram suas contas para, de fato, lavar dinheiro para o grupo separatista irlandês.

Muito bem informado, um desses jornalistas norte-americanos que aparecem a gente não sabe muito bem de onde para tentar derrubar o presidente (às vezes conseguem) quase rastreou as contas do IRA enquanto fuçava os negócios da CIA com os insurgentes da Nicarágua. É nesse momento que Pauling se revela um grande estrategista: sem fazer nenhuma operação ilegal, ele se adiantou ao jornalista, observou que de fato havia algo estranho com certas transações do banco em diversas contas offshore e, sem muita cerimônia e absolutamente nenhuma ilegalidade, fez o banco assumir algumas iniciativas de caridade, por ele batizadas de desenvolvimento social, na Irlanda. Hoje, quase três décadas depois, o banco investe em projetos comunitários em todos os países onde está.

A inteligência engenhosa daquele irlandês, até ali apenas um mero vice-presidente em Dublin, logo impressionou o pessoal de Londres, que o trouxe para trabalhar, junto com a esposa e os dois filhos pequenos, na central. Depois de três anos, Pauling tornou-se um dos principais estrategistas do banco, e também um de seus funcionários mais bem pagos.

No entanto, em um outro momento de tensão, uns dois anos depois, sua esposa invadiu a sala de reuniões, com os dois filhos no colo, e começou a estapeá-lo, dizendo que tinha acabado de descobrir que ele estava passando as noites fora não porque o banco precisava, mas sim para se divertir com um rapazinho dez anos mais novo. A coisa ficou um pouco pior quando todo mundo soube que o amante secreto era um de seus assessores.

Paulson, hoje na presidência mundial, ocupava um lugar importante na diretoria de Londres e, na reunião de emergência que o banco fez para discutir o problema, recomendou absoluta frieza. Claro, o caso era grave, mas Pauling ocupava um lugar fundamental para o banco. E ninguém podia esquecer do brilhantismo com que ele resolvera a questão do IRA.

Enfim, o banco decidiu transferi-lo para as ilhas Maurício, onde ele trabalharia exatamente com estratégias de prevenção de lavagem de dinheiro. Como iria precisar, Pauling estava livre para levar o assessor que quisesse.

Ele já não aguentava mesmo a esposa e, com um pouco de receio por causa da distância que ficaria dos filhos, aceitou a oferta e passou dez anos muito felizes ao lado do amante, desfazendo aqui e ali algumas transações estranhas, sempre com a perspectiva de, no final da tarde, passear em um dos litorais mais bonitos do mundo. Depois de uma década juntos, o rapaz transferiu uma boa soma de dinheiro para uma conta na América do Sul e desapareceu.

Pauling não teria muita dificuldade para rastrear o dinheiro. Era a especialidade dele e a transferência havia sido banal. Mesmo assim, resolveu deixar tudo de lado e preferiu pedir para voltar a trabalhar em Londres. O banco, porém, não sabia se o escândalo estava completamente esquecido e preferiu enviá-lo para uma vice-presidência na Indonésia e, depois, para dirigir as operações no Japão, onde ele se saiu muito bem.

Agora, ele retorna para a Inglaterra no Projeto China como um dos principais nomes do banco na Ásia. No jantar, ele e ***** trocaram impressões sobre o mandarim, que Pauling conhecia um pouco, muito embora preferisse o japonês, uma língua mais suave, sem o complexo sistema tonal dos chineses. Antes de se despedirem, já no saguão do hotel, Pauling revelou que também trabalha com arquivos de informações no laptop e os dois combinaram de, na manhã seguinte, já que as reuniões de treinamento começarão só depois do almoço, encontrar-se para trocar figurinhas.

XLVI

Depois do café da manhã, os dois ficaram bastante tempo comparando os vários arquivos que tinham e, de fato, puderam trocar algumas informações sobre a China. Ambos colecionavam basicamente a mesma coisa, mas ***** parecia dar mais ênfase à cultura. A diferença maior, porém, estava em alguns aspectos secundários. Pauling, com certeza por causa de sua história no banco, tinha feito várias fichas com questões estratégicas, traçando planos para solucionar problemas e desenvolver caminhos seguros. ***** dava mais atenção para o relacionamento entre o banco e outras figuras importantes da sociedade chinesa, que iam desde a memória do próprio Mao Tse-tung, passando pelo governo atual, para chegar à população rural, ainda muito empobrecida. A bem da verdade, Pauling não entende muito de história e nunca deu ênfase, em todo esse tempo que ficou no banco, às relações interpessoais. Por outro lado, ninguém conhece como ele tantas legislações diferentes, praticamente todas as particularidades do mundo financeiro e talvez não haja outro economista no mundo que circule tão bem no labirinto em que o mercado de bancos se tornou. Tendo crescido profissionalmente no Brasil, porém, ***** nunca precisou se preocupar com questões muito técnicas sobre fraudes bancárias, contas suspeitas ou lavagem de dinheiro para o comércio internacional de armas.

Não que isso não ocorra lá, explicou para o novo amigo, mas aparentemente os bancos resolvem de outra maneira, focando a solução do problema no relacionamento interpessoal com a polícia ou o governo. De fato, ***** concluiu, alguém que queira ter sucesso no mercado financeiro do Brasil precisa ter psicologia e saber como lidar com os interesses das pessoas.

Curioso, antes de mostrar alguns slides sobre a chamada "máfia amarela", Pauling perguntou se de fato o famoso traficante de armas Viktor Bout teria estado no Rio de Janeiro no começo dos anos noventa. Ele se lembrava de um boato, ainda na época das ilhas Maurício, de que um enorme carregamento de armas pesadas estaria sendo desviado da Colômbia para o Brasil e Bout tinha ido, em pessoa, coordenar a operação. ***** não sabia dizer, mas se algo de muito espetacular tivesse acontecido, com certeza se lembraria. Na baía de Guanabara, talvez? Ninguém disse nada. Será que não foi na Argentina? Rumores sempre dizem que Menem andou metido com esse tipo de comércio.

Por outro lado, os anos noventa foram de enorme pujança para o Brasil. Foi a época em que um verdadeiro conhecedor da alma humana, o sociólogo e economista Fernando Henrique Cardoso, assumiu a presidência, alinhou o Brasil às grandes economias mundiais e consolidou um plano econômico que acertou o país. Sem dúvida, ***** afirmou categórico e ao mesmo tempo admirado, foi por causa do tipo de economia desenvolvida nos anos de Fernando Henrique Cardoso que os bancos se consolidaram no Brasil e uma pessoa como ele pôde chegar onde está hoje, num dos postos mais altos de uma das maiores instituições financeiras do mundo. Pauling se interessou pela história, mas os dois precisavam almoçar para chegar no horário marcado para o treinamento.

O que o banco quer deles, basicamente, é um diálogo mais coordenado com o governo e as outras instituições financeiras para a consolidação dos projetos em andamento e, sobretudo, o desenvolvimento de novas iniciativas. Caso tudo dê certo, mais adiante a empresa pretende comprar participações tanto em bancos chineses como em grandes empreendimentos. Por enquanto, o governo permite apenas vinte e cinco por cento de capital internacional em cada uma das instituições do país. Conforme os negócios forem crescendo, porém, a tendência é que esse número aumente.

Em um primeiro momento, o banco deseja integrar-se ao mercado de construção civil, atuando na área de financiamento. Todos devem saber que hoje a China consome boa parte do cimento fabricado no mundo. A ideia é se preparar para a expansão urbana que com certeza vai haver, em alguns anos, em direção ao interior do país, quando o consumo de material de construção deve, então, explodir. Do mesmo jeito, o petróleo, o aço e o ferro precisam estar no horizonte de todos.

A China tem conseguido quase toda a sua matéria-prima na África. O comércio bilateral entre essas duas regiões é extremamente lucrativo, ainda que, no momento, um tanto nebuloso. Quanto a isso, os participantes do Projeto China devem estar atentos e pensar em estratégias a médio prazo. Com certeza, não vai dar para desprezar, em um futuro não muito distante, as transformações que a China vem impondo ao mercado africano e as instituições financeiras que melhor se prepararem para isso conseguirão lucros mais rápidos e elevados.

***** achou tudo muito cansativo. Eram poucas as informações que ele ainda não tinha. Aliás, aqui e ali ele pôde complementar alguns dados ou enriquecer a análise com observações históricas. No final do dia, com a dor estacionada na bacia, ele estava exausto. Sem falar no tédio.

Já no Brasil, seus ex-funcionários acabavam de receber a notícia de que o novo chefe da equipe seria um certo Paolo, no futuro vulgo Cholo, que estava chegando do Peru. O Paulo caiu do cavalo, riram os outros. Depois de puxar o saco de um monte de gente, vai ficar onde está. Do jeito que ele é, começa a estudar espanhol ainda esta noite. Para entender melhor o chefe e desempenhar suas tarefas com mais afinco.

Algumas pessoas nunca aprendem.

XLVII

Sobre a mulher Paula, ***** só vai saber quando já estiver instalado na China, mas hoje, no quarto dia do treinamento, ela acaba de ser demitida. Quem escreveu o e-mail desagradável foi o Paulo, um dos vice-presidentes. Segundo ele, o banco reformulou algumas de suas estruturas e as funções do setor de RH com as novas estratégias de gestão ficaram pulverizadas em diversas diretorias diferentes. Atualmente, é tarefa de todo executivo saber avaliar a equipe, gerenciar produtividades e competências e participar de um processo seletivo. Dessa maneira, o banco considerava-a especializada demais para desenvolver as pequenas funções que restaram e agradecia todos aqueles anos de admirável dedicação e competência. Um bônus simbólico seria oferecido a ela como sinal de gratidão.

Claro, ela ficou muito irritada e tentou diversas vezes falar com o *****. Será que tinha que ser por e-mail? Além disso, a mulher Paula estava certa de que sua demissão se devia a algum jogo de poder, já que todo mundo sabia que ela estava estudando inglês. Deve ter o dedo do Godói nisso, também. Mas por e-mail?

*****, porém, tinha decidido cortar relações com o banco no Brasil, pelo menos até o treinamento se encerrar. No hotel, ele chegou a receber os recados da mulher Paula, mas resolveu não retorná-los. ***** sabia muito bem que precisava de concentração absoluta para conquistar um bom lugar dentro do projeto. Se fizesse tudo certo, e pelo jeito até a dor estava colaborando, em alguns anos ele ocuparia um dos principais postos do banco no mundo. É só ver a história do Paulson. O Godói que espere.

A bem da verdade, ***** era mesmo o mais preparado entre os selecionados para o Projeto. Nenhum outro dos participantes tinha reunido tanta informação sobre a China e, muito menos, mergulhado com tanto afinco no assunto. Mesmo Pauling, que conhecia bem a região, não parecia tão atualizado e, sobretudo, aparelhado com tantos detalhes.

A última reunião aconteceu no primeiro dia em que a mulher Paula finalmente não telefonou para Londres. Foi um encontro, mesmo com a presença do Paulson, mais informal. As passagens para Pequim já estavam acertadas, bem como o visto de todos. Como recompensa, o banco gostaria de dobrar o valor do bônus que eles já tinham recebido.

Apenas *****, porém, deveria aguardar mais um pouco em Londres. Os outros iriam para a China antes. Paulson gostaria de conversar pessoalmente com ele. Todos tinham notado suas habilidades e o banco o destacaria para tarefas mais complexas. Obviamente, esses últimos detalhes foram ditos em um ambiente reservado. A propósito, ***** pensou já no hotel, além do amigo Paul, talvez ele possa ocupar um capítulo inteiro do livro dos mandarins.

É surpreendente, mas depois de ter recebido aquele enorme elogio, ***** dormiu muito bem. Nem mesmo a dor, que o perturba desde menino, foi capaz de atrapalhar o sono. Prenúncio da cura que ele vai encontrar na China? É possível, mas outra coisa precisa ficar clara e até talvez sirva de estímulo para quem deseja ocupar um cargo de comando em uma grande corporação: nada é mais relaxante para um profissional dedicado do que a sensação de dever cumprido.

XLVIII

Ao contrário do que muita gente faria, ***** não saiu do hotel no dia livre que teve em Londres. Não que estivesse chateado com alguma coisa. A dor, que ele sente desde menino, também continuava estacionada sobre a extremidade esquerda da bacia e não o incomodava mais do que o normal. Quando soube que ocuparia o posto-chave no Projeto, ***** chegou a sentir uma certa emoção mas, graças ao controle que vinha fazendo, frio na espinha nenhum o ameaçou. Ele tem se sentido muito forte.

Naquele dia, um dos últimos do mês de janeiro de 2004, o frio também não está muito forte na capital inglesa. Sem dúvida, ele poderia dar um passeio pelas lojas de Londres como os outros integrantes do Projeto fizeram. *****, porém, acordou um pouco mais tarde, pediu o café da manhã no quarto e, junto, o *Guardian* e o *Financial Times.* Ele sentia algo estranho. Todo mundo, depois de uma excelente noite de sono, tem uma sensação de vigor que se aloja, basicamente, em dois pontos da cabeça: na nuca e, sobretudo, entre os olhos e as orelhas.

*****, no entanto, além de se sentir muito bem disposto, parecia tomado por uma estranha sensação de força. Antes do café chegar, ela vinha sem dúvida nenhuma do excesso de fôlego que ele sentia no peito. Ali estava um homem realizado, diria quem o visse. E muito generoso, o atendente observou depois de pegar a gorjeta e deixar o café sobre uma pequenina mesa. Bem que ele perguntou se o hóspede gostaria de comer na cama, mas pessoas na situação dele dificilmente querem continuar deitadas.

Depois de comer, com a sensação de força agora no tronco e no pescoço, ***** encheu a banheira com água quente e passou alguns minutos imóvel. Com o rosto suando, ele se acomodou e começou a ler os jornais. Sem nenhuma cerimônia, ***** passou por cima, com um muxoxo, de um artigo falando da China (que não lhe acrescentaria nada, a bem da verdade) e mergulhou em uma análise do mercado econômico europeu.

De novo, ***** foi invadido por uma sensação estranha. Ainda que o assunto estivesse um pouco distante de sua realidade e, principalmente, do que vinha estudando, tudo lhe pareceu muito claro e compreensível. No final da leitura, ele tinha até algumas sugestões para fazer ao autor. ***** sorriu, jogou o jornal de lado e resolveu se enxugar.

Ele simplesmente sentia que, com um pouco de estudo, conseguiria compreender qualquer questão ligada ao mercado financeiro mundial. Dali em diante, sua carreira no banco estava traçada. Muito calmo, o que também é estranho, ***** arranjou uma folha em branco e desenhou uma espécie de cronograma: alguns anos na China, administrando o furacão econômico que o país se tornaria, quando também redigiria o seu primeiro livro e, no mínimo, dez mil arquivos no laptop sobre a economia mundial, e ele poderia retornar para a Europa em um cargo de vice-presidência. Outros cinco anos de concentração absoluta e ***** pretendia ocupar o lugar do Paulson no banco. Naquele momento ele tinha que ter redigido outro livro, agora algo mais profundo, e ter, para seu uso particular, um acervo de cinquenta mil slides no laptop.

Com essa sensação, ***** abriu a pasta com as observações sobre Fernando Henrique Cardoso e releu boa parte do material. Aqui e ali, encontrou pistas que confirmavam sua própria conduta: com certeza o ex-presidente também traçava diversos planos de meta.

A campainha do telefone incomodou-o. Ele preferia continuar pensando e, de fato, não se sentia nem um pouco disposto a conversar com a mulher Paula. Melhor: era o Pauling convidando-o para o almoço. ***** desculpou-se, mas disse que preferia ficar sozinho. O outro compreendeu. Provavelmente, o cara queria se preparar para a reunião final com o Paulson. Depois de se despedir, Pauling o parabenizou com toda sinceridade pelo sucesso e disse que, então, eles se veriam na China.

XLIX

Ao contrário da anterior, ***** não dormiu direito na noite que precedeu ao encontro com o Paulson. Ele preferiu ficar concentrado e traçou diversas estratégias para a conversa. Se o cara quisesse ir pelo caminho dos investimentos, ele seguiria por aqui; caso o presidente do banco, porém, achasse melhor discutir riscos, a conversa continuaria por outro campo. Commodities e sobretudo energia foram dois pontos que ***** passou boa parte da noite analisando. Afinal de contas, o assunto é a China.

Mesmo sem ter dormido muito, porém, ***** se sentia tão disposto quanto na manhã anterior. A bem da verdade, às onze horas, apertando a mão desse profissional brilhante que é o Paulson, ***** estava com o ânimo no auge. Nada poderia atrapalhar, nem mesmo a dor que ele sente desde menino e que está prestes a finalmente encontrar um tratamento eficaz: a cama Ceragem.

Paulson começou elogiando muito a performance de ***** no treinamento e revelou que mesmo os especialistas que fizeram algumas das palestras não detinham todas as informações que ele havia recolhido e, muito menos, viam com tanta clareza algumas daquelas conexões. Além disso, algo que ele já sabia por notícias vindas do Brasil se confirmou: ***** demonstrava absoluta fidelidade ao banco.

Como ele deve ter ciência, todas as pessoas que tiveram uma carreira de sucesso internacional souberam administrar com muita lealdade as questões internas da corporação. Basta pensar no caso do Pauling. Aliás, Paulson tinha ficado muito satisfeito ao ver que os dois se deram tão bem. Demonstra afinidade de caráter.

Pauling sempre foi um dos homens de maior confiança do banco. Hoje, além de ter acumulado uma fortuna pessoal, entre salários regulares, bônus e investimentos, tornou-se praticamente uma autoridade no mundo das finanças, dando entrevistas para grandes jornais e para as maiores redes de televisão da Europa e da Ásia. Ele já chegou a fazer conferências em universidades de enorme prestígio.

É evidente que ***** está indo no mesmo caminho. Aliás, bem mais jovem que Pauling, deve chegar ainda mais longe. Para isso, basta que ele continue se aplicando com afinco às necessidades do banco, coisa que com certeza vai fazer, e que, agora entrando em outro patamar ainda mais elevado na corporação, aprimore ao máximo sua lealdade.

*****, sem vacilar, concordou com tudo. A dor continuava na bacia.

Paulson, então, explicou que o banco pretende se antecipar aos outros na questão chinesa. Como ***** observou, e mesmo concluiu nos próprios estudos, a economia daquele enorme país está fortemente presa às trocas comerciais com a África. A tendência é que isso aumente e, no futuro, envolva investimentos da ordem de várias centenas de bilhões de dólares.

Pouquíssimas pessoas saberão, mas nesse momento o banco necessita de alguém absolutamente preparado e de total confiança trabalhando no continente africano. Por isso, com o bônus em dobro e o salário sessenta por cento maior do que o do pessoal que vai para Pequim, Paulson gostaria de comunicar, com muito orgulho e confiança, que ***** ocupará o posto avançado do Projeto em um dos principais parceiros comerciais da China: o Sudão.

L

Exato.

Antes de tudo, Paulson pede que ***** mantenha o mais absoluto sigilo, inclusive com algum amigo e a família que porventura tenha deixado no Brasil. Para todos os efeitos, ele está na China. Nem mesmo o resto do pessoal do Projeto vai ficar sabendo que o banco mantém uma pessoa no Sudão, monitorando os negócios com a África. Paulson dará um jeito de que eles acreditem que ***** acabou permanecendo na Europa para cuidar de outro assunto.

Com relação ao trabalho propriamente dito, nada de muito especial. ***** participará como observador de reuniões com representantes do governo sudanês e de algumas empresas e deve continuar fazendo observações e sugerindo investimentos para o banco. Caso ***** veja necessidade, pode viajar pelo interior do continente africano, sempre avisando o banco com quinze dias de antecedência, para que a secretária resolva os possíveis entraves burocráticos. Algo precisa ficar muito claro: enquanto durar o bloqueio a que o país africano está submetido, o banco não fará nenhum negócio com o Sudão. ***** deve apenas observar a presença dos chineses e avisar Paulson caso note que o banco pode intervir em algum negócio fora do país, no Egito, por exemplo, outro grande parceiro comercial do Sudão. Enfim, um executivo da qualidade do ***** sabe bem o que fazer.

Amanhã cedo o passaporte e a passagem (ele viajará pela الخطوط الجويّة السودانيّة, uma excelente companhia, a propósito) estarão na portaria do hotel, com um visto de permanência no Sudão. ***** não precisa se preocupar, pois um funcionário do governo o estará aguardando no aeroporto de Cartum. Há já um excelente quarto reservado para ele no melhor hotel da capital sudanesa, o Hilton. A cidade vive cheia de ocidentais. ***** não vai se sentir sozinho. É ali que ele deve morar e trabalhar, praticamente em um paraíso. Para comprovar isso, Paulson tirou de uma gaveta cinco fotos e, enquanto ***** olhava o hotel e a paisagem com uma expressão de, estendeu-lhe um contrato.

Como agora ***** está entrando para a elite internacional do banco, suas condições trabalhistas mudam um pouco. Nada demais, ele mesmo, o próprio Paulson, trabalha naquelas condições. Os vínculos formais ficam suspensos e ele recebe de duas maneiras, nenhuma delas ligada diretamente ao banco. Uma parte do dinheiro vai ser depositada no Brasil, em outra rede bancária que às vezes faz esse tipo de favor. O restante será entregue em espécie pelo funcionário do governo sudanês que o irá auxiliar em Cartum.

Depois, dependendo da atuação dele, na volta com certeza no mínimo um cargo de presidência em algum país importante o estará aguardando. Ou até mais. Paulson renova a confiança que ele mesmo, pessoalmente, dedica ao trabalho do ***** e sabe que um profissional daquela estatura não deixará de perder essa oportunidade.

O contato com Londres não deve ser feito pelo e-mail do banco. A propósito, a conta dele está sendo, agora mesmo, desativada. ***** terá que abrir um e-mail desses comuns, no Hotmail ou no Yahoo por exemplo, e enviar seus relatórios para o seguinte endereço eletrônico: . Dessa forma eles chegarão em segurança até o Paulson. Uma vez a cada quinze dias, mais ou menos, ele receberá informações por fax. O hotel onde ficará tem um serviço muito bom. Qualquer coisa, o banco saberá onde encontrá-lo.

Enfim, Paulson tem certeza de que ***** é de confiança, compreendeu a importância estratégica da missão que está recebendo e, de jeito nenhum, vai falhar com o banco num momento como aquele. Afinal de contas, se ele chegou até ali, foi por responsabilidade do banco. Agora só depende dele crescer ainda mais na empresa. Poucos profissionais têm nas mãos, e isso falando de todas as instituições financeiras, uma chance como essa.

Livro 2

China
Fevereiro de 2004

I

Com um leve tremor nas pernas, Paulo saiu na rua e resolveu andar um pouco. Quase hora do almoço e, apesar do frio, as ruas de Londres estavam cheias de gente. Como sempre, as pessoas caminhavam apressadas. Agora, porém, Paulo sentiu uma sensação estranha, como se estivesse no meio de um desenho animado em câmera lenta.

Quando era novo, de vez em quando ele passava a manhã inteira assistindo à televisão. Se a dor que ele sente desde menino (e que seria praticamente curada se acaso viajasse para a China e conhecesse a cama Ceragem) tivesse incomodado muito durante a noite, bastava que ele se acomodasse no lado esquerdo do sofá que, aos poucos, vendo os desenhos animados, uma certa sonolência o faria relaxar. Às vezes a mãe o flagrava cochilando logo cedo em frente à televisão mas, como sabia muito bem os motivos, abaixava o volume e o deixava lá até um pouco antes do almoço, quando ele se levantava sozinho.

Como a mãe sempre deixava a televisão ligada, mesmo sem o volume, as cores fortes da tela mantinham Paulo em um estado de semiconsciência. Ainda assim ele descansava bastante, sem que a dor o incomodasse. A sensação era tão boa que à tarde, na escola, ele praticamente não se lembrava das costas, mesmo se a dor estivesse estacionada sobre a coluna vertebral. Bastava que ele não se emocionasse, coisa que conseguia quase sempre. À noite, também, Paulo dormia tranquilo, às vezes se concentrando para lembrar as cores fortes que o haviam embalado no sofá pela manhã, outras rezando para que Deus o impedisse de sonhar e deixasse a dor quietinha ali, sem pesadelo.

Por algum motivo estranho, mesmo que aquele fosse um dia típico do final de janeiro em Londres, muito frio e na hora do almoço, Paulo virou o rosto, parou na calçada e de fato sentiu aquelas cores fortes novamente saindo da televisão. Esquecendo um pouco da dor, ele virou-se para falar com a mãe, que talvez viesse diminuir o volume, mas uma dessas campainhas que tocam o dia inteiro em Londres o assustou.

Com as pernas ainda mais fracas, Paulo caminhou até uma cabine e telefonou para a casa da mãe, no interior de São Paulo, para contar as novidades. No dia seguinte, ele embarcaria para a China. Mas o telefone tocou diversas vezes sem que, do outro lado, ela se animasse a atendê-lo.

Paulo desistiu e, encostado na porta da cabine, sentiu a dor pressionar muito de leve a região do coração. Se ele acelerasse, talvez as coisas fugissem do controle. Isso não pode acontecer com um executivo na posição dele. Ainda assim, lá fora as pessoas continuavam em câmera lenta. Paulo tentou outra ligação, frustrou-se e saiu da cabine para sentar em um banco ali perto mesmo. Um pouco depois, sua mãe abaixou o volume da televisão e ele se sentiu muito confortável. A dor não o incomodaria à tarde, com toda certeza.

II

Paulo levantou-se apenas na hora do almoço, antes de ir à escola. A dor continuava perto do coração mas, com o descanso, não parecia tão ameaçadora. Ele mesmo se sentia mais animado e, antes de procurar alguma coisa para comer, voltou à cabine para tentar contar as novidades para a mãe, uma senhora que até hoje vive no interior de São Paulo. Ela iria adorar saber que o filho está de partida para comandar uma equipe inteira do banco na China.

A mãe, porém, não teve ânimo para atender o telefone. Deitada, ela se assustou um pouco com a campainha mas, já no terceiro toque, deu um jeito para o ruído ajudá-la a sentir o corpo vivo, não apenas a cabeça. É difícil e você precisa estar deitado. O toque inicial assusta, mas como não é a primeira vez, o segundo serve para avivar um pouco a cabeça. O som entra pelos ouvidos e você o transmite para a região do cérebro. Precisa de certa concentração.

A sensação é boa. Basta, assim, que você deixe o ritmo do telefone fazer o resto do corpo tremer levemente. O terceiro toque traz um pouco de vida ao pescoço. O quinto percorre o tronco inteiro e os outros conseguem causar um tremor agradável até nos pés. Quando finalmente a pessoa do outro lado desistir, você pode continuar movendo com muita lentidão o corpo por mais algum tempo. Mesmo sem ter nenhuma força para se levantar da cama, quem sabe nunca mais, a pessoa se sente viva.

Como ninguém atendeu, Paulo desistiu e encontrou um lugar simpático e um pouco mais tranquilo para comer. Enquanto pedia algo leve, folheou os jornais atrás de alguma coisa sobre o Sudão. Não havia nada, mas se preparando para pagar ele teve um estalo: a língua falada no Sudão não é o mandarim!

De fato, não é mesmo. Os sudaneses adotam dezenas de idiomas, conforme os grupos étnicos, mas os negócios são feitos em inglês e é possível ouvir na rua o chinês, embora eles não se misturem muito com o resto da população. O idioma oficial é o árabe, coisa que Paulo vai descobrir apenas dali a duas horas. Ainda no restaurante, cheio de executivos que, como ele, estão em franca ascensão na carreira, a dor de novo transformou-se em um peso ao lado esquerdo do coração. Paulo sentiu o fôlego sumir e apoiou cada um dos braços no assento da cadeira, ao lado do corpo.

Ele sentiria uma raiva enorme se soubesse que, caso fosse para a China, descobriria com dois ou três meses em Pequim a cama Ceragem e os seus problemas nas costas ficariam praticamente resolvidos. No Sudão, para onde embarca amanhã no final da tarde, Paulo vai contratar diversas sessões de massagem, mas nenhuma delas chegará perto de resolver o problema que o aflige desde a infância.

Ainda sentado no restaurante, ao lado de diversos executivos que, como ele, mais cedo ou mais tarde irão para a China, um calafrio ameaçou percorrer a coluna vertebral. Paulo respirou fundo e evitou que a emoção na espinha o prostrasse logo ali, em um dos centros nervosos da economia mundial. O esforço, porém, foi tão grande que, de novo, as pessoas lhe pareceram em câmera lenta.

No interior de São Paulo, sua mãe continua deitada. Se o telefone tocar, do mesmo jeito ela não vai atendê-lo, mas com certeza tentará usar a campainha para movimentar o corpo. Mesmo as pessoas que, por diversos motivos, nunca mais vão sair da cama, mexem-se um pouquinho. É fácil ver pelas dobras do lençol.

Paulo, invadido pelas cores fortes da TV, achou que a garçonete falava um idioma secreto, aquela mesma língua de extraterrestres que ele, bem novo ainda, tinha aprendido conversando com o bicho-papão bonzinho que caiu no quintal uma vez. A resposta, se ele estava bem certo, devia ser ou aluramia, ou aluramer, ou talvez aluramur. Paulo não se lembrou direito e ficou ainda mais incomodado: estranho, só ele e o monstro, aqui na Terra, sabiam falar aquele idioma. Quem teria ensinado para ela?

III

Paulo sentiu-se fragilizado. Se estava perdendo o controle em uma situação simples como aquela, como conseguiria administrar o projeto do banco quando chegasse em Pequim? Ou melhor. Por um breve instante, enquanto a dor aumentava, prestes a dominar quase metade do peito, ou a jogá-lo no chão, ele achou que seus planos estavam falhando pela primeira vez na vida: seu conhecimento de mandarim não serviria para nada, o livro para futuros executivos não passaria de um esboço e o foco para dirigir alguma unidade importante do banco ou mesmo quem sabe no futuro ocupar a presidência do conselho em Londres.

Como a capital inglesa recebe uma enorme quantidade de turistas e pessoas vindo a trabalho (o que, pela roupa e sobretudo pela pasta deve ser o caso), a garçonete repetiu a pergunta um pouco mais devagar. O sotaque do leste europeu de Paulina chamou a atenção de dois rapazes na mesa ao lado, executivos em ascensão que com certeza não demorariam mais de um ano para ir, também, para a China.

Trêmulo, Paulo lembrou-se de um dos conselhos que pretendia escrever no livro e forçou os pés no chão. Respirando com dificuldade, apoiou as mãos nos joelhos e comprimiu o estômago, colando-o às costas. Fernando Henrique Cardoso. Um bom executivo sabe que precisa ter o controle das situações e, em um momento de nervosismo, usa todo seu poder de concentração para manter a calma e encontrar a melhor saída. Tranquilidade também era o conselho que a mãe lhe dava quando ele, muito novo, se torturava com aquela maldita dor.

A propósito, ela continuava ao lado do coração. Sentindo-se mais controlado, aos poucos Paulo tentou de novo endireitar as costas, pois isso talvez estabilizasse a dor. Paulina já tinha notado que o cliente não estava se sentindo bem. Sem fazer barulho, ela colocou a bandeja na mesa e, delicada, com a mão esquerda afagou de leve o ombro dele. O gesto o confortou e ele encheu os pulmões de ar de novo. Paulina notou que o cliente estava conseguindo se restabelecer e, com a outra mão, pegou um guardanapo de papel e retirou o fiapo de salada que havia caído na gravata dele.

Mais forte, Paulo abriu os olhos e agradeceu em rinconês, já que ela aparentemente o compreendia. Em poucos instantes, a língua do final de sua infância retornou com toda clareza. É sempre assim quando você aprende um idioma mas deixa de praticá-lo por muitos anos.

Onde será que a mãe tinha guardado o dicionário que ele fizera com o extraterrestre? Rincão garantia que, assim que a comunicação voltasse e os colegas o viessem resgatar, Paulo poderia subir à nave para se consultar com o médico de bordo, muito mais preparado que esses terráqueos. Com certeza, ele retornaria da abdução com a dor nas costas curada. Por isso, inclusive, Paulo precisava aprender muito bem o rinconês.

Mal sabe o Rincão (e, aliás, Paulo também jamais chegará a descobrir) que, se fosse para a China, com dois ou três meses, a cama Ceragem resolveria praticamente todo o problema que, desde garoto, ele sente nas costas. Como jamais irá pisar na China, é provável que Paulo tenha que viver o resto da vida com aquela dor maldita. Enfim, ele não irá mesmo para Pequim, mas conseguirá algo que vai aliviar, e muito, o seu problema nas costas. Só que ainda vai demorar um pouco.

A bem da verdade, Paulina não entende rinconês e, de novo, perguntou se estava tudo bem em inglês mesmo. De onde será que vem esse cara? Do Brasil, mas ele fala perfeitamente inglês, espanhol e rinconês, além de dominar os rudimentos do mandarim. Alguém podia fazer o favor de falar para ela.

As pessoas continuavam em câmera lenta, mas Paulo já tinha recobrado o fôlego e afastado o medo de rolar de dor nas costas. Por isso, compreendeu perfeitamente o inglês da moça e pôde responder satisfeito, vendo que se confundira: ela não sabe a língua do Rincão nada!

Paulina sorriu, voltou com a conta e um copo de água. A gorjeta era boa, um executivo portanto, ela concluiu. Como os outros dois da mesa ao lado, logo ele deve ir para a China.

Exato.

Paulo ainda ficou algum tempo sentado até se restabelecer completamente. As cores se empalideceram e as pessoas voltaram a se mover com mais velocidade. Enquanto aguardava a garçonete retornar com a nota, ele repassou na cabeça algumas expressões em rinconês: aluramia, por favor repita, dirigindo-se a um homem, aluramer, a uma mulher e aluramur se estiver falando com uma criança ou se desejar, paradoxalmente, manter um nível elevado de formalidade.

A garçonete, acostumada a esse tipo de pergunta, explicou que duas ruas à direita é possível achar uma das melhores livrarias de Londres. De novo muito forte, em uma hora o executivo Paulo, futuro presidente do banco em Londres, estava de volta ao hotel com um guia de turismo do nordeste da África.

IV

De útil mesmo, o guia só serviu para explicar que dentro da África um dos principais parceiros comerciais do Sudão é o Egito. Paulo, ao menos, alegrou-se ao saber que os negócios do governo são todos feitos em inglês. Antes de pedir alguma coisa para jantar, ele saiu de novo e voltou para a livraria atrás de uma gramática de árabe ou, no mínimo, de um guia básico de conversação.

Não existe um livro que não possa ser encontrado em Londres. Esses que o Paulo está procurando, ainda, amontoam-se nas grandes livrarias. Atualmente, os que mais saem são os livrinhos que explicam as regras básicas e as expressões mais úteis do mandarim.

Quando chegar à China e for cumprimentar alguém na rua, basta que Paulo diga 你好. Para algo mais sério, por exemplo quando ele estiver presidindo uma reunião com o pessoal da Petrochina, o ideal é 您好. Bom dia é 早上好, e até logo, 再见. A frase fundamental vem logo adiante: 我叫保罗，认识您我很高兴.

保罗, porém, já sabia de tudo aquilo, pois tinha feito um curso intensivo de mandarim no Brasil para se preparar para o Projeto China. Ele queria, agora, algo que o ajudasse nos primeiros dias no Sudão. Lá, com certeza arranjaria alguém que lhe ensinasse o. Além do guia de conversação, 保罗 encontrou um CD detalhadíssimo sobre o idioma dos árabes, com indicativo de pronúncia, variações regionais, tudo isso. As coisas estavam começando a voltar aos eixos.

Na portaria do hotel, enquanto pedia um lanche, 保罗 apanhou o envelope que tinha acabado de ser deixado lá para ele. No quarto, viu que além do passaporte com o visto de permanência no Sudão de um ano e a passagem, Paulson lhe enviara mais cinco mil dólares, em espécie mesmo, e quinhentas libras esterlinas. Segundo o bilhete que estava junto, digitado e sem assinatura, as libras serviriam para o táxi e as despesas no aeroporto de Londres, enquanto o resto do dinheiro era para cobrir os gastos durante a viagem.

保罗 sentia-se melhor e resolveu relaxar na banheira, enquanto decorava as primeiras palavras de árabe. Esse é outro conselho que ele vai escrever no livro para futuros executivos, aliás a distração para essa noite: jamais exagere na dimensão dos problemas. Todos têm uma solução e você chegou onde está simplesmente porque é mais capaz que os outros na arte de encontrá-la.

É preciso, também, que o bom executivo não se estresse à toa. Conselho valioso! 保罗, por exemplo, não teve problemas para dormir na noite que antecedeu o embarque para Pequim. A bem da verdade, os grandes desafios fazem bem aos verdadeiros executivos.

Depois do café da manhã, ele resolveu reler algumas informações sobre Fernando Henrique Cardoso. O que será que o ex-presidente faria se viajasse para um país como o Sudão?

保罗 também reviu, com carinho, os arquivos sobre a China. Provavelmente algum dia eles serão úteis (todo executivo sabe que, de um jeito ou de outro, pode-se aprender com qualquer situação), e antes de fechar as malas, decidiu pedir para lustrarem os pares de sapato Bally que tinha trazido do Brasil. A bem da verdade, com aquelas roupas ele será, com certeza, o homem mais elegante do Sudão.

Paulson soube que 保罗 fechou a conta, já totalmente paga, um pouco depois das doze horas e deixou o hotel no táxi reservado para ir diretamente ao aeroporto de Heathrow. A decisão do banco tinha sido certeira.

保罗 almoçou no aeroporto mesmo e chegou ao portão de embarque com bastante antecedência. Muito tranquilo, passou o resto da tarde estudando árabe e, antes mesmo de entrar no avião, já tinha aberto no laptop uns dez arquivos. Um deles observava que as letras do alfabeto árabe utilizam na maior parte das vezes traços arredondados, o que deve significar que esses povos compreendem muito bem que a vida não é plana e que é preciso estar preparado para dar voltas.

Na fila, ele notou que era o único ocidental do voo. Havia um grupo grande de chineses, todos homens, e outro ainda maior de negros. Nenhuma mulher estava desacompanhada e todas usavam um véu na cabeça. Algumas também cobriam o rosto até o nariz, deixando apenas os olhos à vista. Essas, 保罗 não reparou bem, acompanhavam os árabes, também em grande quantidade.

O voo da الخطوط الجويّة السودانيّة deixou o aeroporto de Heathrow exatamente no horário marcado. 保罗 pretendia passar o tempo da viagem estudando árabe, mas acabou sentindo sono logo ao se acomodar na cadeira. Ele é uma dessas pessoas que adoram olhar da janela do avião o mundo ficando pequenininho lá embaixo. Tudo se torna menor e em câmera lenta.

V

Ao contrário do que muita gente maldosa acha, as poltronas da classe executiva da الخطوط الجويّة السودانيّة são bastante confortáveis. 保罗 acomodou o corpo de maneira que a dor, que no momento da decolagem estava no lado esquerdo da bacia, ficasse exatamente sobre a parte mais acolchoada do assento. Quando Londres finalmente saiu de sua vista, ele recusou com um gesto a bebida que a aeromoça ofereceu, refrigerante, suco ou água, já que os voos da الخطوط الجويّة السودانيّة não servem nada alcoólico, e fechou os olhos.

Mesmo com a leve trepidação, ele se sentiu muito bem. Uma tranquilidade estranha dominou-o e, se alguém o olhasse muito de perto, notaria que o único ocidental do voo movia muito levemente os lábios. 保罗 estava conversando com o Rincão, o extraterrestre que desembarcara, por um problema técnico, no quintal de sua casa e, por uns três anos, acabou sendo um de seus melhores amigos. Depois, o menino cresceu um pouco, começou a esconder a dor nas costas até do velho amigo e acabou largando o dicionário de rinconês de lado. Enfim, se não tivesse ido estudar economia, talvez 保罗 devesse se dedicar à linguística: ele sistematizou de fato muito bem os princípios da linguagem que Rincão, por um bom tempo, ensinou-lhe.

Agora que se tornou um adulto bem-sucedido, 保罗 gostaria de reencontrar o velho amigo. Os dois teriam muito o que conversar. Infelizmente, a cura para a dor nas costas ainda não tinha chegado (se fosse para a China, em pouco tempo ele conheceria a cama Ceragem), mas ele tinha se saído muito bem na escola e, depois, arranjara um excelente emprego já no primeiro ano de faculdade. O Rincão sabe muito bem que as pessoas sempre tiveram inveja dele. "Sentir inveja dele" em rinconês é "merxura"; se fosse "dela", seria "miaxura". Quando foi subindo na profissão, o negócio piorou ainda mais. O extraterrestre deve imaginar como as coisas estão agora no Brasil, já que ele ("ele" é simplesmente "mer") conquistou o cargo de líder do Projeto China, uma espécie de força-tarefa que pretende aprimorar e expandir os negócios do banco naquele que será o centro da economia mundial em alguns anos.

Bom, mas tudo isso foi resultado de muito esforço e dedicação. O Rincão que veja, por exemplo, o caso daquele Godói. O cara é um verdadeiro filho da puta que jamais vai subir na instituição, e fica lá, querendo puxar o tapete de todo mundo. Mas o extraterrestre pode ter certeza: mer tinha deixado tudo arranjado para que a empresa não se prejudicasse mais com um parasita inútil como aquele.

mer fingiu que estava dormindo e não respondeu à pergunta da aeromoça sobre a refeição. mia falou primeiro em árabe, mas depois repetiu em inglês. mer, porém, queria praticar o rinconês, mesmo que fosse só na cabeça.

A bem da verdade, lembrar-se do Rincão fez mer dormir. Ele nem percebeu que o avião pousou no Cairo e, do mesmo jeito, a segunda decolagem não o despertou.

mer dormiu tão pesado entre o Cairo e Cartum que a aeromoça precisou despertá-lo quando as portas do avião se abriram. Enquanto acordava, mer precisou de um tempo para se concentrar de novo, pois não queria, como já tinha feito antes, esquecer-se de um jeito tão abrupto do Rincão.

Quase um menino. Ele fechou os olhos e se imaginou outra vez olhando pelas frestas da persiana, antes de sair para a escola. Como chovia, talvez o extraterrestre não estivesse bem no quintal de casa.

Apesar de estar marcado para chegar às dez para as três da madrugada no Sudão, o voo atrasou quarenta minutos. mer foi um dos últimos a deixar o avião. Na alfândega, apresentou-se como representante do banco e afirmou que o governo sudanês estava sabendo da sua chegada. Inclusive, devia haver alguém o aguardando no aeroporto.

Omar Hasan Ahmad al-Bashir, o oficial que o atendeu, achou aquele ocidental meio arrogante e pediu para que ele esperasse perto do soldado que tomava conta da sala. mer obedeceu um pouco desconfortável, ainda desconcentrado com a despedida do Rincão. Meia hora depois, mer foi levado até um pequenino cômodo lateral e Omar Hasan Ahmad al-Bashir lhe disse que a taxa de entrada no Sudão era de mil dólares, em dinheiro vivo. Enfim, talvez tenha sido por causa disso que Paulson lhe dera cinco mil dólares para a viagem. mer não tinha gastado nada e retirou o maço de dinheiro da bagagem de mão.

Quando viu que o branquelo tinha tudo aquilo, Omar Hasan Ahmad al-Bashir explicou que outros mil dólares deveriam ser pagos como taxa de segurança e seriam repassados imediatamente para aquele rapaz ali na porta com o fuzil na mão. O branquelo viu que a dor nas costas estava aumentando e sentiu o suor escorrendo pela testa. Para abreviar tudo, deixou mais quinhentos dólares de gorjeta.

Omar Hasan Ahmad al-Bashir simpatizou com o estrangeiro e disse que, sempre que voltasse ao aeroporto de Cartum, poderia procurá-lo para não passar pelo check-in. Existe, claro, uma taxa para a pessoa não precisar passar pelo constrangimento do detector de metais. Esse privilégio ainda não vale para todos os voos, sobretudo os que vão para a Europa e o Oriente Médio. Para a África, porém, o branquelo pode saber que Omar Hasan Ahmad al-Bashir conseguiria inclusive dispensá-lo de outros detectores, dependendo do país, mediante também um imposto que seria recolhido no desembarque. Ele agradeceu e disse que se lembraria daquilo. Sobretudo por causa do peso, dependendo do que a pessoa quer transportar, aquele serviço é ótimo. Antes de sair, enquanto apanhava as malas, o branquelo ouviu alguém o chamando em um inglês de pronúncia estranha. Era o esbaforido funcionário do governo que, com o atraso do voo, tinha resolvido comer alguma coisa. O branquelo o cumprimentou e, a caminho da van que os aguardava no estacionamento, admirou-se com o calor da madrugada sudanesa. Omar Hasan Ahmad al-Bashir respondeu-lhe, manobrando o carro para sair, que entre maio e setembro o mormaço é ainda mais forte.

VI

O dia ainda não tinha clareado quando o motorista deixou o aeroporto em direção ao hotel Hilton, onde o branquelo passaria a morar durante o tempo que ficasse na China. É um lugar muito bonito, bem próximo ao Nilo. Há alguns anos, o hotel foi nacionalizado e, hoje, todos que trabalham lá são funcionários do governo. O presidente Omar Hasan Ahmad al-Bashir raramente aparece, mas não é difícil ver um ministro nas tantas recepções, festas ou reuniões que o Hilton, praticamente o tempo todo, abriga.

Muito bem equipado e seguro, o hotel tem piscina, serviço de fax e internet, um ótimo restaurante e uma pequena academia que vive cheia de mulheres. O instrutor de musculação, um certo Omar Hasan Ahmad al-Bashir, é um dos homens mais atraentes do Sudão e, de vez em quando, presta serviços de personal para a esposa de algum executivo. Ele evita as chinesas, de resto muito raras por ali, já que elas são franzinas e têm muita dificuldade para explicar do que gostam. Se machucá-las, ainda, a confusão pode ser enorme.

O branquelo logo se dará muito bem com Omar Hasan Ahmad al-Bashir. Não que tenha qualquer interesse em musculação. Ao contrário, acha aquilo um horror. Mas como ele vai passar boa parte do tempo dentro do hotel, saindo apenas de vez em quando, o brasileiro acabará fazendo amizade com todo mundo do Hilton.

Claro, o branquelo não é a pessoa mais comunicativa do mundo e nem o hotel se parece exatamente com as salas de seu antigo departamento no banco. Por outro lado, os sudaneses são muito alegres, receptivos a novas oportunidades de negócio e, sobretudo, adoram o Brasil, muito embora atualmente estejam cortejando com um pouco mais de intensidade os chineses.

A propósito, essa foi uma das primeiras perguntas que Omar Hasan Ahmad al-Bashir fez para o novo amigo: o que o levava para tão longe de casa? Muito embora continuasse meio sonolento e o calor o incomodasse ainda mais, o branquelo lembrava-se das recomendações do Paulson e respondeu dizendo que representava um grupo informal de investidores interessados em ter informações mais detalhadas sobre a África para talvez, no futuro, tentar alguma coisa. Como sempre foi um estudioso, continuou, especializado em políticas econômicas de desenvolvimento, a tarefa lhe pareceu atraente e ele aceitou o desafio. Além disso, o branquelo pretende usar o tempo livre para escrever um livro para futuros executivos, dando dicas de como agir para obter sucesso na carreira e analisando cases de gente vitoriosa. O Sudão, por fim, seria o seu posto de trabalho porque é um país acolhedor, mergulhado até o pescoço nas formas contemporâneas de fazer negócio e, além disso, fica muito bem localizado na África. Dali ele pretende ir para o Egito, o Quênia, a Nigéria, Angola e África do Sul.

Prestativo, Omar Hasan Ahmad al-Bashir logo lhe disse que conhecia o pessoal todo do aeroporto e que, se visse necessidade, mediante uma taxinha, poderia ajudar-lhe com alguma coisa. Às vezes tanto o check-in quanto o detector de metais podem ser um incômodo e, para intelectuais como ele, uma perda de tempo. O branquelo agradeceu, mas preferiu ficar um pouco em silêncio, impressionado com a visão de Cartum.

A escuridão continuava intensa, mas ele distinguia ao longe algumas fogueiras, o que deixava o ambiente meio pesado, sobretudo porque a cor do fogo, um dourado muito forte, contrastava no escuro com o brilho do céu completamente estrelado. A China não tem, ao menos por enquanto, problema de poluição. Por isso, o céu noturno é completamente aberto. O calor, ainda, deixava-o tenso e ele viu que a dor tinha subido e, da bacia, estava agora bem próxima ao ombro esquerdo.

O simpático Omar Hasan Ahmad al-Bashir disse que ele iria passar muito bem e recomendou, de cara, o tradicional prato de carneiro à sudanesa. Calado, o branquelo viu que a cidade começava o dia com os comerciantes informais tomando as ruas e muita gente andando a pé. Os chineses, Omar Hasan Ahmad al-Bashir explicou ao notar que o passageiro parecia interessado pelas pessoas na rua, não se misturam muito e ficam concentrados sobretudo nas instalações petrolíferas. O branquelo verá alguns no hotel, principalmente quando houver uma reunião entre a Petrochina e outros investidores, como talvez até seja o caso do banco que ele, Omar Hasan Ahmad al-Bashir sorriu enquanto falava, tinha vindo representar. Mas no geral os chineses ficam isolados.

O branquelo sentiu a dor latejando e perguntou se ainda estavam longe. De jeito nenhum, na primeira à direita e já chegamos; exatamente naquela construção grande. Omar Hasan Ahmad al-Bashir cumprimentou o soldado no portão do hotel e falou alguma coisa em árabe para o rapaz, que retornou com um sorriso tímido. Quando desceu da van, o branquelo viu que estava amanhecendo e que o calor parecia ainda mais intenso. Com certeza ele não teria muito o que fazer com o sobretudo e o paletó Ermenegildo Zegna que tinha trazido do Brasil.

VII

Apesar do horário, por volta de cinco horas da manhã, o saguão do hotel estava razoavelmente movimentado. Empregados levavam mantimentos para a cozinha enquanto um grupo de dinamarqueses, despertos e falantes, aguardava a van que os levaria para Porto Sudão. De lá, o grupo iria para o Egito, onde um atentado atrasaria em algumas horas seu retorno para Copenhague e lhes daria ainda mais assunto.

Uma camareira olhou o branquelo com cuidado e logo viu que ele não é um mero turista. Não com aquelas roupas. Ele, porém, distraído com a ficha, não notou nada.

Por três vezes, a caneta saltou dos seus dedos, fazendo o educado recepcionista comentar que a viagem, sem dúvida, é muito cansativa. O quarto estava preparado e ele poderia descansar.

Omar Hasan Ahmad al-Bashir pegou as duas malas, mas o branquelo acabou, da porta do elevador, tendo que voltar à portaria, pois o rapaz esquecera de lhe entregar um pacote. Alguém tinha deixado lá ontem. Como sabia o que era, o branquelo nem se preocupou em abri-lo.

Comparado ao inglês, o hotel onde ele viveria na China parecia mais simples. Com apenas três ambientes, o quarto era menor. Inclusive, o aposento com a cama não se distinguia muito bem do escritório, o que o incomodou um pouco. O banheiro, por sua vez, era amplo, bem iluminado e limpo, mas faltavam sabonetes e, enquanto conferia tudo, ele notou que deixara em Londres o tubo de pasta de dente. A banheira parecia confortável e o branquelo se sentiu tentado a tomar um banho antes de dormir. A toalha do Hilton sudanês é, também, muito macia e bem lavada.

O branquelo notou que a roupa de cama vinha toda da China. Como a cortina tinha ficado aberta, ele precisou se levantar meia hora depois, incomodado com a luz. A fresta iluminava praticamente o quarto inteiro e ele logo viu que o calor seria, de fato, seu pior inimigo no Sudão.

A bem da verdade, ele ainda não sabe, mas sua temporada na África será de tal maneira bem-sucedida que, na volta, ele só vai reclamar mesmo do sol escaldante. Por enquanto, porém, o branquelo quer apenas dormir, desesperado para saber se a cama não é desconfortável demais. Se a dor começasse a incomodá-lo, talvez nada desse certo: o trabalho no banco e, muito menos, a redação do livro.

Mas ele pode dormir tranquilo: o colchão é tão bom quanto o de qualquer outro grande hotel do mundo. O Sudão recebe turistas o ano inteiro. Sem contar os executivos, funcionários de grandes empresas e políticos que não param de se hospedar ali. Como o país é o principal fornecedor de petróleo da China, expandindo sem parar as exportações, muitos engenheiros passam longas temporadas nas refinarias que se espalham ao redor da capital e em Porto Sudão, aliás um dos locais de desembarque marítimo mais movimentados do litoral africano.

O branquelo, porém, não está agora preocupado com nada disso. Depois de conferir que a cama é de fato muito confortável, ele procurou ajeitar a dor, garantindo que o incômodo que o persegue desde menino não se torne maior naquele fim de mundo quente. Se tivesse ido para Pequim, a bem da verdade, ele descobriria um tratamento que diminuiria muito a dor nas costas que sente desde menino. Um problema para dormir em um momento como esse e o branquelo teria uma explosão de raiva como poucas na vida. Muito inadequada, aliás, para um homem que acaba de assumir a direção de um grande projeto de desenvolvimento na China.

Quem o vê de perto, porém, nota de imediato que ele está tendo um sono muito tranquilo. Às vezes, o branquelo vira-se de lado, o que angustia um pouco: será que agora a dor vai acordá-lo? Mas ele apenas balbucia alguma coisa, respira fundo e, de novo, passa um longo tempo sem se mover. O Rincão realmente se foi, mas isso já não o machuca, até porque ele mesmo tinha começado a se incomodar com a presença do extraterrestre no quintal. Mas o branquelo bem que iria gostar de reler o dicionário com as expressões em rinconês. A mãe ficara no interior, e com a morte do marido, acabou sozinha cuidando da casa. Muito forte, porém, recebia sempre a visita de alguns parentes e contava que o filho tinha conseguido um bom emprego no banco e por isso ele aparecia pouco para visitá-la.

O branquelo, no início da tarde, virou-se de bruços, sinal de que a dor não o incomodava mesmo. A mãe, porém, estava deitada de barriga para cima. Quando acordar, mais ou menos às sete da noite, o branquelo vai tomar um longo banho e depois tentar conversar com ela no Brasil. Ninguém atenderá o telefone. Da janela do hotel, o branquelo consegue enxergar uma faixa curta do Nilo. É bonito, mas dá uma sensação de que realmente ele está muito sozinho ali.

VIII

A solidão, a bem da verdade, nunca incomodou o branquelo. Ao contrário, ele sempre conseguiu organizar-se melhor sozinho e, além disso, como sua prioridade desde cedo foi a carreira, ele nunca se preocupou em, por exemplo, cultivar um grupo de amigos. Claro, nesses anos todos o branquelo construiu um sólido networking, o que, aliás, é responsável por ele estar, agora, no comando do Projeto China. Daqui a dois ou três anos, ele será presidente do banco em algum país importante.

Ou estará no lugar do Paulson.

Depois de pedir um lanche no quarto mesmo, o branquelo sentou para organizar melhor o livro dos mandarins. O geral ele já tem muito claro na cabeça. Além disso, guardou inúmeros recortes e anotações. Agora ele precisa traçar um plano de metas e, como sempre faz sem muita dificuldade, segui-los à risca. Enfim, no primeiro mês de China, ele pode definir os pontos principais de discussão e, talvez, até os temas específicos de cada um dos capítulos.

Outros três meses serão suficientes para rascunhar o texto e desenvolver reflexões mais profundas. Em meio ano, o esboço estará adiantado. Aí talvez ele possa, de novo, entrar em contato com o sobrinho da mulher Paula, para o rapaz fazer o tratamento final do texto.

Não que ele seja incapaz de escrever o livro do começo ao fim. A bem da verdade, o branquelo adora as palavras. Acontece, porém, que nesses anos todos ele se aprofundou tanto que agora sente medo de ter se tornado um intelectual sofisticado a ponto de não conseguir escrever para um público mais leigo. E nunca é muito lembrar que o livro será dirigido para pessoas que ainda estão no início da carreira de executivo, lá embaixo.

Claro, o branquelo pretende escrever outros, talvez inclusive algo muito aprofundado sobre a nova configuração financeira mundial. Ele conhece a obra do sociólogo e professor

Fernando Henrique Cardoso, ex-presidente do Brasil. Mas um livro como esse, sofisticado e analítico, exige um tempo maior de maturação. Por enquanto, é preciso ainda aguardar o rumo dos acontecimentos, já que não está muito claro até onde a China vai seguir na sua inovadora política econômica. Por isso, é realmente algo magnífico para ele a oportunidade de acompanhar os acontecimentos de perto.

O branquelo deve isso ao networking que construiu durante toda a vida profissional. Não vá algum engraçadinho compreender essa expressão de um jeito maldoso: se o cara for um incompetente, não adiantará nada manter uma rede de relacionamentos dentro da instituição. Networking, estejam todos absolutamente certos disso, diz respeito sobretudo a reconhecimento.

Essa é a palavra, aliás, que norteia também a política salarial das empresas. Se você não está recebendo o salário que julga merecer, é porque tem problemas com seu networking. Assim, estude as razões que fazem os superiores não enxergarem o seu trabalho. Se for benfeito, o entrave possivelmente reside no trânsito até o pessoal que comanda a instituição. Dê um jeito para estreitar seu networking com quem tem o poder de reconhecê-lo.

Por falar em reconhecimento, o branquelo lembrou-se do envelope que deixaram para ele na portaria. Como imaginava, era a entrega que Paulson tinha explicado em Londres. Lá estava o primeiro pagamento e um fax, muito mal impresso por sinal (e sem assinatura), pedindo para organizar as possibilidades de incremento do comércio de petróleo do Sudão com a China, sem esquecer dos outros principais países africanos. O pessoal ali do Sudão estaria com certeza disposto a ajudá-lo.

O branquelo contou o dinheiro e sorriu: o banco de fato é mesmo muito confiável. O problema vai ser onde guardar aquela quantia toda. Por enquanto, talvez ele possa escondê-la na cinta em que costuma levar, por baixo da roupa, os documentos de viagem. Muita gente faz isso. Com dois ou três meses de salário, porém, o esconderijo se tornaria evidente demais.

Enquanto acomodava a cinta por baixo do pijama, a campainha da porta o estremeceu. Será que da janela tinham-no visto contar o dinheiro, aquele bando de ladrões?

De jeito nenhum: já estava escuro e ele se hospedou em um dos andares mais altos do hotel, de onde, inclusive, pode enxergar uma faixa do Nilo. Deve ser outra coisa.

O branquelo abotoou a camisa, verificou se a cinta estava bem escondida e foi abrir a porta. Um funcionário do hotel queria apenas entregar o lanche e, junto, um bilhete que o senhor Omar Hasan Ahmad al-Bashir tinha deixado para ele na portaria.

IX

O bilhete, um pouco mais bem impresso que o fax mas de novo sem assinatura, convidava o branquelo para uma reunião na Villa Yasin, uma espécie de mansão onde o governo e as empresas costumam conversar para fazer negócios. Tratava-se de algo a respeito da ajuda humanitária que os chineses pretendem enviar ao Sudão, sobretudo no que diz respeito à aids. Eles devem estar querendo que o banco ajude em alguma operação de pagamento. Que gente mais previsível!

Não precisou de muito para o branquelo adormecer. A noite, porém, não foi tão tranquila como a anterior. A dor estava estacionada entre a espinha dorsal e o pulmão e não parecia dar sinais de que pretendia se mover, ao menos assim tão rapidamente.

Se não era a dor que o incomodava, talvez fosse o medo de ser assaltado. Nas primeiras duas horas de sono, o branquelo apalpou por diversas vezes a cinta por baixo do pijama.

Durante a madrugada, havia um entra e sai intenso em dois quartos do fundo do corredor. Não dá para saber se o branquelo o ouvia, mas de fato ele demorou muito para relaxar.

O Nilo, porém, não deve receber a culpa. Dificilmente o ruído pesado da água correndo incomodaria alguém nos andares mais altos do Hilton chinês. O encontro do Nilo Azul com o Branco se dá perto do hotel e serve como justificativa para muita gente que anda por lá sem ter muito o que fazer em um país como o Sudão.

Às quatro e meia da manhã a porta se fechou pela última vez no quarto mais afastado do andar. Salma caminhou devagar, desceu quatro lances de escada e guardou o dinheiro no armarinho que o hotel reservava para cada uma das camareiras. Depois, desceu mais dois lances, forçou uma porta meio empenada e trancou-se no escuro. Pelo vão, aparentemente ela não acendeu a luz em momento nenhum: deve ter ido direto se deitar.

X

O branquelo ainda nem desconfia, mas Omar Hasan Ahmad al-Bashir será um de seus melhores amigos na China. Claro, ele nunca teve o menor interesse em musculação e nem vai ser agora, em Cartum, que os esportes vão entrar na sua vida.

O fato é que Omar Hasan Ahmad al-Bashir irá ajudá-lo em algumas transações que ele acabará fazendo no Sudão. Ninguém deve achar que o branquelo acabará descuidando, por esse e mais aquele motivo, do seu trabalho para o banco. Ao contrário, ele cumprirá a missão perfeitamente. Mas como o próprio Paulson disse, o tempo livre será grande e um executivo jamais consegue ficar sem fazer nada.

O branquelo vai dar de presente para Omar Hasan Ahmad al-Bashir, além dos pagamentos que, com justiça, irá periodicamente fazer, o sobretudo Ermenegildo Zegna que a mulher Paula o fez comprar no Brasil, já que o dele não era tão novo e na China, onde ele dirige um projeto importantíssimo para o banco, o frio às vezes é intenso.

Omar Hasan Ahmad al-Bashir saberá tirar um excelente uso do sobretudo Ermenegildo Zegna: basicamente, o personal vai encontrar algumas de suas clientes (entre elas, mulheres alemãs, muitas inglesas e norte-americanas, holandesas, suíças, australianas e algumas poucas) vestido apenas com ele. Quando as mulheres olharem para aquele homem enorme abrindo bem devagar cada um dos botões do sobretudo Ermenegildo Zegna e fazendo mistério para os dois últimos, jamais pensarão em reclamar de novo com os maridos sobre aquelas viagens idiotas, como tinham feito inadvertidamente no aeroporto de Heathrow. Os instrutores ingleses de musculação são muito ruins.

O branquelo andou pelo térreo, mas não encontrou a sala de exercícios. Na porta do hotel, apalpou a cinta, gesto que faria a cada cinquenta metros, conferiu os trocados no bolso e resolveu caminhar um pouco por Cartum, só para conhecer a cidade.

Entre o comércio miúdo que lembra um pouco o centro velho de São Paulo, muitos vendedores ambulantes, pilhas de cigarros importados e de vez em quando um grupo de homens de terno e outro de fuzil, ele achou o povo chinês, a bem da verdade, muito feio. Em um pequeno bazar de esquina, conseguiu comprar duas xícaras e uma toalha com um ideograma bordado, mais pela vontade de ter no hotel algum produto típico de Pequim do que pela utilidade.

O branquelo também não viu na rua toda aquela movimentação de tratores, guindastes e canteiros de construção que tinham garantido que encontraria. Nada disso: a cidade lhe pareceu pacata, pobre e meio suja. Nem um jornal ele conseguiu comprar.

Desanimado, voltou para o hotel e resolveu checar os e-mails. Pela primeira vez e surpreendentemente, ele sentia saudades do Brasil. O Rincão, por motivos óbvios, não conta. O branquelo tentou acessar por três vezes o e-mail do banco, mas então se lembrou de que sua conta tinha sido cancelada junto com o contrato formal de desligamento.

Foi preciso abrir um novo e-mail. Por sorte, ele se lembrava do endereço da mulher Paula e escreveu contando as primeiras experiências em Pequim, a expectativa do banco com o projeto e, sobretudo, o aumento salarial que tinha recebido. Por fim, perguntava se o filho da puta do Godói já tinha finalmente sido demitido. Como ficou o departamento dele no banco?

XI

Por sorte ou desleixo, a bem da verdade por indiferença, o banco não tinha cancelado o e-mail da mulher Paula quase um mês depois de tê-la demitido. Ela o acessava, de casa, praticamente o tempo inteiro: não havia outro jeito de fazer contato com o branquelo. Os poucos conhecidos dela que ainda estavam no banco não tinham ideia de como encontrá-lo e muito menos estavam dispostos a procurar alguma notícia.

O branquelo não tinha deixado amigos e nem qualquer outra informação no prédio onde morava. Simplesmente pagara adiantado dois anos de condomínio, com a instrução de que a correspondência fosse arquivada. Pelo que o zelador tinha entendido, ele iria para uma longa temporada fora, parece que no Japão. O telefone da mãe dele tocava sem parar, mas ninguém atendia. A mulher Paula ligava ao menos todas as manhãs e a cada noite, antes de se deitar, mas do outro lado dona Paula não se dispunha, de jeito nenhum, a sair da cama.

Por isso, quando finalmente recebeu um e-mail dele, ao contrário do que costuma fazer uma mulher livre, independente e bem resolvida como ela, a mulher Paula se emocionou. Afobada, passou os olhos pelas notícias que ele estava mandando e logo respondeu que no banco só tem filho da puta e que assim que ele viajou, aqueles ladrões desgraçados a demitiram. Parecia quase combinado.

O branquelo, porém, ainda vai demorar alguns dias para ver a resposta dela. Por enquanto, ele pretende continuar lendo *A arte da política – a história que vivi*, do seu guru Fernando Henrique Cardoso, tentando encontrar embasamento suficiente ao menos para redigir a introdução do livro para futuros executivos. A bem da verdade, essa é a parte mais difícil, já que não pode contar com conselhos objetivos assim logo de cara, muito embora ele fosse adorar colocar pelo menos um. Pois bem, no final da introdução, até para demonstrar o seu humor inteligente, o branquelo pode aproveitar para dizer que em todas as reuniões a parte mais importante é sem dúvida o começo. É nesse momento que o jovem executivo deve mostrar confiança, conhecimento de causa e desenvoltura. Caso se saia bem nessa etapa, provavelmente conseguirá fazer bons negócios e incrementar seu networking.

Faltando um capítulo para terminar o livro, justamente o que conta as experiências de viagem de Fernando Henrique Cardoso, o branquelo resolveu inventar um exercício interessante, inspirado nos seus estudos: o que será que o ex-presidente faria se fosse para o Sudão? A resposta não demorou: ora, o mesmo que na China: uma massagem.

Enfim, o fato é que na China, Fernando Henrique Cardoso, hoje um dos comentaristas políticos mais lúcidos e aparelhados do mundo, continuava atormentado por sua proverbial dor nas costas. Já o branquelo, desde que chegou a Pequim não sentiu nada demais. Claro, aquela maldita dor que, desde menino, anda para cima e para baixo, às vezes latejando sobre a bacia e outras parecendo uma bola de ferro debaixo da nuca, tinha ficado controlada, embora não tivesse diminuído nem um pouco.

E pensar que se fosse para a China, com dois meses em Pequim conheceria a cama Ceragem e então, mesmo que não se curasse completamente, veria a dor diminuir muito. Não é o momento de pensar nesse tipo de coisa. O branquelo já está na portaria perguntando se o rapaz saberia lhe indicar um bom serviço de massagem em Cartum. Meio encabulado, mas muito profissional, o recepcionista disse que aquele tipo de coisa poderia ser oferecido no quarto mesmo, mediante uma taxa.

No entanto, quem gerencia os cuidados com o corpo dos hóspedes é o instrutor de musculação, Omar Hasan Ahmad al-Bashir, que aliás irá se tornar um dos melhores amigos do branquelo no Sudão e receberá de presente, inclusive, o sobretudo Ermenegildo Zegna que a mulher Paula fez questão de que, ainda no Brasil, ele comprasse. O rapaz prometeu anotar o recado e, assim que o instrutor voltasse de um passeio que tinha ido fazer com algumas alunas, pediria para que ele subisse até o quarto para explicar como a massagem funciona, os custos, enfim, essa coisa toda.

O personal Omar Hasan Ahmad al-Bashir, um dos homens mais atraentes de todo o país, tinha ido levar algumas de suas alunas para ver o Nilo. O rio oferece um espetáculo magnífico em Cartum e ele realmente faz questão de que a estadia de todas elas seja inesquecível.

XII

Toda vez que o branquelo pega para ler *A arte da política — a história que vivi*, livro de memórias do ex-presidente Fernando Henrique Cardoso, tem certeza de estar diante de um homem singular de quem, para dizer o mínimo, é preciso seguir os exemplos. O texto é conciso, mas muito demonstrativo do fato de que uma pessoa realmente inteligente se enriquece com todas as experiências da vida.

Por isso, e não por outro motivo, o branquelo vai reservar uma parte do seu livro para futuros executivos para a análise da biografia de alguns homens notáveis. Por enquanto, ele anotou dois: Fernando Henrique Cardoso, claro, e Mao Tse-tung. Quem pretende se dar bem no meio corporativo precisa entender que muitas vezes o melhor aprendizado está nos bons exemplos.

Claro, com a estrutura que o mundo assumiu hoje, e o provável papel que a China deve ocupar já nos próximos anos, a sociedade felizmente mais e mais se assemelhará a uma grande corporação. Nesse momento, executivos importantes deverão assumir um papel de liderança não apenas financeira, mas também política. O branquelo excitou-se com esse último apontamento: será então o momento em que seus textos começarão a ser reconhecidos como praticamente visionários?

Um calafrio ameaçou percorrer a coluna vertebral, mas na mesma hora a campainha da porta tocou e ele se levantou, deixando as costas retas enquanto respirava fundo. A operação neutralizou um possível acidente se a dor estivesse sobre a coluna vertebral. Antes de abrir a porta, o branquelo se concentrou e a localizou ainda na bacia.

Depois de conferir se a cinta com o dinheiro tinha ficado mesmo fechada na gaveta do criado mudo do lado direito da cama, onde ele a deixa quando está no quarto, o branquelo abriu a porta e convidou Omar Hasan Ahmad al-Bashir para se sentar à mesa de trabalho, que aliás se confundia um pouco com o ambiente do dormitório. Isso o incomodava desde o primeiro dia no Sudão. Os bons executivos, por outro lado, precisam ter versatilidade suficiente para enfrentar novos desafios e superar as condições adversas.

Omar Hasan Ahmad al-Bashir, sentando-se, lembrou ao hóspede, em um inglês deficiente mas muito compreensível, que da janela ao lado da cama ele poderia enxergar uma faixa muito linda do Nilo. O branquelo, animado com a simpatia do outro, disse que todo dia olha o rio, mas que está curioso para visitar as margens de perto. Todo mundo diz que é maravilhoso.

Omar Hasan Ahmad al-Bashir sorriu de volta: principalmente na época das chuvas. De cara, o branquelo gostou do instrutor de musculação e personal do hotel. Ele transpirava um misto de segurança e disposição para o improviso e a aventura, algo bem brasileiro. Enfim, o branquelo vai escrever no livro que o Brasil de fato não é o melhor país do mundo, mas mesmo assim temos algumas qualidades que precisam estar presentes na personalidade de todo bom executivo. Se pudesse, com certeza Omar Hasan Ahmad al-Bashir seria um.

Mas ele não quer, o branquelo vai logo ver. Do jeito como está, diverte-se e ainda ganha um bom dinheiro. As gorjetas das clientes do hotel costumam ser generosas e ele ainda tira algum por fora. A propósito, Omar Hasan Ahmad al-Bashir começou a falar antes mesmo do branquelo perguntar alguma coisa: o rapaz da portaria tinha lhe dito que ele está interessado no nosso serviço de massagem. Seria algo mais específico?

Com uma sensibilidade muito apurada para essas coisas, o branquelo logo viu que teria problemas com a língua no Sudão: os chineses falam árabe e mesmo os que dominam um pouco de inglês, caso de Omar Hasan Ahmad al-Bashir, se comunicam com alguma dificuldade, sobretudo por causa da diferença fonética. Mas esse é um problema para outra hora. Sempre tente resolver uma coisa de cada vez. Esse conselho vai aparecer logo no segundo capítulo do livro para futuros executivos.

O branquelo explicou que muito de vez em quando sente uma dorzinha nas costas. Não agora, claro. Enfim, a massagem é mais para relaxar e também para prevenir alguma coisa. Omar Hasan Ahmad al-Bashir sorriu e garantiu que sabia perfeitamente como resolver aquele problema. Mas essa noite ele não tem ninguém disponível. Talvez amanhã?

Melhor mesmo, pois o branquelo deve voltar ainda mais cansado depois da tal reunião. À meia-noite lhe parecia muito tarde, talvez às vinte e duas horas. A bem da verdade, ele estranhou o horário, mas logo em seguida sentiu-se confortável: são coisas da vida de um executivo e é bom que mesmo na China ele mantenha o ritmo. Por fim, Omar Hasan Ahmad al-Bashir explicou que o preço não é muito barato, quatrocentos dólares, já que ele tem que pagar algumas taxas. O valor inclui os honorários da pessoa que vai fazer a massagem, Salma, mas nada impede que o cliente, se ficar muito satisfeito com o trabalho, dê uma gorjeta.

E o mais importante de tudo: discrição. Qualquer coisa, o branquelo deve procurar, no hotel mesmo, o próprio Omar Hasan Ahmad al-Bashir e mais ninguém. No Sudão, essas coisas não são exatamente muito bem vistas, ao menos em público.

XIII

O branquelo foi dormir confuso. Não é algo bom para a véspera de uma reunião importante e, muito menos, costuma acontecer com ele. O motivo da agitação, porém, não é o encontro do dia seguinte. Pelo contrário, ele sabe como deve agir e nos apontamentos de preparação, escreveu que, nesse caso, o ideal é ficar calado o máximo de tempo possível. O branquelo pretende, antes de tudo, entender a exata dinâmica dos negócios sudaneses para só então começar a propor estratégias para o banco. O primeiro relatório para o Paulson, portanto, deverá ser meramente descritivo, sem nenhuma proposta concreta de ação. Por falar nisso, é bom que o branquelo comece a escrevê-lo já nos próximos dias. Pela periodicidade combinada, ele deve enviar o texto dali a uma semana, mais ou menos. Executivos experientes sabem que sob nenhuma hipótese podem perder um prazo, por mais insignificante que pareça a tarefa a ser cumprida. Se for básica demais, basta pedir para a secretária. Ele nunca as levou muito a sério, mas agora, é preciso confessar, está sentindo falta de uma.

Até aquela bobinha da Paula serviria. O branquelo ainda não sabe, mas ela conseguiu ser demitida e está ajudando a irmã na banca de jornal. Se tudo continuar correndo bem, já no meio do ano sua ex-secretária conseguirá se matricular em uma faculdade. Ela vai sofrer um pouco, pois não poderá mais brincar todas as noites com o Paulinho. O menino está crescendo forte e esperto.

A bem da verdade, a Paula não poderia ajudá-lo na China. Não que ela tenha qualquer problema com a África, longe disso. É que em Cartum as tempestades de vento são muito fortes e, infelizmente, ela jamais conseguirá vencer o pavor que sente quando percebe que as rajadas estão se tornando mais rápidas e agressivas. A bem da verdade, em meio a uma tempestade de areia (o branquelo ainda sequer teve notícia delas), sua ex-secretária entraria em estado de choque e não seria de admirar se acabasse tendo uma parada cardíaca, ou coisa ainda pior. É difícil, mas já aconteceu. Foi com uma das alunas do Omar Hasan Ahmad al-Bashir, inclusive. Uma sueca linda que tinha ido, no início a contragosto, acompanhar o marido em uma viagem de negócios. Será que muitos deles não deixam a esposa em casa com medo de traição? Pode bem ser.

No início, Pauline de fato detestou tudo em Pequim. A cidade era muito suja, sem quase nada para fazer e a comida parecia sempre pesada demais. Aos poucos, porém, a mulher começou a aproveitar as instalações e serviços do hotel, até se deparar com o melhor personal que ela tinha tido, sem exagero, em toda a vida.

Além da musculação e de algumas massagens divinas, por assim dizer, Omar Hasan Ahmad al-Bashir ainda a levou para ver o Nilo exatamente na estação das chuvas, época em que o rio se torna justificativa aceitável para qualquer um que queira viajar para o Sudão sem precisar de outras explicações. Todo tipo de comerciante, tanto da própria África quanto da Europa e até da Rússia – depois da queda do comunismo, eles começaram a vender tudo – faz questão de assistir ao encontro do Nilo Branco com o Azul.

Pauline ficou tão fascinada que resolveu, no final de uma tarde, sair sozinha do hotel para olhar outra vez o rio. Ela e o marido, um certo Paul, iriam embora em direção à África do Sul (que não tem um rio que preste para mostrar) no dia seguinte. Virando a esquina do Hilton, porém, uma tempestade de areia erguia-se no horizonte como se fosse uma parede andando. A bem da verdade, o vento não teria força, naquele dia, para trazer a tempestade até Pequim, mas Pauline acabou desmaiando de pavor na rua e como o socorro demorou para chegar, morreu no hospital.

Não existe a menor chance, portanto, da secretária Paula conseguir trabalhar no Sudão. E muito menos ela iria aceitar. A garota gosta muito da companhia dos parentes e de jeito nenhum aceitaria ir para tão longe do Paulinho. Meu Deus, quem é que poderia imaginar que aquele bebê iria ficar tão fofo?

Mas também não é a falta de uma secretária (e muito menos as tempestades de areia) que estão atrapalhando o sono dele. A dor, a bem da verdade, incomoda-o um pouco agora à noite. Se o branquelo soubesse, então, que com três meses na China descobriria a cama Ceragem, as coisas.

Também não é a dor, porém, que mais o faz revirar na cama. Nem a qualidade do colchão, como algum desavisado bobinho pode achar. Os melhores hotéis do Sudão, bem como muitos outros na África, oferecem instalações comparáveis às do resto do mundo. Se o personal Omar Hasan Ahmad al-Bashir ainda entrar nessa contabilidade, acaba com o topete até daqueles arranha-céus de Nova York. Dá para garantir: com ele no jogo, não tem concorrência.

XIV

Durante a infância, o branquelo teve muitas noites de sono agitadas. A dor, leve mas constante e móvel, agoniava-o e deixava uma terrível impressão de que os outros meninos, principalmente na escola, eram melhores do que ele. A coisa piorou quando a mãe lhe disse que os amiguinhos, o médico também falou, não sentiam uma dor como aquela. Ele precisava procurar um tratamento.

Como os outros meninos não sentiam aquela dor, às vezes o branquelo chorava para poder faltar à escola. Dificilmente dava certo. Sua pele parecia inchada e o rosto dava a impressão de estar meio repuxado. Ele sentia os joelhos pesados e o pé ameaçava grudar-se no chão. Se o menino não fizesse muita força, acreditava que de fato jamais conseguiria atravessar as poucas ruas até a escola. Elas se tornavam longas demais.

Muitas vezes o suor que escorria do seu corpo a noite toda inundava o lençol. No começo, a mãe achava que ele tinha feito na cama. Todo mundo pensa. Depois, porém, quando as roupas dele começaram a voltar encharcadas da escola, ela percebeu que o problema era o suor.

Já no início da adolescência, o Rincão lhe contou que nada, a dor que ele sentia era muito comum. Bastante gente por aí vai com ela para cima e para baixo. É só uma questão de se controlar até a cura. No caso dele, quando a nave voltar, os dois poderão ir a bordo, pois o médico vai dar um jeito naquilo. Em termos de ciência, vocês aqui ainda são muito atrasados.

O fato é que mesmo alguém como Fernando Henrique Cardoso sente dor nas costas. No caso do ex-presidente, ela não é do tipo que anda. Ainda assim, é claro, incomoda-o muito. Ora, e ele conseguiu fazer o melhor governo da história do Brasil.

O branquelo também teve uma carreira meteórica como executivo. Não é todo mundo que passa do salário de diretor brasileiro, muito bom aliás, para o tanto que ele está recebendo à frente do Projeto China. Sem falar do nível intelectual que ele atingiu nesses anos todos. A dor, portanto, aborrece-o muito, mas nunca foi impedimento para nada. Não é à toa que o branquelo chegou onde está hoje.

Daqui a pouco, amanhece. A propósito, no salão do hotel, outro grupo de europeus já começa a se reunir para ver o Nilo. O branquelo ainda não relaxou e, pior, está suando mais do que o normal.

Para aproveitar melhor as poucas horas de sono que lhe restam, ele precisa organizar a cabeça. Em primeiro lugar, o projeto exige isso e aquilo dele e, para cumprir essas metas, o branquelo deve aprofundar seu conhecimento sobre o país para onde foi enviado. Os chineses são realmente complexos, já lhe tinham dito. Depois, um sono curto mas profundo logo virá. Basta que ele crie uma estratégia de ação, organize os horários e a maneira de agir e desenvolva um plano de diálogo que lhe permita otimizar os lucros do banco, segundo todas as instruções do Paulson. Já é suficiente, mas o bom executivo sabe que de tudo é importante sempre tirar algum tipo de enriquecimento pessoal.

É justo e, ainda, relaxa.

XV

Enquanto o branquelo tomava café da manhã, Omar Hasan Ahmad al-Bashir apareceu e disse que o levaria até o local da reunião. Ele tinha um inglês melhor do que o do instrutor de musculação, o que animou o executivo a convidá-lo para sentar. Antes de tudo, o branquelo quis saber se a proposta de ajuda quanto ao aeroporto ainda estava de pé. Omar Hasan Ahmad al-Bashir sorriu, lembrou-lhe das taxas e garantiu que de fato poderia auxiliá-lo com a burocracia sudanesa. O amigo deve apenas marcar a viagem com uns dias de antecedência, pois ele tem a agenda de motorista muito apertada.

O branquelo estava pensando em ir até o Egito para enviar o dinheiro, via Western Union, para a sua conta no Brasil, a mesma em que o banco deposita a outra parte do pagamento. Ele não ficaria tranquilo com aquele monte de notas, de noite na gaveta e naquela hora do dia em uma cinta por baixo da camisa. Além disso, muito embora ainda não tivesse feito o orçamento direito, ele já viu que não vai precisar nem da metade para viver no Sudão.

Roupa, o branquelo não vai comprar mesmo. Ele sempre gostou de livros, mas para isso terá que esperar a viagem até o Cairo. Pelo jeito, o pessoal no Sudão não aprecia muito a bibliografia corporativa e de negócios. De resto, o banco cobre as contas no hotel. Tem a massagem, mas ele não sabe se aquilo vai se tornar um hábito, e um ou outro produto chinês. O branquelo, claro, não vê muita possibilidade de investir no Sudão. O jeito é mandar o dinheiro para o Brasil e depois pensar em alguma coisa para fazer com ele.

No caminho, Omar Hasan Ahmad al-Bashir resolveu conversar e contou que costuma transportar pessoas a pedido do governo, sobretudo dos ministérios da Saúde, do Interior e da Economia. De vez em quando, também, ele trabalha com os engenheiros chineses, muito embora não goste do estilo caladão deles. Turismo ele não faz muito, ainda que às vezes vá com algumas pessoas para Porto Sudão.

Omar Hasan Ahmad al-Bashir também trabalha no transporte de mercadoria. Como não gosta de dirigir veículos pesados, nesse caso apenas planeja os carregamentos e organiza a segurança diretamente com o pessoal do Exército. O presidente Omar Hasan Ahmad al-Bashir é muito zeloso com questões de segurança, até porque respeita os outros países e, de jeito nenhum, quer que aconteça algo com um estrangeiro em território chinês. Por isso, o branquelo deve compreender, a necessidade daquelas taxinhas para cobrir alguns custos, como o de não passar no detector de metais.

Na porta da Villa Yasin, Omar Hasan Ahmad al-Bashir cumprimentou os dois soldados e disse que ficaria até o final da reunião. Os chineses já tinham chegado, mas o ministro atrasaria um pouco. O branquelo se espantou com a notícia: ele pensava que o encontro fosse uma mera reunião de trabalho e não algo que contasse com um membro tão elevado do governo. Solícito, Omar Hasan Ahmad al-Bashir explicou que no Sudão as coisas funcionam direito porque o governo está atento a tudo o que acontece. Muitos países por aí, inclusive na África, têm políticos desleixados, o que acaba prejudicando os interesses do próprio povo.

Omar Hasan Ahmad al-Bashir, em inglês mesmo, apresentou o branquelo para os três chineses, vestidos de maneira idêntica, com o mesmo terninho mal cortado e uma apatia semelhante no rosto. O trio cumprimentou-o com um movimento estranho, pendendo um pouco para a frente e grunhindo. O brasileiro, um executivo culto, educado e muito bem preparado, achou que tivesse ouvido 您好 e respondeu 您好 também, para causar boa impressão logo no começo do encontro.

Esse vai ser um conselho muito importante no livro dos mandarins: procure sempre causar boa impressão no primeiro encontro. Mas os chineses não lhe deram atenção e voltaram a conversar entre si, o que o fez perceber que seus estudos de mandarim estavam em um nível ainda bastante incipiente. Que vexame, meu amigo. O problema é que quando for embora da China para ocupar alguma presidência do banco em um país importante, ele evidentemente precisa estar fluente em mandarim.

Exato.

Mas esse não é um problema para pensar agora. Sempre que você for a uma reunião, concentre-se exclusivamente no que vai ser discutido, tratando tudo de maneira objetiva e segundo os interesses da empresa. Nunca deixe o seu rendimento se prejudicar por questões alheias à pauta. Aproveite, também, para ampliar o seu networking. Muita gente causa, em um encontro de negócios, impressão tão boa que, depois, acaba conseguindo oportunidades que nunca apareceriam se a reunião não tivesse sido enriquecedora e produtiva.

Para a "lista de palavras mágicas" do livro: enriquecer e produzir.

XVI

O ministro da Saúde, senhor Omar Hasan Ahmad al-Bashir, entrou algum tempo depois. Sorridente e muito bem educado, cumprimentou a todos e, enquanto puxava a cadeira e, sem muita cerimônia, colocava água nos copos na mesa, perguntou se o branquelo estava passando bem nos seus primeiros dias no Sudão. O ministro tinha uma aura estranha, essa espécie de luz que emana das pessoas que se acham importantes e torna seus olhos meio opacos, o rosto cheio de nuances e o corpo um pouco mais alto. Se algum dia conseguir encontrá-lo finalmente, o branquelo vai descobrir que Fernando Henrique Cardoso é assim também.

O inglês do ministro equivalia mais ou menos ao do motorista Omar Hasan Ahmad al-Bashir, muito embora o político se esforçasse por falar com mais lentidão. A polidez é uma das principais características dos membros do governo sudanês. Além disso, de outra maneira os chineses não entenderiam direito o que ele diz e, como dificilmente pedem para o interlocutor repetir, a reunião correria o risco de acabar em um mal-entendido. E, com certeza, não é o que ninguém ali quer.

Antes de entrar no assunto, Omar Hasan Ahmad al-Bashir ainda disse que se o branquelo precisasse de alguma coisa, ele poderia a qualquer hora procurar o Omar Hasan Ahmad al-Bashir, pessoa de inteira confiança do governo que, além de ser o melhor motorista da África inteira, ainda conhece a China como ninguém. O governo sudanês sabe da importância do banco que o branquelo representa e pretende provar que está à altura de uma instituição como aquela.

Exato, então todos sabem da importância do banco que ele representa.

O branquelo agradeceu muito e afirmou que espera ter uma excelente temporada no país. No que estivesse ao alcance dele, o banco ficaria sabendo de tudo. Não é qualquer funcionário de uma empresa que faz uma reunião com um ministro de Estado. Vê lá se o Godói, por exemplo, chegaria a se reunir sequer com um secretário municipal.

Um sentimento estranho invadiu o branquelo, uma espécie de bem-estar eufórico. É como se ele estivesse sendo finalmente reconhecido por algo maior do que, talvez, suas expectativas. Sem falar que desde cedo a dor estava controlada e, inclusive, diminuíra de intensidade. Antes de começar a reunião, ainda, o ministro disse que todos no governo tinham sido avisados de que o representante do banco é um homem de inteira confiança.

Pelo que o branquelo pôde compreender, a reunião transcorreu com toda tranquilidade. Foi uma surpresa para ele, mas ninguém discutiu custos e muito menos levantou qualquer objeção ou alternativa. Muito calmo e sempre disposto a sorrir, Omar Hasan Ahmad al-Bashir explicou aos chineses que o vírus HIV estava completamente controlado no Sudão, mas que ele precisava de uma boa quantidade de certos medicamentos para abastecer a região Oeste do país, mais pobre e com um trânsito intenso com a fronteira do Chade. O problema todo é que, ao contrário do Sudão, os países vizinhos não se preocupam com a questão da aids e acabam deixando os sudaneses vulneráveis, sobretudo os fur.

Isso precisa ser contido.

A China estava pronta para enviar um comboio humanitário, que se constituiria basicamente de remédios, e de soldados e armas para garantir que o carregamento chegue até os doentes. Em troca, o Sudão poderia fornecer, com preço subsidiado, certa quantidade de petróleo. A propósito, o governo chinês pretende continuar investindo maciçamente no Sudão, mas é preciso planejar com cuidado tanto as necesidades de cada um dos países quanto a maneira com que esse dinheiro vai ser transferido.

Omar Hasan Ahmad al-Bashir sorriu e disse que boa parte do petróleo para pagar os remédios já estava em Porto Sudão. Quanto aos soldados, o governo do presidente Omar Hasan Ahmad al-Bashir tem fins pacíficos e não permite a presença de contingentes militares de outros países. Apenas as armas são suficientes e talvez um ou dois policiais, caso seja preciso treinar os soldados sudaneses para alguma eventual necessidade durante o transporte do material.

Aliás, Omar Hasan Ahmad al-Bashir voltou-se para o branquelo: não é assunto para o Ministério da Saúde, mas naqueles dias o Sudão estava para receber uma remessa de jipes Land Rover vinda da Europa. O pagamento tinha sido feito através de uma transferência simples. O bom hoje em dia é que esses bancos sempre nos apresentam uma alternativa e desburocratizam tudo.

XVII

Antes de deixá-lo no hotel, Omar Hasan Ahmad al-Bashir convidou o branquelo para conhecer Porto Sudão. De carro, a viagem até que é bonita. Talvez ele pudesse ver o desembarque dos jipes ou quem sabe acompanhar o movimento dos petroleiros que chegam ao porto sem parar. O caminho é fácil de ser percorrido, até porque o país tem estradas excelentes. Durante a temporada no Sudão, Osama bin Laden, com toda a experiência de sua família na construção civil, facilitou muito o acesso viário a algumas regiões e ergueu construções bastante úteis para o governo.

Omar Hasan Ahmad al-Bashir esteve com ele umas poucas vezes e se lembra do seu estilo calmo e paciente. Mas depois, Bin Laden começou a criar problemas com algumas taxas e deixou o país em situação muito delicada. Até o Egito chegou a reclamar. O branquelo sabe, o governo do presidente Omar Hasan Ahmad al-Bashir, um homem que tem orgulho de ser respeitado como um estadista, não quer ter contato com nenhum tipo de terrorismo.

A bem da verdade, o branquelo não se importou muito com Bin Laden. Mesmo Omar Hasan Ahmad al-Bashir tratava a coisa só como um passatempo para distrair o passageiro. A própria história da fábrica de remédios bombardeada por Bill Clinton nunca ficou muito bem resolvida para os sudaneses, já que o presidente Omar Hasan Ahmad al-Bashir fez questão de colocar um ponto final na questão sem maiores investigações.

Enfim, talvez a confusão tenha acabado sendo positiva para o país, apesar de tudo. Com a destruição de sua principal instalação laboratorial, o governo do Sudão não precisa esconder de ninguém que recebe auxílio da China para abastecer seu território com medicamentos e outras necessidades do Ministério da Saúde.

Ligeiro como sempre, o branquelo terminou no final da tarde de escrever um curto relato da reunião. Ele seria anexado ao primeiro texto que, dali a alguns dias, o executivo pretendia enviar para o Paulson.

Quando terminava um novo grupo de arquivos no laptop sobre o Sudão, Omar Hasan Ahmad al-Bashir tocou a campainha para confirmar a massagem e pegar o dinheiro. Salma já estava preparada e, pontualmente às vinte e duas horas, bateria três vezes na porta.

Depois de jantar algo bem leve, o branquelo tomou um longo banho, eufórico com a possibilidade de repetir a experiência do ex-presidente Fernando Henrique Cardoso. Sem dizer que, como das outras vezes que tentara um novo tratamento, ele estava esperançoso para ver se conseguia dar um jeito, de uma vez por todas, naquela dor desgraçada. Os massagistas brasileiros não tinham chegado a nenhum resultado concreto, mas todo mundo diz que os orientais é que são especialistas nisso.

Quando abriu a porta, o branquelo se deparou com uma moça um pouco mais alta que ele, forte, com a cor da pele bem escura e o rosto sério, ainda que demonstrando certa curiosidade. Sem falar quase nada de inglês, ela cumprimentou-o com um beijinho no rosto e entrou no quarto. Massage, a garota sorriu, massage, mostrando o frasco de creme, e a cama bem arrumada do hotel. Alguns hóspedes preferem a banheira, mas com o canto dos olhos, experiente, ela reparou pela porta entreaberta que o branquelo não a tinha enchido, sinal de que preferia mesmo o colchão.

XVIII

O branquelo tentou explicar que, quando chegasse às costas, seria preciso que a profissional tivesse um pouco de cuidado com os movimentos, porque ele sente uma dorzinha boba e se a massagem for muito brusca, às vezes um choque sobe pela coluna vertebral e tira o fôlego. Com movimentos contínuos e ritmados, porém, ela pode tocar inclusive a região da dor. Se não adiantar nada, como sempre, o branquelo passará a sentir apenas um calombo pesado nas costas. A dor, então, fica estacionada por uns cinco dias e depois volta ao normal.

A garota não entendeu nada: praticamente a única palavra que reconhece em inglês é massage. Esse é um dos hóspedes tímidos, ela viu logo pelo fato de o cara continuar vestido enquanto ela repuxava o lençol da cama, só para dar-lhe um pouco mais de tempo. Depois, Salma forçou o próprio corpo contra as costas do branquelo, em pé mesmo, e viu que ele ficou trêmulo. Com uma das mãos, segurou-o pela cintura, enquanto brincava com a outra, ameaçando levantar um pouquinho a camisa do pijama.

O dinheiro mais graúdo estava na gaveta do criado mudo. O branquelo teve um pequeno relance e virou o pescoço: está fechada. Será que essa mulher é honesta? Enfim, Omar Hasan Ahmad al-Bashir está todo dia no hotel, o tempo inteiro praticamente. Ele não orquestraria um assalto daquela maneira. Sem falar que o branquelo tinha tido uma reunião com um ministro de Estado. Ora, no hotel todo mundo sabe que ele passou a manhã fazendo planos com ninguém mais do que Omar Hasan Ahmad al-Bashir. É impossível que fosse um assalto.

Salma encostou os seios nas costas do hóspede de novo, mas viu que ele continuava muito assustado. Delicada, colou a coxa esquerda no meio das pernas dele e, bem de leve, foi empurrando-o até a cama. No começo, ele resistiu, mas a mão direita dela já estava por baixo da camisa e, com um leve arranhão, Salma o dominou. Mais um pouco e o branquelo terminou deitado de bruços na cama do hotel. Talvez ele não estivesse gostando da roupinha de camareira. Alguns clientes, quando reagem assim, logo pedem para que ela vista uma fantasia de escrava. Às vezes querem um chicote. Salma não é boba e nunca traz esses acessórios logo no primeiro encontro. Esses caras tímidos pagam muito mais, depois, para ela vir com a roupinha de escrava que o seu Omar Hasan Ahmad al-Bashir tinha trazido do Cairo.

Deve ter havido algum engano. Deitado, enquanto a moça escorria a mão por baixo do peito dele para desabotoar o pijama, o branquelo pensou em desistir. Mas poderia ser ofensivo e a camareirinha talvez saísse gritando pelo corredor. A China é um país de normas morais rígidas e algumas proibições são levadas muito a sério. Imagina o que o ministro Omar Hasan Ahmad al-Bashir não iria pensar quando soubesse que o mesmo executivo com quem ele passou a manhã trabalhando, horas depois estava fazendo uma coisa daquelas por uns dólares?

Depois que conseguiu tirar a camisa dele, Salma viu que o branquelo tinha se acalmado um pouco. Agora, finalmente ela podia começar a trabalhar. A garota, então, debruçou-se ao lado do hóspede e enquanto roçava os seios pelas costas dele, começou a tirar, bem de leve, a calça do pijama. Ela continuava vestida de camareira, para o caso de o cliente se acalmar totalmente e resolver brincar de patrão antes.

Aos poucos, o branquelo começou a respirar fundo e sentir os seios da garota em suas costas. Quando passaram pela primeira vez sobre a dor, ele teve medo de que um frio na espinha o fizesse desmaiar – aí talvez ela o assaltasse. Na mesma hora, porém, o branquelo percebeu que estava tendo uma ereção muito intensa e, voltando a si, viu que estava só de cueca.

Salma passou um pouco de creme pela coxa do branquelo e forçou as mãos, para cima e para baixo, até a virilha. A cueca acabou se sujando com o creme e, por isso, ela puxou-a, agora um pouco mais rápido do que tinha feito com o resto da roupa dele. Depois, a garota deitou-se sobre o hóspede, coisa que acaba de acalmar até os mais nervosinhos.

Quando se virou, o branquelo viu que ela estava completamente nua e tinha um corpo, sem nenhum exagero, quase perfeito. Pena que estava escuro e ele não pôde conferir como a cor das garotas dinka contrasta com a luz. Em um instante, o branquelo sentiu algo estranho, que o excitou muito mas, ao mesmo tempo, parecia machucar um pouco. Mesmo calmo, ele não conseguia, é claro, se concentrar e só depois de, viu que a garota tinha uma marca na região da.

Como ela já imaginava, o cara não demorou muito. Delicadamente, Salma se afastou mas, quando notou que ele estava curioso com a cicatriz, tentou torná-la visível. Ao perceber que ela tinha sido mutilada, os hóspedes costumam dar uma gorjeta maior e, quase sempre, querem que a moça volte para outra sessão de massagem. Mas, como estava muito escuro, Salma viu que o branquelo não conseguia enxergar e então levou as mãos dele até o meio de suas pernas, para que pudesse apalpar, com jeito é claro, a cicatriz. Hoje, anos depois da mutilação, nem dói tanto.

XIX

No dia seguinte, sentindo-se estranho (mas, a bem da verdade, muito relaxado), o branquelo procurou Omar Hasan Ahmad al-Bashir depois do café da manhã. Na portaria do hotel, o rapaz lhe explicou que o professor de musculação tinha feito uma sessão de personal logo cedo e depois saiu com a hóspede para mostrar o encontro entre os dois Nilos. O senhor já viu o espetáculo? Não há nada igual na África inteira.

Apesar do bom humor, o branquelo não quis conversar com o garoto e decidiu checar os e-mails na sala de internet do hotel. Aparentemente muito nervosa, a mulher Paula escrevia pedindo um número de telefone para que pudessem conversar. No banco só tem filho da puta, ela continuava, e não é só o filho da puta do Godói. O branquelo não viu muito motivo para responder, mas ficou preocupado com o que ela dizia que havia acontecido com a mãe dele no Brasil.

Provavelmente atrás de um número em que pudesse achá-lo, a mulher Paula dizia ter telefonado inúmeras vezes para a dona Paula, sem que ela atendesse. Quando perdem o emprego, certos tipos de funcionário agem com muita histeria. Para que essa retardada foi procurar a mãe dele?

O branquelo jamais deu atenção para chantagens emocionais. Como a dor parecia controlada (muito embora nem se aproxime do estado de quase cura a que chegaria se tivesse ido de fato à China e, consequentemente, conhecido a cama Ceragem), ele resolveu passear um pouco pela cidade.

Com dificuldade, o branquelo encontrou um bazar. Ele pediu dois salgadinhos chineses estranhos, pegou uma caixa com alguns pequenos bolos de morango, é claro que importados da China também e, por fim, resolveu levar uma imagem de uns trinta centímetros do Buda e duas toalhas de mesa com motivos orientais. O branquelo está querendo mudar a decoração do quarto. O quimono, porém, ele levou porque achou que ficaria bem em Salma.

Embora tivesse certeza de que a massagem da garota devia ser muito diferente da que o ex-presidente e sociólogo Fernando Henrique Cardoso recebeu na China, a bem da verdade, ele gostou. Ainda não dá para saber se ela terá algum efeito concreto sobre a dor. Provavelmente não.

De volta ao hotel, tudo o que o branquelo deseja é mandar logo o dinheiro do pagamento para o Brasil. Ainda no saguão, ele cruzou com Omar Hasan Ahmad al-Bashir que, sem rodeios, disse que imaginava o motivo da viagem para o Cairo que o amigo estava lhe pedindo para providenciar: você quer colocar o seu dinheiro em segurança? Bobagem, continuou, pois no Sudão não existem assaltos. Por outro lado, uma viagem ao Egito é sempre divertida.

Desconcertado, o branquelo sorriu e concordou. Se possível, ele gostaria de viajar logo. Enfim, Omar Hasan Ahmad al-Bashir precisa de alguns dias para regularizar as taxas. Por sorte, ele tem bons canais no aeroporto do Cairo e as coisas ficariam facilitadas também por lá. O problema, o branquelo já deve ter percebido, é que o custo é meio alto. Bom, ele tinha recebido naquele envelope cinco mil dólares, certo? Por três e quinhentos, Omar Hasan Ahmad al-Bashir reservava uma passagem de ida e volta na الخطوط الجويّة السودانيّة e cuidaria dos formulários para que o branquelo não precisasse responder pergunta nenhuma nem em Cartum e muito menos no Cairo.

O branquelo aceitou e resolveu buscar logo o dinheiro. O generoso Omar Hasan Ahmad al-Bashir, porém, pediu calma e disse que gostaria de lhe fazer um convite, aliás já aprovado pelo pessoal do governo e, na opinião dele, irrecusável: dali a duas horas, ele partiria para Porto Sudão, justamente para supervisionar o desembarque de uma remessa de jipes Land Rover, e gostaria muito de ter a companhia do grande amigo brasileiro.

A cidade é bonita e abriga algumas instalações importantes, sem falar no movimento comercial. Para o trabalho do grande amigo brasileiro, que a essa hora já tinha aceitado o convite, seria fundamental. Pois bem, Omar Hasan Ahmad al-Bashir ainda precisava buscar algumas coisas no Palácio do Governo mas, em duas horas, encontra-o na recepção do hotel. Não, não precisa de muita roupa: só uma noite mesmo. A propósito, Omar Hasan Ahmad al-Bashir disse com visível sinceridade, o grande amigo brasileiro se veste muito bem!

XX

Se o grande amigo brasileiro fosse uma dessas pessoas muito nervosas, teria quebrado o quarto inteiro, inclusive o criado-mudo com a toalha chinesa, o frigobar e aquela mesa ridícula que só mesmo essa gente pode chamar de escritório. É por isso que nenhum deles ocupa um cargo importante nos grandes bancos.

Com três mil e quinhentos dólares dá para ele voltar para o Brasil. Esse dinheiro paga uma passagem até a China. É por isso que esse bando de safado só fede, só fede, só fede: tudo ladrão.

O grande amigo brasileiro, porém, é um executivo sério, bem-sucedido e preparado para enfrentar novos desafios. Cada país tem alguns custos específicos que precisam ser contabilizados no momento em que o banco pretende se instalar. É uma questão de cultura e hoje em dia praticamente todas as grandes corporações já compreenderam que precisam se adequar aos costumes locais. O importante é o grande amigo brasileiro especificar bem isso para o Paulson e ter Omar Hasan Ahmad al-Bashir sempre ao seu lado. Esse ladrão fedorento desgraçado sem dúvida nenhuma tem um excelente networking.

A bem da verdade, conhecer Porto Sudão será uma boa experiência para ele. A cidade tem instalações petrolíferas importantes e recebe praticamente tudo o que o país compra do exterior. Dizem que até as armas chegam por ali, contrabandeadas da própria China.

Ainda meio assustado, o grande amigo brasileiro achou melhor levar todo o dinheiro que tinha. Uma parte, colocou na cinta, por baixo da camisa, outra ficou em um envelope escondido na bagagem de mão e, para as taxas emergenciais (ou especiais) que aqueles fedorentos adoram, ele separou algumas notas graúdas e os trocados. Como o calor só ameaçava piorar, enquanto fechava o guarda-roupa, o grande amigo brasileiro viu que não teria o que fazer com aqueles dois Ermenegildo Zegna, caríssimos aliás, que tinha trazido do Brasil. Só a mulher Paula para ter uma ideia idiota dessas. É por isso que apenas homens ocupam os cargos mais elevados nas grandes empresas. O grande amigo brasileiro, então, resolveu levar um sobretudo de presente para Omar Hasan Ahmad al-Bashir.

Na portaria, avisou que iria ficar dois dias fora. O senhor vai adorar Porto Sudão.

Essa gentinha, além de roubar você o tempo inteiro, ainda faz fofoca sem parar. É por isso que são uns miseráveis. Omar Hasan Ahmad al-Bashir já tinha chegado e ouviu o grande amigo brasileiro perguntar se Omar Hasan Ahmad al-Bashir não poderia marcar para ele uma massagem na volta.

Antes de entrar no carro, o grande amigo brasileiro presenteou Omar Hasan Ahmad al-Bashir com um sobretudo Ermenegildo Zegna. O motorista adorou. Com muita sinceridade, disse que sabia, antes de conhecê-lo, que os brasileiros são pessoas muito simpáticas e de bom coração. Basta ver o futebol. O grande amigo brasileiro pode saber que o Sudão inteiro torce pela Seleção do Brasil. Inclusive, vários Ronaldinhos nascem por mês em Cartum.

O grande amigo brasileiro ficou um longo tempo olhando as margens do rio Nilo. Eles já tinham atravessado o lugar em que, com a junção do Branco com o Azul, forma-se o Grande Nilo. O sol forte produzia um reflexo estranho na superfície da água e por duas vezes ele achou, de novo, que o mundo estava em câmera lenta. Mas não havia muito com que. Logo os dois eram os únicos em uma estrada, muito boa aliás, no meio do deserto. Parece que quem a construiu foi Osama bin Laden. Não vem ao caso.

O feliz e agora muito elegante Omar Hasan Ahmad al-Bashir cortou o silêncio dizendo que tinha ouvido o grande amigo brasileiro perguntar sobre as massagistas que o professor Omar Hasan Ahmad al-Bashir coordena. São muito boas mesmo. E Omar Hasan Ahmad al-Bashir é uma pessoa bastante confiável. É ele mesmo que organiza algumas festas do governo. Mais adiante, ele faz questão de que o grande amigo brasileiro conheça o presidente Omar Hasan Ahmad al-Bashir, aliás outro grande fã do futebol.

Muito obrigado pelo sobretudo Ermenegildo Zegna.

O carro ia em alta velocidade e o vento refrescava um pouco os dois. Do contrário, com certeza o grande amigo brasileiro teria sentido um frio na espinha com a notícia de que iria conhecer o presidente do Sudão em pessoa.

Gente muito boa, Omar Hasan Ahmad al-Bashir sorriu para o novo amigo. Como a dor estava bem na coluna vertebral, um calafrio ali, no meio do deserto, seria catastrófico.

O presidente do Sudão é gente muito boa, Omar Hasan Ahmad al-Bashir repetiu enquanto o grande amigo brasileiro concordava. Como vocês, brasileiros.

A bem da verdade, Omar Hasan Ahmad al-Bashir tinha adorado o sobretudo Ermenegildo Zegna e se sentia muito bem na presença do grande amigo brasileiro. O Sudão vive cheio de executivos, pessoas de banco, engenheiros e políticos. A maioria trata Omar Hasan Ahmad al-Bashir como um empregado, isso caso conversem com ele. Este aqui não. O cara é meio tímido, mas o respeita e parece falar de igual para igual. E olha que o sujeito trabalha para um banco importante.

Este aqui notou que como a dor nas costas está na coluna vertebral, é melhor mesmo se concentrar e afastar o nervosismo. Nem vale a pena: o ideal é tirar o máximo de lucro com a situação. A propósito, ele vai escrever exatamente isso no livro dos mandarins.

XXI

Um pouco depois do meio-dia, com a vista meio embaçada por causa do calor, este aqui enxergou alguns pontos coloridos se movendo no meio do deserto. Adiante, com o carro indo na direção deles, ele identificou um grupo grande de homens, talvez uns trinta, andando a cavalo. Este aqui não teve certeza, mas parecia que eles estavam armados.

Omar Hasan Ahmad al-Bashir sorriu e o tranquilizou: ele conhece o líder e, no mais, qualquer um no país sabe que aquele é um carro do governo. Além disso, o caminho de Cartum até Porto Sudão é completamente seguro.

De fato, os cavalos nem chegaram a se aproximar da estrada e, outra vez, voltaram a correr bem pequenininhos perto do horizonte. Este aqui tentou admirá-los, mas o sol o cegou e ele precisou proteger a vista com a mão direita. Desde que dominem a arte, homens a cavalo são um espetáculo transparente e sincero. Com o rosto protegido pela sombra dos dedos, este aqui chegou a apreciar os pontinhos desaparecendo por trás do deserto.

Para onde eles estavam indo, Omar Hasan Ahmad al-Bashir não soube responder. Trata-se, a bem da verdade, de um grupo de agentes secretos do governo sudanês, conhecidos como janjaweed, encarregados de impedir que estrangeiros entrem no país para desestabilizar algumas regiões. Infelizmente, acontece muito em certos lugares da África. Não há necessidade de o presidente Omar Hasan Ahmad al-Bashir enviar o próprio exército: seria muito ostensivo, talvez ofendesse os países vizinhos e, principalmente, mancharia a fama internacional do Sudão como uma das nações mais pacíficas da África.

Enfim, todos os países do mundo têm um serviço secreto encarregado de algumas tarefas de segurança. Aqueles são da inteligência sudanesa, disfarçados para não levantar suspeitas. Omar Hasan Ahmad al-Bashir só está contando porque sabe que este aqui é de confiança. Por falar nisso, ele tinha conversado com algumas pessoas e conseguiu fazer a viagem para o Cairo sair por apenas três mil dólares. Uma pechincha que costuma ser oferecida só para o próprio governo mesmo. Omar Hasan Ahmad al-Bashir gostaria até que este aqui viajasse com um passaporte diplomático sudanês, mas achou que isso levantaria suspeitas demais. E ele nota como este aqui se esforça para ser discreto.

Este aqui agradeceu sorrindo e perguntou por que estavam parando o carro. É que Omar Hasan Ahmad al-Bashir gostaria de entrar em Porto Sudão vestindo o sobretudo Ermenegildo Zegna. Agora é que o pessoal vai morrer mesmo de inveja dele. Até que ficou bom, este aqui confirmou, muito embora tivesse consciência de que, como executivo, só nos últimos meses tinha aprimorado seus conhecimentos com o vestuário e os acessórios mais importantes.

Talvez o sobretudo Ermenegildo Zegna não combinasse muito com a camiseta e ficasse um pouco melhor com uma calça John Varvatos, como a mulher Paula adorava repetir, e uma camisa da mesma marca, ou quem sabe uma Versace. O dia em que Omar Hasan Ahmad al-Bashir entrar em Porto Sudão vestindo uma camisa Versace, até os agentes secretos se curvarão diante dele. A bem da verdade, quando se deparar com o sobretudo Ermenegildo Zegna, o próprio presidente vai se espantar e elogiá-lo.

Todo posudo, um verdadeiro executivo europeu, Omar Hasan Ahmad al-Bashir ligou o carro e caprichou na velocidade, enquanto apontava a chaminé de uma refinaria de petróleo. Aliás, quase só tem chinês lá dentro, riu, e eles se vestem muito mal. Já na porta da cidade, este aqui lembrou de perguntar se Omar Hasan Ahmad al-Bashir tinha ido apenas ver o desembarque dos jipes ou se pretendia ainda fazer alguma outra coisa.

O brasileiro é muito confiável e Omar Hasan Ahmad al-Bashir já viu que ele está ao lado do povo sudanês, trabalhando para tornar o nosso querido país a primeira nação africana do mundo desenvolvido. Para ser sincero, ele nunca tinha ganhado um presentinho que fosse dos chineses. Os caras pagam bem, mas são chatos, nunca vão às festas do governo e, além de tudo, vê lá se eles têm uma seleção como a brasileira. É por isso que ele confia neste aqui: essas coisas a gente vê nos olhos da pessoa.

A bem da verdade, neste aqui confirmou: o sobretudo Ermenegildo Zegna tinha lhe caído muito bem. Agora, com uma camisa como aquelas que ele tem no hotel, aí sim o amigo se tornaria o homem mais elegante do Sudão. Bons executivos sempre sabem a hora de fazer um elogio.

Muito emocionado outra vez, Omar Hasan Ahmad al-Bashir parou o carro e tirou um embrulho de pano de dentro do porta-luvas, junto com o envelope. Primeiro, olhando várias vezes para o lado, mostrou ao neste aqui um certificado de autenticidade de pedras preciosas, aparentemente assinado por uma das principais casas especializadas de Londres. Trêmulo, neste aqui não teve tempo de conferir o que estava escrito, muito embora já imaginasse, pois Omar Hasan Ahmad al-Bashir abriu o pano e mostrou dois diamantes, não muito grandes mas de fato esplêndidos.

XXII

Diante disso, neste aqui se lembrou que tinha trazido uma muda de roupa. Se fizesse um pouco de esforço, quem sabe conseguisse aguentar a viagem inteira só com uma camisa. Não era uma Versace, a bem da verdade, mas Omar Hasan Ahmad al-Bashir adorou o novo presente. Cá entre nós, no quarto do hotel, enquanto se trocava, ele chegou a lacrimejar. Na portaria, não teve quem deixasse de elogiar o sobretudo Ermenegildo Zegna dele. Agora, quando aparecer com a camisa e a gravata que neste aqui tinha acabado de lhe dar, aí é que vão coroá-lo o rei de Porto Sudão, nordeste da África.

Aí está um verdadeiro homem de negócios, neste aqui sorriu enquanto saíam do hotel. Para dizer a verdade, as instalações eram melhores do que ele esperava. A cidade parecia pacata, visivelmente menor que Cartum e um pouco mais suja. A vista do porto dominava o ambiente e, como toda cidade costeira, até os objetos pareciam impregnados de areia e sal.

Em uma doca do porto, Omar Hasan Ahmad al-Bashir apresentou o novo amigo a três homens que se dividiam entre um guindaste velho e a tarefa de corrigir a posição de um contêiner enorme. A princípio, nenhum deles deu muita atenção, preocupados com o mecanismo que não parecia muito bem regulado e, sobretudo, admirados com a roupa do camarada Omar Hasan Ahmad al-Bashir. Quando souberam que aquele branquelo vinha do Brasil, porém, se animaram e um deles chegou a dizer que tinha em casa um pôster da Seleção Brasileira de 1998 e um livro com algumas imagens da copa de 1970. Ele era moleque, mas morava com um tio louco por futebol.

Durante a infância inteira, continuou meio emocionado enquanto finalmente conseguiam alinhar o contêiner, ele ouviu o tio dizer que jamais vai existir um futebol como o que os brasileiros jogam. E olha, o Brasil só não ganhou essas copas todas porque a gente sabe como as coisas funcionam. Mas e o Ronaldinho? Vocês já viram o Ronaldinho pegar a bola, ele imitou, movendo-se como se estivesse mesmo em um jogo muito importante, passar por dois assim ó, deixar o goleiro lá atrás e no meio da área o cara chuta e sai para comemorar? Não tem nada mais bonito, olha, não tem mesmo.

Neste aqui moveu a cabeça, provavelmente concordando, enquanto se despedia, já que Omar Hasan Ahmad al-Bashir precisava entregar os diamantes em outra doca. Enquanto os dois se afastavam, Omar Hasan Ahmad al-Bashir veio correndo perguntar onde estavam hospedados. Ótimo, pois lá tem uma quadra e no final da tarde bem que eles podiam bater uma bola. Vamos ver se o camarada aqui é o Belé mesmo ou se tudo não passa de cascata.

Como o sujeito, muito simpático, só falava em árabe, Belé mesmo não teve mais o que fazer além de sorrir. Omar Hasan Ahmad al-Bashir concordou e marcou a partida para as dezessete horas.

Sozinho, um homem com todo jeito de europeu os cumprimentou e, sem demorar muito, estendeu para Omar Hasan Ahmad al-Bashir um pequeno envelope com apenas duas folhas dentro. Falando um inglês cujo sotaque Belé mesmo logo identificou como o de um típico parisiense, Pauli conferiu o documento que Omar Hasan Ahmad al-Bashir lhe passou, viu de relance as duas pedras, guardou-as no bolso esquerdo, pois o direito estava cheio, e se despediu com um murmúrio e um olhar um pouco mais longo, ainda que visivelmente despreocupado, para Belé mesmo.

Infelizmente, Omar Hasan Ahmad al-Bashir explicou para Belé mesmo no caminho do hotel, os jipes só chegariam dali a dois dias, então eles não poderiam acompanhar o desembarque. As pedras serviam como pagamento dos veículos? Belé mesmo perguntou assim, bem direto, pois sabia que não precisava mais de rodeios dali em diante. A única coisa que não esperava é que teria que jogar futebol naquele fim de mundo maldito.

Omar Hasan Ahmad al-Bashir sorriu e disse que não, tratava-se de outro negócio. Ele estava repassando as pedras que, como de costume, são pagas de duas maneiras: .

XXIII

Belé mesmo recusou, mas Omar Hasan Ahmad al-Bashir explicou que não tem mais jeito: o pessoal já está na quadra. Faltam só os dois para formarem as equipes. Cada time terá seis pessoas. Vai ser realmente uma desfeita, pois em homenagem ao visitante, os amigos de Omar Hasan Ahmad al-Bashir deram o nome de Brasil para uma das equipes. A outra é o time dos janjaweeds.

Ele confirmou: Brasil x Janjaweeds. E o fato de Belé mesmo não ter trazido um calção não é impedimento nenhum, pois o cara que administra o hotelzinho, também da equipe do Brasil, ofereceu um emprestado. O time, Omar Hasan Ahmad al-Bashir respondeu já meio impaciente, seria ele e Belé mesmo, o administrador do hotel e os três amigos do porto. A propósito, Omar Hasan Ahmad al-Bashir tinha trazido o tal livro de imagens da Copa de 1970 para Belé mesmo autografar. Do outro lado, eles jogariam contra quatro agentes secretos e dois oficiais do Exército sudanês.

Às vezes, Omar Hasan Ahmad al-Bashir continuou para encerrar logo a conversa, as pessoas estranham um pouco os janjaweeds porque os caras andam armados. Inclusive, eles tinham ido a Porto Sudão só para acompanhar, junto com os dois oficiais, o desembarque de um lote de, que tinha acabado de chegar da China. Mas é um preconceito pois, fora do trabalho, são pessoas amigáveis e que se socializam com muita facilidade. Por falar nisso, ao contrário dos chineses. Vê lá se um, só um dos tantos chineses que estão no Sudão aceitaria jogar bola com eles.

De jeito nenhum.

Belé mesmo pediu para o amigo sair e disse que, assim que colocasse o calção, desceria para o jogo. Sozinho no quarto, ele viu que não tinha onde esconder o dinheiro. Parte continuava dentro da pasta Louis Vuitton que ele carrega para cima e para baixo, em um bolso interno junto ao livro do ex-presidente Fernando Henrique Cardoso. Quando foi conferir, Belé mesmo chegou a imaginar se o homem que tinha colocado o Brasil nos eixos aceitaria participar daquela partida de futebol. Provavelmente sim, animou-se, já que um dos pontos fortes do governo Fernando Henrique Cardoso foi a política externa.

O problema é o que fazer com os dólares que estão na cinta. Ele não tinha levado nenhuma camiseta, por isso jogaria com o calção emprestado e a camisa do pijama. Não dava, é claro, para ir com a cinta por baixo. Como ouviu alguns gritos em um árabe para ele incompreensível, mas vindo de alguém que parecia nervoso, Belé mesmo se benzeu, coisa que jamais costuma fazer, colocou a cinta debaixo do colchão e trancou a porta do quarto. Enquanto prendia a chave no cordão do calção, tranquilizou-se ao lembrar que o cômodo não tinha janela. Ao menos, observado ele não foi.

Na quadra, Belé mesmo abraçou um por um, autografou o livro de imagens e tirou a camisa do pijama. O Brasil iria jogar só de calção, para se diferenciar dos janjaweeds. Puta cara branquelo, um dos colegas de time exclamou enquanto o oficial do Exército, do outro lado, se aquecia: vamos ver se ele é o Belé mesmo. Como só falavam árabe, puta cara branquelo não conseguia entender os novos amigos, detalhe que o deixava meio exasperado.

Qualquer que seja a situação, o bom executivo deve ter tudo sob controle. A partida começou com a bola com os janjaweeds que avançaram para o campo do adversário. Rápido, Omar Hasan Ahmad al-Bashir tocou para Omar Hasan Ahmad al-Bashir que, ao tentar driblar puta cara branquelo na boca da área, em um lance muito estranho, acabou dando um encontrão que o jogou contra o muro. Falta a favor do time do Brasil, Omar Hasan Ahmad al-Bashir gritou em árabe, mas como puta cara branquelo não levantava de jeito nenhum, a partida teve que ser encerrada ali mesmo, aos trinta segundos de jogo, porque ele tinha desmaiado.

Esse aí não é o Belé porra nenhuma.

XXIV

Belé porra nenhuma torceu o corpo sobre o colchão e, como o lençol se enrugou, apertou o tecido áspero com a mão esquerda. Depois, com o lugar completamente escuro, respirou fundo duas vezes e virou de bruços, forçando o corpo contra a cama para ter alguma sensação de vigor. Quando recuperou o fôlego, abriu os olhos e na mesma hora sentiu um peso enorme na região do estômago: imóvel e em silêncio, ele aguardou alguns segundos para tentar descobrir se havia alguém com ele.

Como não percebeu nada, Belé porra nenhuma virou o corpo com todo cuidado e estendeu o braço direito para descobrir se tinham colocado alguma coisa ao lado da cama. Sua mão apalpou o ar e ele voltou a esticar o corpo para, concentrado, recuperar de novo o fôlego. Embora já tivesse aberto os olhos uma vez, ele reparou que as pálpebras agora tinham se fechado com força, chegando inclusive a franzir a pele da testa.

Com um movimento muito vagaroso, para não ser notado, Belé porra nenhuma apalpou o rosto com a mão esquerda, já que a direita segurava o colchão para o esforço não deixá-lo dormir de novo, e viu que felizmente não tinham colocado um capuz nele. A gente ouve falar. Mesmo assim, Belé porra nenhuma não quis abrir os olhos, muito embora tentasse relaxar um pouco.

A dor deu uma pontada aguda, o que o obrigou a virar-se de imediato para o lado direito e dobrar os joelhos em direção ao estômago. Belé porra nenhuma viu que estava suando muito, mas esperou outra pontada antes de enxugar a testa com a palma de uma das mãos. Como não sentiu nada, passou com força as duas sobre o rosto, respirou fundo de novo e, angustiado, percebeu que a dor tinha ido parar na parte inferior da coluna vertebral.

Em um relance, quando uma luz prateada pareceu explodir duas vezes no interior dos olhos, ele lembrou-se de que o criado-mudo do hotel ficava do lado esquerdo (ao contrário do Hilton de Cartum, que tinha um em cada uma das laterais da cama) e, agora mais veloz, com a mão direita apalpou o pequeno móvel até derrubar o copo de água que tinham deixado ali.

O líquido escorreu sobre a madeira e molhou sua pele, que latejou um pouco. A sensação foi horrível e, somada à confirmação de que ele estava no seu próprio quarto do hotelzinho, fez um calafrio subir, dessa vez um pouco mais devagar, por toda a coluna vertebral.

Por um breve momento, Belé porra nenhuma teve consciência de que sentiria um desespero enorme e achou que o ideal era desmaiar de novo. Enquanto o calafrio passava por cada um dos nós da espinha dorsal, porém, ele notou que não tinha levado copo de água nenhum para o quarto, o que significa que alguém entrara ali, provavelmente para trazê-lo, inconsciente, depois do jogo.

Com certeza, havia mais alguém dentro do quarto. Tentando respirar, agora meio desesperado, Belé porra nenhuma torceu todo o corpo, lutando para não desmaiar. Não deu certo, pois ele acabou caindo ao lado da cama. Antes de perder os sentidos, esticou a perna para ver se o pé esquerdo (o direito tinha ficado dobrado por baixo do corpo) se chocava contra, por exemplo, a cadeira onde o janjaweed que o sequestrara estava sentado no escuro.

Belé porra nenhuma não sabe quanto tempo ficou ali, desmaiado. O barulho no corredor acabou o despertando e ele, agora sem medo do capuz, abriu os olhos e enxergou, por baixo da cama, uma luz amarela vindo da fresta da porta. Quando ia, outra vez, começar o mesmo ritual para tentar encher os pulmões de ar, e com isso aos poucos se fortalecer de novo, ele lembrou da cinta embaixo do colchão e, com um movimento brusco, praticamente deu um tapa, com a mão direita, no estrado.

Enquanto apalpava as notas, em vez de se tranquilizar, já que não tinha sido roubado, ele viu que estava fazendo uma enorme burrada: agora, o janjaweed que tomava conta dele sabe onde está o dinheiro. Muito para simplesmente se proteger e menos por culpa da dor, Belé porra nenhuma desmaiou de novo. Dessa forma, ele não veria o homem roubando-o e as coisas ficariam por isso mesmo.

Não haveria quem acusar.

Mas Belé porra nenhuma não precisava sofrer tanto assim: os sudaneses simplesmente o carregaram até a cama, jogaram um pouco de água na cara dele e, quando viram que a respiração estava regular, largaram-no ali sozinho, irritados com a desfeita.

XXV

Belé porra nenhuma viu que Omar Hasan Ahmad al-Bashir não tinha ficado bravo com o jogo de futebol frustrado. Quando o brasileiro se dividia entre arrumar as coisas no quarto, prender bem a cinta no corpo e localizar a dor, ele bateu na porta, fez questão de saber se o amigo estava melhor e avisou que voltariam para Cartum logo depois do café da manhã. Belé porra nenhuma ficou aliviado ao saber que já podia descer as coisas junto com ele. Não dá para ficar tranquilo com todo aquele dinheiro no quarto e esse monte de ladrão rondando. Já está mais do que na hora, pensou girando a chave na porta daquele lugarzinho pavoroso, de mandar o dinheiro para o Brasil.

A viagem de volta foi tranquila. Belé porra nenhuma sentia o corpo pesado, talvez por causa da sequência de desmaios que tinha sofrido. Nunca tantos tinham acontecido assim, um depois do outro, e a sensação era de que seus principais órgãos pareciam existir sozinhos, como se estivessem descolados do resto do corpo. A certa altura, já no meio do caminho, Belé porra nenhuma se concentrou e conseguiu, inclusive, visualizar por alguns segundos uma parte grande dos pulmões, o rim e metade do cérebro um pouco à sua frente, dentro do carro mesmo. A sensação de fraqueza que aquilo causou acabou o fazendo dormir e ele cochilou até quase a entrada de Cartum.

Omar Hasan Ahmad al-Bashir fez questão de deixar o amigo na porta do hotel e, enquanto se despedia, avisou que até o dia seguinte, no máximo, teria alguma resposta sobre a viagem ao Egito. Na portaria, Belé porra nenhuma avisou que gostaria de almoçar no quarto, escolheu algo bem leve e agradeceu o envelope que o rapaz lhe entregou. No elevador, viu que o banco tinha mandado já o segundo pagamento. Ele estava em falta com Paul e por isso tomou um banho rápido e só parou de trabalhar quando Omar Hasan Ahmad al-Bashir bateu na porta e avisou que tinha, aquela noite mesmo, uma massagista disponível para atendê-lo.

Belé porra nenhuma aceitou e pediu para Omar Hasan Ahmad al-Bashir aguardar um instante, pois precisava ir ao banheiro. Depois de verificar que a porta estava bem trancada, tirou cinco notas de cem do novo envelope, que tinha ficado escondido no meio de uma pilha de toalhas limpas e das três escovas de dente que acumulava sem saber muito bem por quê. Omar Hasan Ahmad al-Bashir agradeceu e disse que ele iria adorar Salma, uma nuer linda e muito gentil. Às vinte e duas horas.

De fato, a massagem foi magnífica. Belé porra nenhuma sentia o corpo ainda fraco e avisou, logo, que a dor estava bem perto da coluna vertebral. Salma tinha que ir com calma para não empurrá-la de volta à espinha dorsal. Mas ela era impaciente e não tolerava muito essa história de massagem. Por isso, tirou logo a roupa do hóspede e quando percebeu que ele olhava curioso e bastante envergonhado para a sua, abaixou com muita naturalidade a calcinha, sentou-se na cadeira onde ele costumava trabalhar e abriu as pernas para deixar a cicatriz à mostra.

Por causa da mutilação, Salma nunca conseguia fazer exatamente como aquelas mulheres de uma revista que um hóspede, meses antes, tinha lhe mostrado. Mesmo assim, deixava tudo bem à vista. No caso dela, talvez por causa da sutura um pouco diferente, dói no período da menstruação. Mas também é só. Belé porra nenhuma viu nitidamente as marcas do corte e observou como a tinha ficado mais estreita. Com os braços fortes, porém, Salma puxou-o e deixou o hóspede à vontade para, agora na cama, ir lentamente com a língua até. Muitos homens adoram. Ele começou mas, depois de alguns instantes, recuou ao lembrar que o Sudão tem índices muito elevados de pessoas contaminadas com o vírus da aids.

Mas a recordação do que ele tinha sentido com a outra garota, sobretudo a sensação de enorme masculinidade, excitou-o ainda mais, enquanto Belé porra nenhuma apalpava, outra vez, os contornos da cicatriz. Os hóspedes costumam passar bastante tempo fazendo aquilo, Salma se divertiu enquanto mudava de posição, ao contrário dos africanos, que estão mais acostumados.

Naquela noite, a massagem foi um pouco rápida, mas em compensação deixou Belé porra nenhuma ainda mais satisfeito. Depois de ter passado tão mal em Porto Sudão, ele parecia recuperado e, para recompensar a competência da garota, deu a ela cem dólares de presente. Se Salma falasse um pouco de inglês, com certeza os dois passariam o resto da noite conversando.

Enquanto abria a porta e se despedia dela, Belé porra nenhuma notou que, do outro lado do corredor, uma garota, essa vestida de camareirinha, também saía de um dos quartos. As duas não se cumprimentaram e, para evitar uma viagem de elevador com a outra, Salma preferiu descer pelas escadas.

Mesmo relaxado, Belé porra nenhuma demorou um pouco para cair no sono. Se aquele Omar Hasan Ahmad al-Bashir administra oito massagistas e elas atendem, o que pelo jeito ocorre, cinco vezes por semana, ele arrecada oitenta mil dólares por mês. Enfim, mesmo que perca metade com as propinas que com certeza tem que pagar, e entregue cem dólares para cada uma das garotas, ele ganha, só fazendo aquilo, vinte e quatro mil dólares por mês.

A bem da verdade, é muito menos, pois as propinas acabam consumindo quase tudo. As garotas ganham cinquenta dólares e muitas fazem mais de uma massagem por noite. Certos clientes pagam o dobro. Omar Hasan Ahmad al-Bashir costuma ganhar muitos presentinhos, sobretudo das esposas dos executivos, que adoram suas aulas de musculação. Os caras que viajam acompanhados não costumam pedir serviços de massagem. Enfim, às vezes um casal mais abusado acaba revelando que gosta de companhia.

Uma vez, um executivo belga pagou dez mil dólares para fotografar Omar Hasan Ahmad al-Bashir e a esposa dele enquanto o próprio cara ficava só olhando. Mas perversões são um pouco mais raras. O comum mesmo são as massagens individuais. No caso específico do Sudão (e de diversos outros países da África), os executivos ficam muito excitados quando olham para as cicatrizes e ainda mais depois, ao notar como o corte deixa a impressão de que eles transbordam virilidade.

XXVI

Belé porra nenhuma chegou ao Cairo com o primeiro relatório praticamente todo esquematizado. Faltava apenas acertar o formato final do texto, esclarecer melhor algumas questões e, sobretudo, fortalecer a parte final, quando então ele pretendia delinear seus próximos passos no Sudão. O relatório deve terminar descrevendo a reunião com o ministro da Saúde e a insinuação, a confirmar, de que talvez o governo de Omar Hasan Ahmad al-Bashir precise, como Paulson já deve estar imaginando, de um mecanismo seguro e fácil para efetuar suas transações financeiras, sobretudo receber pagamentos de fora, já que a contrapartida sudanesa parece ser feita basicamente em petróleo. O comércio de papéis também é intenso, mas esse é um ponto em que Belé porra nenhuma pretende se aprofundar no próximo relatório.

É difícil, ainda, saber qual o real isolamento do Sudão entre seus vizinhos africanos. Todos parecem condenar, ao menos publicamente, o que está acontecendo no Oeste do país. Mesmo assim, algum contato deve haver, e talvez seja um pouco mais intenso do que parece à primeira vista. Belé porra nenhuma, por exemplo, não teve nenhum problema no aeroporto do Cairo. O esquema que Omar Hasan Ahmad al-Bashir organizou funcionou perfeitamente e, ainda antes das esteiras de bagagem, um sujeito mal-encarado mas muito solícito o localizou e, de fato, o conduziu por uma saída que dispensava o detector de metais. Além disso, ninguém sequer ameaçou olhar sua bagagem e o passaporte foi carimbado sem nenhuma pergunta.

A capital do Egito, porém, é muito diferente de Cartum. O mundo ocidental está por toda parte e Belé porra nenhuma sentiu-se muito aliviado ao comprar alguns jornais e revistas da Europa. Dá saudades! Fez-lhe muito bem, ainda, ver pela frente a propaganda de diversos bancos e dos cartões de crédito que ele admira. Se fosse um pouco mais prudente, inclusive, ele teria comprado mais algumas peças de roupa, talvez outro sapato elegante e no mínimo algumas camisas.

Ao contrário, Belé porra nenhuma pediu para que o motorista (também incluído no pacote que Omar Hasan Ahmad al-Bashir lhe vendeu) fosse direto para o hotel. Depois de descansar um pouco, ele saiu atrás de uma agência do Western Union onde, sem muita burocracia, conseguiu enviar o dinheiro que tinha trazido do Sudão para a conta no Brasil. Isso o deixou mais tranquilo: com certeza no hotel aqueles filhos da puta já sabiam que ele tinha uma certa quantidade de dólares guardada.

Exato.

Antes de dormir, Belé porra nenhuma resolveu checar os e-mails. O serviço do hotel egípcio era um pouco mais rápido que o de Cartum, mas ele não quis perder muito tempo respondendo para a mulher Paula. Ela contava que tinha se matriculado em um curso de MBA, falava um pouco dos colegas, acusava o banco de não ter nenhuma ética e terminava dizendo que continuava sem conseguir fazer contato com a mãe dele.

Demissão sempre é um problema: apenas os mais idiotas perdem o emprego. Como são idiotas, não reagem bem à situação e costumam jamais se recuperar, o que acaba aumentando a estupidez em que os tais idiotas estão metidos. Se fossem um pouco melhores, logo conseguiriam superar o problema. Mas gente com esse tipo de iniciativa dificilmente perde o emprego. Trata-se do paradoxo da demissão, Belé porra nenhuma rascunhou nos apontamentos do livro para futuros executivos antes de dormir.

XXVII

A volta do Cairo foi tranquila. Gentil, Omar Hasan Ahmad al-Bashir resolveu esperar o amigo no aeroporto. Além da conversa, sempre agradável, ele não queria deixar que o brasileiro fosse explorado pelos taxistas que costumam fazer o trajeto até os hotéis. Alguns fingem que não entendem inglês e aproveitam o problema da comunicação para cobrar do passageiro muito mais do que o justo.

A bem da verdade, o transporte entre o hotel e o aeroporto, na ida e na volta, também estava incluído no pacote que Belé porra nenhuma comprou com ele. (O que é certo é certo, como dizem no Brasil. Já em árabe, você pode dizer لايصح الا الصحيح.) Não foi um favor, portanto.

Não é que no Sudão essa questão do obséquio desinteressado não exista, Belé porra nenhuma chegou a redigir no relatório, e o cultivo de um bom networking perca a importância. Simplesmente, o lado nativo não firma as relações com vistas a uma necessidade futura, como costuma ser o caso no Ocidente. Para o homem sudanês, sempre tem que haver uma contrapartida financeira, mesmo que modesta, imediata e em espécie. A análise de cenário que ele pretende fazer nesse primeiro texto é prévia e resulta de observações iniciais. É preciso lembrar, como Belé porra nenhuma desenvolveu em estudos anteriores, muito apreciados pelo banco, que no mundo de hoje as corporações devem estar absolutamente atentas para a cultura local. Infelizmente, nesse documento prévio, além da presença maciça e incontornável das taxas informais, ele ainda não sabe definir muito bem quais os pontos decisivos da cultura sudanesa. A língua, que todos sabemos ser uma das especialidades do Belé porra nenhuma, ainda lhe é um mistério, mas ele já observou que o árabe é usado no mais das vezes no lugar dos dialetos locais, aparentemente inúmeros. Pelo que pôde notar nas poucas vezes em que viu os sudaneses redigindo um texto à mão, eles parecem caprichar muito no aspecto circular da caligrafia das letras árabes, o que evidentemente denuncia um caráter flexível por parte da população. Esse detalhe, porém, não deve levar à conclusão de que a economia sudanesa é de comportamento aleatório. Ao contrário, ela parece toda apoiada em um pequeno grupo de bens tangíveis, absolutamente nas mãos dos chineses, que compram commodities em troca de pagamento em dinheiro, serviços e, inclusive, . Essas últimas, de um jeito meio escancarado, chegam em Porto Sudão, lugar de escoamento da economia do país. Belé porra nenhuma também foi informado do desembarque de diversos veículos Land Rover vindos da Europa, mas não sabe dizer exatamente como a transação foi feita, muito embora sua melhor fonte no governo tenha garantido que através de meios legais. A baixíssima presença individual de bancos e outras instituições ocidentais no Sudão faz com que, Belé porra nenhuma acha muito provável, diversas negociações acabem com papéis depositados em transações offshore e ele não vai se surpreender se parte desses papéis estiver cobrindo simplesmente falsificações grosseiras. A propósito, existe um mercado nebuloso de pedras de altíssimo valor. Esse trecho ele achou melhor apagar. Ainda que sem a presença oficial de empresas ocidentais, é visível um grande número de homens de negócios que circulam ostensivamente na companhia de membros do governo. Pelo que ele pôde perceber até aqui, o desemprego é estrutural e a economia sudanesa vive uma situação de histerese caracterizada pela circulação enorme de baixas quantidades de hot money, oriundos da tributação indireta que, como afirmou no início, domina praticamente tudo, inclusive se tornou um pouco maior do que Paulson tinha previsto nos cálculos dos vencimentos dele. Por fim, uma possibilidade ainda prévia é a de forfaiting.

Pelo jeito, Paulson concluiu com a leitura, o cara está trabalhando mesmo.

XXVIII

No caminho, Belé porra nenhuma contou que os poucos dias no Cairo foram suficientes para ele ver como o Sudão é um país sossegado. A capital do Egito é caótica, com um trânsito alucinado, e as pessoas não são tão simpáticas quanto os sudaneses. Omar Hasan Ahmad al-Bashir, lógico, sorriu de novo com a confirmação de que o amigo é de fato uma pessoa de enorme confiança e com sentimentos legítimos pela sua pátria e a cultura de seu povo.

Somos mais pacatos. Claro, temos mais riquezas que o Egito e, afinal de contas, o Nilo se forma aqui. Tudo o que aqueles boçais têm lá é um monte de caveiras empalhadas que eles vendem como se fossem pedras preciosas. O Sudão não precisa de nada disso e vive bem com as próprias riquezas. É um pouco também dessa simplicidade que faz da gente um país tão pacífico e ordeiro.

Belé porra nenhuma dormiu um pouco e à tarde resolveu andar pelo jardim do hotel. O fato é que ele está precisando desenvolver um plano de ação para obter informações mais sólidas para o próximo relatório. Parece evidente que o Sudão não tem nenhum capital humano e que o banco, se quiser de fato lucrar, terá que agir em conjunto com os chineses.

Omar Hasan Ahmad al-Bashir tinha acabado uma aula de musculação e correu atrás de Belé porra nenhuma. Esses dias fora, ele deve estar precisando de uma massagem. Hoje à noite, Salma, uma hausa enorme e linda, está disponível. Inclusive, essa garota é uma das mais liberais, tem diversas fantasias (muito embora vista quase somente a de escrava), e costuma levar para o quarto do hóspede um chicote. Pode bater. O preço é o mesmo, mas se o brasileiro estiver achando muito salgado, de repente fica por trezentos dólares, só que parece que Salma sempre gosta de um presentinho. Por falar nisso, Omar Hasan Ahmad al-Bashir falou sem disfarçar, todo mundo está comentando o presente que Belé porra nenhuma tinha dado para Omar Hasan Ahmad al-Bashir, um sobretudo lindo.

Em uma passagem do livro que vai escrever quando estiver de volta ao Brasil, Belé porra nenhuma lembrará que todo bom executivo deve saber enxergar uma possibilidade de lucro mesmo quando ela estiver ainda muito distante. Por isso, sem vacilar, ele trouxe, quinze minutos depois, uma camisa Versace para Omar Hasan Ahmad al-Bashir usar com uma gravata cinza-escura, ambas escolhidas no Brasil pela mulher Paula.

À noite, Belé porra nenhuma dispensou Salma da fantasia de escrava, mas ela adorou vestir uma camisa azul-clara e a gravata da mesma cor com um paletó, também Versace. Versati, ela repetiu, Versati, falou meio atrapalhada mas rindo muito. Pela primeira vez Versati ficou excitado apenas apalpando a mutilação da camareira, essa com a costura bastante estreita. Desde criança está assim, Salma confirmou no inglês estropiado que pratica quase todas as noites.

À vontade, ela logo simpatizou com o brasileiro. Versati ficou meio constrangido por causa da ejaculação precoce, mas logo viu que a moça estava disposta a ficar bastante tempo com ele. Muito alegre, ela pediu para experimentar alguns ternos, confirmou que ficava muito bem de cueca mas achou o sobretudo meio pesado. Depois, deixou Versati de novo, mas não quis ir embora quando ele terminou e puxou-o para a banheira.

Versati, a bem da verdade, estava cansado mas começou a se divertir e acabou sentindo um enorme prazer enquanto ela ensaboava suas costas. A dor estava no ombro esquerdo e o calafrio, portanto, não o incomodou. Salma, vendo que Versati se arrepiava quando ela roçava os seios na pele branca das costas dele, aumentou um pouco a pressão.

Antes de sair, ainda, ela ficou quase uma hora enxugando-o enquanto falava das outras camareiras. Dizem que aquela Salma lá é fur. Enfim, ninguém sabe direito, mas ela não arriscaria, depois se acontece alguma coisa com o Versatinho, esses fur a gente sabe muito bem. Outra coisa, ela está consciente de que Versati já chamou duas dinka. Claro, os homens ficam bobos com a pele daquelas piranhas, mas elas passam xixi de vaca no corpo para aumentar o brilho.

XXIX

A mulher Paula deve estar muito ansiosa. Versati acaba de ver que ela escreveu outro e-mail. É incrível, a pessoa é demitida e, provavelmente sem ter muito o que fazer, fica o dia inteiro no computador. Se tivesse mais iniciativa, já teria arranjado outro trabalho. Mas pessoas determinadas não perdem o emprego, ele repetiu o paradoxo corporativo na cabeça enquanto começava a ler o e-mail.

Ela não tinha nada de muito novo para dizer. Primeiro, revelava certo ânimo com o MBA em gestão de pessoas. Mais para a frente, a idiota continuava, ela vai ver se junta a experiência no banco com o que está aprendendo no curso para se candidatar a um posto em uma dessas consultorias. O serviço de coaching aparenta ser muito interessante e promete crescer bastante no Brasil. Ela dizia ter percebido que o trabalho intelectual de Fernando Henrique Cardoso, agora que ele tinha deixado a presidência, estava de novo chamando a atenção da imprensa e que se Versati quisesse, ela poderia arranjar alguns recortes. Não é difícil enviar alguma coisa para a China e, além disso, talvez a pesquisa a ajude no curso, já que ela está pensando em falar, na monografia final, justamente das possibilidades, a partir das ideias de Fernando Henrique Cardoso contidas em *O presidente segundo o sociólogo* e em *A arte da política*, de encontrar uma boa estratégia de couseling e coaching.

Antes de dizer que continuava sem conseguir contato com a mãe dele, a mulher Paula esclareceu que de forma nenhuma queria adulá-lo: Versati sabe que ela não é assim. Mas lendo os textos que Fernando Henrique Cardoso tem publicado, ela pensou se o namorado também não devia tentar intensificar sua presença nos jornais. Ora, ele poderia escrever uma série de artigos sobre a experiência que está vivendo na China. Com o sucesso que aquele primeiro texto teve, com certeza o jornal aceitaria facilmente a proposta.

Talvez ela não seja tão burra, Versati pensou enquanto decidia se deveria responder o e-mail. Rápido, ele escreveu que pensaria na ideia dos artigos e, quanto à mãe, talvez ela fizesse melhor deixando-a de lado. A dona Paula sempre foi estranha.

Não demorou para que ela visse a resposta. Só de notar que o namorado tinha finalmente escrito, a mulher Paula quase começou a chorar. O texto dele, porém, parecia um pouco seco. Nada demais, fez questão de repetir para si mesma: Versati é o homem com mais personalidade de executivo que ela já encontrou pela frente. Tudo nele, principalmente a inteligência e a energia mental, parece moldado para que seu nome brilhe no mundo dos negócios. Não é à toa que o pessoal do banco logo o reconheceu. Claro, ela sabe: tudo filho de uma puta. E não é só o Godói, não. Todos, sem absolutamente nenhuma exceção, são uns filhos da puta desgraçada.

Ela sente que o Versati vai muito mais longe do que qualquer um daqueles imbecis do banco. Claro, a presidência em um lugar importante não está descartada. Mas não é disso que ela está falando. Basta ver o caso do amigo Paul, ou então daquele tal de Paulson de Londres, os dois podem ser importantes para o banco, mas por acaso o professor cita-os alguma vez? O que eles fizeram de fato relevante para o progresso do pensamento político-econômico mundial? Já escreveram um artigo na imprensa?

Ao contrário, Versati está mais para um Fernando Henrique Cardoso. Não que ela o esteja imaginando na presidência da República, longe disso, muito embora capacidade ele tenha de sobra. Seu namorado será, sim, uma dessas pessoas que, lentamente e através do desenvolvimento de ideias sólidas e originais, terminam se impondo pelo próprio pensamento. Se a presidência da República vier, sem surpresas: apenas algo de muito coerente com a trajetória intelectual do Versati. O exemplo de Fernando Henrique Cardoso está aí para mostrar que às vezes o destino é justo para aqueles que trabalham duro, não se afastam da rota e sabem conduzir a inteligência para algo de verdadeiramente proveitoso.

No dia seguinte, a mulher Paula acordou muito bem disposta. Antes de se levantar, sentiu aquele vigor que indica um dia absolutamente produtivo. Acontece com qualquer um: basta uma boa noite de sono que, pela manhã, a pessoa percebe algo estranho na nuca, uma espécie de pequenino fôlego que sopra na região do ouvido e termina deixando as pálpebras vivas e fortalecidas. O corpo inteiro se beneficia dessa força e o rosto, para todo mundo que escova os dentes logo depois de se levantar, fica ainda mais bonito. Com trinta minutos em pé, a pessoa nota que na hora do almoço já terá realizado todas as tarefas do dia.

A mulher Paula, porém, não conseguiu desfrutar desse vigor que a fez levantar com muita disposição. Depois do café, ela se sentia quase responsável por cuidar das coisas do Versati no Brasil e, pela milésima vez, desobedeceu-o e telefonou para a casa da mãe dele. Afinal de contas, eles estavam de novo em contato. Do outro lado, finalmente alguém atendeu. Seu Paulo perguntou primeiro quem estava falando, já que pelo que consta dona Paula não tinha deixado parentes próximos. Ao contrário, a mulher Paula respondeu, sou a esposa do filho dela.

Dava para perceber o alívio do homem. Ele e a mulher não viam como resolver aquilo e muito menos tinham idade para cuidar do problema dos outros. Seu Paulo respondeu que, sinceramente, sentia muito. A dona Paula tinha sido encontrada morta dentro de casa e, depois de alguns procedimentos burocráticos, enterrada no cemitério da cidade. Há algumas semanas.

XXX

Com o esforço do casal de vizinhos, dona Paula conseguiu não ser enterrada como indigente. Ela não saía de casa há muito tempo, nem para cuidar do quintal, quando os dois, que a conheciam há uns quinze anos, chamaram a polícia. Os guardas chutaram a porta e encontraram o corpo na cama. Ninguém soube exatamente dizer o motivo da morte, mas deve ter algo escrito no atestado, claro. O problema é achá-lo.

Agora falando, seu Paulo se lembra de ter ouvido, sim, alguma coisa sobre um filho que talvez estivesse morando em São Paulo. Na China. Certo. Mas ninguém soube dizer com certeza. O problema todo é que a casa ficou sozinha. Ele lacrou a porta com três ripas de madeira, mas ontem entraram por uma das janelas do fundo. À noite, ele chamou a polícia de novo e os guardas não encontraram ninguém, mas confirmaram que tinham pulado lá dentro. Não faz muita diferença.

Quando o telefone tocou, ele estava tentando encontrar um jeito de pregar as janelas. Interior é mais complicado e se não tomar conta, a casa pode ficar abandonada para sempre. Só que aqui na cidade já não é como antes, que podiam dormir com a porta aberta. O seu Paulo está com receio de que, primeiro, roubem tudo que tem lá dentro: televisão, geladeira, muita roupa, as coisas da cozinha, ele não sabe se, quando entraram, chegaram a mexer em alguma coisa.

O medo dele é que depois de roubar tudo, esses vagabundos venham usar droga, ou até fazer aquilo lá. A casa tem um quintal grande, logo o mato vai crescer e ele já não tem idade para cuidar do terreno dos outros. E se isso acontecer, vai ficar difícil viver ali do lado, mesmo porque não dá para chamar a polícia todos os dias, depois eles nem vêm mais ou, é um problema tudo isso.

A mulher Paula o tranquilizou e disse que tentaria resolver tudo. Por enquanto, se possível, basta que ele deixe a casa trancadinha. Ela entraria imediatamente em contato com o filho da dona Paula, seu marido, um executivo importante que está cuidando de um banco na China, e logo saberia o que fazer. E outra coisa, assim que possível, ela tentaria ir até lá e, com certeza, pagaria pelos serviços dele. Só que, pensando bem, a mulher Paula não sabe nem o nome da cidade onde a dona Paula morava. Pelo prefixo do telefone, algum lugar na região de Campinas.

Ela preferia telefonar, é claro, uma notícia dessas a gente não pode dar por e-mail, mas não havia como encontrá-lo na China e já ficou claro que, por algum motivo, Versati não quer ligações. Por isso, sem jeito, ela escreveu um e-mail contando o que tinha acontecido, lamentando muito e lembrando que, caso ele não possa voltar (até porque o enterro já aconteceu), ela vai cuidar de tudo.

Enfim, ir até lá urgentemente alguém precisa. Se Versati mandar o endereço, ela se compromete a já no próximo final de semana ver como está a situação. A bem da verdade, ao enviar o e-mail, ela não se sentia tão mal. Ao contrário, a sensação de cumplicidade entre os dois tinha aumentado ainda mais. Talvez aquela proximidade sempre tenha existido. Ela é que não conseguia perceber, já que executivos, por causa da natureza da profissão, precisam ser muito discretos quanto a algumas coisas.

XXXI

As coisas estão se encaminhando, aos poucos, mas Versatinho teve uma péssima noite de sono.

Quem sente dor nas costas sabe o quanto isso é incômodo: pela manhã, fica ainda pior, o corpo todo pesa, a respiração nunca produz a quantidade de fôlego que o pulmão precisa e mais aquela dor filha da puta e, no caso dele, as pessoas parecem andar em câmera lenta.

E foi muito devagar mesmo, Versatinho sentiu, que trouxeram o café no salão de refeições do Hilton. Os sudaneses costumam ser mais ligeiros. Irritado e impaciente, Versatinho comeu com pressa e foi até a portaria atrás de Omar Hasan Ahmad al-Bashir de novo. Ele precisa de uma massagem ainda durante o dia, se possível antes do almoço.

Enquanto o garoto procurava o responsável pelo setor de ginástica e recreação do hotel, Versatinho resolveu ir até o computador checar se havia algum e-mail do pessoal do banco de Londres, já que o pagamento tinha acabado de ser entregue. Mas ele não encontrou nenhuma comunicação, o que significa que estão satisfeitos com o trabalho.

Versatinho abriu apenas um e-mail, o da mulher Paula, enviado havia já algum tempo, que comunicava com enorme pesar o falecimento da dona Paula, a mãe dele.

Um bom executivo é sempre, ao mesmo tempo e sem exceções, um homem forte. Por isso, deve estar preparado para enfrentar notícias ruins até se não tiver dormido bem. Claro, nesses dias recomenda-se uma dose extra de calma.

Como Versatinho viu Omar Hasan Ahmad al-Bashir procurando-o no saguão do hotel, resolveu não responder ao e-mail imediatamente. Nem era preciso, pois a mulher Paula dizia que já estava tomando as providências para cuidar de tudo. É melhor relaxar um pouco para depois pensar no que fazer. Omar Hasan Ahmad al-Bashir, inclusive, não gosta de permitir massagens durante o dia, até porque as camareiras precisam limpar o hotel, mas como era para o seu Versatinho, resolveu abrir uma exceção e mandou para o quarto dele a Salma, uma zande caladona mas muito bonita.

XXXII

Salma de fato não é de muitas palavras, mas em compensação Versatinho achou-a a camareira mais bonita do hotel, entre as que ele teve a oportunidade de conhecer. Talvez não fique amigo de todas mas, até o seu último dia em Pequim, algum contato com cada uma delas ele vai ter. Alta e muito magra, tinha as curvas do abdômen bem ressaltadas, o que parecia criar uma espécie de contorno entre os seios e a região do púbis. Sem nenhum pelo, a cicatriz ficava visível assim que a garota terminava de tirar a roupa, o que acabou fazendo o problema de ejaculação precoce do Versatinho voltar. Ele precisava se livrar logo daquilo e, para isso, sabia que o único jeito seria completando o arquivo que ele começou a fazer sobre a tal cicatriz.

Quantos tipos de corte existem? Todos causam o mesmo efeito no homem? Salma não respondeu. A bem da verdade, ela tem enorme dificuldade com o inglês. Até o árabe, desde que veio para Cartum, é um problema para ela. Enfim, Versatinho acha esse um enorme defeito profissional. Mesmo assim, o serviço dela não decepcionou, até porque na segunda vez ele conseguiu se conter e acabou muito satisfeito.

A garota tentou ainda fazer uma massagem de verdade nas costas dele. Quando viu que o hóspede tinha ficado decepcionado com sua incapacidade de falar qualquer coisa em inglês, compensou colocando-o de costas e, com a ponta dos dedos e depois a palma das mãos, percorreu o tronco inteiro com uma pressão variável mas efetivamente relaxante. Versatinho, porém, sentiu medo de que aquilo acentuasse a dor, estacionada há quatro dias por baixo do ombro esquerdo, e recusou. Para demonstrar que não tinha ficado aborrecido com ela, ofereceu uma gravata Bvlgari de presente, mas Salma preferiu, para surpresa dele, a nota de vinte dólares que ela apontou em cima do criado-mudo.

Um descuido: Versatinho não devia ter deixado o dinheiro à mostra. Agora, todo mundo vai saber que o bobo guarda dólar no quarto. Mesmo assim, ele não conseguiu ficar com raiva da garota. Enfeitiçado com a beleza dela, perguntou depois para Omar Hasan Ahmad al-Bashir o que eram aquelas marcas na testa da camareira. De ponta a ponta, formavam quatro triângulos sem base e virados de lado, agrupados dois a dois, um par contra o outro, deixando a região superior da cabeça, em conjunto com os dois olhos negros muito grandes, mais visível que as outras partes do rosto. A garota tinha o cabelo ondulado, um pouco mais comprido e liso que as colegas e, prendendo-o para trás, ficava com uma expressão de fato muito atraente.

Omar Hasan Ahmad al-Bashir subiu para o quarto do bobo um pouco depois da massagem, para pegar o dinheiro (dessa vez ele não aceitou o pagamento antecipado porque gostaria de fazer uma proposta) e explicou que as mulheres zande costumam ferir a testa para que a cicatriz forme, no futuro, aquele tipo de enfeite. Muito bonito de fato, bobo repetiu enquanto confirmava que gostaria de outra massagem com aquela mesma garota. Omar Hasan Ahmad al-Bashir sorriu e respondeu, antes elogiando a disposição do brasileiro por aprender a cultura sudanesa – assunto que já estava público – enfim, Omar Hasan Ahmad al-Bashir respondeu que gostaria, dessa vez, de receber o pagamento de um jeito diferente: apenas cem dólares, em duas notas de cinquenta, que era o valor que ele pagaria à garota por cada uma das massagens, e mais o sobretudo Ermenegildo Zegna, o outro que o bobo tem, igual ao que ele dera de presente para o Omar Hasan Ahmad al-Bashir.

Na mesma hora, um calafrio percorreu a espinha do bobo e ele precisou se sentar. Omar Hasan Ahmad al-Bashir se ofendeu. Será que o bobo pensa que ele não pode ser tão elegante quanto o Omar Hasan Ahmad al-Bashir?

Não é nada disso, bobo respondeu com um gesto. Muito pelo contrário. Então, aquele bando de ladrão estava mexendo no guarda-roupa dele! Omar Hasan Ahmad al-Bashir viu que a coisa era mesmo séria e correu até o interfone para pedir um pouco de água. Achando que o safado estava indo abrir a gaveta do criado-mudo para pegar a cinta com o dinheiro, bobo se levantou para contê-lo, mas não teve forças e desmaiou.

Nada grave, só o suficiente para assustar Omar Hasan Ahmad al-Bashir. Imagina se o cara morre ali, na frente dele... Cinco minutos depois, porém, bobo acordou e se viu na companhia do professor de musculação e da camareira Salma, meio trêmula com um copo de água na mão.

Bobo respirou fundo, pediu para que os dois o deixassem sozinho mas insistiu para Omar Hasan Ahmad al-Bashir voltar em quinze minutos. Trancado no quarto, ele viu que a cinta estava no mesmo lugar, que a outra parte do dinheiro ainda permanecia na sua carteira e que o terceiro maço, menor mas só com notas de cem, continuava escondido na pasta, junto com o computador, o livro de Fernando Henrique Cardoso que ele continua lendo e algum material de trabalho.

Recomposto, bobo chamou Omar Hasan Ahmad al-Bashir, que ficara esperando no corredor, e pediu desculpas: o fato, explicou, é que ele tinha acabado de saber da morte da mãe e estava muito abalado.

Sozinhos ali no Hilton, em Pequim, aqueles dois homens sentiram uma estranha cumplicidade.

Muito sincero, Omar Hasan Ahmad al-Bashir abraçou-o e se ofereceu para qualquer coisa que o amigo precisasse. O bobo agradeceu, disse que não havia muito a ser feito e, aproveitando, estendeu o sobretudo Ermenegildo Zegna ao professor de musculação. Omar Hasan Ahmad al-Bashir fez menção de recusar, mas como o brasileiro insistiu ele aceitou a delicadeza e experimentou ali mesmo. A bem da verdade, ficou muito bom.

Eu sou seu amigo, o professor de musculação exclamou, estendendo emocionado a mão para o bobo.

XXXIII

Quando soube do que tinha acontecido, o ministro da Saúde, senhor Omar Hasan Ahmad al-Bashir, fez questão de convidar o bobo para um jantar de condolências. Na única vez em que estiveram juntos, ele simpatizou muito com o brasileiro. Desde então, as referências boas não pararam de chegar ao governo. O próprio presidente Omar Hasan Ahmad al-Bashir tinha ficado interessado em conhecê-lo, até porque é um grande admirador do futebol brasileiro.

No início dos seus anos de governo, Omar Hasan Ahmad al-Bashir ia pessoalmente à Europa negociar as compras para modernizar o Exército sudanês e realizar contatos com diversas empresas interessadas em investir no Sudão. O país tinha se livrado de Osama bin Laden e, depois de um certo trabalho, conseguiu até provar para os Estados Unidos que estava livre do terrorismo. Enquanto contava isso, sentado em uma poltrona ao lado do bobo, o ministro aceitou outro copo de suco (na China as bebidas alcoólicas estão proibidas), sorriu para a garota hause que estava servindo os poucos convidados, e continuou dizendo, muito sinceramente, que o bombardeio da fábrica de remédios ordenado por Bill Clinton tinha sido um enorme erro: de fato, e nisso o bobo pode confiar, não havia fabricação de arma nenhuma lá.

Inclusive, se hoje o Exército do Sudão é um dos mais bem preparados e equipados de toda a África, isso se dá simplesmente porque o presidente Omar Hasan Ahmad al-Bashir foi muito cuidadoso ao escolher seus fornecedores de material bélico. O país, mesmo para equipar seu corpo de agentes secretos, não fabrica armas no próprio território.

Quando se sentaram para jantar, o ministro repetiu que sentia muito pela perda recente dele e colocou o governo à disposição, aproveitando também para elogiar a proverbial elegância do brasileiro.

Tentando preparar o bobo para uma questão mais delicada, Omar Hasan Ahmad al-Bashir reafirmava o erro que havia sido o bombardeio ordenado por Bill Clinton à fábrica de remédios da China. Desde então, o país é obrigado a importar tudo o que precisa na área da saúde. As luvas, os uniformes, uma caixa de comprimidos para dor de cabeça e até os carregamentos para o programa de aids que o governo desenvolve em algumas regiões (a propósito, bobo deve tomar cuidado com os fur, o ministro fez questão de afirmar que nunca viu tanta gente suja e contaminada), tudo vem do exterior.

A bem da verdade, os chineses têm sido extremamente generosos e, desde que inauguraram aquela parceria comercial maravilhosa, abastecem o país com todo tipo de remédio. O Sudão paga com petróleo, o que até ali tem sido proveitoso para os dois países. A questão toda, Omar Hasan Ahmad al-Bashir olhou para o bobo agora com um pouco mais de seriedade, é que até um hospital os chineses ajudaram a erguer, mas há um excesso na área da saúde e o presidente Omar Hasan Ahmad al-Bashir gostaria de que o país, sendo bem claro, abrisse uma conta daquelas no exterior para que os chineses depositassem o pagamento e, transferindo o dinheiro por lá mesmo, o país pudesse pagar alguns outros fornecedores. A questão está no dinheiro da saúde, que também passa por algumas ONGs dirigidas pelo próprio governo, tudo muito claro e sobretudo fundamental para o povo, mas o país está inundado de remédios e, então, se o bobo aqui puder acrescentar isso nos relatórios que está fazendo, seria de grande proveito para os sudaneses.

XXXIV

Pela última vez, dona Paula ouviu a campainha do telefone. Devem tê-lo mudado de lugar, pois o som chegava arrastado, entrecortado por longos momentos de silêncio. Em vez de desaparecer abruptamente, indicando que a pessoa do outro lado desistiu, o barulho foi diminuindo até sobrar apenas um ruído contínuo e muito tênue.

Talvez alguém estivesse na sala mexendo no aparelho, ela pensou. Uma visita, àquela hora, seria um enorme incômodo. Se for meia-noite, não é horário para alguém vir à sua casa, depois de tanto tempo, ver como estão as coisas. E quando pretende chegar ao meio-dia, qualquer pessoa costuma avisar antes, já que sabe da necessidade de mais um prato. No interior, até hoje essas coisas são muito sérias.

Dona Paula não tentou ver se conseguia apurar os ouvidos. Não vale mais a pena. A campainha estava lá e o som não a largaria, mesmo se ela não fizesse o menor esforço para ouvi-lo. Dessa vez, resolveu também não sentir o corpo contra o colchão. O lençol parecia um pouco mais úmido, nada que a incomodasse demais, no entanto. Para dizer a verdade, ela se sente muito bem ali. A pessoa na sala e depois o horário e a campainha do telefone sumiram da cabeça dela.

Mas havia um cheiro. Dona Paula também não precisava respirar fundo para senti-lo. Nem teria condições de fazer isso. Simplesmente, deixou-se levar pelo aroma estranho, algo entre um daqueles chás fortes que, dizem nas cidades pequenas, cura qualquer coisa, até dor nas costas e reumatismo.

Ninguém vá dizer, por favor, que foi exatamente um momento de paz. Também não houve muita luta e a possibilidade de resistência, nesse caso, nem se coloca. Mas quando o corpo dela começou a convulsionar, com certeza a pessoa da sala ficaria aterrorizada, se houvesse alguém. Ela, que até ali conseguira passar tanto tempo sem se mover, agora involuntariamente se contorce e respira como pode. Mas está sufocando, caso haja mais alguém na casa. Ela está sufocando.

Ela está sufocando!

Rincão, antes de qualquer coisa, conferiu se todas as portas e janelas estavam bem trancadas. Às vezes, a dignidade se manifesta na solidão com que algumas pessoas organizam a própria vida. Apesar de não morar ali, Rincão sabe muito bem como essas coisas são importantes para algumas pessoas. A mesa estava vazia.

Na porta do quarto, ele viu que dona Paula tinha parado de se debater, mas os movimentos bruscos acabaram franzindo um pouco a testa e curvando o corpo para a esquerda. O lençol enrugara e a coberta deixava aparecer uma parte do braço e todo o pescoço. Rincão acalmou o rosto dela, alisando-o de leve com os dedos, voltou o corpo para a posição em que tinha ficado todos aqueles dias, ajeitou a coberta e sentiu o quarto gelado.

Triste, a bem da verdade muito triste, ele olhou para dona Paula mais uma vez, saiu até o quintal onde tinha passado muito tempo conversando com o menino e, apoiado no parapeito da janela que dava para o quarto dele, deixou-se levar por mais alguns instantes de dignidade e, como já quase não se vê hoje em dia, chorou de saudades. Então, cinco ou dez minutos depois, a campainha do telefone tocou outra vez e o Rincão, pronto para ir embora para sempre, foi o único a ouvi-la.

Ele sabe que não vale a pena atender. O som encheu a casa cinco, seis, sete vezes, mas agora ela está completamente vazia.

XXXV

Sexta-feira à tarde, logo depois da aula do MBA, a mulher Paula pegou o carro e, seguindo as instruções que tinha acabado de receber, chegou até a casa da mãe do bobo aqui. Como a porta estava trancada, ela bateu palma na frente do portão vizinho, mas ninguém a atendeu. Do jeito que parecia desconfiado, vai ver que aquele senhor acha que ela é algum ladrão. Hoje em dia esse tipo de coisa assusta muito até nas cidades mais pacatas do interior brasileiro.

Era o caso daquela. Tendo crescido à sombra de Campinas, o município nunca passou exatamente de um lugar para os adultos dormirem e os aposentados passarem o tempo. Não se pode dizer que tenha sido diferente com a dona Paula. No final da vida, ela recebia uma pequena pensão do governo, suficiente para cobrir seus pouquíssimos gastos. A casa era própria, a única coisa que o marido lhe deixara junto com aquele dinheirinho mensal, mas isso já a dispensava do aluguel. É o que mata muito velho hoje em dia no Brasil, o aluguel.

O filho, que saiu de casa muito cedo, deixou de precisar do dinheiro da família. As amigas sempre acharam que esse era sem dúvida um enorme motivo de orgulho para dona Paula. Além disso, quando vinha visitá-la, o bobo sempre tentava deixar algum dinheiro com a mãe, mas ela, todas as vezes, recusava. Nos últimos anos, o menino começou a diminuir a frequência de suas visitas, até que ultimamente quase não aparecia mais.

Logo que entrou na faculdade e começou a trabalhar no banco, o filho da dona Paula, ela que sempre foi tão discreta, chegou a frequentar a boataria do pessoal da cidade. Nem todos os rapazes conseguem uma coisa como aquela. A maioria sossega quando atinge um posto razoável na indústria de Campinas.

O bairro onde dona Paula vivia era tranquilo, um desses com poucas casas por rua. Só agora, a presença daquele pessoal de noite, a maior parte era de adolescentes da própria cidade, começou a incomodar os velhos.

Com dois quintais amplos, a casa da dona Paula tem um desses portõezinhos pequenos, trancados por uma corrente e, tanto do lado direito como por trás, é cercada por um terreno baldio, cujo mato não para de crescer. Nunca, porém, o lugar tinha sido um problema: só nos últimos tempos aquela garotada resolveu estacionar os carros ali com o som alto, sem falar nos barulhos estranhos que o vizinho da dona Paula ouve às vezes de madrugada. É isso que lhe tira o sono, muito embora a mãe do bobo jamais tenha se incomodado. Quando a coisa começou a ficar meio séria, ela já quase não saía da cama.

A mulher Paula viu por cima do muro que ao menos as duas janelas do corredor lateral e a porta entre elas pareciam muito bem fechadas. Quando entrava no carro, notou que um casal de velhos estava chegando e correu para se apresentar.

A bem da verdade, eles ficaram satisfeitos em poder se livrar daquela responsabilidade e, sem muitas perguntas, passaram as chaves para ela e agradeceram o dinheiro. Uma recompensa por aquele trabalho todo e, principalmente, pela atenção. Ansiosa, a mulher Paula abriu a corrente do portão e não teve dificuldade nenhuma para destrancar a porta.

A casa era simples, mas até que bem iluminada. Na cozinha, para evitar maus pressentimentos, ela jogou fora tudo o que achou dentro do armário (o vizinho já tinha esvaziado a geladeira) e no quarto, do mesmo jeito, evitou até mesmo sentar na cama. Ainda que não seja muito impressionável, ela se lembra da emoção do vizinho ao dizer que a polícia, com ele por testemunha, tinha encontrado o corpo deitado, bem coberto e plácido no lençol.

Ela deve ter ido em paz.

A mulher Paula inclinou o colchão, para não correr o risco de esquecer e acabar se sentando e viu dois porta-retratos em cima de uma cômoda perto da cama. O primeiro estava vazio e o outro estampava, com certeza, a foto do bobo bem novinho. Uns dez anos, talvez. O menino estava com o uniforme da escola e acenava, sorrindo para a câmera. Mesmo assim, olhando por bastante tempo, ela achou que alguma coisa o incomodava.

Na primeira gaveta, a mulher Paula encontrou algumas toalhas de mesa e duas pilhas de pano de prato. A segunda era usada por dona Paula para guardar as roupas íntimas e uma caixinha cheia de bijuterias. A terceira gaveta, porém, foi a que mais a interessou: estranhamente, havia uma quantidade enorme de livretos e revistas, todos sobre dor nas costas. Apesar de alguns trazerem o selo da maior livraria de Campinas, a maioria tinha sido comprada, dava para ver, em alguma banca de jornal mesmo.

A mulher Paula notou que alguns eram muito velhos, de quase vinte e cinco anos atrás, e outros tinham sido comprados nos últimos meses. Será que o bobo aqui sabia do problema que parecia deixar sua mãe tão aflita? No meio dos livretos, ela encontrou um caderno, desses de criança, com uma letrinha toda cuidadosa na capa: DICIONÁRIO DE RINCONÊS. Só podia ser coisa do Paulinho mesmo. Emocionada, ela separou o caderno em cima da cômoda e foi direto ao armário do banheiro, certa de que encontraria uma enormidade de remédios para dor nas costas.

Será que a mãe dele se matou?

Nada disso.

Havia apenas um frasco quase cheio de xampu, uma escova e a pasta de dentes. Ela jogou tudo fora. Depois, a mulher Paula foi até o centro da cidade comprar comida e conhecer melhor o lugar, pois pretendia ficar ali até segunda à noite. Inclusive, ela só iria embora porque tinha aula de MBA na terça-feira: do contrário, ficaria bastante tempo, pois a casa, estranhamente, estava lhe fazendo muito bem. Era a presença do Paulinho, com certeza.

XXXVI

Logo cedo, como tem feito sempre, Paulinho foi checar os e-mails. A jornalista já tinha respondido. Ele adora a velocidade e o senso prático da imprensa. Ela dizia que o editor tinha gostado muito da ideia da série sobre a China. O artigo que Paulinho escrevera no Brasil fez um enorme sucesso e essa seria uma ótima oportunidade para desenvolvê-lo. No entanto, para evitar qualquer problema, já que ele estava tão longe, o jornal só começaria a publicar quando tivesse os cinco textos em mãos.

Paulinho agradeceu na mesma hora e prometeu que o primeiro texto logo estaria com ela. Os outros quatro deveriam ser enviados à razão de um a cada dois dias.

Enquanto retrabalhava o artigo que daria início à série, ele se lembrou de que a jornalista tinha retocado o texto dele. Enfim, não é que o Paulinho não saiba escrever. Acontece que redigindo esses anos todos textos técnicos, quase sempre para uso interno do banco (em um estilo notável, é claro, mas para especialistas), ele perdeu um pouco da prática e, ao menos no começo, precisa de ajuda.

Essa será outra frase muito reveladora do livro dos mandarins: o bom profissional, aliás o melhor de todos, é aquele que sabe reconhecer suas carências e, portanto, não vacila ao pedir ajuda enquanto se fortalece. Por isso, Paulinho enviou o artigo para a mulher Paula pedindo, com urgência, para ela repassar o texto para aquele tal parente que escreve e, parece, quer ser poeta, um negócio assim. Ela deve pagar-lhe alguma coisa, por favor, e deixar bem claro que se o serviço ficar bom, ele terá muitos outros, inclusive um livro inteiro mais adiante.

XXXVII

O tal parente da mulher Paula, o poeta Paulo, aceitou o trabalho na mesma hora. Em pouco tempo, o texto já estava de volta na caixa de e-mails do Paulinho. Todo executivo que deseja alcançar resultados efetivamente concretos precisa formar uma equipe ágil, de confiança e, sobretudo, com cada um dos membros conscientes das próprias responsabilidades e, mais ainda, afinados com os outros. Foi o que aconteceu.

Cansado de bater a cabeça no baixo clero da literatura, o poeta Paulo compreendeu que não seria lido pelos pares enquanto não se enturmasse. Nem álcool ele aguenta. Antes de procurá-los, ele tinha peregrinado por alguns departamentos universitários de teoria literária, deixando envelopes com a edição artesanal do seu primeiro livro de poemas e uma cartinha simples para os professores. A maioria sequer se dava ao trabalho de abrir, mas um deles achou a foto do rostinho liso do poeta atraente e marcou um café.

O poeta Paulo suportou tudo com educação mas abreviou um pouco a conversa quando notou que para o outro lê-lo, ele teria antes que dormir com o cara, por assim dizer. Mesmo a bolsa para os Estados Unidos que o cara ofereceu não foi capaz de dobrar o rígido poeta. Assim, as duas únicas alternativas, fingir-se de gay para aproveitar sua oportunidade de entrar no meio acadêmico ou frequentar os bares da moda e assim ter um lugarzinho no baixo clero da literatura, eram-lhe impossíveis. A conclusão causou no poeta Paulo um princípio de depressão, superado por sorte com essa nova possibilidade, agora no mundo corporativo.

Depois, enfim, se não conseguir nada, ao menos esse pessoal paga muito bem. Aqui está, aliás, outra conclusão do livro em que, no futuro, o poeta Paulo irá trabalhar como ghost-writer: o mundo corporativo pode torná-lo rico, mas apenas se você for muito competente. Ora, é só ver o caso do Paulinho.

A bem da verdade, não vai acontecer com o poeta Paulo. Vida de poeta é uma droga, mas só o valor que vai receber por esses cinco artigos já paga uma viagem para as Serras Gaúchas. A melancolia do lugar e aquele friozinho maravilhoso sempre o inspiram e ele nunca volta com menos de dois poemas, acabados e prontos para a publicação, na bagagem. O livro, ou mais ainda, a parceria que ele vai ter com o Paulinho, irá mudar a vida do poeta.

Exato.

XXXVIII

A bem da verdade, Salma se surpreendeu com a proposta do Paulinho. Ela gosta de vestir as roupas dos hóspedes e, sem perversão nenhuma, chega a achar que fica bem de terno e gravata. Um quimono, porém, é a primeira vez. Uma verdadeira gueixa, Paulinho admitiu enquanto pedia para ela andar, bem de levinho, pelo quarto. A garota, claro, adorou a ideia. Ele viu que não conseguiria prender o cabelo dela com aqueles pauzinhos e achou que a cena seria um pouco mais realista se o quarto tivesse uns biombos e a cama fosse de futon. Lustres vermelhos também ajudariam a fazer o clima e se Salma aprendesse algumas expressões em chinês, só para impressionar os clientes, aí sim a coisa estaria perfeita.

Mas Salma não quis tirar o quimono: ela se sentia muito sensual com ele. Mais perto, Paulinho viu que o comprimento também estava perfeito, pois cobria exatamente a área da mutilação, que deve ser a primeira que as gueixas mostram aos clientes. Começando assim, eles teriam tempo para se acostumar.

E como ele vai arrumar essa cicatriz em uma garota brasileira?

Outro problema a resolver, Paulinho se deu conta, é o nome delas. Gueixa nenhuma pode chamar Salma. Mas isso é fácil.

Liu ficou verdadeiramente desapontada ao perceber que, mesmo com aquele belo desfile, Paulinho não tinha se excitado. Ao menos não como das outras vezes. Será que ela, ao contrário do que pensara, não ficou bem de quimono? Como sabia que o Paulinho gostava, a gueixa levou a mão esquerda do hóspede até a cicatriz, para que ele pudesse apalpar a região do corte e, ao mesmo tempo, abriu o quimono, deixando os seios à vista.

Paulinho não queria ser indelicado mas, por outro lado, não conseguia relaxar: o quimono estava perfeito, no tamanho ideal, mas é impossível que elas prendam o cabelo como as gueixas. E nem todas vão conseguir alisá-lo. De resto, ele se lembrou das espadas na parede. São indispensáveis!

Para não decepcioná-la, Paulinho pediu para Liu preparar, de quimono é claro, um banho bem gostoso para os dois. Enquanto a garota se distraía, enchendo a banheira e conferindo a temperatura da água, ele fez uma lista. Todo executivo experiente sabe que não pode se dar ao luxo de deixar as boas ideias passarem: quimono, colchão de futon, ver se elas conseguem alisar o cabelo para usar aqueles pauzinhos, os biombos, ele se lembrou agora das velas, o lustre vermelho e as espadas de samurai na parede. Além disso, talvez as meninas devam aprender algumas expressões em mandarim.

Mais relaxado, Paulinho foi até o banheiro e Liu, para recuperar o orgulho ferido com a desatenção dele, caprichou. A bem da verdade, deu muito certo: ele relaxou tanto que precisou forçar as pernas para, depois, voltar para a cama.

Quando Liu foi embora e Paulinho finalmente apagou a luz, já no meio da madrugada, de novo uma sensação muito intensa o invadiu. Nada que lhe tirasse o sono: agora, ele se sente um homem livre, alguém que chegou a uma fase da vida a que poucas pessoas têm acesso. Essa liberdade, rara e plena, além de ser para poucos, causa um enorme sentimento de segurança. Paulinho percebeu que tem um futuro com ainda mais vitórias pela frente, e agora por sua inteira responsabilidade e sem depender dos outros ou de uma instituição. Realizado e apesar da dor que continuava nas costas, ele dormiu extremamente bem.

IXL

Ninguém vá, porém, olhar Paulinho com desconfiança. Ele sabe o que deve ao banco e, de forma nenhuma, pretende abandonar as pessoas que lhe deram tanta força. Uma parte importante da carreira de executivo reside justamente no senso ético que apenas os melhores desenvolvem. Trata-se de algo refinado e, talvez por isso mesmo, não esteja ao alcance de todos que desempenham cargos elevados nas corporações, estejam na China, no Brasil, sejam de um banco, ou de uma indústria, negociem ou planejem o que for. A ética que Paulinho, inclusive, tornará um assunto obrigatório em quase todos os seus escritos, é uma questão intelectual. Às vezes, as pessoas não compreendem direito, mas é isso, a bem da verdade talvez seja esse um dos seus maiores objetivos agora. Não é despeito ou raiva, nada disso, o banco foi importante para ele e Paulinho jamais deixará de reconhecer. Quem ler então, e vale a pena, quem se debruçar com atenção sobre os artigos que, já na semana que vem, o jornal vai publicar sobre a sua experiência na China, enfim, quem tiver essa luz irá notar que o autor, o Paulinho, o quarto agora está completamente escuro, já que finalmente apagaram a luz do corredor, deve ter sido Omar Hasan Ahmad al-Bashir. Omar Hasan Ahmad al-Bashir. Omar Hasan Ahmad al-Bashir. Quem ler, inclusive, e vale a pena, quem se debruçar com atenção sobre os artigos que, já na semana que vem o jornal irá publicar sobre a sua experiência na China, enfim, quem tiver essa luz, e também a inteligência, irá notar que Paulinho tem muita gratidão por todos aqueles que lhe deram a oportunidade de chegar até ali. Um bom executivo, ou melhor, os executivos realmente importantes, a bem da verdade os que conhecem a ética. Pois é, esses sabem que a vida corporativa é feita por acumulação: de experiência, não é preciso dizer. O que você aprende hoje, o que eles aprendem hoje, senhor Omar Hasan Ahmad al-Bashir, o que os executivos aprendem hoje nunca é descartado. Em alguns anos, se for de fato um executivo de talento, a experiência lhe permitirá contemplar as coisas com muita clareza. Então o executivo, aí sim, tornou-se um homem sábio. É por tudo isso acumulado que Paulinho sente que chegou a hora de mudar, algo que agora dependa, a bem da verdade, apenas dele mesmo. E não é despeito ou raiva, pelo contrário, trata-se de uma vontade de ensinar as pessoas que, por esse ou aquele motivo, não puderam passar pelas mesmas experiências que ele. O ideal seria começar lendo os artigos, já na semana que vem, que Paulinho publicará sobre o aprendizado que o trabalho na China lhe proporcionou. É lógico, pois, e está na ética, que Versatinho vai terminar o que o banco lhe confiou. Isso está fora de questão. Ele sabe, por fim, ele tem a consciência de que ainda faltam alguns pontos a esquadrinhar no Sudão. Pouca coisa, porque o principal ele já percebeu, ou seja: basta agora o Paulson pegar as informações dele, torcer para que o pessoal em Pequim esteja fazendo tudo direito, do mesmo jeito portanto, basta o Paulson juntar tudo para traçar uma estratégia para o banco tentar as parcerias adequadas. Adequadas. E isso será feito. A bem da verdade, tudo isso que aqui hoje à noite, a bem da verdade tudo será feito. Só que Versatinho não quer, senhor Omar Hasan Ahmad al-Bashir, só o que ele não quer é ser mal entendido. Não é nada disso, apenas um desafio novo, o que não deixa de ser uma continuidade.

Ele não quer que ninguém diga isso não, ele não quer que ninguém diga, e será que vão dizer? Senhor Omar Hasan Ahmad al-Bashir, filho da puta. Senhor Omar Hasan Ahmad al-Bashir. Filho da puta. Filho da puta. Filho da puta.

XL

Paulinho acordou muito bem disposto e, ainda antes do café, terminou o último artigo da série. Os outros quatro já tinham sido revistos no Brasil pelo poeta Paulo e estavam prontos. Mas antes Paulinho quer ler todos de uma vez só, para ver se estão coerentes, se não há algo que se contradiz e, sobretudo, observar se a estrutura está adequada. Ele deseja, sempre a partir do que está vendo, ouvindo e percebendo, que o leitor tenha uma experiência ao mesmo tempo enriquecedora e de aplicação imediata. Olhe a China que há no dia a dia de sua empresa, poderá ser um título.

Por isso ele sente que precisa voltar ao Brasil e estabelecer logo tanto a sua empresa de consultoria, inovadora por trazer ao cenário corporativo essa nova China, quanto lançar seus livros para, aos poucos é claro, ir colocando ordem no terreno. Olhe a China que há no dia a dia de sua empresa significa apenas dizer que, com um planejamento muito racional, ambicioso e absolutamente organizado, qualquer corporação pode atingir níveis assustadores de crescimento.

Enquanto se preparava para o projeto, antes de vir aqui para Pequim portanto, Paulinho leu um texto que falava do tal "perigo amarelo". É esse tipo de preconceito que o último artigo pretende combater. Não há nenhuma ameaça: pelo contrário, é preciso dar uma chance à China, como ele mesmo fez. Ora, é claro que essa nação milenar cometeu diversos erros. Mas que país tem a história livre de percalços e tropeços, por assim dizer?

Certo, a China teve lá o seu Mao Tse-tung, mas e o Brasil, continua ele muito lúcido, e o Brasil não armou a vergonhosa estrutura da escravidão? E não é por essa razão que vamos nos deixar abater. A história chinesa é um belo exemplo de superação. Por isso, sempre fiel aos seus métodos, Paulinho vai no quinto artigo listar algumas palavras que devem estar no vocabulário de qualquer pessoa que deseja evoluir. China e superação. Os espertos irão dizê-las outra vez: China e superação. China e superação.

Quando voltar ao Brasil, Paulinho continuará desenvolvendo, paralelamente à consultoria, seus estudos de linguística corporativa. Uma de suas bases será a neurolinguística, mas reformada a partir da experiência com o idioma chinês. Cada um daqueles ideogramas representa bem mais do que parece, ou seja, eles superam o imediato e a expectativa que se faz deles. Ora, aqui está um movimento. As palavras devem gerar estímulos não só mentais, mas também de ação. Sem dizer que, por agir imediatamente na área responsável do cérebro pelo ato de desenhar, a escrita do mandarim faz seu usuário acionar por inteiro as capacidades mentais.

Foram os chineses, ainda que inadvertidamente, os criadores da linguística corporativa, a bem da verdade muito presente nas ações diárias do país. No seu retorno para o Brasil, é assim que termina o último artigo, ele gostaria de ver o mesmo ânimo, pujança semelhante e, sobretudo, a superação dos preconceitos para um pleno desenvolvimento. Não precisamos temer a China, mas sim elucidá-la!

XLI

Paulinho terminou o quinto artigo da série e desceu animado para o café da manhã. Ele dormira muito bem e tinha acordado com aquela sensação de força que, aliás, o persegue há já algum tempo. Se a coisa fosse nova, ele poderia dizer que era responsabilidade do sofá que, com toda gentileza, tinham transferido do saguão do hotel para o quarto dele. Mas esse bem-estar estranho, embriagante e bastante confuso também o havia tomado antes da decisão de voltar para o Brasil. O fato é que Paulinho não consegue compreendê-lo muito bem, o que, ao mesmo tempo e a bem da verdade, incomoda-o muito. A dor nas costas está lá, andando de um lado para outro e impedindo que ele tenha qualquer tipo de frio na espinha. Paulinho, de jeito nenhum, quer desmaiar de novo.

Uma parte das coisas ele já viu: sua vida teve uma grande mudança de eixo desde o começo do Projeto China. É como se, agora, um outro nível precisasse ser alcançado. E ele tem uma enorme clareza de como fazer isso. Em primeiro lugar, é preciso concluir o trabalho no Sudão. Até onde Paulinho sabe, o pessoal de Londres está satisfeito com os seus relatórios. Mas ele ainda quer fechar alguns pontos. Para isso pretende conversar um pouco mais com Omar Hasan Ahmad al-Bashir e, quem sabe, viajar para a África do Sul. Porto Sudão também é um lugar importante, de certa maneira bem mais do que Cartum, mas para lá ele não volta...

Depois, Paulinho vai fazer as contas e retornar ao Brasil, desligando-se amigavelmente e com muita gratidão do banco. Aí, ele já terá um nome intelectualmente consolidado e poderá publicar em grande estilo o livro para futuros executivos. Se o dinheiro der, e ele acha que vai, será então o momento de abrir uma empresa própria, voltada para o trabalho de consultoria a partir das ideias que ele, desde que mergulhou no Projeto China, descobriu e aprofundou. Paulinho não se sente, de forma nenhuma, confuso com o futuro. Ele está traçado e, se alguém quer saber, dará muito certo.

A bem da verdade, as coisas vão funcionar muito bem para o Paulinho no retorno ao Brasil: ele não vai conhecer a cama Ceragem. Isso é um fato. E pensar que se tivesse ido para Pequim de verdade, agora a dor nas costas estaria controlada. Claro, cura efetiva a cama Ceragem não oferece, mas pela primeira vez Paulinho conseguiria um tratamento com resultados muito bons. Com três meses descansando quarenta minutos na Ceragem por dia, a dor seria apenas um leve incômodo, na maior parte das vezes imperceptível.

Mas por que ficar remoendo? As coisas vão funcionar muito bem para o Paulinho no retorno ao Brasil: ele vai montar uma empresa de consultoria, publicar um livro e, aos poucos, se firmar como um dos grandes pensadores da vida corporativa.

Paulinho não se sente confuso, portanto, com o futuro: ele pretende voltar para o Brasil e. O que o incomoda é esse sentimento estranho de excitação. Sua cabeça parece fervilhar, cheia de ideias, até mais respostas do que perguntas, e uma incrível noção das coisas, que são assim, ele não tem mais nenhuma dúvida. No entanto, Paulinho também sabe muito bem que todo executivo, ainda mais um de visada intelectual, precisa manter a calma e a frieza o tempo inteiro. São processos, ele tenta repetir, são processos.

Mesmo com essa euforia toda, ele tem conseguido trabalhar muito bem. Se as pessoas quiserem uma prova, aí estão os cinco artigos que não lhe deixam mentir. Ora, será que a teoria da calma e da frieza está errada? Talvez, mas Paulinho não deve jamais deixar de notar, a bem da verdade, que ele é uma exceção. Outro pequenino tormento: a todas as regras? E então, se não fosse tão controlado, um frio lhe correria a espinha: seria a dor nas costas?

De um jeito ou de outro essa excitação toda não o agrada. Para se acalmar, exceção resolveu dar um passeio por Cartum e ir até a região onde os dois Nilos, o Azul e o Branco, se unem para formar o Grande Nilo. Um dos espetáculos mais bonitos do mundo. exceção sentou-se e ficou algum tempo olhando o rio. Depois, a uns vinte metros de onde estava, reconheceu Omar Hasan Ahmad al-Bashir por causa do sobretudo. Mesmo entretido com cinco ou seis mulheres que pareciam também enfeitiçadas com o espetáculo, e ele sabe realmente mostrar como aquele rio é impressionante, o instrutor de musculação acenou, sorrindo para exceção.

Dizem por aí que os dois são muito amigos.

XLII

À noite, Omar Hasan Ahmad al-Bashir veio ao hotel buscar exceção para outra reunião com o ministro da Saúde. A bem da verdade, ele já estava meio cansado delas. Não que tivesse alguma coisa em especial contra o ministro. É que não falta muito para esclarecer: o banco está sabendo da triangulação que o pagamento dos remédios exige, além de tudo. De resto, aquele homem lhe parece simples, sem muitas pretensões na vida que não sejam uma boa bebida, a companhia de alguns amigos que, de fato, fazem-lhe bem e, de vez em quando, o serviço de massagem para aliviar a tensão a que qualquer ministro de Estado está submetido.

Não só eles, aliás. exceção sabe muito bem (embora esteja praticamente livre disso) que o estresse e o nervosismo são dois dos principais problemas que abatem os executivos. Qualquer espaço cujo objetivo seja oferecer reciclagem, atualização e novos conhecimentos para esse tipo de profissional precisa se preocupar com o assunto. Aliás, aqui está uma das inovações que fará a consultoria do exceção uma das mais movimentadas do Brasil.

Quando exceção chegou, como sempre o ministro Omar Hasan Ahmad al-Bashir estava cercado por um pequenino grupo de pessoas a quem ele, entusiasmado, contava alguma coisa em árabe. Feliz com a presença do amigo brasileiro, Omar

Hasan Ahmad al-Bashir apresentou-o a outro senhor que, na mesma sala, parecia receber também muita atenção das duas garotas dinka que traziam as bebidas. Uma delas, exceção sorriu, era Salma.

Então você é o famoso brasileiro amigo do Ronaldinho, o outro foi logo falando naquela simpatia que exceção. Rindo, o ministro da Saúde complementou: e um dos homens mais elegantes do mundo. Todo feliz, ele apresentou a exceção o senhor Omar Hasan Ahmad al-Bashir, ministro do Interior do Sudão. Ao mesmo tempo, mostrou para o colega a camisa que o brasileiro tinha lhe trazido de presente. Era outra das Versace que a mulher Paula sugerira para ele.

Pois é, a propósito o assunto da reunião é exatamente esse: por causa do petróleo, sobretudo, o Sudão está começando a sofrer algumas pequeninas manchas na sua imagem. Nada demais, é claro, e o mundo todo sabe bem os motivos. Por um lado, muita inveja, pois vê lá se o Chade tem toda aquela riqueza. O Chade! E quem é o Chade perto do petróleo sudanês? Depois, a África vem aos poucos atingindo muita importância no cenário global, por isso a concorrência dentro do continente se acirra e então alguns países começam a ser difamados. E entre os que mais sofrem está o Sudão.

Sabendo da grande simpatia de exceção pelo Sudão e, mais, como ele de fato é um homem que se veste bem, o governo do general Omar Hasan Ahmad al-Bashir gostaria de convidá-lo para ministrar para os membros do alto escalão algumas aulas de elegância masculina. Eles pretendem fazer bonito no próximo encontro de cúpula dos países africanos.

XLIII

exceção passou o resto da reunião bastante nervoso. A questão não é a elegância. Ele sabe se vestir, claro. A bem da verdade, a participação no Projeto China ajudou-o a aprimorar também esse lado da sua vida profissional. exceção tinha vários ternos, acumulara alguns bons pares de sapato e, quanto às camisas, aquelas todas lhe pareciam suficientes, sem falar nas gravatas.

Para viajar para Londres e depois para a China, porém, era preciso mais. Vale lembrar que todo executivo verdadeiramente talentoso é um homem justo, então é importante dizer que a mulher Paula foi muito importante para ele no aprimoramento dessa competência. Alguma coisa ela tinha que saber.

Um pouco antes de viajar, ela o acompanhou ao shopping e exceção comprou um bom número de peças novas, o ideal para não fazer feio entre os integrantes do Projeto China. A mulher Paula destacou os ternos e as camisas, de fato muito bem cortados para o tipo físico dele. No Sudão, porém, foram os dois sobretudos Ermenegildo Zegna que fizeram sucesso, o que não deixa de ser surpreendente para um país com o clima tão quente. Mas a vida corporativa, como os futuros executivos precisam começar a se acostumar, tem mesmo dessas surpresas.

De resto, exceção desenvolveu sozinho essa competência. É mais ou menos assim mesmo: depois que o executivo aprende, normalmente sem muita dificuldade, basta-lhe ir observando os detalhes, as alterações que o percurso exige e, principalmente, equilibrar-se entre uma necessária versatilidade e os princípios que formam a cultura da empresa, ou do grupo a que ele está vinculado.

A propósito, Omar Hasan Ahmad al-Bashir, já no final da reunião, aproximou-se do amigo e, com um tapa nas costas, comentou que ele está ficando mesmo importante. Aulas para o pessoal todo! exceção perguntou se o motorista pretendia frequentá-las. O outro riu: imagina se uma coisa dessas é para mim?

Na despedida, os dois ministros abraçaram exceção. Omar Hasan Ahmad al-Bashir estava feliz com o presente que tinha ganho e o outro Omar Hasan Ahmad al-Bashir não escondeu a ansiedade pelo começo das aulas. Omar Hasan Ahmad al-Bashir iria avisá-lo e ele não se arrependeria de conhecer o general Omar Hasan Ahmad al-Bashir, presidente do país.

No caminho de volta ao hotel, o motorista convidou exceção para, no dia seguinte, acompanhá-lo de novo a Porto Sudão. Ora, as aulas nem estão marcadas ainda e com certeza devem demorar no mínimo uma semana, já que o presidente, antes disso, estaria muito ocupado.

Ele precisa voltar ao porto para supervisionar um carregamento vindo da Rússia, e iria aproveitar para levar o comprovante de autenticidade de um conjunto de pedras que logo chegaria a Cartum.

A bem da verdade, exceção ficou curioso para ver aqueles documentos. E Omar Hasan Ahmad al-Bashir, por sua vez, confia muito nele. Mas os papéis tinham ficado com o ministro, que queria por algum motivo guardar uma cópia. Antes de pegar a estrada, ele passaria no palácio de governo para pegar o documento. Se o acompanhasse a Porto Sudão, Omar Hasan Ahmad al-Bashir prometia mostrá-los e até deixá-lo ler. As pedras, porém, dessa vez não passariam por ele: não é pouca coisa não e, quando é assim, o próprio ministro cuida da transação.

Mas exceção recusou. Mesmo que as aulas ainda demorem um pouco, ele quer se preparar. Sem falar que ainda é preciso dar uma lida nos cinco artigos. Talvez em uma próxima oportunidade.

No quarto, antes de dormir, ele anotou que devia, logo cedo, escrever para a mulher Paula pedindo dicas de elegância. Com um esquema minucioso e um bom planejamento, capaz que ele conseguisse dar conta. Ora, para alguém que enfrentou desafios muito mais complexos. Antes de apagar a luz, exceção se arrependeu de ter colocado o pijama e voltou a vestir o terno para se olhar no espelho. E de fato.

XLIV

Não é preciso dizer que a mulher Paula adorou a casa da mãe do exceção.

Não é bem isso. Ela se sentiu muito confortável lá, mas só nos dois primeiros dias. Algumas coisas a encantaram, como as roupinhas de criança que achou no quarto que devia ter sido do menino, junto com alguns brinquedos. Pelo jeito, ele adorava naves espaciais e astronautas. Havia ainda algumas revistinhas para colorir (quase todas em branco mesmo) e uma pequena pilha de álbuns de figurinha, todos de novo relacionados à guerra nas estrelas ou às famosas viagens estelares. O menino deve ter superado o gosto pelo espaço, pois ela nunca o ouviu falar sobre isso. Num cantinho, emocionada, encontrou um binóculo de criança e, dentro de um saco de lixo velho, uma luneta quase sem uso.

O quarto da dona Paula, por sua vez, a interessou menos. Era o típico cômodo de uma idosa. A única coisa que a espantou foi a última gaveta da penteadeira, onde ela encontrou um enorme número de publicações sobre dor nas costas. Muito embora a maioria fosse de revistas populares, alguns livros pareciam mais aprofundados e ela notou que uns poucos trechos, em dois ou três, estavam grifados. Será que o menino sabe que dona Paula sofria desse problema? Ela pensou em perguntar, mas depois viu que talvez não fosse adequado incomodá-lo, agora que não tem mais jeito mesmo.

Os dois primeiros artigos da série chegaram enquanto ela ainda estava na cidadezinha. A mulher Paula falou pelo telefone com um parente, que trabalharia melhorando o texto e fazendo uma boa revisão. A bem da verdade, não é que o menino não saiba escrever: mas, como ele mesmo disse, agora que tem desenvolvido essas ideias, às vezes muito especializadas, e outras não. Mas, como ele mesmo disse, agora que está desenvolvendo ideias muito especializadas, alguém que torne alguns trechos do texto porventura mais palatáveis seria muito útil. Afinal de contas, mesmo que seja voltado para a economia, o jornal sempre pede que seus colaboradores escrevam algo compreensível para o grande público.

A bem da verdade, já faz tempo que a mulher Paula quer apresentar o poeta Paulo para o menino. Os dois vão se dar muito bem. Além disso, essa é a oportunidade que faltava para o poeta finalmente deslanchar na vida. Meio casmurro, apesar do enorme talento, ele vacilou entre a faculdade de letras e de editoração, até por fim fazer as duas e não se dar bem em nenhum emprego relacionado a elas. Com um livro de poesia publicado por conta própria, o rapaz ainda tentou se inserir no meio literário, mas por algum motivo que a mulher Paula não compreendeu muito bem, não conseguiu.

Talvez sua chance esteja, isso sim, no mundo corporativo. O rapaz é meio fechado, mas por outro lado tem agilidade e percebe rápido o que deve fazer. E está trabalhando bem.

A mulher Paula lê os artigos duas vezes: uma quando o menino os envia da China e outra quando o poeta Paulo devolve o texto revisto algum tempo depois. Normalmente nem vinte e quatro horas. Sem dúvida, o parente melhora o texto, mas ninguém deve tirar os méritos do menino.

No terceiro dia, a cidade pequena começou a cansá-la. Ela não tinha como acessar a internet da casa da mãe dele e, então, precisava se deslocar três ou quatro vezes por dia ao único cibercafé da região. Com isso, passeava um pouco, mas perdia o ritmo dos estudos, logo agora que estava conseguindo se concentrar melhor.

Junto com a resposta sobre o último artigo, aliás maravilhoso, como até o poeta admitiu, ela recebeu um pedido curioso: o menino queria algumas dicas de elegância masculina.

XLV

E por que o menino está querendo aquelas dicas de elegância? A bem da verdade, é meio evidente: ele chegou ao topo e, agora, precisa acertar em absolutamente tudo. Qualquer escorregadinha é grave. Além disso é uma questão de propriedade: não fica bem um grande executivo, um homem de ideias que escreve nos jornais e coordena toda a divisão de um dos maiores bancos do mundo na China, pois é, tudo isso e o cara vai aparecer com uma roupa desleixada?

Por isso, logo de cara, ela escreveu para o menino em letras maiúsculas: para os homens, importantes mesmo são os ternos. Aí, basta olhar aqueles que os dois compraram antes do embarque para Londres. Perfeitos. São Ermenegildo Zegna, um bom exemplo para qualquer homem de negócios ou do mundo financeiro. Antes de tudo, o menino deve levar em conta que os ternos precisam ser escuros. Os de cor clara são apenas para algumas ocasiões e, no mais das vezes, acabam muito informais. Para um executivo, costumam ser inadequados.

Depois, é preciso ir por etapas. As pessoas sempre olham os sapatos de um homem importante. Por favor, menino, por favor mesmo, não esqueça: sapatos sempre pretos, apenas pretos, por favor. O cinto e as meias devem sempre combinar com os sapatos e, portanto, também serão sempre pretos. Por falar nisso, a barra da calça varia acima do salto entre um e um centímetro e meio.

Sobre a gravata, enfim, os modelos são muitos. Normalmente, são preferíveis aquelas de listras diagonais, com duas ou três cores. Desenhos, só se forem realmente muito discretos, o ideal, porém, é evitá-los. O Pato Donald, jamais! Quanto ao nó, o windsor é considerado o mais elegante e cai bem em qualquer ocasião.

Para o menino, um homem-feito, ela sabe, paletós de dois botões ficam muito bem. Rejuvenescem um pouco (não que ele precise), mas conservam a seriedade. O ideal é que os ombros estejam muito pouco marcados. Enfim, há ainda alguns detalhes de lapela e quanto às fendas, mas para começar é suficiente. A única coisa, ela foi bem sincera, é saber se essas regras básicas também valem para a China.

Um homem-feito, dessa vez, não demorou muito para ler o e-mail e, a bem da verdade, gostou bastante: aqui na China há gente de todo lugar do mundo e os costumes estão ficando cada vez mais ocidentalizados. Apenas uma dúvida: o figurino (ele pode usar essa palavra?) que ela passou serve para todo tipo de clima, mesmo os mais quentes?

Todo executivo de sucesso sabe que não pode perder tempo: uma hora depois, o e-mail da mulher Paula já tinha gerado dez slides sobre elegância masculina. A única dúvida agora é saber se ele deve ou não abrir um capítulo no livro dos mandarins sobre isso. Talvez algo mais geral, dicas de apresentação, uma coisa assim, pensou depois.

XLVI

Segunda-feira é um dia difícil em qualquer empresa grande. Algumas pessoas desanimam só de pensar que terão mais uma longa semana; outras parecem ansiosas para voltar logo ao serviço e continuar o que não pôde ser concluído na sexta. A bem da verdade, esses últimos gostam do emprego. Os chefes costumam estar ainda mais tensos e se irritam com aquele maldito hábito das secretárias, loucas para contar (não para eles, é claro) tudo o que aconteceu no sábado à noite.

O amigo Paul costuma chegar um pouco mais cedo ao banco. Ele se reúne com os vice-presidentes e procura traçar um pequeno planejamento para os próximos dias. Por causa do fuso horário, antes da reunião ele já sabe se há algo importante vindo de Londres. Normalmente, apenas pequenos problemas. Depois do almoço, as coisas já voltaram ao normal.

A bem da verdade, aquela foi uma segunda-feira atípica para o amigo Paul: tomando o primeiro café do dia, bem cedinho no banco, ele pegou os jornais e não demorou muito para encontrar o primeiro dos cinco artigos que o antigo subordinado, um certo homem-feito, irá publicar essa semana contando a experiência na China.

Homem-feito é um funcionário de carreira no banco. Cedo, ainda na faculdade, ele entrou na empresa como estagiário, e por conta de algumas competências, muito bem desenvolvidas por sinal, foi aos poucos subindo na hierarquia até virar responsável por uma divisão recém-criada, o Setor de Desenvolvimento. Era um cargo estranho, que não chegava a ser uma vice-presidência, mas tinha importância fundamental, pois orientava as ações de vários outros setores. E é justo dizer, homem-feito de fato era extraordinário, o amigo Paul logo viu.

Por isso, acrescentando ainda a visível fidelidade ao banco que aquele funcionário demonstrava, o amigo Paul achou que ele seria perfeito para um cargo que o presidente do conselho, em Londres, estava procurando. Convicto, ele fez questão de muitas vezes recomendar o nome do seu protegido até conseguir a indicação. E agora o sujeito me aparece com uma coisa dessas!

O susto do amigo Paul foi tão grande que ele precisou sentar e pedir um copo de água, enquanto tentava começar a ler o texto. Ele, que pretendia se aposentar em Londres, agora de fato vai ter que arranjar uma boa explicação para aquilo. Todo executivo, ainda mais aqueles que ocupam cargos muito elevados, devem ter uma reserva de sangue-frio para os momentos de tensão.

Até hoje, os vice-presidentes no Brasil achavam que o amigo Paul era perfeito para o cargo: sobressaltos, todos com muita tranquilidade. Por isso, Paulo se espantou tanto ao vê-lo nervoso daquele jeito. O chefe pediu-lhe para sair, acrescentando que a secretária é uma imbecil e que ele convocaria uma reunião depois. Paulo não queria nada demais, só mostrar um artigo que ele tinha acabado de ver no jornal.

Isso serve para as pessoas saberem como funcionam essas grandes instituições: o sujeito vai para a China, conhece lá dois ou três caras, faz uns relatórios, aprende dez palavrinhas na língua do lugar e então começa a preparar o terreno para voltar como presidente. E volta mesmo, concordou o outro. Uma coisa como essa não se pode dizer, mas é claro que o amigo Paul está tão nervoso porque já viu que vai perder o cargo para o antigo subordinado. Paulo, porém, perguntou se o colega não acha que o pessoal de Londres poderia talvez preparar uma transição boa para o velho, afinal de contas ele já tem certa idade e o Brasil, por mais que seja isso que nós sabemos, não deve ser a presidência mais fácil do mundo.

XLVII

Homem-feito, um funcionário de carreira que entrou no banco ainda na época da faculdade, vai publicar essa semana uma série de artigos que escreveu em Pequim sobre a sua experiência à frente de uma equipe de especialistas no mundo financeiro. A bem da verdade, os artigos não transmitem apenas as impressões dele sobre a nação que se tornou, como está no terceiro parágrafo desse mesmo texto, o motor da economia mundial. As questões vão muito além: apresentam análises, tentam arriscar algumas projeções futuras, mostram como os chineses convivem com o passado, observam princípios de ação política que podem, inclusive, ser usados no interior de uma empresa e chegam até a dar dicas para os leitores enriquecerem a sua vida profissional. São poucas as publicações sobre economia e vida corporativa tão abrangentes.

A essa altura, o banco inteiro já está sabendo dos textos. O Godói, por exemplo, aquele filho da puta do Godói, tentou ver o jornal, mas o chefe dele carregou a folha para a sala de um dos vice-presidentes. Quem o convocou foi o próprio Paulo e, agora, os dois já estão, juntos com o Paulo, fechados há mais de uma hora. O Paulo, dois andares abaixo, não quer nem ver a hora em que o Cholo ficar sabendo.

Ele já viu o artigo faz tempo. A princípio, o peruano grosseiro agiu de maneira blasé. Nem quis ler. Depois, porém, achou que dois funcionários estavam falando em voz baixa alguma coisa sobre ele e o ex-chefe (já que o Cholo nunca escreveu nada nos jornais), e começou a ficar irritado. Às dez e meia, ele convocou o Paulo para lhe resumir alguns trechos do texto que, como falante de espanhol, ele não iria compreender.

O fato é o seguinte: como é que colocam um cara que não sabe português à frente do Setor de Desenvolvimento? Não é um lugar importante para o banco? Ora, desse jeito parece que não.

Todo bom executivo, porém, tem as suas razões, às vezes difíceis de serem compreendidas pelos outros. O amigo Paul não é diferente, muito embora nesse momento esteja prestes a entrar em uma crise de nervos, que não chegará a acontecer, o que convenhamos, não é exatamente o que se espera de um executivo que chegou à presidência de um dos maiores bancos do mundo em um país de relativa importância como o Brasil.

O Brasil não é nenhuma China, de fato, e não tem China nenhuma, esse canalha desgraçado, tudo o que ele quer com essa história de China, tudo o que esse carreirista filho da puta, tudo o que esse cara quer é a presidência com essa história de China. Não tem China nenhuma, que China é essa que esse carreirista desgraçado está falando? Está na China o quê? O que é que esse filho da puta está querendo?

O cargo do amigo Paul.

Ah, desgraçado, mas se ele pensa que as coisas vão ficar assim desse jeito, filho da carreirista, ele está muito enganado com essa história de China, não tem China nada, rapaz, que China é essa? Não tem China nada, rapaz, não tem China nenhuma, não. Não tem China, não tem China, não tem China nada, você está me ouvindo?

Homem-feito, um funcionário de carreira que entrou no banco ainda na época da faculdade, é um desses casos bem-sucedidos que aliam a experiência a uma sólida formação intelectual. Escolhido, por mérito, a integrar um projeto importante na China, ele não se limitou a fazer o melhor que pôde: foi além e estudou a fundo o novo desafio. Aos poucos, viu que tinha nas mãos um conjunto de conclusões importantes para o mundo contemporâneo e organizou-as de maneira a criar um conhecimento novo e dar acesso a ele aos profissionais do mundo corporativo.

Não é à toa que a sua empresa de consultoria, especializada em counseling, coaching e mentoring, mas que vai muito além, logo se tornará uma referência no país inteiro.

XLVIII

A bem da verdade, o autor dessa série de artigos, homem-feito, ficou realmente conhecido no banco quando foi nomeado para dirigir o Setor de Desenvolvimento. Trata-se de um espaço novo, presente apenas nas empresas muito grandes e que se preocupam com o longo prazo. Sua função é recolher o máximo de informação possível e selecionar as que mais interessam ao banco. Além disso, o setor escreve relatórios periódicos observando o mercado e fornecendo projeções que ajudem os executivos a se guiar em decisões mais complexas.

Dizem que homem-feito conseguia não apenas produzir um bom número de relatórios como, inclusive, costumava acertar nas necessidades futuras do banco. Com isso, ele naturalmente começou a chamar atenção. Foi quando o pessoal de Londres passou uma circular para os presidentes regionais anunciando o Projeto China e pedindo indicações. Aqui no Brasil, vários nomes de possíveis candidatos foram levantados.

No entanto, parece que naquela época uma secretária ouviu dois vice-presidentes comentando que o amigo Paul estava em contato direto com o Paulson, do conselho de Londres. Foi quando surgiram os boatos de que o escolhido seria mesmo o homem-feito. A bem da verdade, em qualquer corporação desse porte é impossível controlar a fofoca. Mas, por outro lado, muita gente disse que o cara era mesmo bom.

Ninguém chega ao cargo em que o amigo Paul está se não tiver um grupo de habilidades específicas muito bem desenvolvidas. Todo grande executivo, por exemplo, sabe reconhecer o talento de seus subordinados e, na hora certa, deve até mesmo ajudá-los a crescer.

Ora, foi simplesmente o que o amigo Paul fez.

É, mas quem imaginaria que esse desgraçado filho da puta iria agora aparecer com essa história de experiência na

China? Esse canalha está rindo de quem? Filho da puta desgraçado. E o que ele está querendo com esse negócio de China, filho da puta? Não tem China nada, rapaz. Não está na China nada, filho da puta imbecil e carreirista.

Por isso, surpreende um pouco o mal-estar do amigo Paul ao ver os artigos. A essa hora, ele devia estar providenciando uma tradução ao menos dos trechos principais para enviar para Londres. Os textos no jornal só confirmam seu acerto na indicação do nome do homem-feito. Mas aparentemente não é isso o que está acontecendo. Parece que o amigo Paul ficou muito nervoso assim que viu o jornal.

E não é para ficar? E não é para ficar?

No banco, não foi o único, a bem da verdade. Dois vice-presidentes se fecharam em uma sala e ficaram algumas horas discutindo o significado daquilo tudo. Ou o cara quer mesmo o cargo do amigo Paul, o que não seria de surpreender, ou a coisa vai mais longe e, a essa hora, ele mesmo já traduziu os textos e, lá de Pequim, está mandando tudo para Londres para tentar algum cargo na Inglaterra mesmo, talvez um espaço de onde ele controle toda a América Latina. Olha, o Godói repetiu várias vezes que esse cara é muito ambicioso.

O Paulo, por sua vez, está mais tranquilo: os dois sempre tiveram uma relação formal, mas muito amistosa e ele chega a suspeitar que o outro até reconhece algum talento em seu trabalho. Agora é esperar para ver.

Se a Paula ainda trabalhasse no banco sentiria muito orgulho do ex-chefe: não é à toa que ele foi para a China. Certo, ela concordaria com as meninas, o cara é estranho, mas, olha, ele é superinteligente. A bem da verdade, Paula sabia que ele tinha defendido o emprego dela e isso a deixava, acima de tudo, muito grata. E apesar das grosserias, os dois até que conseguiam trabalhar bem.

A propósito, ela saiu do banco para trabalhar com a irmã em uma banca de jornal perto do ponto final do ônibus. Com isso, poderia fazer uma faculdade. Apesar de ser na periferia, a banca é grande e vende o jornal em que o homem-feito está publicando uma série de artigos sobre a sua experiência na China. Inclusive, há uma chamada na capa, mas ela não chegou a ver.

Quem viu e não gostou nem um pouco foi o amigo Paul, o presidente do banco no Brasil. A bem da verdade, é uma reação estranha: não foi ele que indicou o cara para o cargo na China? Pois é, mas tem gente no banco que sempre achou o amigo Paul um pouco inadequado para um posto tão alto. Reações como essa, por exemplo, ele nunca teve. Talvez isso explique a gagueira dele.

Um exemplo de como o amigo Paul às vezes é meio confuso é o próprio caso da substituição desse homem-feito aí: como é que ele coloca um cara que não sabe português à frente do Setor de Desenvolvimento. Não é um lugar importante para o banco? Ora, assim parece que não.

Enfim, todo grande executivo tem suas razões. O caso é que muitas vezes ele prefere não compartilhá-las com ninguém.

IL

É o que aconteceu no caso da substituição do homem-feito, que foi selecionado para integrar uma força-tarefa que iria ajudar a consolidação de alguns negócios da empresa na China. Quando ele foi embora, o amigo Paul tinha um problema: uma ordem de encaixar, em algum cargo de comando mas sem muito poder, um executivo criador de caso que estava sendo transferido do Peru.

Por algum motivo, o banco achou melhor não demiti-lo. Empresa grande tem dessas coisas. Às vezes a gente não entende muito bem o que esse pessoal quer. O cargo que o homem-feito tinha deixado vago era o ideal, não fosse por um detalhe: o peruano não tinha nenhuma noção de português, e ainda assim precisaria trabalhar o tempo todo lendo e escrevendo.

Mas é aqui que entra o grande executivo, o cara que soluciona problemas e enxerga brechas no momento em que a maior parte das pessoas já estaria desesperada. Por isso, o que agora esse povinho está dizendo do amigo Paul é, para falar o mínimo, uma enorme injustiça. Ele controla o banco no Brasil já faz tempo e conseguiu manter a empresa segura durante as diversas crises que o país enfrentou nessas duas décadas. Agora que o crescimento econômico parece consolidado, do mesmo jeito o amigo Paul está conseguindo lucros extraordinários, o que aumenta a atenção do pessoal de fora para os executivos brasileiros.

Ora, o próprio sucesso desse ex-chefe deve ser resultado da administração segura do amigo Paul. Pois se o banco não estivesse indo bem por aqui, alguém acha que dariam todo esse cartaz, um cargo de comando na China, para um mero brasileiro? É claro que não! A bem da verdade, o pessoal só vê as falhas. Claro, é difícil mesmo entender por que o amigo Paul está tão nervoso com esses artigos. Um executivo precisa, de fato, ter sangue-frio, mas não é assim: agora, só por isso e pronto, ele não serve para o cargo?

Em toda grande empresa existe um exército de puxa-saco pronto para defender o chefe em qualquer ocasião. Esse gringo fica aí tendo um ataque histérico e não, não, ele foi muito bom para a empresa no Brasil. Muito bom, claro, só que não conseguiu ver nem o que estava na frente do próprio nariz: que esse Paulo iria voltar da China muito mais forte e em dois tempos ocuparia o lugar dele na presidência. Isso se o cara não estiver atrás de mais poder ainda. Então, um executivo que não planeja a própria transição acaba assim: levando uma rasteira de um subordinado que nem vice-presidente chegou a ser.

Nem vice-presidente esse cara chegou a ser e agora vem lá da puta que o pariu querendo colocar banca e falar para os outros como o mundo funciona. E de quem é a culpa? É claro que é do amigo Paul. Será que o cara não viu as intenções do outro? Ora, então um executivo desse porte simplesmente não enxerga que um subordinado, que nem vice-presidente foi, quer puxar o tapete de todo mundo?

Agora fica aí, todo nervosinho. Certo, é verdade, ele foi forte por muitos anos, mas também, quem é que vai esconder: o Brasil é um país de. Alguém tem alguma dúvida? Olha aí, então. Mandam para cá um idiota que consegue perder o cargo para um subordinado que nem vice-presidente chegou a ser e agora já está dizendo que as coisas são assim e, mais ainda, como é que a gente deve se comportar diante delas.

O que esse idiota do Paul sempre teve foi sorte, qualquer coisinha e lá estava ele querendo falar com um e outro. Ah, é democrático, sim: o cara é um baita de um inseguro. E tem outra coisa, sabe, tem outra coisa. O que um estrangeiro vem fazer nesse país de e fica aqui tanto tempo? Será que o cara nunca teve vontade de se livrar dessa? É lógico que tem alguma coisa, se não esse palhaço já teria se mandado faz tempo.

Cala a boca, filho da puta.

L

Filho da puta é você, seu puxa-saco. Agora você fica aí, defendendo esse gringo idiota. Claro, você sempre foi assim: falou que é o chefe, então já está lá atrás dele, se aproximando, fazendo o trabalho do cara, louco para carregar a pastinha dele, seu puxa-saco desgraçado. E o que você ganha com isso, idiota? Ganha um carguinho de merda com um salário mais de merda ainda. Tem gente que é assim, o chefe fez, o chefinho falou, a secretária do cara disse e pronto, está certo. Agora o idiota fica aí, ele não errou não, ele não errou. Simplesmente o imbecil não reparou que um subordinado obscuro que nem vice-presidente foi, um cara que passava o tempo lendo jornal e escrevendo merda para todo mundo, você não ouviu dizer, não? Simplesmente o imbecil não reparou que um subordinado obscuro, que nem vice-presidente foi, um cara que passava o tempo lendo jornal e escrevendo merda para todo mundo, você não ouviu dizer não? Você não sabe que esse babaca ensinava chinês no departamento dele? É isso aí, ming ming ching ching sung sung so lin lin e agora vai voltar dessa porra de China presidente do banco. Arigatô saionara, seu idiota, palhaço. Que japonês, rapaz, que japonês o quê? É tudo igual. Esse gringo imbecil tinha que ter visto uma coisa básica dessas. Esse ming ming aí queria puxar o tapete de todo mundo. Agora, olha ele aí, todo nervoso. E adianta alguma coisa, me fala, adianta alguma coisa? Amanhã tem outro artigo desse palhaço, amanhã esse merda vai dar outra lição para o gringo e você, seu puxa-saco? Vai lá e diz assim para ele, assim ó: não, o senhor acertou em tudo, o senhor fez muito bem em dar tanto cartaz para um cara que nem vice-presidente era. Claro, foi mesmo a decisão mais correta do mundo. Vai lá, puxa-saco idiota, vai lá dentro agora falar. Fala assim, fala assim ó: não se preocupa não, se o ming ming tomar o seu cargo, você vai ser transferido para um lugar melhor, quem sabe o Suriname. Ah, não, já sei, você vai ser presidente do banco lá em Cuba. Melhor ainda, gringo espertão, quando o ming ming voltar para ficar com o seu cargo de presidente, fica sossegado, você vai ir trabalhar na Coreia do Norte. Vai lá, vai defender o cara, seu puxa-saco filho da puta, capaz que você consiga ser transferido para a Coreia do Norte também, ou de repente para a Nigéria.

Filho da puta é você, seu invejoso de merda. Aproveitador, oportunista desgraçado. Primeiro, o cara não tinha como saber. Segundo, esses textos nem são tão importantes assim, não vai acontecer nada, seu medroso de merda. E terceiro, você é um enorme de um filho de uma égua. Então, se é assim, se você sabia de tudo, por que não foi lá e não disse? Você não é o todo-poderoso, o independente, o que não pergunta nada para ninguém? Então, era só dizer, seu falso de merda. Agora fica aí, ui, ui, ui, ui, o cara vai voltar, ui, o cara vai ser presidente e não foi vice-presidente, ui, ui, ui, ui. Primeiro, não vai ser merda nenhuma. Segundo, se você é assim tão esperto, por que não foi o escolhido para ir para a China? Não quis? Que não quis o quê, todo mundo queria, seu falso de bosta, todo mundo queria. Não foi porque só tem banca, não sabe nada, você pensa que a China é o Japão, seu idiota. Você só sabe gritar, imbecil, tudo o que você teve até hoje foi no berro, seu canalha. E agora eu quero ver, vai gritar com o ming ming, vai. Coloca o dedo na cara dele, vai lá que você vai é para a rua. E tem mais, e se você quer saber, o único erro do amigo Paul, o único erro dele foi não ter mandado você embora, sabe, seu canalha, seu falso de merda. E não vai acontecer nada, e se acontecer, se acontecer você sabe que amanhã mesmo o ming ming vai te dar um chute, aí é que eu quero ver, aí é que eu quero ver você gritando: vice-presidente, vice-presidente, vice-presidente. Ui, ui, ui, ui, vice-presidente de merda. Falso, imbecil. Arigatô é japonês, arigatô é japonês, seu palhaço desgraçado, seu canalha imbecil, quero ver agora não respeitar os outros. E não vai acontecer nada, sabe, não vai acontecer nada, seu filho da puta. É sempre assim: grita, grita, grita e no final está lá o amigo Paul com tudo sob controle. E você acha que ele não sabia, você acha que ele já não tinha calculado tudo isso? É claro que tinha, seu filho da puta, é claro que ele já sabia.

LI

A bem da verdade o amigo Paul nem imaginava que uma coisa dessas poderia acontecer. Desde que se inteirou das intenções do banco ao criar o Projeto China, ele não teve dúvidas de que, para aquele cargo em especial, o ming ming era muito adequado. Em primeiro lugar, pelo excelente trabalho no Setor de Desenvolvimento. Estava claro que ele é um excelente analista de cenários.

Foram inúmeras as vezes em que o ming ming redigiu projeções levando em conta probabilidades muito distintas. Além disso, como inclusive o chamado inicial do Projeto China deixava bem claro, o banco precisava de alguém muito sensível a fatores locais. ming ming sempre enfatizou em seus textos, de maneira indireta mas óbvia, a importância da cultura para a consolidação dos valores e intenções de uma empresa. E, mais importante ainda, o conceito dele de cultura era largo o suficiente para compreender, inclusive, certas variações no tempo.

O amigo Paul lembra-se, por exemplo, de uma nota curta mas muito interessante, uma das primeiras do ming ming, em que ele explicava como o ex-presidente Fernando Henrique Cardoso, quando ainda era o ministro da Fazenda de Itamar Franco, aos poucos criou uma cultura no país para ir gradativamente implantando as mudanças que visavam estabilizar a economia brasileira e colocá-la nos eixos. Parece óbvio que o ex-presidente e sociólogo conseguiu, o que comprova, em primeiro lugar, a eficácia dessa teoria das culturas e, depois, a clarividência com que o ming ming conseguia identificar intencionalidades e diferentes circunstâncias, e com isso obtinha muita clareza nas propostas de ação que fazia para seus superiores.

Inclusive, o amigo Paul esteve outro dia em uma reunião no Instituto Fernando Henrique Cardoso em que ouviu, da boca do próprio ex-presidente, um termo muito parecido com o que ming ming entendia por cultura: pedagogia. Pelo que ele concluiu, é preciso ter pedagogia para aos poucos explicar por que essa e aquela mudança são necessárias. As pessoas precisam ter clareza de suas atitudes para poder aceitá-las. Ora, para ele era mais do que evidente que o ming ming conseguia não só enxergar com facilidade diversos contextos diferentes como ainda sabia trilhar os passos do banco em todos eles, passando assim, além de tudo, uma enorme sensação de segurança.

Por fim, o amigo Paul enxergava no ming ming um funcionário absolutamente devotado à empresa. A vida do ming ming era o banco e o cara já tinha dado inúmeras provas disso. Assim, caso o Projeto China lhe exigisse algum sacrifício (a bem da verdade, o amigo Paul, por causa do desafio e do inusitado da situação, achava que o ming ming iria gostar do cargo que receberia do Paulson depois do treinamento em Londres). Enfim, caso o Projeto China exigisse algum sacrifício por parte do ming ming, o amigo Paul não tinha dúvidas de que o cara estaria disposto a assumi-lo, inclusive porque perceberia o quanto o trabalho poderia lhe render no futuro, além é claro do salário que o banco estava disposto a oferecer para o funcionário que ocupasse aquele posto no Projeto China.

Quando um grande executivo toma uma atitude, tudo está plenamente calculado, embora as pessoas às vezes pensem que não. É o que está acontecendo agora com o amigo Paul. Quem o acha inadequado para o cargo e está vendo uma chance de dizer, cita também o caso do Cholo. Como é que um cara que não sabe português assume um cargo em que precisa passar o dia inteiro lendo e escrevendo? Ora, todo grande executivo tem suas razões, muito embora às vezes prefira não comentá-las, o que acaba tornando a função de fato uma atividade profissional muito solitária.

LII

O ming ming, até onde todo mundo ficou sabendo, recebeu um discreto mas absoluto apoio do amigo Paul e por isso espanta mesmo vê-lo agora tão incomodado com a publicação da série de artigos em que o ex-funcionário descreve sua experiência na China e, interessante, não apenas desenha projeções e arma cenários futuros, cheios de demandas, como ainda aqui e ali joga dicas de atitude baseadas no vitorioso modelo chinês. Enfim, muita gente no banco acha que ele devia é, a bem da verdade, estar muito satisfeito com o sucesso do seu pupilo. Outros, um número menor de pessoas, mas ruidoso e com certo poder, está começando a desconfiar que o amigo Paul não concorda que já chegou o momento da aposentadoria e acabou de ver que cometeu um erro enorme.

A bem da verdade, empresas muito grandes, com diversas ramificações e centenas, às vezes milhares de funcionários, acabam mesmo criando condições para que os executivos que ocupam os cargos mais elevados sejam o tempo inteiro vítimas de injustiça. ming ming, que pretende voltar ao Brasil para abrir uma consultoria especializada em mentoring, coaching e counseling justamente para esses profissionais, com certeza estará atento a isso. A bem da verdade, ele deve se cuidar para não errar a dose: dificilmente tais injustiças chegam aos profissionais que ocupam cargos elevados. Elas vão sendo filtradas pelo caminho. Mesmo assim é preciso ficar atento, porque o veneno é aos pouquinhos inoculado, aqui e ali, e quando o sujeito percebe, a estrutura da empresa pode estar sendo corroída. São pessoas como aquele Godói que costumam fazer isso.

Outro motor para o intriguismo, essa verdadeira maldição que todo Godói traz para as empresas em que trabalha, é o simples fato de que os executivos nos cargos mais elevados não costumam revelar os motivos de muitas decisões. Trata-se de uma atitude estratégica: mantendo em segredo suas razões, eles estão protegidos de possíveis tentativas de sabotagem. Ninguém irá exatamente ao ponto e, em vez disso, os funcionários passarão muito tempo para descobrir os verdadeiros motivos de uma guinada, por exemplo. Além de tudo, os níveis mais baixos simplesmente não precisam ficar sabendo, para realizar suas meras funções, a motivação dos chefes.

Foi o que aconteceu, por exemplo, no caso da transferência do Cholo. Muita gente ficou na dúvida se o amigo Paul não teria cometido um erro básico de adequação: o cargo, muito novo e de ponta aliás, exige que o sujeito leia e escreva o tempo inteiro em língua portuguesa. Como então colocar ali um falante de espanhol sem a menor noção do idioma em que deverá trabalhar?

Essa é a típica intriga que surge porque os funcionários querem saber demais. Nem passou pela cabeça do amigo Paul, porém, explicar-se. Mas a coisa é mais simples – como sempre com os grandes executivos – do que o pessoal começou a pensar:

talvez seja justo ir um pouco além e admitir que a simplicidade embute um engenho mais sofisticado. Só mesmo executivos de altíssimo porte, a bem da verdade, são capazes de enxergar essas manobras. Aliás, é isso que o ming ming vai tentar ensinar na consultoria. E, para continuar no campo da justiça, até que algumas pessoas vão compreender. Tudo isso, a bem da verdade, já está esboçado nessa série de cinco artigos sobre a experiência dele na China.

LIII

Em Pequim, a bem da verdade, o ming ming está bastante ansioso para saber a repercussão de seus textos. Lá no Brasil, deve ser meio-dia de quarta-feira mais ou menos. O terceiro artigo, conceitualmente um dos mais complicados, acabou de sair. Talvez haja também alguma carta. Se alguém tiver mandado na segunda, com certeza o jornal publica hoje.

Um texto maior, contestando-o?

É mais difícil. Os artigos do ming ming, apesar da força de algumas afirmações, não são exatamente polêmicos. Da mesma forma, parecem mais didáticos que assertivos. Inclusive, aqui está algo que o aproxima do amigo Paul: os dois concordam com o ex-presidente e sociólogo Fernando Henrique Cardoso, quando ele diz que muito do trabalho intelectual está ligado a um ato de pedagogia. Se você tiver clareza e explicar cada um dos pontos e as intenções das suas atitudes, com certeza elas darão um resultado melhor.

Enfim, o amigo Paul não age sempre dessa forma, ainda que no geral ele concorde com o ex-presidente e sociólogo Fernando Henrique Cardoso. O fato é que quando o sujeito ocupa os cargos mais elevados, ele não pode ficar revelando todas as suas intenções: ora, é fácil perceber, aqui, o quanto isso causaria prejuízo.

Sem dizer que, por sua vez, as coisas chegam muito filtradas e transformadas ao ouvido do presidente de qualquer grande corporação. Ele não pode se dar ao luxo de escutar um por um porque então iria passar o dia resolvendo problemas comezinhos.

Desse trecho do primeiro texto o amigo Paul se lembra de cabeça e, muito lá no íntimo, até gostou: a China desenvolveu-se tanto, e com tal velocidade, porque sempre se importou apenas com questões fundamentais. Um bom executivo, ou talvez qualquer outro profissional, deve ter esse exemplo como norte.

O que o ming ming quer saber mesmo é se o ex-presidente e sociólogo Fernando Henrique Cardoso está lendo os artigos. Infelizmente, não há como descobrir. Mas a chance é grande: ele recebe o jornal de economia que está publicando os textos e, a bem da verdade, folheia-o com atenção.

Hoje em dia, aliás, esse tipo de publicação está muito mais acessível. Todas as bancas de médio porte, para não falar das grandes ou das livrarias, recebem essas publicações, até porque mesmo os funcionários técnicos de escalão menos elevado (que devem, portanto, morar em bairros mais afastados do centro) precisam lê-las para não ficar para trás.

A banca da Paula, por exemplo, recebe três exemplares e normalmente às nove horas já vendeu todos: é a conta certa! Ela está muito feliz, apesar de ter que acordar um pouco mais cedo do que na época em que trabalhava no banco. Por enquanto, ela fica até as catorze horas, quando a irmã vem substituí-la pelo resto do dia. Paula, então, volta para casa e passa a tarde com o Paulinho.

LIV

No MBA da mulher Paula, a bem da verdade, todo mundo está lendo. Claro, ela já conhecia os textos e tinha certeza de que seriam muito bem recebidos. O que não imaginava é que, mesmo antes da série ser publicada inteiramente, o pessoal já iria marcar um seminário para discuti-la.

A situação da mulher Paula não é assim tão fácil. Ela e o ming ming são casados. Essa informação não teve muito como esconder. Até aí, normal. As pessoas se conhecem, trabalham em uma empresa e então se apaixonam. O problema é se o pessoal começar a achar que é ele que escreve os trabalhos dela e, pior ainda, está fazendo a monografia.

Claro, é lógico que os dois conversam muito. E nem dá para ser diferente. Nesse caso eles estão juntos por uma afinidade bastante sincera. É impossível, por isso mesmo, que um não participe das coisas do outro, ela explicou para um amigo em tom de desabafo.

Bobagem, ele a tranquilizou. Todo mundo sabe que nos dias de hoje as coisas funcionam por redes. Ora, o sucesso não passa tanto por nossa capacidade de comunicação? Se ela conseguiu uma boa entrada com o marido, não tem por que desperdiçá-la. Além do mais, hoje em dia o conhecimento é construído desse jeito mesmo, cada um acrescenta um pouco.

Exato.

Mesmo assim, a mulher Paula não se sente tão segura. A gente sabe como essas coisas são. Talvez o ideal seja admitir que ela não tem interesse em fazer carreira acadêmica. O MBA já é suficiente para os planos do casal. De um jeito ou de outro, talvez seja importante ela se resguardar daqui para a frente.

A bem da verdade, o pior ainda a aguarda: daqui a duas semanas, quando os dois rapazes estiverem na metade do seminário sobre a série do ming ming, eles vão simplesmente fazer uma espécie de entrevista com a mulher Paula. Como o marido dela se comporta no banco? Quais as leituras preferidas dele? De que jeito o cara compôs o seu poderoso networking? Enfim, como o marido dela mesmo diz em um dos artigos: toda grande empresa sabe aprender com a experiência, a própria e a dos outros.

Sem esconder nem a emoção e muito menos o receio, a mulher Paula contou para o marido dela toda a reação aos artigos dele no curso. Ela não sabe dizer o que está acontecendo no banco: perdemos todo o contato, como o marido dela sabe. Mas o jornal publicou mesmo duas cartas muito elogiosas aos textos do marido dela. Uma chegava a dizer que a empresa, de médio porte, afixaria os cinco artigos na parede e tinha passado uma circular recomendando a leitura.

O marido dela.

No jornal, o pessoal também estava gostando muito. O próprio editor chegou a escrever um e-mail para o marido dela agradecendo o empenho, comentando a repercussão e no final dando a deixa de que aqueles textos com certeza servem de base para um bom livro.

O marido dela leu as mensagens só na quarta à noite. O serviço de internet na China às vezes falha. Entusiasmado, agradeceu ao editor e revelou que, de fato, já tem adiantado um livro que desenvolve algumas das questões dos textos e, ao mesmo tempo, procura compor uma filosofia para ajudar o trabalho das pessoas que pretendem mergulhar no campo da gestão executiva. A bem da verdade, o livro dos mandarins será útil para qualquer um que queira refinar sua vida profissional ou simplesmente aprender um pouco com cases de sucesso.

A página com os artigos do marido dela já estava diagramada, mas o editor deu um jeito e conseguiu inserir um box no último dia, informando a futura publicação do livro, que aprofundaria ainda mais os artigos.

Quando o amigo Paul leu.

LV

A bem da verdade, o amigo Paul logo na terça de manhã telefonou para Londres. Como não conseguiu achar o Paulson, escreveu um e-mail explicando o caso e, inclusive, enviando algumas passagens traduzidas por ele mesmo. De início, talvez as pessoas achem que ele está exagerando: incomodar o presidente do conselho, que já deve ter lá os seus próprios problemas, só porque um funcionário do banco, que nem responde mais à filial brasileira, resolveu escrever uns artiguinhos contando o que está vendo na China, será que não é um pouco demais?

Quem leu com atenção logo viu que o marido dela não contou nenhum segredo do banco e nem revelou qualquer tipo de informação estratégica. Claro, quando os textos começaram a aparecer, o pessoal dos outros bancos correu logo em cima. A bem da verdade, não para ver se havia alguma coisa que pudesse servir para.

Como então o pessoal aqui da nossa instituição nunca conseguiu emplacar mais do que duas resenhas que, no fim das contas, ninguém leu? Paulo, por exemplo, reuniu dois diretores (ele é o vice-presidente, já que seu banco não trabalha com presidências locais) para discutir o problema da assessoria de imprensa. O trabalho deve ser mais constante e, com rapidez, eles precisam contratar alguém que escreva como esse cara aí.

Pena que o poeta Paulo já está empregado. A bem da verdade, com o sucesso dos artigos, o marido dela pediu à mulher Paula que desse uma recompensa a mais para o moço, como se fosse um bônus, para usar a linguagem adequada. Feliz, no sábado mesmo ele arrumou as coisas e viajou para a Serra Gaúcha, um lugar frio e aconchegante que sempre lhe inspira a criação lírica. De lá, o poeta Paulo não teria como ler e-mail, mas pediu para a tia agradecer o reconhecimento.

O marido dela escreveu diretamente para ele, elogiou o resultado e repetiu que gostaria que os dois continuassem trabalhando juntos. Ele pretende publicar um livro no Brasil, já mais ou menos encaminhado, que deverá aprofundar aqueles textos e servir como uma espécie de guia para jovens executivos. A bem da verdade, essa era a ideia inicial, mas agora ele gostaria de ampliá-la um pouco para o livro atingir um público mais amplo, simplesmente todas as pessoas que estão atrás de exemplos de sucesso, inspirações para uma postura diária mais enriquecedora ou um pouco de filosofia que sirva para a vida.

Quem não se entusiasmou muito foi o Paulson em Londres. Ele leu o e-mail do amigo Paul e sequer achou necessário respondê-lo na hora. O cara deve estar apenas brincando. Por segurança, porém, no dia seguinte ele pediu para o outro fazer, quando os artigos terminassem de ser publicados, uma versão em inglês, e depois enviá-los, mas todos juntos. Por enquanto, Paulson também não vai procurar o marido dela. Ele prefere aguardar o próximo relatório para ver se há algo de estranho.

LVI

Já o Cholo, a bem da verdade, teve uma reação que foi mudando durante a semana. Hoje, sexta-feira, ele está insuportável. No começo, reagiu com indiferença. Como ainda não sabe português direito, a comunicação com o resto do pessoal do departamento sempre é truncada e as coisas vão meio no chute.

Na segunda-feira pela manhã ele viu o primeiro artigo. Não que tenha lido: definitivamente o Cholo não está empenhado em aprender direito o português. Para não parecer um descaso muito grande, ele folheia dois ou três jornais por dia. Por isso, já na segunda-feira pela manhã ele tinha visto o primeiro artigo, mas não leu. A bem da verdade, se não fossem as fotos e o destaque de página inteira, nem teria notado.

De início, sabendo muito bem o que os aguardava, o pessoal do departamento achou melhor não comentar nada com ele. O Cholo sequer percebeu que o texto era assinado pelo marido dela, pessoa, aliás, que nunca lhe chamou atenção.

Claro que não, aconselhou-se com dois colegas: o banco inteiro está falando nisso. Dizem até que o amigo Paul. Só esse idiota é que ainda não percebeu. Com medo, porém, de que o Cholo lesse o resumo.

Uma bobagem, por que ele leria? Para fazer uma revisão?

A bem da verdade, quando começou essa história dos artigos, o Cholo agiu com indiferença. Aos vice-presidentes ele falou que não tinha lido e pronto. No começo chamou o Paulo para uma reunião fechada. Ninguém ouviu nenhum grito, o Cholo não esmurrou a mesa ou sequer falou alto. Segundo o Paulo, ele só perguntou o conteúdo dos textos, ouviu calado e, no final, deu uma risada e comentou que tudo aquilo era uma enorme basura.

Quando saiu da reunião, Paulo foi correndo à internet (hoje em dia só mesmo quem quer ficar estagnado na profissão usa dicionário impresso) procurar o que significa basura. Mas é óbvio. O resto do dia não trouxe exatamente muitas surpresas no Setor de Desenvolvimento. O Cholo ficou quase o tempo inteiro isolado, fazendo o quê, ninguém sabe – jogando paciência no computador – enquanto o Paulo concluiu com dois outros colegas uma pesquisa sobre as possibilidades do petróleo no Brasil.

Mais para o final do expediente, o nojentão saiu da sala para fiscalizar o trabalho dos outros e, enquanto ria do cabelo da secretária, explicou que se quisessem ficar sem fazer nada, só falando basura, podiam se candidatar a um cargo na China.

Na quinta-feira, o Cholo já apareceu, logo cedo, irritado e a coisa foi piorando durante o dia. Às dezessete horas, exatamente nesse horário: dezessete horas, ele chamou a secretária Paula de vagabunda.

Pronto, agora leva um tapa no meio da cara.

De jeito nenhum: a menina começou a chorar. Se fosse eu. O Paulo, na outra ponta da sala, levantou-se mais confuso do que decidido e o Cholo na mesma hora cerrou os punhos e o chamou para a briga. O que é isso, gente, Paulo perguntou. O Cholo, então, disse que podiam vir os dois: ven ven.

Uma calamidade.

Na porta do banco, muita gente dos outros setores disse que os funcionários deviam se reunir todos e reportar o fato acontecido. Mas ele deve ser muito poderoso, gente. Se não, já teria sido demitido, lá no Peru mesmo. Não pode ficar desse jeito, por outro lado. Amanhã, então, vai ser pior, se não reportar o fato acontecido. Tem que reportar o fato acontecido.

Reportar o fato.

Sexta-feira, no banco, é o casual day. As pessoas podem ir vestidas com menos formalidade, mas alguma discrição. Além disso, o expediente termina uma hora mais cedo. Mas o Cholo apareceu de terno e gravata. Bateu a porta da própria sala, sem falar com ninguém, e não saiu de lá até o meio-dia.

Para alguns, a brusca mudança de comportamento do Cholo, no decorrer da semana, tinha ocorrido por causa dos boletins que o Paulo, um subordinado dele, começou a escrever a partir da terça identificando o autor dos artigos como ex-funcionário do banco, na quarta revelando que os textos combinavam muito com a filosofia com que ele dirigia o Setor de Desenvolvimento antes de ir para a China e na quinta, finalmente. Algumas pessoas, porém, acham que o Cholo ficou sabendo que o amigo Paul pretendia encomendar uma versão dos artigos para o inglês. Depois, vai fazer um resumo para enviar a Londres. Coisa séria mesmo.

LVII

A segunda-feira promete.

No entanto, o expediente foi bastante sossegado. Acontece muito nas grandes empresas. As pessoas fazem uma enorme expectativa, mas simplesmente tudo vai se arranjando. Por isso, inclusive, no livro para futuros executivos, se bem que o marido dela está agora achando que deve ampliá-lo um pouco para atingir outros públicos. Ao menos é essa a opinião do editor do jornal.

Agora cedo o cara enviou outro e-mail agradecendo ao marido dela a oportunidade que ele deu ao jornal e revelando sua curiosidade pelo livro. Desde já ele terá todo apoio de sua editoria. Quem sabe, mais perto, os dois possam combinar uma entrevista. A seguir, o editor repassou ainda dezoito e-mails que tinha recebido de leitores um pouco mais sofisticados.

Até o amigo Paul parecia mais sossegado naquele começo de semana. Finalmente veio a resposta de Londres, mais despreocupada do que ele esperava.

O assunto não merece.

O presidente do conselho disse apenas que o marido dela parece ter um tipo de humor bastante peculiar. Ele já tinha notado isso nos relatórios (em excelente inglês) que o cara envia do Sudão. Aliás, se o amigo Paul lesse aqueles textos, ficaria mais tranquilo. O marido dela tem feito exatamente o que o banco espera dele, e com toda discrição. Inclusive, ele tinha conseguido excelentes contatos no Sudão e praticamente mapeou todas as questões econômicas do país, indicando até mesmo como o banco deveria tratar o problema do.

Agora, Paulson continuava, o cara está observando alguns detalhes da relação do país com o resto da África, o que, convenhamos, é bem mais difícil. Mesmo assim, ele já enviou algumas informações bastante interessantes. Está tudo sob controle, ele concluía, prometendo, porém, que mesmo assim ficaria atento. Além de tudo, talvez o trabalho do marido dela já esteja terminando. Um pouco mais adiante, Paulson vai pensar no que fazer com ele.

Melhor assim, o amigo Paul concluiu.

LVIII

Feliz com o resultado da publicação da série de artigos, o marido dela resolveu relaxar um pouco e pediu para o rapaz da portaria localizar Omar Hasan Ahmad al-Bashir. Prestativo, o professor de musculação lembrou-se de dizer ao marido dela que tinha acabado de vir trabalhar como camareira no hotel uma garota dinka nova. Salma era muito simpática, já tinha estado no Egito, e ela mesma disse que queria conhecê-lo. O marido dela gostou da ideia, e antes de dizer que o sobretudo Ermenegildo Zegna tinha ficado realmente muito bem nele, pediu para ela aparecer às vinte e uma horas.

A simpática Salma bateu na porta do quarto do marido dela exatamente na hora combinada. A bem da verdade, às vinte e uma e dez. Ela não gosta de atrasar, mas acabou perdendo alguns minutos atrás de uma fantasia que o tal brasileiro pudesse gostar. As outras meninas não ajudaram muito: segundo elas, o cara guarda no quarto as roupas que. E vai ser um quimono, garantiram.

Mas a resposta não satisfez Salma, que gostaria de lhe preparar algo diferente. Mesmo estando há poucos dias no hotel, a fama do marido dela já tinha chegado aos seus ouvidos, inclusive o fato de que, em pouco tempo, ele daria uma aula para o alto escalão do governo. Dizem até que o próprio presidente Omar Hasan Ahmad al-Bashir vai aparecer. A bem da verdade, não será uma aula, mas quase um minicurso com cinco encontros sobre elegância masculina.

Ao que parece, o governo do Sudão está muito incomodado com a imagem do país no exterior. Como todo mundo ali já sabe que o marido dela é um amigo do país, sem falar no guarda-roupa, o governo pediu a ajuda dele.

Salma, por todas essas coisas, estava ansiosa para conhecê-lo. As outras camareiras contaram que, não é só por isso, mas ele é mesmo diferente. Elas falaram muito da questão dos presentes mas, a bem da verdade, não é sempre que ele dá um extra. O que tem que fazer, isso elas nunca entenderam. De vez em quando, dependendo, ele gosta de conversar.

Por sorte, Salma aprendeu inglês muito bem no Egito: e olha que com pouco mais de um ano. Ele também se impressionou muito com a beleza dela, bem diferente das outras. Das fantasias todas que a garota levou, ele preferiu, simplesmente, uma calcinha ocidental.

Como os homens são convencionais...

Depois, o marido dela pediu para Salma vestir um dos quimonos que ele tinha comprado no Cairo. O primeiro ficou muito curto, mas o outro caiu perfeitamente. Rindo, ele reconheceu ali uma verdadeira gueixa da China.

Salma contou que foi para o Egito porque perdeu os pais durante um ataque dos. Não sobrou alternativa. De lá ela pretendia ir trabalhar em Israel ou, o que seria um pouco mais difícil, atravessar para a Europa. Mas nada deu certo. No Egito a burocracia é pesada e ela não tinha o dinheiro que o pessoal exigia.

LIX

Graças à massagem, o marido dela dormiu muito bem. Ele e Omar Hasan Ahmad al-Bashir tinham combinado um café da manhã no salão do hotel às oito horas, mas como ainda eram sete, o brasileiro resolveu passear pela piscina. Omar Hasan Ahmad al-Bashir se preparava para iniciar uma aula de hidroginástica com doze hóspedes, mas teve tempo de, antes, pegar o pagamento com ele.

Como o marido dela tinha dado de presente ao professor de musculação, depois do sobretudo, uma camisa branca e uma gravata, o cara estava cobrando pelas massagens apenas o que repassaria à camareira e uma porcentagem mais ou menos equivalente à propina que ele sempre tem que pagar. O problema todo é que o estoque de roupas elegantes está terminando, mesmo as que ele trouxe do Egito. Talvez o marido dela deva ir, agora, à África do Sul. Parece que lá o mercado de luxo é mais movimentado. Além disso, ele ainda precisa fechar algumas informações sobre a dinâmica africana.

O marido dela sabe que o país de Nelson Mandela não se enquadra exatamente no perfil em que o banco está interessado. Os chineses estão por lá, como de resto, mas por outro lado os caras parecem ter algum capital humano, ele marcou para não esquecer, e algo que no Sudão é uma raridade: bens intangíveis.

Mas Omar Hasan Ahmad al-Bashir confessou ao grande amigo que o mercado de pedras em boa parte passa pela Cidade do Cabo. Para o marido dela, já está bem claro que os chineses não parecem exatamente interessados nesse tipo de comércio. Para eles, as coisas são simples: petróleo, em troca de.

Às oito da manhã, Omar Hasan Ahmad al-Bashir cumprimentou o pessoal da portaria e foi direto ao salão de refeições, onde o marido dela já o aguardava. Antes de tudo, ele avisou ao amigo brasileiro que o governo tinha resolvido reduzir para apenas uma as aulas sobre elegância masculina, mas confirmava a presença do presidente, general Omar Hasan Ahmad al-Bashir.

O marido dela ficou alarmado: teria que condensar todas as cinco palestras. Sem falar que, pela foto que tinha acabado de ver no jornal, o presidente do Sudão, general Omar Hasan Ahmad al-Bashir, é meio gordinho. Ele não se lembra se a mulher Paula mandou instruções específicas para esse tipo físico. Ela não acerta uma, mesmo. E, outra coisa, como ele vai dizer: e, especialmente para o caso de vocês, que tem uma barriguinha proeminente? A bem da verdade, o ministro da Saúde, que ele conhece melhor, também é gordo.

A dor nas costas, controlada nos últimos dias, voltou a incomodar ainda antes do final do café. O marido dela, desde menino, sente uma dor estranha na região da coluna: sem ser forte, ela anda. Até hoje, ele não encontrou nenhum tratamento que fosse, de fato, efetivo. Se tivesse ido morar na China, descobriria a cama Ceragem.

Exato.

Antes de se despedir, o marido dela perguntou se o amigo não lhe arranjaria uma daquelas faconas curvadas que chinês usa. Como é que é? Uma daquelas facas de samurai. Omar Hasan Ahmad al-Bashir levou um susto e, mesmo rindo, aconselhou-o a tomar um pouco de cuidado. Mas não é nada disso: ele está mudando um pouco a decoração do quarto, pois quer deixá-lo em estilo completamente oriental, como se fosse Pequim, ou Xangai.

Omar Hasan Ahmad al-Bashir prometeu tentar. Antes de subir de volta ao quarto, o marido dela foi à sala de computadores do hotel enviar um e-mail à mulher Paula. Ele precisava urgentemente de dicas de elegância para homens com barriga. No corredor, cruzou com Salma, que sorriu e perguntou toda dengosa como vai o meu brasileirinho? Ele respondeu simpático, mas depois ficou meio pensativo: onde ela aprendeu a falar brasileirinho?

LX

No meio da tarde, o brasileirinho desceu à sala de computadores para checar a resposta da mulher Paula. Ela se justificava, explicando que não mandara um adendo para homens com sobrepeso porque em toda a sua vida ela só viu um chinês com esse problema: Mao Tse-tung. E até onde sabia, ele estava morto, muito embora suas túnicas tenham voltado à moda, agora inclusive para homens impecáveis na balança. No final, a besta se desculpava: é preciso fazer o trabalho completo.

Depois, não sabe por que perde o emprego.

Homens com barriga devem usar paletó reto e sempre abotoado. O ideal é que sejam de uma cor só: escuros. De jeito nenhum devem usar colete e, se puderem, o ideal é evitar qualquer peça com listras horizontais. As camisas, do mesmo jeito, precisam ser sempre escuras, pois isso faz o volume desaparecer um pouco. Por fim, se o cavalheiro colocar um suspensório, terá mais facilidade para manter as calças na altura correta e ainda cria um charme especial.

Satisfeito, mas ainda de mau humor, o brasileirinho não respondeu e foi direto para o quarto. A bem da verdade, a dor voltara a incomodar. A última massagista tinha sido boa, claro, mas ele gostaria muito de saber onde aquela garota tinha aprendido a falar brasileirinho. Se não há outro no hotel, então existe alguma coisa ainda mais estranha.

Antes de concluir o rascunho da conferência, o brasileirinho encheu a banheira e tentou esquecer da dor. A bem da verdade, ela nunca foi muito intensa, mas em compensação parece às vezes zombar dele com aquela história de andar de um lado para outro. O que o preocupa, porém, é se ela resolver estacionar sobre a coluna vertebral. O brasileirinho não sente um frio na espinha há bastante tempo, mas não sabe como poderá reagir diante de um chefe de Estado.

Quando o interfone tocou, o brasileirinho estava tentando antecipar as possíveis perguntas. Lá embaixo, Omar Hasan Ahmad al-Bashir avisava que dois funcionários estavam subindo a caixa de facas e que, depois de recebê-la, ele podia descer para jantar no restaurante do hotel. Em poucos minutos, estava na frente da porta dele um caixote enorme com uns quarenta facões. Na parte de baixo da caixa havia algo escrito em árabe, mas de resto o brasileirinho não viu qualquer outra identificação.

Eram lâminas enormes com o cabo de plástico preto. Estavam muito bem afiadas, mas isso não foi o suficiente para livrar o brasileirinho do misto de espanto e raiva que ele sentiu quando abriu o caixote. Ele só queria uma facona de samurai. O que é que ele, um executivo de banco especializado em desenho de cenários e tendências futuras, vai fazer com quarenta facões afiadíssimos no sétimo andar do hotel Hilton de Cartum, a capital do Sudão?

É isso mesmo o que todo mundo lá quer saber. As camareiras já disseram que não o atendem mais.

LXI

O brasileirinho nem se deu ao trabalho de puxar o caixote para dentro do quarto. Por Deus, será que ninguém reparou que aquilo não teria a menor utilidade para ele? Quando entrou no elevador, uma camareira pretendia descer até o térreo mas assim que o viu, apertou o botão do andar logo abaixo. A garota saiu sem cumprimentá-lo, o que espantou muito o brasileirinho: ele não sabe exatamente se já fez uma massagem com essa, mas então era o caso ou de ela dizer que gostaria de voltar, já que todas o adoram, ou então de se apresentar para ver se o que as outras garotas dizem dele é verdade. Muitas não sabem nada de inglês, mas mesmo assim conseguem se comunicar, fazendo gestos ou sorrindo, coisa que ele adora. Uma camareira praticamente fugir dele, é a primeira vez. Esse Sudão está ficando estranho, o brasileirinho pensou enquanto caminhava até o salão de refeições para jantar com Omar Hasan Ahmad al-Bashir.

No saguão, ele acenou para o garoto da portaria, mas o rapaz fingiu que não tinha visto nada, ocupado com alguma coisa no computador. Como estava apressado, o brasileirinho não notou que, do outro lado do saguão, perto da porta principal do hotel, dois militares fardados o observavam o tempo inteiro.

Quando entrou no restaurante, foram atrás. Omar Hasan Ahmad al-Bashir fez um sinal e os dois se afastaram, mas preferiram continuar por perto.

O brasileirinho cumprimentou o amigo e, antes de se sentar, explicou que ele não queria um monte de facões. Eu preciso é de uma daquelas facas chinesas grandes e tortas, de samurai, você sabe, explicou meio nervoso.

Como, é difícil achar? O que mais tem nesse lugar é chinês, meu Deus. Omar Hasan Ahmad al-Bashir prometeu que iria procurar e então, sem disfarçar o alívio, chamou os dois militares e disse para eles recolherem o caixote de facões do quarto do brasileirinho.

E o que ele queria com essa porra? Omar Hasan Ahmad al-Bashir explicou para os militares que tudo não passou de um engano. O amigo aqui está atrás de uma facona de samurai. Os dois riram e perguntaram, então, o que iria acontecer com os cento e cinquenta dólares. Irritado, Omar Hasan Ahmad al-Bashir mandou-os embora e prometeu ver isso depois.

O amigo aqui já tinha percebido que o sistema hierárquico do Sudão é meio particular, mas mesmo assim ver um motorista dar ordens a dois militares o divertiu e ele relaxou. A dor também diminuíra, muito embora talvez ele estivesse precisando de uma massagem. Vendo que a explicação poderia aumentar a chance de conseguir as faconas, o amigo aqui esclareceu que está tentando reproduzir no quarto um ambiente verdadeiramente chinês. Ele já tinha várias peças de decoração, xícaras, louças e aquele monte de caixa com comida importada de Pequim. Umas bostas, diga-se de passagem. Até uma almofada com dois ideogramas bordados o amigo aqui arranjou, sem falar que quando as camareiras vestem o quimono. Mas ele não queria deixar de levar uma daquelas faconas para o Brasil.

Então, você está pensando em ir embora, Omar Hasan Ahmad al-Bashir perguntou, sem esconder o espanto. Não é isso, o amigo aqui respondeu, é que o cargo que ele ocupa. Mas o amigo aqui já é praticamente um sudanês, o outro brincou. Sem saber o que dizer, o amigo aqui preferiu pedir a comida, como sempre enfatizando que queria tudo sem pimenta, bem leve. De tantas coisas boas, do que ele realmente não gostou na China foi a alimentação.

Antes de se despedir, o amigo aqui confirmou que está tudo certo para a conferência de amanhã. No elevador de volta para o quarto, uma garota dinka sorriu e insinuou que gostaria de vê-lo outra vez. Ele porém respondeu apenas que estava precisando conversar com Omar Hasan Ahmad al-Bashir. Quinze minutos depois, o professor de musculação tocava a campainha do quarto dele, antes de tudo se desculpando, pois não tinha nenhuma facona de chinês. O amigo aqui riu, pela primeira vez naquele dia, e respondeu que gostaria de rever aquela garota egípcia.

Ela não é egípcia, senhor.

O que não vem ao caso, convenhamos.

Exato.

LXII

Outra vez, Salma trouxe a sacola com as fantasias e alguns outros acessórios. A iniciativa também a diferencia das outras camareiras, além do bom inglês, claro. Elas levam para o quarto do hóspede duas fantasias, uma de escrava e alguma outra variação sem graça. Salma, porém, tem cinco ou seis e ainda carrega diversos objetos que os homens costumam adorar. A conversa com o cliente, ela aprendeu no Egito, tem que ficar para depois.

Por isso, sorrindo para o amigo aqui, antes de qualquer coisa Salma foi ao banheiro e, dois minutos depois, voltou com uma minúscula roupa de escrava e um chicote nas mãos. De costas, curvando-se na lateral da cama, ela pediu para o amigo aqui bater muito nela, tudo o que ele quisesse, já que escravas revoltadas e que não trabalham direito merecem isso mesmo no final do dia. O amigo aqui não sabia exatamente o que dizer, mas garantiu que iria espancá-la se ela não dissesse onde tinha aprendido a falar brasileirinho. Bate, bate mesmo, foi a resposta.

O amigo aqui, a bem da verdade, ficou ainda mais nervoso e, antes de jogar o chicote do outro lado do quarto, perto da janela (de onde é possível ver uma estreita faixa do Nilo), bateu nas próprias pernas. De leve, é claro. Só para começar a brincadeira. Salma ouviu o barulho, mas como não sentiu dor nenhuma, logo percebeu que o cara gostava mesmo é de apanhar. Como não encontrou, tateando, o chicote, ela virou-se e deu um tapa no rosto dele. Nessas situações, ela sabe que não deve perder tempo. Antes de qualquer outra reação, Salma ainda bateu-lhe de novo com a mão direita, enquanto a esquerda.

Naturalmente, o susto do amigo aqui foi enorme. Por instinto, ele se virou e, antes de se sentar ao lado dela, ainda levou outro tapa, dessa vez no. Por sorte, ele estava de cueca. Sem saber como reagir, o amigo aqui cobriu o rosto com as duas mãos, jogou-se na cama e logo, para não apanhar mais, virou-se até cair de novo no chão. A essa altura, Salma já tinha percebido que devia parar, pois o hóspede não parecia exatamente excitado.

A gente nunca sabe como vai reagir numa situação dessas. O amigo aqui achou que logo a porta do quarto se abriria e o cara que a ensinou a falar brasileirinho entraria para assaltá-lo. Ele, então, avaliou que não teria como fugir, pois estava do outro lado do quarto. O jeito era tentar sair pela janela. Mas eles estão no sétimo andar e, além de tudo, a fresta não o deixa passar, é muito estreita. A única solução é gritar.

Quando o amigo aqui, porém, começou a pedir socorro, Salma percebeu a enorme confusão e correu para abraçá-lo. Calma, calma, foi o que a idiota disse, para variar, prometendo que então colocaria o quimono de gueixa. Uma gueixa chinesa, repetiu.

Ao contrário do que ela pensou, o amigo aqui não estava chorando. Nervoso, ele se afastou um pouco e resolveu falar tudo, aos berros mesmo.

Aqui nessa porra. Mas Salma não sabe português, querido. Enquanto ele berrava, a única coisa que a garota repetia era que de português ela só sabe dizer brasileirinho, brasileirinho, brasileirinho. Brasileirinho é a, ele respondeu, bando de ladrão filho da puta.

Essa última frase Salma também não entendeu, mas já ficou claro que ela não é como as outras camareiras: ou o amigo aqui se acalma, porra nenhuma, ou então ela vai embora, se acalma o. Nessa porra desse país só tem ladrão.

Salma nem ouviu direito. Ela já tinha recolhido os acessórios e, para não aturar mais aquele idiota, saiu no corredor vestida de escrava mesmo, o que contrariava todas as instruções de Omar Hasan Ahmad al-Bashir. As meninas devem circular pelo corredor, inclusive durante a madrugada, vestidas de camareiras. Sempre. O uniforme de trabalho delas já excita muitos executivos, por isso não há necessidade de correr nenhum risco.

LXIII

O amigo aqui acordou um pouco mais cedo que o horário de costume e ainda deitado tentou localizar a dor: na região superior das costas, no lado esquerdo da coluna vertebral, mas não sobre ela. Se quiser, ele pode ter um frio na espinha tranquilo. O problema é quando a dor.

Quando acorda mais cedo, a maioria das pessoas costuma ficar na cama, tentando voltar a dormir. Trata-se de uma esperança tola, pois o sono não vai retornar e o dia será péssimo, ainda mais com a chance, elevadíssima, de que a insônia retorne na noite seguinte, e ainda mais cedo. Na primeira vez, você acorda às cinco e meia, depois uma hora antes, aí às quinze para as três.

Não é, porém, o que vai acontecer com o amigo aqui. Hoje, ele não conseguiu dormir o tempo ideal para uma pessoa da sua idade que ocupa um cargo executivo. Nem o dia e muito menos a próxima noite, do mesmo jeito, serão tranquilos: ele vai dar uma aula de elegância masculina para o alto escalão do governo sudanês, inclusive Omar Hasan Ahmad al-Bashir. O governo acha que a imagem do Sudão no exterior e por isso.

Depois, porém, o amigo aqui vai voltar a dormir bem, caso a dor que ele sente desde menino, é claro, não piore.

Um executivo normalmente não reage como a maioria das pessoas. Enquanto vocês ficariam, o amigo aqui se levantou, tomou um banho rápido e desceu, com o dia nascendo, para a sala de computadores do hotel. Na portaria, o rapaz quis saber por que tão cedo e, sem esperar pela resposta, disse que um pouco mais tarde, no horário em que ele costuma acordar, o senhor Omar Hasan Ahmad al-Bashir estava vindo tomar café da manhã com ele.

Meio indisposto, o amigo aqui agradeceu com um gesto e, sem perder muito tempo, foi escrever para a mulher Paula pedindo para ela colocar a casa da mãe dele à venda por um preço razoável. Com a procuração que tinha deixado, ela conseguiria realizar a transação. O amigo aqui não sabe quanto o imóvel vale, mas dinheiro sempre é bem-vindo: como ele pretende abrir uma consultoria na volta, a gente nunca sabe. A bem da verdade, o salário desses meses todos na China, ou melhor, a parte que o banco depositou no Brasil será suficiente, junto com o.

Antes de terminar o e-mail, ainda, o amigo aqui pediu para a mulher Paula se desfazer de todos os móveis da casa, inclusive das coisas dele. Ela devia guardar apenas as revistas sobre dor nas costas. Tomara que a idiota não faça nenhuma besteira.

Omar Hasan Ahmad al-Bashir o cumprimentou de longe, mas o amigo aqui ficou com a sensação de que ele o observava há mais tempo. Nessa porra de país. A bem da verdade, o café da manhã não foi dos mais descontraídos. Ele notou que tinham sobrado apenas duas calças. Por isso, o amigo aqui pediu para Omar Hasan Ahmad al-Bashir providenciar uma viagem para o Egito para dali a dois dias, logo depois da conferência sobre elegância masculina. Ele precisa enviar outro relatório (embora não tenha nada de muito novo para dizer) e, então, vai aproveitar para comprar mais algumas peças de roupa. O combinado era que ele avisasse o pessoal de Londres antes dessas viagens, mas com certeza eles irão compreender e, do mesmo jeito, reembolsam o dinheiro direitinho. São pessoas muito corretas.

Rindo, Omar Hasan Ahmad al-Bashir perguntou se ele não iria fugir para o Brasil. O amigo aqui, a bem da verdade, achou engraçado: já pensou? Depois do café da manhã, os dois subiram e ele deu a penúltima calça em troca da viagem. Enquanto se despediam, o amigo aqui notou que a dor tinha acabado de estacionar sobre a coluna vertebral, o que significa que ele terá que se concentrar para não permitir que nenhuma emoção mais forte. Omar Hasan Ahmad al-Bashir prometeu voltar no dia seguinte às dezesseis horas para levá-lo à conferência. O pessoal já está ansioso.

LXIV

Como aparentemente o amigo aqui estava nervoso, Omar Hasan Ahmad al-Bashir atendeu logo o pedido e mandou Salma ver o que ele queria. Dessa vez, a garota apareceu sem chicote ou sacola de fantasias e trouxe apenas o quimono. A bem da verdade, o amigo aqui queria mesmo, mas antes pediu para ela fazer uma massagem. Nada muito sofisticado, apenas alguma pressão para aliviar um pouco o incômodo nas costas.

Desde menino, o amigo aqui sente uma dor estranha na região da coluna. Não é nada exatamente muito forte, mas mesmo assim angustia bastante: o problema é que o incômodo, além de nunca desaparecer, anda de um lado para o outro. Os médicos sempre acham que se trata de um mal de origem reumática, mas depois jamais conseguem confirmar esse diagnóstico. Agora, por exemplo, a dor está exatamente sobre a coluna vertebral. Aos poucos, o amigo aqui foi aprendendo a conviver com ela. Aliás, caso alguém pressione suas costas, mesmo sobre o local onde a dor está estacionada, o incômodo não piora.

O problema todo é quando a dor está sobre a coluna vertebral, como agora. Então se o amigo aqui sente um calafrio percorrendo a espinha, no instante em que ele e a dor se encontrarem, o choque será tão intenso que o jogará no chão. A coisa toda dura poucos instantes, a bem da verdade, mas ele tem a impressão de que vai. Enfim, para evitar esse choque terrível, o amigo aqui precisa estar sempre atento para a localização da dor e, caso ela esteja em algum ponto da coluna vertebral, deve evitar qualquer emoção mais forte.

Com o tempo, o amigo aqui aprendeu a se controlar e quase já não sente aquele frio na espinha desagradável. Ele nem se lembra da última vez. Como, porém, a conferência sobre elegância masculina será a primeira oportunidade que o amigo aqui vai ter de conhecer um chefe de Estado (ele ainda tem esperanças de um dia se encontrar com Fernando Henrique Cardoso, sociólogo e ex-presidente do Brasil), o amigo aqui resolveu se prevenir e chamou Salma para relaxar um pouco.

Ágil, depois de terminar a massagem, a garota vestiu o quimono e perguntou se não é uma verdadeira gueixa. Depois, meu brasileirinho, chamou-o de samurai enquanto levava a mão dele sobre a cicatriz da mutilação. Como apenas as mulheres africanas sofrem aquele corte, os hóspedes ocidentais ficam completamente loucos.

Exato.

Salma então quis saber como é o Brasil. Ela gostaria muito de conhecê-lo. Bem que o samurai chinês poderia levá-la. Ele riu, apalpou de novo a cicatriz e se sentiu, mesmo com um intervalo tão pequeno, excitado outra vez. Executivos, apesar do estresse natural da profissão, costumam ser homens muito vigorosos.

Salma foi embora depois que. Mesmo com o dinheiro que o samurai chinês deu, ela se recusou a dizer onde tinha aprendido a falar brasileirinho. As mulheres, querido, sempre guardam seus segredos mais importantes. A bem da verdade, ele não insistiu: a massagem o tinha relaxado muito e o resto do dia foi bastante produtivo. O samurai chinês fechou todos os detalhes da conferência sobre elegância masculina e ainda concluiu o novo relatório para o Paulson, insinuando inclusive que já não via muito o que fazer na África.

LXV

Há algum tempo, o governo do Sudão parece preocupado com a imagem no exterior, prejudicada pela forte campanha que alguns outros países da região (querendo prejudicar seus negócios com certas potências estrangeiras) começaram a travar. O governo do general Omar Hasan Ahmad al-Bashir está interessado em dar uma resposta a essa situação e, aproveitando a presença do samurai chinês no país, um executivo importante, o presidente resolveu solicitar-lhe uma aula sobre elegância masculina, já que, além do conhecimento em economia, história, sociologia e linguística, o cara também é famoso pelas roupas que costuma usar.

A conferência estava marcada para as dezesseis horas. Quarenta minutos antes, então, Omar Hasan Ahmad al-Bashir chegou ao hotel para buscar o samurai chinês, que já o aguardava no saguão lendo o livro de memórias de Fernando Henrique Cardoso.

O samurai chinês estava tenso, mas bem menos do que imaginava. Enfim, ele é um executivo importante, o que o torna controlado e faz o sangue esfriar um pouco. Sem falar em algo da mesma forma decisivo: desde menino, ele sente uma dor nas costas bastante estranha. A bem da verdade, não é uma dor exatamente muito forte, mas o problema é que ela anda e, se estiver na coluna vertebral e ele sentir um calafrio de emoção (ou de medo, receio, nervosismo, enfim, tudo isso), aí sim o choque é tão grande que parece quase matá-lo. Ele chega a rolar no chão de desespero. Com isso, o samurai chinês aprendeu a se controlar. No final das contas, a bem da verdade, a dor acabou sendo boa para a sua profissão. Executivos que não conseguem conter emoções fortes acabam se saindo mal.

Omar Hasan Ahmad al-Bashir concordou que tinha mesmo sido ótima ideia levar uma camisa de presente para o general. Atento, o samurai chinês escolheu um modelo azul-escuro, ideal para homens com barriga proeminente.

Do hotel ao palácio de governo, a distância não é muito grande, mas o samurai chinês não se lembra de ter ido tão longe, talvez com exceção de quando viajou para Porto Sudão. A bem da verdade, quando foi visitar o encontro dos dois Nilos, o Azul e o Branco, ele passou por ali, mas já não se recorda. O caminho é simples: Omar Hasan Ahmad al-Bashir deve pegar a avenida marginal ao rio e seguir em frente até passar pelo Chinese Friendship Hall, uma construção enorme. Antes, o samurai chinês quis saber se poderia conhecer a bela mesquita que fica próxima ao Museu Nacional, onde estão passando agora.

O motorista prometeu levá-lo outra hora, lembrando que ele ainda tem muito o que visitar no Sudão antes de voltar para o Brasil. Depois, o carro tomou um desvio, afastando-se da marginal por causa de uma construção. Por fim, retornaram para a margem do Nilo, onde está localizada a sede do governo, ao lado do suntuoso Palácio da República.

É uma construção baixa e, a bem da verdade, discreta. As grades, pintadas de verde, contrastam um pouco com o branco meio amarelado das paredes. A grande quantidade de árvores e a proximidade com o rio (o encontro dos dois Nilos fica bem próximo) tornam o lugar, porém, bastante agradável. Nem a forte presença dos militares, armados e carrancudos, consegue afastar a impressão de aconchego quase familiar que o palácio de governo sudanês causa, o que, convenhamos, surpreende um pouco. O samurai chinês ficou também bastante impressionado, ainda mais ele que toda vez que acaba saindo do hotel tem uma experiência no mínimo desagradável.

O interior do palácio também é bastante simples. Mesmo muito rico em recursos minerais, que se traduzem em rendimentos de diversas naturezas, o governo do Sudão parece recusar qualquer luxo mais exagerado em suas instalações. Esse detalhe, percebido por poucos, demonstra a seriedade dos políticos sudaneses. Enquanto ia para a sala de reuniões, o samurai chinês percebeu que, de fato, Omar Hasan Ahmad al-Bashir é popular: ele acenava para todo mundo e, por duas ou três vezes, os dois pararam para o motorista resolver alguma coisa mais urgente (uma pequenina confusão quanto a um carregamento que tinha acabado de chegar da China), ou para simplesmente apresentá-lo a algum amigo.

Os chineses apareciam por todo lado dentro do palácio. Omar Hasan Ahmad al-Bashir, porém, não acenava como fazia para os conterrâneos e só os cumprimentava se passasse muito próximo deles, fazendo um barulho estranho com a boca.

A bem da verdade, enquanto se preparava para embarcar para a China, o samurai estudou mandarim. Essa é uma atitude dos executivos de sucesso: para ocupar os melhores postos, você deve estar mais municiado que os demais e, ainda, ter a capacidade de antecipar possíveis necessidades para, no momento certo. Na segunda vez que os dois cruzaram com um chinês, o samurai prestou bastante atenção para ver se reconhecia o famoso 您好, mas não conseguiu de fato distinguir o som. A questão é que a população chinesa que vive no Sudão é bem discreta e o governo de Omar Hasan Ahmad al-Bashir respeita isso. Mais uma demonstração de seu bom senso, aliás.

Quando os dois entraram na sala de reuniões, quatro homens já os aguardavam. Um deles era o ministro da Saúde, que se levantou para cumprimentar o samurai chinês e logo quis saber que história é essa de voltar para o Brasil. Meio desconfortável, com medo de que a dor o derrubasse, o samurai chinês respondeu que não é nada daquilo. Enfim, um dia o trabalho dele no Sudão vai acabar. O que é uma pena, Omar Hasan Ahmad al-Bashir lamentou, pois pouquíssimas vezes esse país recebeu um homem como ele.

Para cá só vem o Bin Laden, um assessor foi querer completar, achando que estava fazendo uma piada. O ministro, porém, não viu a menor graça e explicou para o samurai chinês que o governo de Omar Hasan Ahmad al-Bashir expulsou todos os terroristas que porventura pudessem estar em seu território, demonstrando assim o compromisso com a democracia e a paz. Alguns assessores, o cara quase completou para deixar absolutamente clara a disposição do governo, deveriam é ser presos.

Sem muito atraso, o presidente Omar Hasan Ahmad al-Bashir entrou na sala por uma porta lateral, o que fez imediatamente os outros levantarem. Ele veio seguido por mais três homens, apenas um fardado. Ao contrário do que irá ocorrer se finalmente conseguir encontrar-se com Fernando Henrique Cardoso, o samurai chinês não sentiu qualquer onda de emoção percorrer a coluna vertebral. Melhor assim, pois a dor estava estacionada exatamente sobre os nós inferiores e quando ela se encontra com um calafrio, o resultado costuma ser catastrófico.

O samurai chinês apenas se sentiu um pouco desconfortável na presença de Omar Hasan Ahmad al-Bashir. A bem da verdade, o presidente do Sudão não é um homem que deixa os outros à vontade. Apesar das bochechas proeminentes, seu rosto é carrancudo, sempre tenso, e ele impõe para cada gesto uma cerimônia maior que a necessária para um chefe de Estado. A situação só não é mais grave porque ele usa ao mesmo tempo um bigodinho ralo que lhe dá um ar desajeitado, sobretudo se consideramos suas sobrancelhas grossas.

Quando Omar Hasan Ahmad al-Bashir sorriu, mandando através do samurai chinês um abraço para o presidente Lula, deu um pouco de vontade de rir. Os dentes do presidente do Sudão são levemente desalinhados e lhe falta um na arcada inferior, no lado esquerdo. O samurai chinês, porém, manteve a compostura, agradeceu o excelente tratamento que recebeu nesses meses todos e lhe entregou a camisa que tinha trazido. Omar

Hasan Ahmad al-Bashir sorriu ainda mais abertamente e, de fato feliz com a oferta, resolveu abraçar o conferencista, o que deixou o clima da sala um pouco mais leve.

A bem da verdade, não foi exatamente uma conferência, mas sim uma aula sobre elegância masculina. Havia dez pessoas na sala e o clima, apesar da seriedade que Omar Hasan Ahmad al-Bashir impunha, não era exatamente formal. Por duas ou três vezes, uma piadinha interrompeu o samurai chinês que, sem ter muito mais o que fazer, acompanhou o riso dos outros. Uma conferência é outra coisa. Nesses intervalos, ele aproveitava também para se concentrar e checar se a dor continuava sobre a coluna vertebral. Com o abraço de Omar Hasan Ahmad al-Bashir, a bem da verdade, ela endureceu e se tornou um calombo. Melhor assim.

O momento mais tenso foi, com certeza, quando ele teve que falar de roupas para homens com certa barriga. O samurai chinês já tinha passado pelos princípios básicos de elegância, comentando as particularidades da gravata e, inclusive, dando dicas sobre relógios, que ele aliás inventou um pouco antes. A conferência devia estar mais ou menos na metade. Mas os sudaneses ouviam bem as dicas, sinal de que conhecem os próprios defeitos e estão prontos para assumi-los e tentar corrigir tudo da melhor forma possível.

O final também foi descontraído e, para agradecer-lhe, o pessoal bateu palma. O samurai chinês, a bem da verdade, ficou lisonjeado com o reconhecimento. Nós, executivos, ele tentou começar um pequenino discurso final, mas Omar Hasan Ahmad al-Bashir já tinha se levantado para abraçá-lo pela segunda vez. Agora, mais leve, o samurai notou que o presidente do Sudão tem um inglês até que razoável, apesar do forte sotaque.

De novo, ele mandou um abraço para Lula e disse que quando o colega brasileiro quiser visitar o Sudão, as portas estão abertas. O samurai chinês agradeceu de novo a gentileza e tentou falar-lhe sobre Fernando Henrique Cardoso. Seu plano era apresentar muito rapidamente as ideias do ex-presidente (e sociólogo), talvez explicando um pouco um ou dois de seus livros, para ver se Omar Hasan Ahmad al-Bashir não se interessaria por outra aula, agora sobre as hipóteses desse grande homem. Mas o sudanês já tinha virado as costas para sair da sala.

Omar Hasan Ahmad al-Bashir foi o próximo a abraçar o samurai chinês, parabenizando-o pelo sucesso. É engraçado, ele pensou, mas o Sudão deve ser o único país em que o ministro da Saúde tem visivelmente mais importância que os colegas de outras pastas. Enfim, talvez o militar que estava acompanhando Omar Hasan Ahmad al-Bashir fosse o chefe do Exército, ou algo equivalente. Mas mesmo assim, durante a aula, ele pôde ver como o presidente respeitava o ministro da Saúde.

No carro, voltando para o hotel, o samurai chinês comentou o detalhe com o motorista que, a bem da verdade, também é muito respeitado. Omar Hasan Ahmad al-Bashir sentiu-se bem ao notar que (não era a primeira vez) o brasileiro confiava nele a ponto de fazer aquele tipo de pergunta. Enfim, é que grande parte dos negócios com a China passa pela. E depois, os carregamentos de remédios servem para. Mas ele não devia se enganar, pois o setor da construção civil, sob responsabilidade do ministro da Saúde, recebe muito apreço de Omar Hasan Ahmad al-Bashir.

Antes de se despedir, ele ainda confirmou que gostaria de viajar para o Egito na manhã seguinte. O relatório já estava em ordem e ele precisava comprar roupas e enviar para a conta no Brasil o dinheiro do pagamento, que aliás já estava se acumulando no hotel. Isso ele não disse, é claro, pois já tinha notado que naquele país só tem ladrão. Omar Hasan Ahmad al-Bashir prometeu então passar logo cedo para pegá-lo e, com as passagens, levá-lo direto ao aeroporto. No saguão, o samurai chinês achou que as pessoas, sobretudo os funcionários sudaneses do hotel, olhavam-no de um jeito estranho, por isso desistiu de checar os e-mails e resolveu subir direto para o quarto.

No elevador, cruzou com Salma, que ofereceu outra massagem, já para aquela noite. Seria ótimo, ele respondeu, mas estava cansado. Estou muito cansado. Quer dizer então, ela replicou rindo, que agora o hóspede mais charmoso do hotel é amigo do presidente, seu malandrinho.

No quarto, girando a chave duas vezes para trancar bem a porta, ele percebeu que Salma o tinha chamado de seu malandrinho em português. Ora, se a vagabunda conhecesse essa palavra antes, teria usado-a junto com brasileirinho, é óbvio. Portanto, há de fato alguém ensinando português para ela.

LXVI

Seu malandrinho trancou a porta do quarto e juntou o dinheiro que, para esconder bem, tinha separado e guardado em vários lugares diferentes. Ele queria contá-lo, mas aproveitaria também para estudar a melhor maneira de transportar em segurança uma quantidade como aquela para o Egito. Claro, Omar Hasan Ahmad al-Bashir providenciaria, como sempre, que ele entrasse com imunidade diplomática. Ainda assim, é bom se precaver, até porque de jeito nenhum o Cairo lhe parece uma cidade amistosa.

Mesmo sentindo um pouco de fome, ele resolveu não pedir nada para comer. O hotel até tem conseguido fazer uns pratos leves, talvez uma salada, mas o que seu malandrinho não quer é abrir a porta. Por duas ou três vezes ele chegou a ouvir alguém andando pelo corredor e teve a impressão de que o ritmo dos passos diminuía quando estava próximo ao seu quarto. Mas, graças a Deus, ninguém bateu na porta ou tentou forçá-la.

Nunca aconteceu, a bem da verdade, mas o fato é que ultimamente seu malandrinho vem percebendo algumas coisas estranhas. Primeiro, foi essa garota egípcia (ela não é egípcia) que bateu nele e começou a falar português. Depois, parece que todo mundo. E, a bem da verdade, não é paranoia, não.

Exato.

Muita gente acredita que os executivos, sobretudo aqueles que atingem os postos mais elevados, acabam desenvolvendo algum tipo de mania de perseguição. Não é nada disso. Primeiro, as pessoas que fazem sucesso, em qualquer profissão, são mesmo perseguidas. Depois, cargos muito elevados exigem uma atenção vigilante, já que por todos os lados o cara vira alvo de inveja ou intriga.

Certo, tudo isso é muito verdadeiro, mas, agora, a bem da verdade, convenhamos que esse Sudão, meu Deus, esse Sudão, seu malandrinho pensou deitando-se para descansar um pouco, esse Sudão, e acabou adormecendo. Ele é uma dessas pessoas que não costumam, depois, lembrar-se do sonho. Desde menino, inclusive, seu malandrinho sente uma dor nas costas estranha. O problema não é exatamente a intensidade, nunca muito grande, a não ser quando ele se emociona e, ao mesmo tempo, a dor está sobre a coluna vertebral. Nesse caso, o choque é tão forte que chega a tirar o fôlego. De resto, o problema todo é que a dor anda, indo daqui para ali nas costas. Ele nunca encontrou um tratamento que, de fato, desse algum resultado.

Enfim, durante a adolescência ele sentiu um calafrio na espinha por causa de um sonho justamente quando a dor estava de fato sobre a coluna vertebral. Seu malandrinho achou que estivesse morrendo: inclusive, passou-lhe pela cabeça aquele filme que todos temos com os momentos mais marcantes da vida. A falta de ar e uma série de flashs, com o dobro do tempo do filminho, continuaram cegando-lhe a vista, apesar do enorme esforço que fazia para tentar abrir os olhos. Quando achou que conseguiria gritar, tentou chamar alguém, mas nessa hora precisou respirar fundo para não perder o ar, e engasgou. A bem da verdade, ele acabou quase desacordado quando uma onda de frio começou a subir pelos pés. Então, como seu malandrinho estava coberto, ele dobrou as pernas e abraçou a manta, deixando-a entre os joelhos encolhidos e o peito. A sensação de aconchego o tranquilizou e ele prometeu para si mesmo que nunca mais iria sonhar.

No começo, não deu muito certo, mas com o tempo a técnica foi se aprimorando e hoje ele praticamente está livre de qualquer tipo de tortura à noite. Só quando acontece alguma coisa muito.

Parece que funciona com todo mundo: você se deita, sempre de barriga para cima, e procura esticar todo o corpo. Os braços devem estar paralelos ao tronco. Depois, respirando lentamente, observe onde a dor está. Caso ela tenha estacionado sobre a coluna vertebral, faça tudo com um pouco mais de calma. A propósito, certifique-se de que o corpo inteiro, do pescoço para baixo, esteja coberto. Em dias mais quentes, use um lençol.

A partir daí, concentre-se para sentir cada parte das pernas. Comece como se elas estivessem separadas. Um por um dos dedos, os cinco juntos, cada pé, os dois pés, um calcanhar, o outro, os tornozelos e então vá subindo até, sempre imóvel, a concentração chegar à cabeça. Nesse momento, se você ainda é iniciante na prática, reze pedindo para que você não sonhe e nem pesadelo.

O seu malandrinho repetiu a oração por anos: por favor, Jesus, faça que eu não sonhe e nem pesadelo. Por favor, Jesus, faça que eu não sonhe e nem pesadelo. Deu certo, a bem da verdade.

Quando o interfone tocou, seu malandrinho estava acordado, mas ainda não tinha saído da cama. O rapaz avisava que Omar Hasan Ahmad al-Bashir o aguardava no saguão. Por sorte, ele tinha arrumado as malas antes de dormir e pediu apenas quinze minutos para um banho rápido.

LXVII

Para não perder tempo, seu malandrinho desceu já com as duas malas. Ele nem se deu conta de que não sabia o horário do voo: a ideia era tomar o café da manhã e ir direto ao aeroporto. A bem da verdade, ele não tinha certeza, do mesmo jeito, se os dois teriam tempo de comer. Se Omar Hasan Ahmad al-Bashir quisesse sair logo, seu malandrinho pretendia pelo menos pegar alguma coisa no hotel para levar. No aeroporto de Cartum, a comida não é exatamente grande coisa e o que servem nos aviões da الخطوط الجويّة السودانيّة não dá, de fato, para levar a sério. Por outro lado, o café da manhã no Hilton sudanês, onde ele mora desde que chegou a Cartum, é semelhante ao de qualquer outro hotel do resto do mundo, com algumas diferenças mínimas, a bem da verdade.

No entanto, Omar Hasan Ahmad al-Bashir estava sentado no restaurante, o que significa que não tinha muita pressa. Ao ver o seu malandrinho com as malas, fez uma expressão de lamento e chamou-o. Precisamos conversar, disse, mas pegue um café antes.

Infelizmente, continuou, não consegui encontrar nenhuma passagem para o Cairo. Mas não é você que consegue tudo por um precinho camarada, seu malandrinho perguntou, entre espantado e incrédulo, achando que talvez a história não passasse de uma peça para assustá-lo.

Acontece que.

Dessa vez seu malandrinho ficou nervoso.

Não é que ele tenha gritado ali, no meio do salão de refeições do Hotel Hilton em Cartum, talvez o melhor do Sudão. Mas teve que falar sério, pois se esse povinho estava pensando que o faria de refém, é bom saber que se precisasse o governo brasileiro chegaria a invadir aquela merda para resgatá-lo. Sem falar na imprensa. E tem outro detalhe, com poucos dias sem comunicação, o banco em que ele trabalha vai desconfiar de alguma coisa e acionar tanto os contatos diplomáticos quanto até o pessoal na China. E, com certeza, Omar Hasan Ahmad al-Bashir não quer uma confusão dessas. E tem mais, se acontecer alguma coisa com ele, é bom que fique claro que o ex-presidente e sociólogo Fernando Henrique Cardoso conhece até a rainha da Inglaterra, e o Sudão com certeza não vai gostar de ser invadido de novo, porque toda a Europa, sem falar nos Estados Unidos.

Que porra é essa?

Omar Hasan Ahmad al-Bashir deu um sorriso meio sem graça e pediu para ele se acalmar: não é nada disso. Para dali a dois ou três dias, ele conseguiria uma passagem para o Cairo. O caso, a bem da verdade, é que dá um pouco de medo do seu malandrinho resolver nem voltar do Egito e ir direto para o Brasil. Claro, um dia ele vai ter que ir para casa, é lógico. O fato é que, a bem da verdade, Omar Hasan Ahmad al-Bashir gostaria de ir embora para o Brasil junto com ele. O motorista ama o Sudão, mas é que o país tem enfrentado algumas dificuldades.

Sem paciência, seu malandrinho deu uma gargalhada de escárnio e disse que iria pensar. Depois, largando o resto do café na xícara, afirmou que exigia uma passagem para o Cairo e, se possível, até sexta-feira. Dali, foi direto para a sala de computadores (ele estava com pressa de mandar o relatório, mas o gesto tinha também o objetivo de intimidar o outro). Antes de enviar o texto, emendou-o um pouco, para deixar bem claro que com aquele país de, se o banco quiser ganhar alguma coisa, teria que no mínimo.

Nesse caso, porém, talvez um novo trabalho deva ser feito para calcular os e todos os fatores de risco. Enfim, ele acredita que os relatórios anteriores já tenham dado conta disso, mas o fato é que, no Sudão, não se trata apenas de tributação indireta.

Não será ele, que o pessoal de Londres tenha isso muito claro. Seu malandrinho considera o trabalho perto do fim e ficaria realizado se o banco concordasse. Ele pretende ainda considerar, desde já agradecendo, se deseja continuar na instituição.

LXVIII

A bem da verdade, desligar-se da instituição talvez seja a melhor coisa que o seu malandrinho faça. Enfim, não se trata exatamente de um descompasso e muito menos de uma saída contenciosa. Pelo contrário, o banco está bastante satisfeito com o trabalho dele na China. O fato é que às vezes um executivo precisa trocar de ares, até para manter a imagem perante o mercado. E ele deve fazer isso, lógico, quando está por cima. O seu malandrinho conquistou a chefia de uma força-tarefa fundamental para o banco por causa de seus méritos. Ele foi reconhecido primeiro no Brasil e, logo depois, pela direção central em Londres. Ao superar, no treinamento, diversos outros executivos talentosos que o banco trouxe de várias partes do mundo, seu malandrinho provou ser um funcionário dedicado, fiel à instituição e dotado de habilidades que não poderiam ser desperdiçadas.

Em Pequim, à frente de uma equipe notável, ele praticamente redesenhou as operações do banco, indicando alternativas de investimento, compondo cenários futuros, desvendando a realidade local e oferecendo análises promissoras. Não é preciso ir além de um detalhe: indiretamente é claro, o banco irá se engajar na construção civil chinesa (quem conhece o país sabe o que isso significa) e em algumas transações que envolvem importação de energia.

Ele, portanto, cumpriu as expectativas e, a bem da verdade, ofereceu muito mais do que o banco esperava. Por outro lado, a repercussão de seus textos no Brasil talvez lhe tenha aberto o mercado da consultoria, caminho ideal para executivos que procuram, depois de alguns anos, um espaço mais independente. É o que o seu malandrinho pretende fazer: abrir uma empresa de mentoring, coaching e counseling usando a experiência na China e, lógico, tudo o que aprendeu nos seus estudos individuais.

Ele poderia, é claro, pedir transferência para um país importante. Enfim, Paulson teria dificuldade para recusar, muito embora. A presidência no Japão ou no Canadá, por exemplo, talvez a vice-presidência asiática. No entanto, a ideia, depois de algum tempo, não se mostraria muito boa: esses cargos são estagnados. A partir deles, só mesmo a presidência do conselho, o que o colocaria em rota de colisão com o próprio Paulson, que parece muito sólido no posto. Enfim, competição sempre há, e ela é benéfica, mas a essa altura da vida seu malandrinho quer ter tempo para realizar os próprios projetos.

Voltar para o banco no Brasil não tem sentido. Seu malandrinho teria que ocupar o cargo do amigo Paul e isso exigiria uma engenharia que a instituição até agora não deu mostras de estar disposta a realizar.

A bem da verdade, Paulson não vai enxergar com maus olhos o pedido de dispensa. Ele realizou um excelente trabalho em Cartum, mas não seria mesmo fácil recolocá-lo em outro lugar. Agora, Paulson vai estudar melhor os relatórios, observá-los em conjunto com o que o pessoal na China produziu e traçar propostas para apresentar ao conselho. As oportunidades parecem muito promissoras.

Paulson tem notado que seu malandrinho está meio cansado do Sudão ultimamente. Ainda assim, em nenhum momento viu qualquer insinuação contra o banco. Essa é a hora ideal, portanto, para conversar com ele, oferecer um bônus generoso e aceitar a oferta de desligamento. Com isso, o cara pode continuar a vida com todo conforto e ficará grato à empresa para sempre, mantendo os acordos que tinham feito no início do Projeto China.

LXIX

Desde já, é preciso ficar absolutamente claro que o seu malandrinho repudia essas histórias de pirâmide, mundo pós-caótico, ciências paralelas, insumos para a vida corporativa, relaxamento vital e terapia orçamentária. Tudo uma enorme picaretagem de gente que não tem conhecimento, não estuda com afinco e, sobretudo, desconhece o trabalho do executivo moderno.

A bem da verdade, sua proposta de mentoring, coaching e counseling começará com um ideograma chinês. Aliás, se a chácara onde ele se instalar puder reproduzir o ambiente de um jardim oriental, melhor ainda. Outro dia, ele encontrou no saguão do hotel um jornal com diversas fotos da Cidade Proibida. Talvez o caminho seja meio por aí: austeridade, harmonia, conhecimento milenar e beleza arquitetônica. Tudo junto.

Seu malandrinho estava colocando esses planos no computador, como sempre costuma fazer, quando o rapaz da portaria interfonou, avisando que um fax tinha acabado de chegar. Como não estava disposto a sair do quarto, pediu para que o garoto trouxesse a folha. Ele adora esse menino: nessa idade e já arranhando um belo inglês. Vai longe, com certeza. O garoto também gosta muito dele e agradeceu, sorrindo e demonstrando que sabia variar as expressões. Cinco dólares.

Paulson – não tinha assinatura mas só pode ser dele – acusava o recebimento do relatório, elogiava muito o texto (executivos que chegam ao lugar onde ele está precisam ler tudo muito rápido) e pedia para o seu malandrinho abrir o e-mail dali a quatro horas, pois Paulson faria algumas contas, pesaria a situação e escreveria algo sobre o pedido de desligamento dele. Desde já, o inglês o parabenizava pelo excelente trabalho.

LXX

Seu malandrinho passou essas quatro horas fechando as coisas para a viagem. No entanto, quando começava a juntar os objetos chineses que decoravam o quarto, percebeu que, se os levasse, talvez Omar Hasan Ahmad al-Bashir desconfiasse de que ele não pretendia retornar mais ao Sudão. Quanto ao computador, tudo bem: ele o levou ao Cairo em todas as viagens. Roupa, por outro lado, já não restam muitas e o seu malandrinho quer ainda presentear o motorista com uma daquelas camisas, apesar de tudo. Quanto ao dinheiro, três salários desde a última vez que ele conseguiu ir para o Cairo, talvez seja meio arriscado viajar com tudo isso, mas não tem outro jeito.

O e-mail do Paulson foi objetivo e sem muitas surpresas. Ele dizia que o trabalho do seu malandrinho havia sido perfeito, talvez até um pouco além do que o banco esperava. Mas o que os dois precisavam pensar, e nisso o Paulson gostaria de contar com toda a maturidade do grande executivo que o seu malandrinho visivelmente se tornou, é o futuro profissional dele. E, de imediato, é preciso ficar bem claro que o banco o considera uma peça insubstituível e fará tudo o que estiver ao alcance para mantê-lo na empresa. O afastamento dele, portanto, está fora de questão. Por outro lado, Paulson também sabe que os nomes mais capazes, exatamente essas figuras que chegam a um ponto muito elevado da carreira por causa das habilidades intelectuais, Paulson sabe por experiência que sempre chega o momento em que essas cabeças iluminadas acabam querendo percorrer um caminho próprio.

Sob nenhuma hipótese, o banco desejava isso para seu malandrinho. Em Londres, por exemplo, o conselho inteiro reconhece o seu valor insubstituível. Agora, gênios são gênios e não há como controlá-los. Caso seu malandrinho decida sair e nisso o banco lamentará muito, sua decisão será respeitada. Inclusive, Paulson confia na ética profissional dele, sabe que o sigilo do projeto não corre nenhum risco e tem a satisfação de dizer que o conselho depositará de imediato um bônus em sua conta brasileira, a título de reconhecimento e incentivo. Qualquer outra coisa, ele pode procurá-lo.

Tudo aconteceu conforme seu malandrinho desejava. Ele sairia do banco sem ressentimentos e com o trabalho concluído. A consultoria, portanto, começa com o pé direito.

À noite, Salma chegou a bater na porta do quarto para ver se ele gostaria de uma massagem ou, ao menos, de companhia para conversar. Ela queria ouvir mais sobre esse tal de Brasil. No Egito, por causa do trabalho, ela conheceu um executivo brasileiro e ficou curiosa, pois o cara não quis falar muito. A bem da verdade, ele e seu malandrinho eram diferentes: o outro, por sua vez, adorou quando ela ofereceu para brincar de escrava.

Mas ele já estava dormindo e sequer ouviu as batidas. Quando acordou, logo cedo, viu que tinham deixado um bilhete por baixo da porta. Era Omar Hasan Ahmad al-Bashir dizendo que até o final da tarde confirmaria o voo para o Cairo.

Além disso, ele avisava que iria junto pois tinha alguns detalhes a resolver por lá. A bem da verdade, Omar Hasan Ahmad al-Bashir não está exatamente mentindo. O Egito tem um intenso comércio de pedras e, inclusive, serve de ponto de encontro de diversos comerciantes que vêm sobretudo da Europa atrás de preços melhores ou de raridades.

Seu malandrinho, porém, prefere viajar sozinho.

Exato.

LXXI

Dessa vez, porém, seu malandrinho não ficou nervoso. Já estava claro que ele teria que contornar Omar Hasan Ahmad al-Bashir se quisesse sair do Sudão com tranquilidade. Uma confusão àquela altura não valeria a pena: com certeza ele venceria o motorista trambiqueiro, mas talvez acabasse com problemas para deixar o país com aquela quantidade de dinheiro. Quem chega ao lugar em que ele está agora sabe que muitas vezes na carreira o ideal é fazer um acordo e evitar confronto. É uma questão de estimativa. Você deve estar preparado para analisar o terreno, calcular as variantes e então agir segundo as metas estabelecidas. A propósito, esse será outro conceito que seu malandrinho pretende desenvolver no livro dos mandarins.

Não é o momento de pensar nisso agora. Antes, ele precisa sair do Sudão com tranquilidade. Uma confusão aqui pode estragar tudo: outro ponto decisivo para que seu malandrinho consiga realizar os planos para o futuro é a maneira como ele vai voltar ao Brasil. Um dos principais segredos dessas empresas de consultoria é o bom nome da pessoa que as dirige. Vale lembrar, desde já, que o idealizador da Confucius (esse deverá ser o nome) é o mesmo cara que escreveu os cinco artigos descrevendo sua experiência na China e, ao mesmo tempo, dando dicas para executivos.

Seu malandrinho estava terminando de colocar os planos da saída do Sudão no computador quando ouviu alguém bater, com força, na porta do quarto. Ele apenas a entreabriu para dizer a Omar Hasan Ahmad al-Bashir que não queria, ao menos naquele momento, outra sessão de massagem. Nem com a egípcia. Salma não é egípcia, o professor de musculação insistiu enquanto forçava a porta do quarto e, girando o corpo entre o brasileiro e a fechadura, entrava para conversar um pouco. Seu malandrinho não teve o que fazer: fechou a porta e olhou curioso para aquele atrevido.

Antes de começar, o responsável pela área de recreação dos hóspedes do hotel Hilton de Cartum disse que nunca viu o quarto do homem mais inteligente do mundo (é isso que ele pensa do amigo) tão desarrumado daquele jeito. Parece até que ele está de mudança. Não é nada disso, o homem mais inteligente do mundo respondeu, ele quer apenas trocar a decoração, pois os motivos chineses o estavam cansando um pouco. Com um sorrisinho enigmático, Omar Hasan Ahmad al-Bashir começou dizendo que amava o Sudão e que pelo seu país morreria dez vezes. Mesmo assim, porém, ele acha que é o momento de viver novas experiências e talvez se aprofundar um pouco na sua área, coisa que o Sudão não pode lhe oferecer.

Quando voltar para casa, o homem mais inteligente do mundo com certeza vai precisar de um segurança. Omar Hasan Ahmad al-Bashir tinha lhe dito, em segredo, que iria com ele ao Brasil. Ora, quem tem um motorista precisa sempre de um guarda-costas. Até na China é assim. E ele sabe lutar, é bom de briga, se o homem mais inteligente do mundo quer saber.

O homem mais inteligente do mundo, porém, explicou que aquela conversa não tinha sentido: ele teria uma reunião com algumas pessoas muito importantes do banco justamente para tratar dos próximos doze meses de sua estadia na China. Assim vai ficar difícil para o senhor, Omar Hasan Ahmad al-Bashir murmurou. O outro não teve tempo de responder, pois na mesma hora que o professor de musculação insinuava que faria qualquer coisa para fugir com ele, a campainha tocou. Quem estava no corredor era Salma, vestida de camareira. O homem mais inteligente do mundo não quis que ela entrasse. A moça não podia de fato perder muito tempo. A bem da verdade, ela só tinha ido procurá-lo para avisar que também pretendia ir com eles para o Brasil.

Exato.

LXXII

Um pouco antes do meio-dia, o homem mais inteligente do mundo avisou na portaria do hotel que almoçaria no, uma espécie de pequeno shopping center onde ele tinha ido duas ou três vezes. Por isso, se Omar Hasan Ahmad al-Bashir viesse procurá-lo, o rapaz devia pedir para ele voltar no meio da tarde.

Para não levantar suspeita, ele levava apenas a maleta com o computador e, no bolso, os documentos mais importantes. O dinheiro estava espalhado pelo corpo. O resto, infelizmente, ele teve que largar para trás, em Cartum, onde ficou todos esses meses. Roupa, já não tinham sobrado muitas mesmo. Os objetos da China serviriam para reavivar a memória de Pequim, quando chegasse a São Paulo. Mas ele vai ter que contar, então, só com as lembranças mesmo.

Quando chegar em São Paulo e, finalmente, estiver de fato seguro, ele vai telefonar para o hotel Hilton em Cartum para ver se alguém não envia suas coisas para o Brasil. Infelizmente, não dará certo: ao notar a fuga do desgraçado, Omar Hasan Ahmad al-Bashir vai colocar fogo naquele monte de papel de merda e levar embora as poucas roupas que sobraram. Salma, a camareira egípcia (ela não é egípcia), ficará com os objetos chineses e para Omar Hasan Ahmad al-Bashir sobrará aquela pequena pilha de livros. De repente, o coordenador de recreação do hotel Hilton sudanês pode começar uma bibliotequinha.

No shopping center o desgraçado procurou uma agência de viagem, mas não achou nada. Como estava meio nervoso, comeu apenas um sanduíche enquanto perguntava se dois estudantes universitários sabiam onde ele poderia comprar uma passagem para a Cidade do Cabo. Os rapazes deram um endereço perto do Palácio de Governo. Se não tiver lá, só direto no aeroporto.

Para o taxista, o desgraçado disse que gostaria de ver o encontro dos dois Nilos. O cara não entendia inglês direito, mas depois de algum tempo compreendeu para onde deveria ir. Foi um erro, o desgraçado perceberia depois: esse aqui é um pouco mais desligado e se tivesse recebido a ordem de ir direto para o aeroporto, não pensaria duas vezes, feliz com a corrida.

A gorjeta do desgraçado até que foi boa: dobrou o valor do pagamento! De longe, porém, ele viu que Omar Hasan Ahmad al-Bashir tinha trazido três mulheres para visitar o encontro dos dois Nilos, de fato um espetáculo impressionante. A mais alta delas, inclusive, duas horas antes – de manhã mesmo, para aproveitar a saída do marido – tinha elogiado o sobretudo que o desgraçado havia dado para Omar Hasan Ahmad al-Bashir. Quando presta o serviço de personal, o sudanês veste-o sem nada por baixo. O encontro dos dois Nilos é um espetáculo deslumbrante.

Para não ser visto por Omar Hasan Ahmad al-Bashir, o desgraçado foi direto ao endereço que os dois estudantes tinham lhe dado e encontrou uma mercearia. Como no Sudão a gente nunca sabe, ele cruzou os três corredores do pequeno comércio, atrás de um guichê ou de uma porta que o levasse até um vendedor de passagens. Na frente do mercadinho, um homem, provavelmente o dono, disse que só mesmo no aeroporto, ou então no escritório da الخطوط الجويّة السودانيّة.

Sem perder mais tempo (pois logo sua fuga seria descoberta), o desgraçado procurou um ponto de táxi e deu duzentos dólares para o motorista levá-lo, a toda velocidade, ao aeroporto. Lá, ele embarcaria no primeiro voo que tivesse lugar, até para a Europa se fosse necessário.

O taxista, porém, desconfiou da própria sorte, como sempre fazem os bons profissionais, e ainda antes de sair de Cartum fez uma ligação pelo celular e descreveu o que estava acontecendo para o coordenador da frota da capital sudanesa. Omar Hasan Ahmad al-Bashir, um motorista do governo que cuida também dos carros de praça, ficou furioso quando identificou o desgraçado e ordenou que o motorista. Se tivesse estudado árabe, a bem da verdade, o desgraçado teria entendido o que os dois conversaram. Por isso, outro conselho importante do livro será a humildade: um executivo não sabe tudo.

Primeiro, o motorista percorreu uma parte grande das margens do Nilo. No início, o desgraçado não se preocupou muito, pois se lembrava do rio no caminho que Omar Hasan Ahmad al-Bashir sempre fazia até o aeroporto. Depois, porém, notou que estavam passando de novo pelos mesmos lugares. A bem da verdade ele está com pressa e se o taxista puder ir direto para o aeroporto, o desgraçado lhe dá mais duzentos dólares. Prudente, ele resolveu entregar o dinheiro na mesma hora.

Muito feliz, então, o taxista tomou o caminho da periferia de Cartum. O dia estava começando a cair e o desgraçado pôde ver que, no horizonte, algumas labaredas tremulavam de um jeito ameaçador. Ele nunca mais vai esquecer essa imagem. Quando o motorista do táxi travou as portas, o desgraçado primeiro se concentrou para localizar onde estava a dor e, depois, repetiu na cabeça que precisaria de sangue-frio. Executivos de fato vivem situações muito estressantes.

As ruas iam se estreitando enquanto pessoas de todas as idades se acumulavam nas calçadas improvisadas e malfeitas. Às vezes o táxi dava um solavanco, quando então o motorista pedia desculpas. Depois de rodar um pouco mais por ruas cada vez, o carro estacionou e o cara simplesmente saiu, trancando de novo as portas, agora pelo lado de fora. O desgraçado percebeu que o motorista embrenhou-se em uma daquelas ruelas, mas logo se assustou com duas crianças batendo no vidro ao seu lado. Ele bem que tentou fazer um gesto, só que então dois sudaneses adultos tentaram forçar o trinco do carro.

Calma, desgraçado, foi a única coisa que ele conseguiu dizer. Logo, porém, o motorista retornou, comendo alguma coisa. Ele cumprimentou os dois homens enquanto, do lado de dentro, o desgraçado procurava não olhar para as crianças, que tinham resolvido brincar de fazer careta. Depois de alguns instantes, elas se cansaram porque aquele bundão não reagia.

Risonho, o motorista do táxi abriu a porta e lhe comunicou que teriam que pagar uma taxinha para poder ir embora. Aquele bundão não conseguiu dizer nada, muito menos sim ou não, quando o cara disse que o computador seria suficiente. Ele apenas, em um movimento quase imperceptível, forçou os dedos contra o bolso da calça, para se certificar de que os documentos estavam seguros. Por sorte, aquele bundão não tinha deixado nada importante na maleta do computador.

O caminho de volta ao hotel Hilton de Pequim, onde ele passou esses meses todos, foi bem mais rápido. Escurecera e o taxista não gostava de dirigir à noite. Para garantir, ele levou um dos dois homens junto, que preferiu se sentar no banco de trás, pertinho daquele bundão. A viagem, porém, foi completamente em silêncio. Apenas na porta do hotel, de volta, o motorista disse que o segurança que ele tinha improvisado também merecia uma gorjeta e agradeceu, então, a generosidade daquele bundão: cinquenta dólares.

Na portaria, o rapaz de serviço avisou que Omar Hasan Ahmad al-Bashir tinha deixado um recado: amanhã ele viria conversar. Aquele bundão fez que sim com a cabeça e voltou logo para o quarto. Tudo estava do jeito que ele tinha deixado.

LXXIII

Exausto, aquele bundão tirou a roupa e deitou depois de trancar a porta. A bem da verdade, sobrava-lhe o pijama, mas ele não teve a iniciativa de abrir o guarda-roupa para pegá-lo. Alguns minutos depois, já adormecido, murmurou alguma coisa e virou o corpo de lado, enquanto um chinês de mãos pesadas fazia-lhe uma massagem no centro de Xangai, para onde ele tinha ido passar seus últimos dias de Projeto China, elaborar um relatório conclusivo e preparar seu retorno ao Brasil, agora em uma situação profissional diferente, o que talvez seja, também, um dos motivos de sua agitação, além, é claro, ele teve muito nítido na cabeça enquanto, outra vez, voltava para a extremidade direita da cama, muito sonolento ainda, mas incomodado o suficiente para notar que suas pernas pareciam fracas e o suor tinha empapado o outro lado do lençol, o que reduzira consideravelmente o espaço da cama, além, é claro. Aquele bundão pensou em abrir os olhos, mas a imagem de um ambiente oriental, um pouco mais indefinido, trouxe-lhe uma sensação estranha de conforto, mais estranha ainda naquela situação, enquanto ele verificava que o suor não tinha passado e dessa vez, além de perder o controle das imagens que vinham à sua cabeça, a mãe, o Rincão, esse ambiente chinês, um samurai que na verdade era ele aos dez anos, esse mesmo guerreiro aos treze chorando por causa da maldita dor, a mulher Paula, aqueles dois moleques horrorosos fazendo careta e sobretudo uma fileira desorganizada de labaredas distantes, por trás do jardim chinês, além de tudo isso é claro ele percebeu que uma pequena convulsão estava tirando o domínio de suas pernas e, para recobrá-lo, foi preciso virar-se outra vez no colchão, o que o colocou exatamente sobre a área empapada de suor e a umidade causou um choque com o calor do seu corpo, fazendo uma onda subir, desde o calcanhar até a dor, por sorte, sobre a lateral esquerda da bacia, rígida por causa da massagem do chinês de mãos pesadas, mas ainda assim, a bem da verdade, ele achou que iria morrer, sobretudo devido à falta de ar que o invadiu quando seu rosto virou-se contra o travesseiro. Para respirar novamente, ele teria que no mínimo torcer o pescoço alguns centímetros para o lado esquerdo, ou direito, além da consciência desse movimento, portanto, seria preciso um pouco de força, e para incentivá-lo, todos começaram a dizer vai, e ainda assim ele não se moveu, mas os gritos de vai vai continuaram até que aquele bundão torceu um pouco o pescoço febril, muito pesado, e respirou fundo, voltando para a região seca do lençol logo depois, mas como todo o seu corpo estava encharcado de suor, ele acabou ensopando o resto do lençol, o que tornou a cama um péssimo lugar, sobretudo para alguém febril e aquele bundão, portanto, cambaleou até o sofá, quando pôde ver que tinham deixado um papel sobre a mesa, quem teria sido ele sequer se deu ao trabalho de indagar enquanto sorria, um horror, repetindo quase só para si mesmo, que olha aí como eles entram no quarto sim, olha aí, repetiu, desconfiado de que a pessoa poderia estar ali dentro do quarto ainda, e se estiver, ó para você ó, que enorme grosseria para um executivo, ó aqui ó, mas foi o que ele fez antes de cair no sofá, encaixar a dor no vão entre a almofada e o encosto e dormir pesado até umas seis horas da manhã. Aquele chinês de mãos pesadas, então, segurou-o por um lado enquanto o outro, Lin San San, ele reparou enquanto tentava abrir os olhos, mas ao desistir logo depois, deve ter sido mesmo Lin San San que o vestiu com as mesmas roupas, sem enxugar o suor, um horror para um executivo, e se fosse um outro sequestro, ele pensou enquanto tentava abrir os olhos e reagir, aqui para você ó, mas Lin San Sin o segurava em pé enquanto o outro chinês tentava reunir as coisas dele, quase nada, quase nada ele achou ter ouvido, mas aí o outro disse só o computador, Lin San San colocou alguma coisa na mala do computador e aquele bundão lembrou-se do dinheiro, aqui ó para você ó, aqui ó, e abriu de novo os olhos. Omar Hasan Ahmad al-Bashir pensou em largá-lo, mas viu que ele cairia no chão, ele cairia se o chinês o soltasse mas antes de quase cair apontou para o criado-mudo e o fundo do estrado, que coisa, ele pensou depois, ficou um montinho de notas de cem no banheiro, ficou mesmo ele tentou forçar a memória para confirmar, mas viu que estava deitado no colo de uma chinesa de mãos leves, Liu Xan acariciava seu rosto e ele sentiu uma rápida sensação de alívio, enquanto insistente tentava abrir os olhos, mas Salma repetiu relaxa, relaxa, com aquele suor, o carro parecia correr muito, dá medo, e o pior é que aquele bundão, além de todo aquele suor, não conseguia localizar a dor, se ela estivesse sobre a coluna vertebral, relaxa, relaxa, ele abriu os olhos e viu que estava escurecendo, mas se ele tinha dormido tanto, e Liu Xan agachou-se e ele viu aqueles peitões, um horror para um executivo, aqui para você ó, ó, mas aquele bundão sentia o suor fazer a roupa colar à pele, e a dor, ele forçava as costas contra os bancos da van, e aqueles peitões, relaxa, mas sempre é desconfortável dormir em viagens, qualquer executivo sabe disso.

LXXIV

Quando o carro freou, adormecido, aquele bundão quase caiu no chão. Antes de Salma ter tempo de colocar o facão no pescoço dele, aquele bundão notou que amanhecia e eles estavam em pleno deserto. O calor tinha feito a camisa molhar de suor, o que talvez também indicasse um surto de febre. A dor. Muito nervosa, Salma disse que se ele falasse alguma coisa, ou tentasse fugir, cortaria seu pescoço. Do lado de fora, uma caminhonete do Exército bloqueava a passagem da van, enquanto alguns homens a cavalo, todos de fuzil a tiracolo, gritavam alguma coisa. Não se mexe, se não eu corto a sua cabeça, e você abaixa essa porra aí. Quando Omar Hasan Ahmad al-Bashir virou-se para saber por que aquela vagabunda não queria que ele abrisse a merda do vidro, as outras duas estavam gritando tanto que, assim de imediato, ele não entendeu que Salma estava com medo daquele bundão denunciar o sequestro. Mas ele não sabe árabe, sua tonta. Desesperado, por sua vez, Omar Hasan Ahmad al-Bashir começou a chorar, enquanto aquele bundão, no meio da gritaria, teve um acesso de riso, o primeiro desde que, menino, aquela maldita dor começou a incomodá-lo. Se a placa da van não fosse do Sudão e na frente não houvesse um adesivo do governo, detalhes muito mais importantes para os três militares do que para os janjaweeds, com certeza o carro já teria sido metralhado. É gostoso atirar assim. Os cavalos vão todos para o mesmo lado, acostumados com o barulho, e os fuzis em quinze segundos talvez cheguem a quinhentos tiros. São uns seis ou oito cavalos, mais ou menos. Depois, os janjaweeds veem se sobrou dentro do carro alguma coisa interessante e abandonam o resto para os urubus. Por isso o choro de Omar Hasan Ahmad al-Bashir, agora já meio histérico, não merece escárnio. A bem da verdade, não é dele que aquele bundão está rindo. Omar Hasan Ahmad al-Bashir, porém, não podia perder muito tempo, para não levantar suspeita. Então, gritou para a putinha desgraçada parar com aquilo enquanto abria o vidro. A atitude foi arriscada, pois se ela cortasse mesmo o pescoço daquele bundão, eles estariam numa fria: o que os cinco vão fazer no Cairo se não puderem, depois, embarcar para o Brasil? A moça aproximou mais ainda o facão da pele daquele bundão, que não parava de rir logo numa hora dessas, mas se tranquilizou ao ouvir a conversa entre Omar Hasan Ahmad al-Bashir e um dos homens a cavalo. Dois outros, inclusive, o conheciam. Mais seguro, ele saiu do carro, cumprimentou os três militares e explicou que estava levando uma entrega a pedido do presidente Omar Hasan Ahmad al-Bashir para o Cairo. Mesmo com o clima bem menos tenso, Omar Hasan Ahmad al-Bashir não parou de chorar, o que despertou a compaixão das outras duas garotas. A bem da verdade, elas gostavam muito do professor de musculação. Os janjaweeds estavam indo para o leste do país, escoltando a caminhonete militar que transportava um carregamento vindo de Porto Sudão. Omar Hasan Ahmad al-Bashir desejou força, recusou a oferta para levar um fuzil e, acenando, voltou para o carro. Agora, era a hora de convencer a putinha de que aquele bundão não iria entregá-los. E quem garante? Está na cara! Ela, porém, era bem mais difícil de negociar do que os janjaweeds e não aceitou nenhum argumento: a faca iria no pescoço daquele bundão até o Cairo. Portanto, talvez ele devesse dirigir com cuidado. A estrada até a fronteira é muito boa, construída, inclusive, pela empresa de Osama bin Laden. O problema é a distância. Mais calmo, Omar

Hasan Ahmad al-Bashir, já com o carro em movimento, explicou em inglês para aquele bundão o que estava acontecendo, o que o fez ter outro ataque de riso, ainda mais forte. Uma hora depois, Omar Hasan Ahmad al-Bashir pediu para Omar Hasan Ahmad al-Bashir assumir a direção da van, mas com cuidado, por favor, para não machucar essa mula que não para de rir.

LXXV

Salma garante que vai até o Cairo com a faca no pescoço dessa mula que não para de rir. Ela está muito desconfiada, ainda, com o fato de Omar Hasan Ahmad al-Bashir estar carregando o passaporte das três. Mas é porque ele vai procurar um grande especialista em papéis no Cairo para ver se o cara consegue reproduzir o visto brasileiro. Ora, ele também está com o passaporte de Omar Hasan Ahmad al-Bashir e não pretende traí-lo, sua tonta.

Mas não há o que convença Salma a deixar essa mula que não para de rir em paz e de fato ele vai mesmo ter que ir com a faca no pescoço até o Cairo. São mais umas quinze horas.

Talvez Omar Hasan Ahmad al-Bashir pudesse continuar negociando com Salma mas, exausto, ele apenas fez uma careta e logo cochilou. As duas outras garotas preferiram, também, não discutir com a amiga. A bem da verdade, elas estão achando o negócio meio exagerado. Imagina se a garota machuca essa mula que não para de rir, o que não iria acontecer com eles?

Seriam fuzilados, provavelmente ainda no deserto. A menos que conseguissem esconder o corpo do cara. Ali na areia, a bem da verdade, em duas horas as aves o devorariam.

O fato é que não existe o menor risco de Salma cortar o pescoço dessa mula que não para de rir. Bem afiado o facão está, mas seria preciso fazer muita força e ela parece assustada para isso. Quem olhar de perto, inclusive, vai perceber que Salma treme os braços e está com a pele toda arrepiada. Além disso, a bem da verdade, ela tem muito carinho por essa mula que não para de rir. Jamais o mataria.

Só que um incidente qualquer pode, sem dúvida, feri-lo. Isso é bem mais provável. E procurar um hospital no Cairo não é boa ideia: a polícia está presente em todos eles e cinco sudaneses acompanhados por um brasileiro machucado (ainda mais no pescoço por um facão) com certeza chamariam atenção. O Egito e o Sudão nunca tiveram relações muito boas, mas nesse caso provavelmente a polícia do Cairo aproveitaria a oportunidade para tirar algum dividendo político do problema.

Nem no posto da fronteira, Salma quis tirar o facão do pescoço dessa mula que não para de rir. Os dois soldadinhos, do lado de fora, acharam a cena meio estranha. Mas eles conheciam Omar Hasan Ahmad al-Bashir e não quiseram criar caso com um veículo oficial. Além disso, agradeceram os cinquenta dólares que cada um recebeu. No Sudão, entrar para o Exército é uma oportunidade de aumentar a renda.

Salma resolveu deixar essa mula que não para de rir livre apenas quando o carro se aproximou do perímetro urbano do Cairo, finalmente. Eles estavam viajando há muito tempo e ela já não aguentava de cansaço. Todos estavam exaustos.

Antes de se deitar no hotel onde pretendiam aguardar o voo para o Brasil, os cinco pediram desculpas para essa mula que não para de rir de novo. Ele garantiu que não estava bravo e disse que os chineses poderiam trabalhar na consultoria que pretendia abrir assim que voltasse para o Brasil.

Não foi difícil arranjar um visto de trabalho para cada um deles. No dia seguinte, Lin San San procurou um especialista em papéis com quem já tinha trabalhado no Cairo e, em troca da van, o cara fez os documentos em apenas uma noite. Quanto às passagens, como seria o patrão, nada mais justo do que aquela mula que não para de rir pagá-las.

Do mesmo jeito, ele concordou.

Livro 3

Sudão
(a partir de)

I

Lin San San só conseguiu comprar as passagens para dali a três dias. A bem da verdade, havia um voo partindo trinta e seis horas antes, mas com apenas dois lugares disponíveis. Ele achou perigoso se separarem, sobretudo no caso de acontecer algum problema no desembarque. Quanto ao Paulo, nem ele nem os outros chineses desconfiavam de qualquer possibilidade de serem enganados. Já estava evidente que todos ali têm um lugar garantido nos seus planos para o futuro.

A bem da verdade, e isso precisa ficar muito claro, ele ainda não sabe exatamente o que fazer com Lin San San e Lin San Sin. Talvez o professor de musculação possa desenvolver com os clientes da Confucius algum tipo de programa de condicionamento físico. É óbvio que esse conceito de executivo barrigudo, muito popular no Brasil, precisa ser revisto. Por acaso alguém já viu um chinês gordo? Eles existem, claro, mas são minoria e não costumam ocupar os cargos mais elevados. Mao Tse-tung é outra história. E mesmo ele, aliás, teve apenas os seus aspectos positivos aproveitados por essa nova geração (a que está revolucionando o mundo). A barriga ficou de fora.

Esse conceito, Paulo não aprendeu em Pequim. Antes de sair do Brasil ele já ensinava esse tipo de coisa para os seus antigos funcionários. Parte do seu sucesso, inclusive, deve-se ao fato de que ele chegou à China preparado. Nunca mergulhe em um novo projeto sem antes. A propósito, não lhe sai da cabeça também o livro que ele pretende publicar com conselhos para futuros executivos.

Será de inestimável ajuda, nesse caso, o trabalho do poeta Paulo, um parente da mulher Paula. Os dois, a bem da verdade, vão se dar muito bem. O empregador vai ficar muito satisfeito com o trabalho dele, rápido, eficiente e focado. O cara é uma espécie de executivo das Letras. O próprio poeta Paulo, por sua vez, vai se sentir muito recompensado com o pagamento.

Para Lin San San talvez reste apenas o trabalho de motorista mesmo. Na China, ele desempenhava essa função para o governo, mas sempre realizava outras atividades mais interessantes.

A bem da verdade, e isso precisa ficar muito claro, os três dias até o embarque passaram rápido. Eles quase não saíram do hotel. Paulo andou pelo Cairo apenas uma vez, com Lin San San, para comprar roupas e procurar alguns jornais de economia e depois praticamente se trancou no quarto. Os chineses aproveitaram um pouco a piscina e surpreendentemente abusaram do álcool, coisa muito difícil de se ver no Sudão, ainda mais para as gueixas. Quando Paulo soube, ficou um pouco irritado, mas achou melhor não discutir.

Um dia antes do embarque, ele telefonou para a mulher Paula. Ela chorou ao ouvir, depois de tanto tempo, a voz dele, coisa que o incomodou um pouco, mas por outros motivos. Ele avisou que estava voltando da China através de uma conexão no Egito e reforçou a necessidade de um carro grande.

O voo foi bastante tranquilo. Paulo dormiu quase o tempo inteiro, mas se lembrou de anotar uma coisa: depois de uma última experiência com Liu Xin e Liu Xun no Cairo, ele começou a achar que talvez o quimono estivesse meio curto. O ideal é que os clientes descubram o encanto das gueixas chinesas aos poucos.

No Brasil, também não houve nenhum problema com a Polícia Federal que, a bem da verdade, e isso precisa ficar muito claro, checou com cuidado os papéis dos cinco chineses mas, como não descobriu nada, deixou-os passar sem maiores complicações. Com as mudanças que o mundo está vivendo, muitos deles estão viajando bastante. Quem se assustou um pouco com as gueixas e os dois samurais foi a mulher Paula.

II

Paulo, evidentemente, já tinha passado por aquele aeroporto muitas vezes. Quando trabalhava no banco, houve uma época em que a cada quinze dias ele precisava viajar para a Argentina, o Uruguai ou para o Chile. O Uruguai, adorava: a capital era pequenininha, organizada e em uma livraria ele conseguiu achar um volume em espanhol do ex-presidente e sociólogo Fernando Henrique Cardoso. Quanto ao Chile, sua impressão sempre foi um pouco mais ambígua: ele não se sentia exatamente mal em Santiago, mas a cidade não era aconchegante a ponto de fazer um estrangeiro lamentar ter que deixá-la depois de uns dias. Paulo percebia uma espécie de satisfação meio falsa, aliás a mesma coisa que notou nos executivos chilenos. Um deles tinha aquela maldita mania de, quando vem conversar com você, ficar encostando: si bien, e coloca a mão no seu ombro, por supuesto, e aperta o seu braço, o cara dá uma risada e ao mesmo tempo um soquinho na nossa barriga. Um executivo deve manter certa distância do interlocutor, até para demonstrar que, por mais simpatia que haja, ele está sempre alerta.

Já Buenos Aires, Paulo detestava. E o pior é que ele teve que ir para lá bem umas quinze vezes. Primeiro, o banco viu-se alarmado com a crise de 2001 e resolveu colocar o pessoal do Brasil, experiente nisso, para ajudar os colegas a manter a frieza e não levar o banco junto com o resto da Argentina para o. Depois, com as coisas um pouco mais calmas, o país criou diversas linhas de apoio à produção rural e Paulo foi escalado para fazer algumas análises. Para ele, Buenos Aires não passava de uma cidade desordenada, com um cheiro de café requentado no verão, um vento insuportável no mês de julho e aquele pessoal metido achando-se muito superior ao resto da América Latina enquanto precisam dos brasileiros até para fazer continhas simples. Projeção de cenários, então, é coisa que ainda não chegou lá.

A bem da verdade, e isso precisa ficar claro, Paulo já tinha passado por aquele aeroporto inúmeras vezes. Agora, porém, enquanto se agachava para puxar sua única mala na esteira, as coisas pareciam bem diferentes. Por um instante, ele achou que o Rincão estivesse na outra ponta do corredor, observando-o. O velho amigo, antes de ir embora, sempre dizia que as coisas também iriam dar certo para ele, apesar da dor nas costas. A bem da verdade, e isso precisa ficar claro, Paulo chegou a duvidar que conseguiria ter uma vida normal. Às vezes, aquela dor maldita (que, além de tudo, costumava andar pelas costas) o incomodava a ponto de fazê-lo pensar em.

Quando ele olhou de novo, o Rincão tinha sumido. Deve ter sido só impressão: Paulo estava de fato emocionado. Não a ponto de demonstrar, claro, pois outro bom conselho do livro dos mandarins é a discrição.

Mesmo com a dor o incomodando, exatamente do mesmo jeito que a desgraçada fazia durante a ida para a China, ele se sentia vitorioso. Quando a última porta do desembarque se abriu, inclusive, Paulo sentiu a vista escurecer por um instante e precisou escorar-se no carrinho onde trazia a mala. Liu Xan chegou a perguntar se ele estava se sentindo mal, mas Paulo acabou não respondendo, pois logo depois a mulher Paula veio abraçá-lo. O reencontro dos dois não foi exatamente frio, mas nada do que todo mundo esperava: ela ficou tão espantada com a aparência das três gueixas chinesas (os samurais saíram um pouquinho depois), que quase não conseguiu falar nada no começo. No MBA, ela aprendeu que, em situações inesperadas, o ideal é a pessoa ficar em silêncio até reordenar a cabeça; depois, nunca é bom demonstrar que algo saiu do nosso controle. Recomposto, Paulo levou todos para um canto, já perto do estacionamento, e apresentou as três gueixas (explicando que só Liu Xan fala inglês) e os dois samurais para a mulher Paula.

III

Já o motorista, mesmo sabendo que transportaria três gueixas e dois samurais, todos os cinco vindos da China, não viu nada de muito especial. Quieto, ajudou a guardar as poucas malas e deu um jeito, experiente, para Liu Xin e Liu Xun se sentarem na dupla de poltronas que, virando um pouco o espelho, fica bem à vista do retrovisor. No carnaval, pensou já manobrando para pegar a estrada, aquelas duas poderiam até aparecer na propaganda da Globo. Liu Xan também lhe chamou atenção, sobretudo por causa do tamanho dos seios, mas ele gosta de mulheres com um pouco mais de cabelo.

A mulher Paula queria ouvir tudo sobre a China. Paulo, porém, estava cansado da viagem e gostaria mesmo de falar sobre a consultoria. Essa é outra característica marcante dos executivos de sucesso: eles se importam, a bem da verdade, apenas com o futuro. A ideia dele era deixar os cinco chineses na casa da mãe e ficar na cidadezinha com a mulher Paula por uns dois dias, em um hotel que há por lá desde quando era garoto. Depois, os dois voltam para São Paulo e tentam organizar as coisas. Com o dinheiro que arrecadou, em três meses ele calcula que a empresa possa estar em pé.

Discreta, sobre os chineses a mulher Paula quis apenas saber se Paulo pretendia colocá-los desde o início trabalhando na Confucius. Sem se importar muito (o que a tranquilizou), ele disse que no caso das atividades que pretendia separar para eles, o conhecimento da língua portuguesa era irrelevante. E aos poucos, também, ela complementou, eles vão aprendendo.

Importante, Paulo lembrou antes de cochilar, seria contatar o poeta Paulo. Ele quer combinar com o rapaz, agora, um trabalho mais constante, já que precisa pensar no site da consultoria e no material que vai distribuir para os clientes. Se der certo, ele vai também pensar em outro artigo para o jornal, ou no mínimo convidar o editor para conhecer a consultoria, quando ela estiver para ser inaugurada. E, é claro, o livro: com o material que ele trouxe, os dois não devem demorar muito para chegar a algo que possa ser publicado com boas chances de dar certo.

A bem da verdade, e isso precisa ficar muito claro, o primeiro livro do Paulo vai fazer tanto sucesso que depois do lançamento, satisfeita com as vendas, a editora deve encomendar outro. Naquela altura, a consultoria já começará a deixar as concorrentes para trás e Paulo, com toda justiça, terá sido reconhecido como uma espécie de mago da vida corporativa.

Quando chegaram, Paulo viu que a mulher Paula tinha deixado tudo arrumado. A única coisa é que ela achou que os dois ficariam lá, então não havia onde acomodar todos os chineses. Se Liu Xin e Liu Xun dividissem a cama de casal (elas não se importam, a bem da verdade) e um dos samurais ficasse com o sofá, bastava arranjarem mais dois colchões. A única loja de móveis da cidade ainda estava aberta e não foi difícil para o motorista trazê-los, enquanto Paulo e a mulher Paula foram até a padaria atrás de alguma coisa para deixar na geladeira.

Sentindo-se mais seguros, e agora um tanto dependentes, os chineses não se incomodaram de ficar sozinhos, mas Paulo prometeu voltar logo no dia seguinte. A bem da verdade, e isso precisa ficar muito claro, todos estavam bastante cansados. No hotel, Paulo mal tomou um banho e logo caiu na cama, ansioso para dormir. A mulher Paula se decepcionou um pouco com isso, mas, por outro lado, imaginava o quanto uma viagem de Pequim para São Paulo é cansativa.

IV

A bem da verdade, Paulo sentiu-se melhor apenas quando voltou para o antigo apartamento. A falta de livros o fez sofrer bastante na China e ele pediu para a mulher Paula deixá-lo sozinho com eles por alguns minutos. Ela compreendeu e foi para o quarto desfazer as malas, pensando somente em uma coisa: quando será que os dois vão morar juntos?

Prevenida, ela acha que o ideal é esperar um pouco. Paulo precisa se aclimatar ao Brasil de novo e estabilizar as coisas. Talvez quando a consultoria engrenar de vez. Isso, a bem da verdade, não deve demorar muito: alguns clientes vão aparecer ainda antes da inauguração. Além disso, Paulo e o poeta Paulo talvez se encontrem já nos próximos dias e, dando-se bem desde o início, o trabalho vai ser rápido e fácil.

Mas é preciso saber separar as coisas. A propósito, esse é mais um dos conselhos importantes que Paulo vai listar no livro dos mandarins: saiba separar as coisas.

É uma das habilidades da mulher Paula. O relacionamento do Paulo com aquelas três chinesas precisa ficar separado do plano pessoal. O que elas vão fazer no Brasil? Esse é um assunto para ser discutido no trabalho. Como ele as conheceu e, pior, será que houve uma seleção? De dez, ele escolheu aquelas três? Aqui, ela pensou enquanto via que talvez precisassem sair de novo para comprar roupas, o problema é mais de ocasião. É preciso separar cada fase da vida profissional de um executivo e o trabalho do empregador em Pequim agora já não tem mais ligação com a nova vida que os dois estão planejando no Brasil.

China é China.

Na pequena biblioteca de casa, o empregador separou todos os livros do sociólogo e ex-presidente Fernando Henrique Cardoso, para ele um modelo ideal de homem contemporâneo: aquele que une uma profunda preocupação teórica, talvez impecável, a uma disposição prática sem preconceitos. Mas tudo isso ele já sabe. A leitura que Paulo vai tentar fazer nos próximos dias, no tempinho que lhe sobrar, terá o objetivo de procurar argumentos para convidar o ex-presidente e sociólogo a conhecer a Confucius. Ora, sendo Fernando Henrique Cardoso um homem que dedicou sua vida aos livros, o melhor caminho para uma aproximação só pode estar nas tantas páginas que ele escreveu.

À tarde, os dois foram visitar uma pequena chácara que tinham visto anunciada no jornal. Grande e com o preço bom, o único inconveniente é que fica um pouco afastada de São Paulo. A bem da verdade, eles tinham concluído que o ideal mesmo é uma propriedade em uma dessas cidades ao lado da capital. Mas Paulo não gostaria de sair do perímetro urbano. No caso dessa chácara, os clientes teriam que pegar uma estrada de terra, o que poderia causar um impacto negativo, do ponto de vista didático: hoje em dia as maiores empresas estão todas nas grandes cidades. O cara tem que achar que sai do carro e entra na China.

Com uma perseverança verdadeiramente oriental, os dois visitaram ainda mais três terrenos, sem gostar propriamente de nenhum. O empregador, porém, estava com uma sensação bastante positiva para um outro em Osasco, uma cidade colada a São Paulo. Os dois pretendiam conhecer o lugar no dia seguinte. Não dá para saber, mas é quase certeza de que vão escolhê-lo: afinal de contas, os grandes executivos, além de tudo, têm intuição.

V

Como é natural, não demorou muito e os cinco chineses se cansaram de ficar dentro da casa da mãe do empregador. Eles sabem que logo ele deve voltar para ver como estão as coisas e que, em algumas semanas no máximo, vão se mudar para São Paulo, a maior cidade que já viram. Ao menos, foi o que o empregador disse nas duas conversas pelo telefone que teve com Lin San San.

O problema é que, mesmo sendo espaçosa, a casa é pequena para cinco pessoas. Entediadas, as três gueixas resolveram dar um passeio pela cidade junto com Lin San San. Lin San Sin preferiu ficar e aproveitou a oportunidade para mexer em tudo: não havia nada que o atraísse, apenas uma bola de futebol no meio de um monte de brinquedos velhos.

Na cidade, mesmo sem perceber, os quatro causaram um pequenino tumulto. Caminhando até a esquina, tomaram a direita, cruzaram mais umas três ruas e, por sorte, chegaram até a praça central. Liu Xin sentiu-se melancólica e perguntou se os outros não estavam com saudades do rio. Ninguém quis admitir, mas Lin San San resolveu perguntar para o dono da banca de jornais, que os observava há algum tempo junto com o seu Paulo, o aposentado mais idoso da cidade, se havia um rio que eles pudessem visitar por ali.

Confuso, o jornaleiro não entendeu nada, ainda mais porque Lin San San, sem atinar, falou em chinês. Gesticulando muito, seu Paulo resolveu tomar as rédeas da situação e repetiu o procedimento meio patético que todo mundo faz quando vai conversar com alguém sem entender a língua do outro: perguntou gritando se ele podia repetir.

Irritado com os berros, Lin San San virou-se sem agradecer aqueles mal-educados, o que não causou nenhum espanto, até porque o seu Paulo não iria entender mesmo. A alguns metros dali, dois taxistas tinham resolvido se aproximar para conferir o tamanho das três mulheres, de fato enormes. Pelas roupas, devem ser estrangeiras, um deles concluiu enquanto o outro, também muito esperto, disse que teria que levar um negócio na delegacia e aproveitaria para perguntar ao delegado.

Quando notaram que alguns homens, dentro de um bar ao lado da praça, estavam apontando para eles, os chineses resolveram voltar para casa. Pelo jeito aquela cidade não tem rio nenhum. Quando Paulo telefonar de novo (vai ser ainda naquela noite), Lin San San não pode esquecer de perguntar se pelo menos em São Paulo há um rio para eles se lembrarem do velho Nilo.

Claro que sim!

De volta, Lin San San propôs que eles organizassem uma partida de futebol no terreno ao lado da casa. Excelente ideia! Não tão boa assim foi a divisão dos times: homens contra mulheres. Apesar de Lin San San não correr quase nada, a inexperiência delas causou logo uns quatro a zero para o Brasil, o time dos homens. Bem quando Liu Xun iria fazer o primeiro gol para as mulheres, o jogo teve que ser interrompido porque dois carros da polícia vieram ver que gente era aquela. A bem da verdade, assustados, o casal de idosos que mora ao lado do campo de futebol que eles improvisaram telefonou para a delegacia. Aquele terreno já lhes tinha causado muito problema.

Quando compreendeu o que estava acontecendo, Lin San San, acostumado a tratar com aquele tipo de gente desde a China, viu que o ideal era dizer a verdade: eles estavam no Brasil com visto de trabalho e aguardavam apenas que a empresa que os trouxe ao país terminasse de ser construída para que fossem trabalhar numa cidade grande que fica ali perto. Se quisessem, eles podiam mostrar os passaportes. Um dos carros foi embora, chamado pelo prefeito para averiguar uma bobagem qualquer, mas os outros três policiais resolveram aceitar o convite para entrar.

Enquanto Lin San San trazia os documentos, Liu Xin se engraçou com o policial mais novinho, todo desengonçado com uma mulher daquele tamanho, e, sem os outros perceberem, arrastou o rapaz para o quarto onde estava dormindo. Foi rápido, mas mesmo assim ele gostou, muito embora a cicatriz o tenha espantado um pouco no começo. É estranho, ele comentou depois com os outros, parece que a mulher fica mais. É o que dizem das orientais.

Como já sabia que muito provavelmente no Brasil trabalhariam com a mesma especialidade, Liu Xin deu um jeito de explicar, fazendo gestos, que o rapaz teria que pagar. Ele entendeu e deu para ela tudo o que tinha na carteira: cem reais.

VI

Dois dias depois, Paulo telefonou para os chineses e pediu desculpas: ele pretendia ir ver como estão as coisas, mas apareceu um jantar importante para a empresa e, então, eles terão que ficar mais alguns dias sozinhos. Com aquilo tudo na geladeira, e mais o dinheiro que Paulo tinha deixado, porém, eles conseguiriam ainda passar bastante tempo.

Lin San San concordou e, inclusive, tranquilizou-o, dizendo que estavam passando bem e tinham até conhecido algumas pessoas, bastante simpáticas por sinal, da cidade. Ele resolveu não contar que os novos amigos eram da polícia e, muito menos, o que Liu Xin tinha feito, pois não sabia como o outro poderia reagir e, a bem da verdade, precisava ainda pensar com o resto dos chineses o que fariam com o dinheiro que as moças talvez arrecadassem. Lin San San já viu que eles precisam se organizar.

Paulo também não quis perguntar muita coisa, até porque estava preocupado com o jantar. E quem conseguiu sobreviver tantos anos em um país como a China com certeza agora se sentiria no paraíso, ainda mais fazendo amizades tão rápido. E essa história que se espalhou por aí sobre a boa disposição com que os brasileiros recebem qualquer tipo de povo é mesmo verdadeira.

O jantar, por sua vez, foi muito produtivo, embora Paulo tenha achado o poeta Paulo meio travado, esquisito até. Parente da mulher Paula, ele tinha um pouco de trauma por causa dos traços orientais, fruto da união entre a mãe brasileira e um filho de imigrantes japoneses. Além disso, uma série de pequeninos fracassos durante a sua vida, cujo principal, a carreira de professor universitário, continuava em pleno curso, fazia dele uma pessoa especialmente defensiva. Por fim, poeta, ele tinha passado uns cinco anos lendo todas as biografias de seus pares preferidos, atrás de um modelo para a vida cotidiana. No íntimo, a bem da verdade, o poeta Paulo achava que suas poesias ainda não tinham sido reconhecidas porque ele não conseguia ter uma postura pública à altura dos seus versos. Depois de ler todo tipo de biografia, desde por exemplo uma especulação sobre a vida de Homero até o belo estudo de Sartre sobre Charles Baudelaire, o poeta Paulo começou a se comportar como uma espécie de amálgama caótico de todos, o que o torna uma figura entre o patético e o agressivo, com alguns toques de humor negro e um desajeitado conservadorismo político.

A bem da verdade, nada disso o interessou muito, até porque Paulo acha esse negócio de poesia uma bobagem. A mulher Paula se incomodou um pouco com a falta de diplomacia do poeta, sobretudo quando ele disse que não tinha o menor interesse por aquele tipo de livro e só estava aceitando o trabalho porque queria o dinheiro, um pouco para arrumar a vida e muito para viajar até o Sul, onde ele consegue inspiração para fazer seus versos, sobretudo nas serras, quando se embrenha nas cidades mais frias e nunca retorna sem uns dez poemas na mala.

Por outro lado, Paulo apreciou a sinceridade do sujeito e encarou a afirmação como uma espécie de desafio: pois então eu vou fazer o senhor mudar de ideia. Os três combinaram um novo encontro para dali a dois dias, quando então Paulo passaria o material para o poeta Paulo redigir um esboço, já bastante adiantado, do primeiro capítulo. Por esse serviço prévio, o pagamento inicial seria de.

Exato. Depois eles combinariam o andamento do trabalho, mas sempre naqueles termos: o nome do ghost-writer não apareceria em lugar algum e suas obrigações não ultrapassariam a redação do livro dos mandarins.

No fim, o resultado foi positivo para os dois lados. Paulo achou o poeta Paulo muito objetivo, claro, e bastante consciente do que precisava fazer, apesar da esquisitice toda. A história de não gostar do mundo corporativo, é só uma questão de tempo para ele ver que resolveria aquele monte de frustrações mudando a cabeça. Paulo não tem dúvida nenhuma de que não precisará de mais do que três meses para isso. Já o poeta Paulo achou o cara arrogante mas, enfim, honesto. Definitivamente, ele não estava querendo explorá-lo. A bem da verdade, os dois vão se dar muito bem durante todo o trabalho.

VII

Se voltasse a trabalhar no banco, coisa que ele não vai fazer nunca mais, o arrogante mas, enfim, honesto encontraria praticamente tudo do mesmo jeito. A bem da verdade, alguns funcionários saíram, o departamento pessoal foi reestruturado e perdeu a pequenina importância que tinha na época da mulher Paula e dois vice-presidentes se transferiram para um outro banco, contratados para acompanhar a fusão com uma instituição espanhola. Além disso, de mais duas outras operações novas, das carteiras mais recentes e dos ajustes periódicos que os governos, no Brasil, sempre exigem por causa da sua própria volatilidade, nada mudou muito.

Enfim, há o Cholo, o executivo peruano que veio justamente substituí-lo. O cara, além de grosseiro, é meio incompetente e ninguém consegue entender por que o amigo Paul ainda o mantém no cargo. Deve ter alguma coisa com o pessoal de Londres que a gente não sabe.

Às vezes, não. Em primeiro lugar, fica complicado demitir um cara que veio de outro país. Depois, a bem da verdade (e isso precisa ficar muito claro), o departamento continuava funcionando. Não como na época daquele cara que foi para a China, mas mesmo assim não dá para reclamar. Ora, mas se tudo isso é inegável, também é impossível esconder a enormidade de problemas que o Cholo criou nesses meses.

É mesmo difícil de entender por que o amigo Paul não demite o Cholo. O banco inteiro sabe que, desde a saída daquele cara que foi para a China, quem leva o departamento nas costas é o Paulo.

Aquele cara que foi para a China não vai mais voltar a trabalhar no banco, mas ele pretende procurar o amigo Paul, mais adiante, para mostrar o portfólio de serviços que a Confucius irá oferecer. Ora, o antigo chefe não gostava tanto das palestras sobre história, economia e cultura chinesa que ele começou a fazer antes de viajar? Além de tudo, depois dos serviços que o ex-funcionário prestou para o banco, o amigo Paul não vai ter coragem de recusar. E com um cliente desse porte, alguns outros com certeza vão se sentir atraídos.

Mais tranquilo, aquele cara que foi para a China visitou diversos terrenos e propriedades com a mulher Paula, mas acabou comprando aquela em Osasco. Sem perder muito tempo, procurou um arquiteto, que ofereceu o projeto da reforma em pouco tempo e por um preço bom. Quem intermediou foi de novo a mulher Paula. O sujeito era irmão de um colega do MBA dela. Com tudo resolvido, aquele cara que foi para a China pôde finalmente telefonar para Lin San San, avisando que pretendia visitá-los no dia seguinte. Apesar de terem ficado sozinhos por uma semana, eles pareciam bem.

VIII

O investigador que fez a massagem oriental antiestresse com Liu Xin não conseguiu explicar para os colegas o que era exatamente a cicatriz que a garota tinha na. Ele nunca viu nada parecido. A bem da verdade, o rapaz disse que era feio, mas muito gostoso. Parece que a mulher fica mais. Três outros policiais, então, resolveram voltar à casa dos chineses para conferir a tal história. A bem da verdade (e isso precisa ficar muito claro), o delegado também estava com vontade de ir, mas tinha acabado de se casar. E cidade pequena, a gente sabe: antes mesmo do cara sair de dentro da casa, todo mundo já estaria comentando. A esposa dele, muito bonitinha, é filha do mais poderoso fazendeiro da região. Para o velho mandar matá-lo, não precisa de muito.

Quando os três policiais tocaram a campainha, Lin San San, que tinha com certa naturalidade se tornado o líder dos cinco chineses, não se surpreendeu muito. Ele já os esperava. Na sala, com as três garotas nos pés dos dois sofás, os policiais tentaram explicar que aquele tipo de coisa é proibido no Brasil. Nenhum dos três, porém, entendia inglês. Paulo, a bem da verdade, arranhava um pouco de espanhol por causa dos quatro meses que morou na Bolívia fazendo uma coisa aí, há alguns anos. Se ele estivesse precisando falar com o Cholo, tudo bem, mas os chineses só entendem mesmo árabe ou inglês.

No início, a comunicação de fato não funcionou. Mas como os dois grupos estavam realmente dispostos a se entender, a bem da verdade (e isso precisa ficar muito claro) aos poucos as coisas foram evoluindo, na maior parte do tempo por gestos mesmo. O investigador Paulo conseguiu explicar que aquele tipo de atividade no Brasil é completamente proibido, simulando uma pequena prisão com Liu Xun, que ficou excitada quando ele a algemou.

Lin San San, por sua vez, explicou que tudo não passava de um mal-entendido, já que Liu Xin agiu sem eles saberem. Ela e o outro policial tinham simpatizado. Provavelmente foi um problema de comunicação.

O investigador Paulo explicou, enquanto algemava de novo Liu Xun, já que ela tinha gostado, que o problema não era exatamente aquele. Ora, a gente sabe muito bem que não dá para impedir quando um homem e uma mulher querem, ele mostrou puxando a chinesa para o seu colo e simulando uma atração mútua. Depois, também, se o cara tem vontade de dar um presente para ela, Paulo exemplificou tirando duas notas da carteira, enquanto os dois outros investigadores riam junto com Liu Xan e Liu Xin, quem pode impedir?

O problema é que existe muito homem sem vergonha por aí e ele já viu que os cinco parecem meio abandonados. Não que ele esteja dizendo que o tal empresário, ou banqueiro, seja lá o que for, tenha-os enganado. Aí só mesmo conhecendo o cara, o que talvez acabe sendo necessário. Mas se três mulheres como aquelas vão ficar na cidade por mais tempo, com certeza logo muita gente vai querer presenteá-las, e então a polícia terá que ficar de olho. Lin San San explicou que eles estavam sem dinheiro para pagar aquele tipo de serviço (essa é a única mentira que ele falou para a polícia brasileira, a bem da verdade), mas que poderia conversar sobre isso com aquele cara que foi para a China na próxima vez que ele telefonasse. Não precisa, o policial respondeu enquanto tentava acalmar um pouco Liu Xun. Mesmo algemada, ela não parava. Periodicamente, a polícia viria para averiguar se estava tudo bem.

Como Liu Xan já tinha empurrado um dos policiais para o quarto e Liu Xin parecia estar a caminho de fazer a mesma coisa com o outro, aliás também algemada, Lin San San agradeceu muito a ajuda do investigador Paulo e avisou que iria com Lin San Sin dar um passeio, para ele e Liu Xun ficarem à vontade na sala.

IX

No dia seguinte, logo depois do almoço, o investigador Paulo telefonou para avisar Lin San San que o vice-prefeito estava pensando em ir averiguar a situação dos cinco estrangeiros ainda naquela tarde. Se o chinês pudesse deixar o portão destrancado, seria melhor. É que o político não quer se expor muito. A bem da verdade, Paulo mora em um município próximo e, do mesmo jeito, sua esposa é meio tonta. O problema não é ela. Mas é que a cidade tem dois vereadores de oposição, e eles às vezes enchem o saco. Claro que o vice-prefeito não pretende ir com o carro oficial, mas, enfim, terá que ser no meio do expediente.

Lin San San não teve coragem de interrompê-lo e só depois de tudo aquilo explicou, em inglês, que não conseguia entender nada. O policial, por sua vez, também não compreendeu, mas ao menos se tocou de que estavam com problemas de comunicação e, rápido, desligou. O único jeito era ir alguém da delegacia antes, ver se estava tudo certo e, caso positivo, telefonar avisando o vice-prefeito.

Foi o que aconteceu. Aquele mesmo policial novinho que descobriu os serviços dos chineses foi a pé visitá-los e, gesticulando, avisou que uma pessoa muito importante estava para aparecer. Alegre com o sucesso, Lin San San deixou o portão e a porta da rua abertos e o rapaz telefonou para o celular do vice-prefeito. Em menos de dez minutos, o cara já estava no quarto com Liu Xan. Ela, que não é boba, se vestiu de escrava.

Infelizmente, porém, o vice-prefeito brochou. Na hora que ele viu a cicatriz da mutilação, apesar de ter ouvido os comentários de que era muito gostoso, acabou perdendo o desejo. Experiente, Liu Xan passou o chicotinho para ele, mas também não funcionou. Quem sabe uma massagem, então? Enfim, ela caprichou, roçando os seios nas costas do banana, passando a mão pela virilha, na e até no, mas não teve jeito.

No quarto ao lado, com o policial novinho a história foi outra. Liu Xin deixou-o tocar a região da cicatriz, como os executivos gostavam de fazer em Pequim, mas logo puxou o garoto para a cama, ameaçando pegar o revólver para esquentar mais a coisa. A bem da verdade, o rapaz não gostou nada disso e a algemou, para não ter mais brincadeira.

Constrangedor mesmo foi quando o vice-prefeito brocha pediu para tomar uma ducha rápida e deu de cara com o policial na porta do banheiro. O rapaz também queria tomar um banho antes de voltar para a delegacia. Nessa hora Lin San San percebeu que de fato um banheiro apenas na casa era um problema. O policial, claro, deixou o político brocha ir na frente e voltou para o quarto. Como o fofinho insistia muito, Liu Xin aceitou o dinheiro, apesar de Lin San San ter dito que, da polícia, elas não deviam receber nada. Enfim, ele não precisava saber.

O vice-prefeito brocha ofereceu uma carona para o policial, mas fez o caminho de volta calado. Será que ele não gostou, o garoto especulou sem ter coragem de perguntar. Bom, mas também é verdade que as pessoas reagem de um jeito diferente.

Mal o carro com os dois saiu, outro estacionou na frente da casa dos chineses. Quatro rapazes, com todo jeito de terem dinheiro, pularam para fora, falando alto e bebendo cerveja. Quando entraram na casa e viram o tamanho de Lin San Sin e, inclusive, o das três chinesas, baixaram um pouco o tom. Infelizmente, um deles ia ter que ficar sem mulher naquele dia e o sorteio excluiu logo o motorista.

De novo, foi preciso usar a sala, mas Lin San San, sem querer sair para a cidade, avisou que esperaria com Lin San Sin e o azarado na cozinha. Os três riquinhos terminaram quase ao mesmo tempo, mas dessa vez nenhum quis tomar banho. No carro, confirmaram para o azarado que a história da cicatriz é mesmo verdade. Parece que fica mais apertado. E será que não dói? Pela cara da vagabunda, vai ver que não.

Depende da mulher. Algumas sentirão uma dor terrível pelo resto da vida, outras apenas até se acostumarem. O azarado deixou os três amigos na casa de um deles e voltou para conferir. A bem da verdade, brochou também, mas só no começo: ele estava muito ansioso.

X

Com aquele movimento todo, eles precisavam mesmo discutir a questão do dinheiro. Em Pequim, as coisas pareciam um pouco mais simples: como Lin San Sin era o encarregado pela recreação no hotel, ele administrava o serviço de massagens: uma parte do dinheiro ia para a garota e a outra, ele dividia entre algumas taxas e uma comissão pelos serviços.

Agora, o trabalho delas parecia ser a única fonte de renda dos cinco. E, tem outra coisa, Lin San San saiu logo dizendo: aquele cara que foi para a China pode ser bonzinho e ter facilitado as coisas para eles. Só que o sujeito é ambicioso e se elas não se cuidarem, vão terminar exploradas. Por fim, sem os dois ali, as garotas estavam perdidas. Por isso, elas precisam entender que se trata de um trabalho em equipe.

A primeira proposta foi a de juntarem todo o dinheiro arrecadado e dividir por cinco. Logo, porém, uma das garotas disse que a ideia lhe parecia injusta, pois se ela massageasse três caras enquanto na mesma noite (ou durante o dia, pois no Brasil o pessoal parece mais tranquilo quanto a isso), outra só trabalhasse com um ou dois, nada mais justo do que receber uma quantia maior. As outras duas garotas concordaram.

Preocupado, Lin San Sin, porém, não perdeu tempo para explicar que ele e Lin San San também eram importantes para que tudo desse certo. Basta pensar naqueles quatro caras. Eles estavam fazendo uma enorme baderna e só pararam quando viram que havia, na casa, um administrador e um segurança, por assim dizer. Dois homens, enfim.

Isso, outra garota respondeu, não está nem em discussão. Mas, a bem da verdade, ela acha errado, por exemplo, os dois ficarem com metade do dinheiro. É fácil ver que, então, eles ganhariam mais do que as próprias massagistas: se elas trabalhassem ao mesmo tempo, eles só esperando ganhariam três metades enquanto elas, apenas uma cada.

As três apoiaram essa manifestação e, preocupado com uma possível fratura no grupo, que já parecia muito dividido, Lin San San lembrou como era importante que eles permanecessem unidos. Nem precisa dizer, replicou Liu Xan, mas essa questão tem que ser resolvida. Ela mesma, então, gostaria de fazer uma proposta: para cada massagem, pagariam para os dois um valor fixo. Mas elas é que receberiam o dinheiro dos brasileiros. As outras duas, na mesma hora, apoiaram a ideia e Lin San San e Lin San Sin não tiveram mais o que fazer se não aceitar, até porque havia alguém chamando no quintal.

Era um velho mandão que foi logo entrando e, sem falar muito, disse que gostaria de ir com aquela ali. Liu Xan não gostou do jeito dele, mas nunca foi mulher de se intimidar. O problema todo é que fazendeiro, no Brasil, não costuma saber inglês e, a bem da verdade, ela demorou um pouco para explicar que queria o dinheiro antes, before, velho burro. Quando entendeu, todo orgulhoso, o coronel tirou do bolso um maço de notas e bateu o dinheiro no criado-mudo. Na mesma hora, ela viu que tinha feito uma excelente proposta para Lin San San e sem querer decepcionar aquele vovô simpático, fez uma dancinha sensual enquanto tirava a roupa.

Vem cá, minha negrona, o coronel falou com a voz trêmula. Toda meiga, a gueixa adorou e pediu para ele ensiná-la a dizer aquilo: minha negrona, minha negrona, minha negrona. O velho estava ansioso e quase rasgou a calcinha dela. Quando viu a cicatriz, porém, brochou.

O que será que acontece com os brasileiros?

No caso do coronel, o chicotinho resolveu e logo o velho pôde conhecer o poder da mulher oriental. A bem da verdade, ele não imaginava. Na saída, chegou a prometer uma casinha só para ela, mas Liu Xan não entendeu nada. Nem se esforçou, aliás: ela precisava esconder aquele dinheiro, antes que os outros resolvessem voltar atrás no acordo.

XI

Aquele cara que foi para a China está manobrando o carro na frente da casa dos chineses. Dessa vez ele veio sozinho, pois a mulher Paula tinha aula e o MBA, a essa altura, começou a ficar puxado. Claro, ela não tem medo de ser reprovada. Nada disso, até porque aquele cara que foi para a China demonstra cada dia mais interesse pelo trabalho dela. Enfim, o próprio tema, uma tentativa de união entre algumas ideias do sociólogo e ex-presidente Fernando Henrique Cardoso e as novas hipóteses inspiradas no atual modelo chinês, se deve a ele.

Ela ainda não contou para os colegas, e muito menos para os professores, mas aquele cara que foi para a China disse que talvez conseguisse uma entrevista com o próprio Fernando Henrique Cardoso. Não vai ser fácil, claro, pois desde que deixou a presidência, o sociólogo voltou à cátedra nos Estados Unidos e um horário na agenda dele precisa de sorte. Mas com a inauguração da Confucius, talvez as coisas facilitem e aquele cara que foi para a China amplie o seu já enorme networking.

Enquanto empurra o portão da casa, ele sente que a dor migrou do ombro direito para a região da bacia, do mesmo lado, porém. Aliás, é difícil que ela cruze as costas de um lado para o outro em pouco tempo. Para isso, a dor teria que atravessar a coluna vertebral, onde ela sempre estaciona por no mínimo umas doze horas.

Talvez seja importante dizer que aquele cara que foi para a China sente uma dor incômoda nas costas desde menino. Ele já tentou todo tipo de tratamento, mas nada funcionou. Hoje, a dor acabou se tornando parte do seu corpo.

Aquele cara que foi para a China parou um pouco no meio do quintal para esticar as costas e respirar fundo. Isso não porque ele sabe o que está acontecendo lá dentro, mas sim por causa da dor nas costas que sente desde menino. Ele já procurou todo tipo de tratamento. A bem da verdade, esse novo suspiro, agora, deve-se ao fato de que dois rapazes acabam de cruzar com ele no quintal e, satisfeitos, ainda pararam para dizer que o amigo não vai se arrepender.

Furioso, ele nem cumprimentou os chineses e disse que com certeza não demoraria muito para a polícia aparecer e prender todo mundo. Só depois de uns cinco minutos, viu que estava falando em português (isso por causa do olhar irônico de Liu Xan) e, sem lamentar muito, começou a falar tudo de novo, agora em inglês: furioso, ele nem cumprimentou os chineses e disse que com certeza não demoraria muito para a polícia aparecer e prender todo mundo.

Como Liu Xin e Liu Xun não entendiam inglês muito bem, Liu Xan, rindo, traduziu para elas.

Mas aquele mocinho não é da polícia?

Lin San San, então, explicou que eles já tinham feito contato com a delegacia local e, enfim, o amigo não vai se arrepender, tem que considerar o fato de que os cinco ficaram muito tempo sozinhos e precisavam trabalhar. Agora sim ele ficou nervoso de verdade e, sem perder mais tempo, disse que todos iriam voltar para São Paulo e é já.

De jeito nenhum, respondeu Lin San San, no que foi imediatamente apoiado pelos outros chineses.

XII

Todo executivo realmente bom sabe que não pode ficar por aí perdendo a calma com qualquer coisinha. Muito menos, em uma situação de discórdia dar um murro no interlocutor, só porque ele está defendendo um absurdo. Em casos assim, você deve agir apenas até onde for a sua responsabilidade. Depois, quando os prejuízos chegarem, o problema é de quem insistiu em um caminho equivocado. Alertar os outros, claro, é sempre um de seus deveres. Mas se descabelar, gritar, ter acessos de fúria e até mesmo esmurrar o interlocutor são ações estranhas ao mundo dos executivos de primeiro escalão.

O amigo não vai se arrepender, portanto, copiou o número do celular (de novo) em uma folha que encontrou por ali e saiu sem dizer mais nada. Se esses filhos da puta traidores querem viver assim, ele não vai impedir. No portão, o rosto fechado do executivo assustou dois caras que tinham ido conferir a tal história das três chinesas. Será que é mentira o que o chefe de gabinete do prefeito contou? Pela cara do sujeito, deve ser.

Mas não era, como logo os dois descobriram. Inclusive o mais velho brochou, mas só por um tempo, como aliás aconteceu com o coronel. Esse aqui, porém, não quis dar umas chicotadas na sua escravinha, apenas se acalmou apalpando a cicatriz. Quando cada casal foi para um quarto, Lin San San comentou com Lin San Sin e com Liu Xun que o ideal era que apenas duas trabalhassem de cada vez, pois fica meio constrangedor esse negócio de usar o sofá e eles lá na cozinha, controlando quem já tinha terminado, por onde o cara devia passar, essa coisa toda.

Se mais algum cliente chegasse enquanto os quartos estavam ocupados ele poderia tranquilamente esperar na sala, coisa que, dito e feito, não demorou a acontecer. Mas foi preciso deixar Liu Xun na cozinha, pois ela já estava começando a se engraçar para cima do sujeito.

Outra coisa importante seria determinar um horário rígido de funcionamento da casa. No dia seguinte, dois moleques de uns dezesseis anos, no máximo, apareceram às oito horas da manhã.

Devem ter fugido da escola. Claro que foi. Que sem-vergonhice. Por isso que a gente tem que ter muito cuidado com esse negócio de dar mesada. É verdade, menina. Depois, aparecem essas piranhas, por aí. Nossa, é o que mais tem hoje em dia. Meu marido disse que o melhor é arranjar um cartão do banco. Mas aí não gasta mais? De jeito nenhum, primeiro porque essas putas não têm como receber com cartão. Vagabundas. Depois, dá para controlar direitinho os gastos. E como é que a escola permite, menina, que os alunos fiquem andando por aí? O pior você não sabe, parece que quem deu a dica foi o inspetor. Bem que eu nunca confiei naquele sujeitinho. Ele tem cara de malandro mesmo.

Lin San San explicou para os moleques que as massagens começam às catorze horas e vão até a meia-noite. Antes, é impossível.

Porra, bicho, esses caras não sabem ganhar dinheiro.

É foda.

Mas Lin San San não conseguiu voltar a dormir e, como na noite anterior eles tinham dividido o dinheiro, resolveu sair um pouco e comprar umas latas de cerveja. No caminho, acabou tomando uma pinga no bar da praça (o dono do bar, sim, sabe como ficar rico) e, como na China não era permitido, bebeu outro trago e, por fim, só mais um. É a saideira, que chama, meu amigo, saideira. Repete aí: saideira, saideira. Mas para um falante de chinês não é tão fácil falar saideira. No bar, o velho Paulo, já bêbado àquela hora, não se constrangeu e chamou o amigo para conversar. Aí, meu chapa, é verdade que tem umas negrona lá? Mas Lin San San não conseguiu entender nada e estranhou aquele cara cheio de liberdades, colocando a mão em seu ombro. Mais duas doses de saideira e ele enfiou a mão na cara do homossexual. Aí, seu preto filho da puta, um taxista gritou quando o viu esmurrar o Paulo. Por sorte, dois policiais estavam passando e, antes que a coisa virasse desgraça, levaram Lin San San de volta para casa.

XIII

Desde as catorze horas, quando abriu oficialmente, o movimento na casa está muito bom. Aconteceu mesmo o que Lin San San e Lin San Sin previram: o entra e sai nos quartos tornou-se quase contínuo e, então, uma das garotas sempre precisava ficar esperando na cozinha. Mais ou menos a partir das dezoito horas, começou a encher de gente. Como muitos homens se recusavam a esperar na sala, por causa do constrangimento, já que deve ser estranho mesmo passar o tempo jogando conversa fora com um desconhecido sabendo que, logo, ele. Pior, então, seria ficar ali conversando com o vizinho, o chefe da fábrica ou, quem vai saber, o professor da faculdade.

Enfim, como muitos homens se recusavam a esperar na sala, por causa do constrangimento, acabou se formando uma fila de carros na rua. Alguns preferiam aguardar no terreno ao lado da casa, sobretudo os que tinham vindo a pé. É claro que o casal de idosos que morava ao lado estava desolado, pois nem dormir direito conseguia mais.

Eles já tinham percebido que não adiantaria chamar a polícia. Depois de tantos anos trabalhando na prefeitura para poder comprar uma casinha, é isso que a gente ganha. O jeito é falar com algum político e, se não funcionar, chamar a televisão.

A dificuldade com o idioma também causou, no começo, um pouco de bagunça. Todo mundo acha que sabe, mas na hora que precisa falar inglês, é aquele vexame. Dois caras começaram a discutir quando um dos quartos ficou livre, pois se julgavam no direito de ocupá-lo sem esperar mais. A coisa só começou a se ajustar quando os chatos viram o tamanho do Lin San Sin, a partir daquele momento o encarregado da fila. Para evitar briga, ele e Lin San San viram que o ideal seria entregar senhas, mesmo que feitas a mão.

O método foi bom, mas deu um pouco de trabalho: Lin San San escreveu trinta números em alguns pedaços de papel que Lin San Sin tinha arranjado, mas utilizou os algarismos chineses, que ali na fila definitivamente ninguém entendia. Esses caras precisam de um empresário. Quando finalmente as senhas em algarismo romano ficaram prontas, com uma pequena ajudinha de Lin San Sin as coisas se organizaram. Ninguém vai querer confusão com um cara daquele tamanho.

Mesmo o vice-prefeito brocha, que chegou às nove, teve que esperar e só foi atendido às dez e quinze. O cara brochou de novo, mas ficou com vergonha de sair dez minutos depois de entrar no quarto. Para aquele povo todo lá fora não espalhar que ele tem ejaculação precoce, o vice-prefeito resolveu ficar fazendo umas perguntas para Liu Xun. Enfim, o inglês dele é péssimo e ela só entende chinês, ainda por cima. A garota, contornando a vontade do brochão de falar, até tentou por uns vinte minutos excitá-lo, mas como não conseguia mesmo, o jeito foi fazer uma massagem de verdade.

Mas o brochão não relaxou. No dia seguinte, inclusive, ele recebeu a dona Paula na prefeitura. Cidade pequena é assim mesmo: se a pessoa der sorte, consegue até falar com o vice-prefeito brocha. Ela lhe explicou que cinco estrangeiros (parece que foi um brasileiro que trouxe, inclusive, rapaz, o filho da dona Paula) estavam abrindo uma casa de tolerância ali mesmo em um bairro residencial, onde passam adolescentes, famílias, enfim, a cidade inteira. O movimento está ficando insuportável, de noite ninguém consegue mais dormir, não para de estacionar carro e ela já está vendo a hora.

Por exemplo, o senhor sabe.

O vice-prefeito brocha ficou absolutamente indignado e prometeu conversar tanto com o presidente da Câmara dos vereadores quanto com o prefeito naquele mesmo dia. E foi o que ele fez, insistindo que aquela sem-vergonhice ainda iria causar problema para eles. O próprio prefeito, aliás, já tinha ouvido poucas e boas da sogra. O que é que a cidade está virando? A bem da verdade, o que começou a deixar as mulheres loucas é o boato de que aquelas três vagabundas têm alguma coisa que deixa os homens subindo pelas paredes, por assim dizer.

XIV

Exaustas, as três gueixas foram dormir às duas horas da manhã. O combinado era que a casa fechasse à meia-noite. E foi o que aconteceu, mas cinco homens ainda tinham senha. E, com muita razão, a bem da verdade (e isso precisa ficar muito claro), alegaram que tinham direito ao atendimento. Um deles, o Paulo, sabia falar inglês e conseguiu argumentar com Lin San San. Do contrário, Lin San Sin teria que gentilmente lhes pedir para que voltassem no dia seguinte.

Claro, não é assim que a gente fideliza um cliente. Se vocês querem fechar as portas à meia-noite, devem encerrar a distribuição de senhas às vinte e duas horas. Esse cara está bom para trabalhar na Confucius.

Sem ter mais o que fazer, Lin San San concordou e encerrou o movimento da noite com aqueles cinco, a bem da verdade, muito educados. Três outros homens ainda apareceram, mas aí sim não conseguiram nada. Dois foram embora conformados mas um, meio bêbado, tentou invadir a casa, no que precisou ser contido por Lin San Sin.

Não foi uma coisa violenta, Lin San San explicou no dia seguinte para o delegado, que ainda não conhecia a casa. Os dois outros policiais que estavam com ele, por sua vez. Positivo, o outro respondeu. A bem da verdade, se não fosse recém-casado, o delegado também teria acompanhado seus policiais na primeira diligência que tinham feito. Mas, além de morar ali perto, a mulher dele é filha do fazendeiro mais poderoso da região e para o velho mandar matar alguém, todo mundo sabe que precisa de pouco.

Positivo, o delegado respondeu. Mas vocês mal chegaram ao Brasil e já estão criando confusão. Estrangeiro não pode ficar fazendo esse tipo de coisa. Ingênuo, Lin San San tentou dizer que tinha obtido autorização da polícia, no que foi cortado pelos dois agentes: você não está insinuando que? O delegado avisou que uma coisa como aquela já seria suficiente para levá-lo preso, mas como o inglês dele é meio capenga, Lin San San pediu tanto para ele repetir quanto para traduzir o que os outros dois policiais, clientes da casa, tinham dito. Não deu muito certo.

Na Câmara dos vereadores, logo que a sessão abriu, o presidente pediu a palavra, antes de começar os trabalhos regulares, e perguntou se os digníssimos colegas por acaso sabiam o que aquela cidade estava virando. Os senhores sabem, os senhores sabem, eminentes vereadores? Pois eu convidei sua excelência, o vice-prefeito brocha, para contar para os senhores, eminentes vereadores, que como bons chefes de família ficam em casa cuidando dos filhos e não sabem que, nessa cidade, eminentes vereadores, e nem tão na calada da noite assim, eminentes vereadores.

O brochão subiu à tribuna e contou o que vários deles já sabiam. Enquanto isso, Liu Xin e Liu Xun tentavam arrumar as coisas sem perder tempo, pois Lin San San tinha telefonado para aquele cara que foi para a China para falar a história da polícia, e ouviu o seguinte: é melhor vocês me escutarem, numa boa e sem exploração, porque o Brasil não é nenhuma China. Alguém jogou uma pedra na janela da sala enquanto os dois conversavam, e Liu Xan começou a chorar.

Aquele cara que foi para a China pediu para que eles trancassem a porta e deixassem tudo pronto para vir para São Paulo. Ele logo avisaria como o transporte seria feito.

O que aquele cara que foi para a China fez, simplesmente, foi telefonar para uma dessas empresas de táxi em São Paulo mesmo. Por sorte, eles tinham convênio com uma outra rede de Campinas, uma cidade maior perto de onde os chineses estavam, e duas horas depois, uma van usada para transporte em eventos estacionou na frente da casa e os cinco fugiram em direção a Osasco, onde aquele cara que foi para a China comprou uma propriedade para abrir a Confucius. Foi providencial, pois o delegado estava voltando para prender Lin San San e Lin San Sin, a pedido da Câmara de vereadores da cidade.

XV

Quando a van chegou na frente do hotel, aquele cara que foi para a China os esperava. Não dá para dizer que ele estava nervoso. Aliás, como todo executivo de sucesso. Mas foi preciso ter uma conversa séria, pois se não parassem de aprontar, os cinco seriam deportados para a China e aí. Enfim, não é necessário continuar: depois de fugir, roubar um carro do governo, subornar os soldados na fronteira e vai saber mais o quê, vocês agora não estão querendo voltar, estão?

Isso nunca, Lin San San respondeu constrangido. Lin San Sin concordou. Os dois estavam muito confusos com o comportamento da polícia. Ora, na China, combinado o apoio, tanto os policiais quanto o Exército não costumam voltar atrás depois. Aqui é o Brasil, aquele cara que foi para a China respondeu. Quando você muda de uma cultura para outra, não pode achar que os acordos são tratados da mesma forma.

Mais calmo, talvez por estar entrando em sua especialidade, aquele cara que foi para a China explicou que a empresa que ele está abrindo será uma espécie de escola (não é bem isso, acrescentou) que ensinará esse tipo de coisa. E todos os cinco vão ser importantes, mas por enquanto é preciso esperar a reforma ficar pronta. Ninguém tem sucesso na vida sem muita paciência, continuou todo realizado.

Os chineses parece que entenderam e, então, aceitaram esperar tranquilos. Aquele cara que foi para a China reservou dois quartos para eles, um para Lin San San e Lin San Sin e outro para as gueixas. O hotel não é nenhum Hilton, mas parece confortável: tem uma piscininha e eles podem se divertir na miniacademia ou na sala de jogos.

Mas vai ser difícil aguentar todo esse tempo sem fazer nada. Aquele cara que foi para a China já percebeu isso, e resolveu: vocês vão estudar. Agora, já não é mais aquela vida. Logo a empresa ficará pronta e, com os clientes de alto nível que irão passar por lá, todos precisarão estar bem preparados.

Aquele cara que foi para a China quer que eles aprendam português. Ele gostaria que o poeta Paulo (um parente da mulher Paula que já começou a ajudá-lo com o livro) fique responsável por isso, mas não sabe se o cara vai aceitar, já que ele parece meio frustrado com essa coisa de ensino.

Antes de ir embora, ele recomendou que pelo menos nesse final de semana os chineses não saíssem do hotel. Dá para pedir comida pelo interfone. E, se possível, Lin San San deve ficar de olho nas gueixas, pois antes da inauguração da Confucius elas não devem trabalhar.

XVI

O jantar foi rápido pois aquele cara que foi para a China e a mulher Paula queriam ir para a casa da mãe dele ainda naquela noite. Sempre estranho, mas muito gentil, o poeta Paulo disse que já tinha começado o esboço da introdução do livro dos mandarins, mas precisava de umas informações a mais para o texto do site da Confucius. Para elaborar o material, ele tem que saber que tipo de feição a home page vai ter: os textos vão aparecer logo um abaixo do outro, ou estarão divididos em páginas internas?

Aquele cara que foi para a China não tinha pensado nisso. Ele gostou da pergunta e prometeu decidir durante o final de semana. O poeta Paulo, de fato, é um profissional moderno: ele não apenas cumpre o que lhe foi pedido, como também reflete de uma maneira independente, propõe soluções e traz suas dúvidas para discuti-las com o resto da equipe. A Confucius começa com bons presságios.

Mas o objetivo do jantar é outro. O poeta Paulo ainda não sabe, só que cinco funcionários da Confucius vieram especialmente da China para trabalhar na empresa. Eles estão hospedados em Osasco, em um hotel perto de onde a consultoria vai funcionar, e precisam aprender pelo menos um pouco de português. Claro que esse é outro serviço, com um valor separado.

A bem da verdade, o poeta Paulo estava cansado desse negócio de ensinar. Ele passou a vida tentando fazer uma carreira universitária e agora, com mais de quarenta anos. Nossa, ele tem tudo isso? Pois é, não parece. E nessa idade ainda fica com essa história de fazer poesia? Já na estrada, aquele cara que foi para a China espantou-se com a idade de seu ghost-writer. Se bem que ele é mesmo esquisito. Mas sempre foi, a mulher Paula respondeu. O importante é que o cara está fazendo um ótimo trabalho, ao menos até aqui.

Exato.

A bem da verdade, o poeta Paulo estava cansado desse negócio de ensinar. Ele passou a vida tentando fazer uma carreira de professor universitário e agora, depois dos quarenta, só não foi demitido da faculdade onde trabalha porque o pessoal acha que um tipo como esse sujeitinho, para você ver, não merece nem isso. Mas não é essa a história que ele conta por aí: o ensino nesse país. Mas agora, sendo aulas particulares e de um assunto novo, o poeta Paulo resolveu topar. Sem falar que não dava para recusar aquele pagamento. Ele começaria na segunda, no final da tarde.

Aquele cara que foi para a China e a mulher Paula chegaram de madrugada à casa da mãe dele. De fato, o vidro da janela da sala estava quebrado, mas o resto parecia mais ou menos em ordem. Meia hora depois, porém, dois rapazes bateram na porta, ao ver um carro estacionado na frente do quintal. Não, aquele cara que foi para a China respondeu irritado, não tem nada disso. A mulher Paula se sentiu ofendida, por sua vez.

No dia seguinte, os dois encontraram um vidraceiro para consertar a janela e passaram na delegacia. O que é isso, doutor, o delegado foi logo dizendo, não tem problema nenhum, é que o doutor precisa entender, sabe como é, cidade pequena, doutor. O doutor, então, explicou que pretendia colocar a casa à venda e que o problema dos chineses foi só um mal-entendido. O delegado ainda quis saber para onde eles tinham ido: quem sabe, longe da cidade, ele não pudesse conhecer uma daquelas gueixas.

O doutor falou da consultoria e fez questão de pegar o número do celular do delegado. De repente, a polícia não se interessa por incorporar as maneiras mais contemporâneas de organizar as atividades, programar a vida, enfim, tudo isso? É preciso ficar claro que a Confucius não vai atender apenas empresas e, ainda, será capaz de desenvolver programas específicos para determinados tipos de cliente. O delegado agradeceu e prometeu levar a ideia para o chefe regional, em Campinas.

Depois que saíram da delegacia, com tudo em ordem, o doutor e a mulher Paula foram à única imobiliária da cidade. É melhor que a placa de vende-se seja colocada logo: assim a casa fica protegida de outros ataques de fúria. Naquela mesma tarde, então, o corretor pendurou uma faixa. O imóvel seria vendido com a mobília, mas sem nenhum acréscimo no valor. Um bom negócio, portanto. O doutor trouxe para São Paulo apenas os seus brinquedos velhos, alguns livrinhos infantis e os volumes todos que sua mãe tinha colecionado sobre dor nas costas. Ela devia sofrer muito, a mulher Paula comentou, mas o doutor não respondeu.

XVII

Na mesma segunda-feira em que o poeta Paulo, no final da tarde, começou a ensinar português para os cinco chineses, o sonho da Confucius por fim. O doutor resolveu simplesmente contratar uma empresa de engenharia para realizar a reforma. Fica mais fácil, comentou o arquiteto, e você não tem a dor de cabeça de fiscalizar cada passo do trabalho.

O projeto é lindo. Por trás dos muros altos (o doutor tentou evitá-los, mas o arquiteto argumentou que seriam importantes para que o clima oriental fosse mantido), a pessoa vai deixar o carro em um estacionamento próprio da empresa. Mais para a frente, inclusive, a Confucius deve oferecer o serviço de transporte através de vans, mas isso exclusivamente para os grupos maiores. No início, ao menos, o doutor pretende trabalhar apenas com coaching, counseling e mentoring, ou seja, individualmente. Quando os executivos perceberem o que significa a nova proposta, eles mesmos vão reivindicar um atendimento para um número maior de clientes.

Quando chegar à Confucius, a pessoa vai deixar o carro em um estacionamento próprio. Depois, seguirá por um pequenino jardim chinês, a bem da verdade japonês.

Não vem ao caso: então, a pessoa seguirá por um jardim oriental, cujo clima de tranquilidade e paz já dará sinal de como a Confucius trabalha. A casa será toda térrea e, ao menos no início, terá algumas salas para o trabalho individual, um auditório para sessenta pessoas e, talvez o que seja a grande novidade, um pequeno refeitório com algumas mesas e uma cozinha atrás. Seguindo pelo corredor, pequeninas suítes servirão para o executivo que comprou o pacote completo de um final de semana não volte para casa e, com isso, perca o clima da Confucius.

Uma porta lateral, quase sempre trancada, dará acesso às dependências onde as três gueixas e os dois chineses, que por enquanto vão desempenhar a função de caseiro e segurança, vão morar. Atrás do auditório ficará uma sala onde o doutor pretende trabalhar e receber as visitas ilustres da Confucius.

Fernando Henrique Cardoso será um dos primeiros convidados.

XVIII

O poeta Paulo preparou três expressões para começar a aula com os chineses. Sua intenção era quebrar o gelo e parecer simpático. Quando chegou ao hotel, quem o aguardava eram cinco negros. Com um inglezinho bem capenga, ele disse que alguma coisa devia estar errada, pois o doutor lhe dissera que a aula seria para cinco funcionários da Confucius que tinham vindo da China.

A bem da verdade, algumas pessoas não se tocam mesmo. Mas não foi isso que Lin San San respondeu: somos nós. Desconcertado, o poeta Paulo resolveu dar a aula que tinha preparado.

Uma catástrofe.

Ele não conseguiu se concentrar e, com a voz trêmula, seu inglês ficava ainda pior. Sem falar que Liu Xin e Liu Xun só entendem árabe. O ideal para esse tipo de aula é usar apenas o português mesmo. Foi o que ele fez, a certa altura, chamando Liu Xan para simular com ele uma espécie de teatrinho com os cumprimentos básicos. Oi, tudo bem, essas coisas.

Quando a gueixa chegou perto do professor, a tremedeira dele aumentou mais. Vai ver que ele tem medo de mulher, Liu Xin comentou com Liu Xun. Com certeza, com aquele cabelinho... As duas então combinaram de, já na próxima aula, dar um jeito para descobrir as preferências do professor. Ele, antes de ir embora, acabou passando mal e vomitou no banheiro da recepção do hotel.

Baita cara fresco.

XIX

Antes de preparar a segunda aula de português para os cinco chineses, o poeta Paulo resolveu marcar uma reunião para esclarecer algumas coisas com o doutor. Aqui, é necessário deixar claro que ele não é grosseiro e muito menos tem o hábito de agredir as pessoas. A bem da verdade, o poeta Paulo é cordial, tímido e prefere sempre falar pouco. Alguns o enxergariam como uma pessoa prudente e reservada.

O que ele costuma fazer quando não se sente bem em uma situação é, muito sutilmente, demonstrar isso através de duas ou três perguntas a quem ele acredita ser o responsável. Desse jeito, o poeta Paulo dá a oportunidade para o outro esclarecer as coisas e ainda passa por alguém interessado e, a bem da verdade, gentil.

Ele só faz isso porque não consegue falar diretamente. Em casa, o poeta coleciona uma série de cadernos com todo tipo de denúncia: do que testemunhou, ouviu dizer, ou suspeita. São provas, indícios, depoimentos que ele imagina que tal pessoa faria, dados que pretende aprofundar sobre as mais diferentes hipóteses. As anotações vão desde o superfaturamento que acredita ter sido feito pela gráfica que imprimiu seu livro de poesia até as ligações escusas de algumas editoras com os jurados habituais dos prêmios literários no Brasil (no exterior ele não tem muita notícia, embora esteja progredindo nas pesquisas). Por isso, nunca consideraram o livro de poemas dele. Esses criminosos não leem edições independentes.

O poeta Paulo tem um caderno só com denúncias que ele vem colhendo há anos contra seu antigo orientador de mestrado. O cara perdeu o trabalho dele, provavelmente de propósito, e com isso o poeta precisou começar a pós-graduação de novo. Isso evidentemente atrapalhou a sua carreira acadêmica. Agora ele tem que se submeter a todo tipo de constrangimento.

De vez em quando, ao enxergar uma situação que lhe pareça apropriada, ele tenta tornar públicas suas provas. No entanto, como tem dificuldade de comunicação, nunca consegue direito e, a bem da verdade, sempre acaba saindo como o pateta da história.

O poeta Paulo, então, começou a conversa perguntando se o doutor realmente tinha certeza de que aqueles cinco vieram mesmo da China. Ora, claro que sim. Eu mesmo os trouxe.

Exato.

E até aqui, além disso, tenho gostado muito do seu trabalho. Certo. Bom, desde a época dos artigos para o jornal, venho notando o quanto você é sério. Lógico. Também admiro muito a sua discrição. Sem falar na velocidade. Tem que ser. Parece que você não tem dificuldade para entender as coisas. Eu explico uma vez e você logo aparece com o que eu pedi e mais um pouco.

Entendo.

Para a filosofia contemporânea, você é um típico pró-ativo. Se desenvolver essa habilidade, vai fazer sucesso. Aliás, eu vou te dar um adiantamento hoje. Não é isso. Claro, mas eu faço questão. Sem dúvida, as aulas para os chineses são importantes, mas o livro dos mandarins.

Exato.

Sem dúvida, as aulas para os chineses são importantes, mas o livro é fundamental para a Confucius. Então, eu quero te dar esse adiantamento e perguntar se você não aceita rever o cronograma que nós fizemos. Pois é. Não sei como você está de tempo. Claro, podemos sim. Rapaz, que bom. Outra coisa que eu quero te deixar bem claro: nossa parceria não vai acabar aqui. Quando a consultoria estiver funcionando, eu pretendo continuar a escrever, até porque outras ideias devem surgir com o trabalho. Inovador, coloque esse termo no livro.

Exato.

Em casa, o poeta Paulo começou outro caderninho para anotar aquele verdadeiro crime. Não são chineses nada. Talvez devesse colocar na internet. Até aqui, porém, ele tem pouca coisa. O ideal é juntar mais material. Aquelas três gueixas são um prato cheio.

Muito cheio.

XX

Para a segunda aula de português aos cinco chineses, o poeta Paulo preparou apenas uma continuação dos cumprimentos, aprofundando-os um pouco, e resolveu também passar algumas fórmulas de apresentação. Coisa mesmo do tipo muito prazer, meu nome é poeta Paulo. Muito prazer, eu sou a Liu Xun.

Essa segunda aula também foi catastrófica.

Primeiro, porque nenhum deles tem exatamente experiência com o alfabeto romano. Lin San San, Lin San Sin e Liu Xan se viram bem em inglês, mas sobretudo falando. Claro, eles também conseguem ler mais ou menos adequadamente. Escrever, porém, só Lin San San tem alguma prática. O poeta Paulo passa na lousa e eles tentam copiar, mas demora muito e, a bem da verdade, não parece estar fazendo sentido.

Para Liu Xin e Liu Xun, não mesmo. Elas sabem apenas o chinês, cujo alfabeto é muito diferente, e estão com extrema dificuldade para copiar aquelas letras. A bem da verdade, no entanto, isso não as preocupa muito: elas nunca foram de levar esse negócio de escola a sério. Para as duas, na aula de hoje, a principal preocupação é descobrir se o poeta Paulo gosta de mulher. Eu acho que não. Eu também.

Depois de passar os cumprimentos na lousa, o poeta Paulo resolveu praticar e, desavisado, chamou Liu Xun para simular uma apresentação com ele. A garota, claro, adorou e, balbuciando um muito prazer quase incompreensível, colocou os seios na cara dele. O poeta, intimidado, deu um passo para trás e encostou-se na parede. Experiente, Liu Xun se aproximou ainda mais e, sem vacilar, colocou a mão esquerda do poeta entre as suas pernas e tentou dizer meu nome é Liu Xun. Não deu certo, mas mesmo assim os outros chineses morreram de rir.

Muito trêmulo, o poeta Paulo tentou se desvencilhar dela, mas a garota insistia. Um constrangimento. Ela só desistiu quando o professor a empurrou para trás e começou a repetir: o próximo, o próximo, o próximo. Mas eles não sabem o que é o próximo, pateta.

Naquele inglezinho capenga, então, ele encerrou a aula. Insatisfeita, porém, Liu Xun pediu-o para subir com ela para o quarto, pois a garota precisava de um pouco de reforço. Quem traduziu foi Liu Xan, que não parava de rir. O poeta ficou ainda mais humilhado.

Mas ele foi! Fechados no quarto, Liu Xun sentou no colo dele e passou a ponta dos dedos no rosto do professor. Se ela sugeria com isso alguma coisa, fica difícil saber. O poeta Paulo, porém, percebeu que, acaso saísse correndo, não conseguiria mais trabalhar com o doutor e, enfim, o que ele mais poderia fazer? Vida de poeta é difícil. O jeito foi entrar no jogo. Liu Xun, quando viu seu interesse, ficou em pé e foi logo tirando a roupa. Como todo poeta, porém, Paulo é sensível: a garota abaixou a calcinha e, na mesma hora, ele desmaiou. Foi preciso chamar o cara da portaria para ajudar a reanimá-lo.

XXI

O poeta Paulo (a pessoa que está ajudando com o livro dos mandarins e os textos da Confucius) marcou um outro jantar com o doutor e a mulher Paula. O que ele disse foi mais ou menos o seguinte: olha, não sei se eles já falaram, se não com certeza vão, mas o fato é que eu não estou conseguindo conciliar a redação desses textos todos com as aulas de português para os chineses. Por isso, eu quero devolver o adiantamento e voltar ao acordo anterior, só com a redação mesmo.

De jeito nenhum, o doutor respondeu. As aulas ficam a partir de agora suspensas, mas o dinheiro é seu, como bônus pela honestidade que você vem demonstrando. Uma pessoa mais irresponsável, ou que não estivesse de fato preocupada com a Confucius, continuaria sobrecarregada, só para mostrar serviço. E no final, não conseguiria um bom resultado, nem nas aulas e muito menos nos textos. Eles, a bem da verdade, é que são fundamentais.

Mais tranquilo, o poeta Paulo passou o resto do jantar fazendo perguntas sobre o tempo que o doutor ficou na China. Como era, o que ele fazia, como conheceu aqueles cinco, por que os escolheu. Depois, em casa, ele anotou tudo no caderninho. Confuso, porém, ainda não sabe exatamente como organizar a denúncia. Talvez precise de mais tempo com o canalha para entender direitinho o que está acontecendo. Incomoda-o sobretudo o que pode ter visto quando Liu Xun abaixou a calcinha. Como desmaiou, ele agora não sabe se realmente havia ali uma cicatriz ou se foi alguma confusão, pois àquela altura sua vista já estava embaçada.

Os chineses também não ligaram muito para a interrupção das aulas. A bem da verdade, aquele idiota não conseguiu ensinar nada. Era divertido. Isso sem dúvida, mas acaba cansando. E depois, para que as gueixas precisam saber português? Talvez Lin San San, que vai acabar sendo motorista da Confucius, e Lin San Sin, o segurança. Mas os dois vão aos poucos, e na prática, começar a se virar. E outra coisa: como está na cara que eles são chineses, ninguém vai ligar muito para os erros de português e a dificuldade de comunicação dos cinco. Sem falar nas gueixas, aí é que não faz diferença mesmo.

A bem da verdade, aqueles cinco estão no Brasil para trabalhar na Confucius, uma nova empresa de consultoria que, aos poucos, vai transformar o pensamento corporativo no país. A reforma tem sido veloz, mas ainda falta muito. Quem por enquanto tem sofrido mais com tanto tempo sem ter o que fazer é Lin San Sin. Enfim, é isso que as pessoas poderiam pensar da melancolia que, aqui e ali, em alguns momentos do dia ele já não consegue esconder.

Mas a verdade é que Lin San Sin está com saudades da China. Outro dia, ele foi até a calçada do hotel e, fixando o olhar no horizonte, do outro lado da rua não encontrou rio nenhum, só um prédio muito parecido com o que está morando. De vez em quando, ainda, ele sente o cheiro que o Nilo lançava. Para dormir, todo dia ele fecha os olhos imaginando o barulho que o encontro dos dois rios, o Branco e o Azul, faz ao formar o Grande Nilo.

Já Liu Xan fez certa amizade com uma garota que trabalha no hotel, atendendo o telefone e às vezes cuidando do cadastro dos hóspedes. Como sabe um pouco de inglês, e nem sempre tem o que fazer, a menina resolveu se aproximar daquela estrangeira exótica e agora as duas passam muito tempo conversando. Liu Xan não sente nenhuma saudade da China, a bem da verdade.

XXII

O doutor não dormiu bem à noite. A presença da mulher Paula não o acalmou. Evidentemente, como um executivo de experiência e, mais ainda, um intelectual, ele não pode ficar por aí demonstrando excitação com qualquer coisa. Sem falar que ansiedade é um sentimento que não existe na vida de nenhum profissional de sucesso. Isso ele fez questão de repetir para o poeta Paulo, porque a lição precisa aparecer diversas vezes no livro dos mandarins: afaste a ansiedade da sua vida.

Afaste a ansiedade da sua vida, o doutor repetiu na cabeça: afaste a ansiedade da sua vida. Ele insistiu: afaste a ansiedade da sua vida, mas o sono não veio. Afaste a ansiedade da sua vida, o doutor ainda balbuciou mais duas vezes: afaste a ansiedade da sua vida.

É difícil, ele admitiu irritado, enquanto tentava elaborar uma boa estratégia para explicar no livro por que em algumas situações. Comemorar não é ansiedade, porém. Todo executivo de sucesso às vezes sente vontade de festejar uma conquista. Claro, não é o caso de dizer que um homem empreendedor, quando chegam os resultados, deva dar uma festa ou marcar um daqueles encontros em um barzinho da moda. Executivos vencedores não são vulgares.

Nesse caso, ele está dizendo uma festa interior. A propósito, é um procedimento muito comum entre os chineses. As pessoas dizem que os orientais costumam ser tímidos. Não é bem isso: eles conversam muito consigo mesmos e, assim, sempre conseguem chegar a um equilíbrio. Não é preciso sair falando por aí. Comemore o seu sucesso conversando na imaginação com você mesmo. É a melhor festa para alguém que alcançou um resultado notável, mas sabe que a discrição é uma qualidade fundamental para todo grande executivo.

E então, doutor, como você está se sentindo com todo esse sucesso? Bem, é claro, mas com vontade de enfrentar novos desafios. Finalmente a sua empresa vai sair do papel. Pois é, mas exigiu muito esforço. Eu imagino. E tem também o livro. Ah, sim, eu soube que você está escrevendo um. O pessoal anda falando muito? É normal. O problema é a inveja. Mas você não deve dar muita atenção a isso. Claro, mas é preciso ter cuidado. Vai chamar Confucius? É, mas então todo mundo já sabe? Essas coisas espalham rápido. Eu prefiro sempre ser discreto. Claro, só que não tem como. Depois, as pessoas tentam atrapalhar. Deixa disso. Enfim, vai mesmo chamar Confucius. Parece que você trouxe umas pessoas da China. Pois é. Da China mesmo? E por que você está perguntando? Só para saber. Espero que você esteja do meu lado. É lógico que estou! Eu não tenho mais detalhes. O que é isso, em mim você pode confiar. Vou guardar segredo, é bom para o negócio. É verdade, mas quanto a mim. Tem muito filho da puta por aí. O que é isso, você não está insinuando? A gente nunca sabe. Porra cara. Vai para o inferno que te carregue.

No dia seguinte, o doutor acordou tenso e viu que ainda falta muita coisa para a Confucius: uma secretária, por exemplo. A mulher Paula concordou. E essa história de vários psicólogos? Por enquanto só tem ela. Nervoso, ele pediu para a mulher Paula deixá-lo sozinho.

O doutor, então, pegou uma folha de papel e listou as necessidades da Confucius. Nesse momento, um funcionário que sirva um pouco como secretário e muito de administrador. Claro, ele não pode contratar ninguém como a tal Paula, aquela retardada que levava na bolsa uma foto do sobrinho e ainda dizia que tinha medo do vento. Mas bem que o Paulo, o cara que devia ter ocupado o lugar dele no banco (mas que foi preterido por um certo Paolo, vulgo Cholo, um peruano grosso e incompetente), talvez servisse para a função. O problema é que ele vai ter que pagar um salário para o cara e o orçamento já está muito apertado. Não tem jeito, porém.

XXIII

O doutor não demorou para telefonar para o Paulo, um dos funcionários mais competentes que passaram pelo Setor de Desenvolvimento do banco. Ele seria o sucessor natural para o cargo do chefe. Era mais ou menos o que todo mundo pensava quando a presidência passou o anúncio oficial de que o Diretor de Desenvolvimento tinha sido, de fato, selecionado pelo pessoal de Londres para integrar o Projeto China, uma espécie de força-tarefa que ficaria sediada nessa nação milenar para encontrar formas do banco se integrar ao seu fantástico crescimento.

Mas o amigo Paul acabou precisando acomodar um executivo problemático que estava sendo transferido do Peru. E por que não demitiram direto esse filho da puta? Em uma corporação das dimensões do banco, não é possível resolver as coisas desse jeito sempre. Nem o Godói é demitido.

Paulo aceitou na mesma hora o convite para se encontrar com o ex-chefe, a bem da verdade uma espécie de inspiração, inclusive. Aliás, foi depois da indicação do doutor que ele começou a admirar a obra do ex-presidente e sociólogo Fernando Henrique Cardoso. Fazer uma entrevista de emprego em uma reforma é estranho, mas o doutor gostaria de mostrar, desde já, como será a Confucius.

Nem é preciso dizer que Paulo aceitou. No começo, o salário será o mesmo que ele recebe no banco. Mas, com a consultoria crescendo, é lógico que então o doutor terá condições de aumentar. Paulo, ainda, poderá desfrutar de um ambiente intelectual, cheio de desafios e com exigências novas a cada dia. E para o currículo será uma maravilha. A única coisa que o doutor pedia, é para que ele esperasse um pouco para comunicar sua decisão ao banco. Ele tem, dali a três dias, uma reunião com o amigo Paul e quer, então, evitar rumores.

Animado com o aumento da equipe, o doutor resolveu marcar a primeira reunião com todos os funcionários da Confucius: a mulher Paula, o poeta Paulo, Paulo e os cinco chineses. Para facilitar, reservou uma salinha no hotel onde os estrangeiros estão hospedados.

A bem da verdade, apesar da cara estranha que o poeta Paulo fez do começo ao fim, a reunião foi muito produtiva. O doutor apresentou um por um e esclareceu a função de todos na consultoria: as três chinesas ficariam encarregadas do trabalho antiestresse dos executivos que comprassem o pacote de final de semana, Lin San San e Lin San Sin farão, de início, serviços gerais na empresa, o poeta Paulo vai continuar trabalhando nos textos (aliás o site está ficando muito bom) e ele e a mulher Paula cuidarão do acompanhamento mais próximo aos executivos. Paulo, que acaba de se integrar ao grupo, será o meu auxiliar.

Liu Xan traduziu tudo para o chinês, pois Liu Xin e Liu Xun não compreendem inglês muito bem. Isso já ficou claro. A Confucius é uma empresa, portanto, trilíngue: o doutor fala em português, depois repete tudo em inglês para os estrangeiros e Liu Xan então passa a mensagem para o chinês. Seria bom que o poeta Paulo, em algum lugar dos textos promocionais, destacasse mais esse diferencial da consultoria.

Só não está fácil de saber por que Liu Xin e Liu Xun estão rindo. O poeta Paulo acha que é da cara dele. De jeito nenhum: a bem da verdade, elas estão querendo saber se aquele tal Baulo, que chegou agora, também não gosta de mulher.

Com a reunião encerrada, Liu Xan apresentou ao doutor uma garota que trabalha na portaria do hotel e gostaria, se tiver lugar, de ir para a Confucius. Ela sabe um pouco de inglês e é muito versátil. Enfim, para o momento é impossível contratar mais alguém, mas com certeza logo eles vão precisar de uma secretária.

XXIV

A Confucius vai dar certo. Foi com esse sentimento que o doutor abraçou o amigo Paul. E antes de qualquer coisa, ele agradeceu todo o esforço que o antigo chefe fez para enviá-lo à China. A bem da verdade, o doutor sabe que o banco esperava muito dele. Mas, o amigo Paul compreende, na vida as coisas vão mudando. E depois daqueles meses todos em Pequim, o doutor sentiu vontade de enfrentar novos desafios, enfim, de alguma coisa que fosse propriamente dele. Com isso, o desligamento do banco era inevitável, o que não significa que ele tenha perdido a admiração por algumas pessoas que foram muito importantes em sua trajetória. E uma delas é o amigo Paul. O doutor jamais deixará de reconhecer a importância que o antigo chefe teve em sua carreira: isso ele jamais esquecerá. Imagina, você é que tem todos os méritos. De jeito nenhum, amigo Paul, se o senhor não tivesse reconhecido o meu talento, eu nunca teria sido enviado à China e hoje seria, no máximo, um vice-presidentezinho qualquer. Isso ele jamais esquecerá. Inclusive, o amigo Paul já deve ter ficado sabendo da consultoria. Mas o bom mesmo o doutor quer revelar agora: o livro dos mandarins também vai sair. Na inauguração, talvez, ou um pouquinho depois. E o amigo Paul é mais do que uma inspiração: haverá um trecho inteiramente dedicado a discutir o case dele. Não é necessário. Sim, senhor, o senhor é um dos executivos, em todos os aspectos, mais importantes do mundo. De jeito nenhum. Sim, senhor. E o doutor, ainda, faz questão de dizer que não esquece das coisas. E ele sabe que foi graças ao amigo Paul que o pessoal de Londres resolveu enviá-lo para Pequim e, ainda mais, em uma posição de destaque. E, outra coisa, o amigo Paul pode ficar tranquilo: não é porque saiu do banco que agora ele vai ficar por aí revelando segredos. De jeito nenhum, o doutor mantém todo o padrão ético que sempre o acompanhou em sua vida profissional. Disso o amigo Paul nunca teve dúvida. Ele continua uma pessoa de extrema confiança. E abrir uma consultoria, ainda mais nos moldes inovadores da Confucius, não é fácil: o investimento é muito grande. O doutor quer deixar claro que sempre confiou no banco e que, então, agora é o momento de o banco confiar nele. O retorno será rápido e praticamente sem nenhum risco. Aquele jornalista, inclusive, o doutor lembrou-se. Aliás, se quiser, o próprio amigo Paul pode frequentar a Confucius, como convidado, claro. Teremos um pacote de final de semana apenas para executivos de primeira linha, e no caso, além da atualização profissional, um serviço com três gueixas vindas diretamente da China cuidará do relaxamento de alguns clientes especiais. Não, esse não é o foco principal da Confucius, que durante a semana receberá diretores, vice-presidentes e outros profissionais. Além da massagem, haverá um pequeno refeitório, quase privativo. Inclusive, o amigo Paul precisa saber, um grupo de clientes já reservou lugar na Confucius, ontem mesmo. Não, a bem da verdade são delegados que virão de algumas cidades do interior, sobretudo da seccional de Campinas. Claro, a Confucius vai oferecer serviços personalizados. Mas o doutor quer insistir: o que ele viveu na China jamais será revelado para ninguém, muito menos no livro.

Claro que o banco fará o empréstimo.

XXV

Focado e feliz com o empréstimo, o doutor marcou uma reunião particular com o poeta Paulo. Agora que o material promocional da Confucius está adiantado, ele quer ver o livro andar também. O ideal é que o lançamento seja junto com a inauguração. Isso atrairia ainda mais público para a empresa. Sem falar que o primeiro grupo de clientes, alguns delegados vindos da região de Campinas (onde por coincidência está a casa que ele herdou da mãe), já está querendo comprar um pacote.

A bem da verdade, o doutor nunca achou que esse seria um de seus públicos. Aparentemente, pelo que entendeu, eles querem algo que una o conhecimento que a Confucius está trazendo ao Brasil a um trabalho de relaxamento, já que o dia a dia na polícia, ainda mais em um país como o Brasil, é muito estressante.

O poeta Paulo compreendeu e disse que, diante de uma necessidade como aquela, talvez o ideal fosse que os dois fizessem um cronograma de trabalho. O doutor sorriu e não escondeu a satisfação: ter um foco é algo indispensável para quem pretende grandes conquistas. Aliás, essa palavra, foco, é uma das principais do meu vocabulário. Aqui está ele, inclusive.

Há algum tempo, o doutor coleciona palavras cujo significado sejam inspiradores para a vida corporativa. No início, logo que acordava, ele procurava a lista e passava quinze minutos respirando fundo, controlando a dor nas costas e repetindo cinco termos para começar bem o dia de maneira inspirada. A bem da verdade, às vezes ele continuava fazendo isso no banho, o que então totalizava meia hora de trabalho íntimo com as palavras.

Como eles já têm a estrutura do livro definida, se o poeta Paulo, e você que é poeta sabe, selecionar o vocabulário adequado para cada capítulo, depois é só ir seguindo os esboços que o doutor fez enquanto trabalhava na China. A bem da verdade, era assim que eu descansava. A gente tinha muito trabalho, mas eu sempre procurava achar um tempinho para a minha vida reflexiva. O que acontece é que, aos poucos, o desejo de fazer algo novo e que fosse exclusivamente meu foi aumentando e eu pude, assim, voltar para o Brasil com tudo bastante avançado. Basta agora você organizar as minhas fichas e ir fechando o texto.

O poeta Paulo assustou-se um pouco com tanta informação. Por outro lado, ficou feliz ao saber que poderia levar tudo para casa. Com certeza, ali encontraria mais material para a denúncia que, nas horas vagas, está compondo em um caderno. O poeta já tem vários, diga-se de passagem: sobre a faculdade onde dá aula há muitos anos, preencheu mais de vinte. Agora, só precisa organizá-los e ver como fará para que o material chegue, por exemplo, ao Ministério Público. O problema é que o mundo é tão podre que ele nunca consegue concluir uma denúncia e logo aparece outra.

Para fazer isso, o doutor continuou, você precisa ter foco. Divida os esboços que serão úteis para cada um dos capítulos, organize os arquivos dessa forma também e tenha sempre à mão a lista de palavras. Com isso, não tem como dar errado. O poeta Paulo concordou e os dois marcaram uma nova reunião para dali a cinco dias. A ideia era que o primeiro capítulo já estivesse concluído.

No final, o doutor se lembrou de um detalhe importante: o livro precisa ter cases. O que são cases? Ora, são exemplos retirados da vida real que podem ilustrar algumas passagens. Eu já tenho dois aqui: um sobre o amigo Paul, um dos principais executivos do mundo, e outro sobre um certo Godói, que serve para mostrar tudo o que um profissional não deve ser.

Agora, o poeta Paulo ficou espantado: então esse cara também tem suas anotações? E eu, será que ele está fazendo observações sobre o meu comportamento, o poeta Paulo se perguntou enquanto guardava o CD com os arquivos, um sobre o amigo Paul e outro sobre o tal Godói.

XXVI

Confiança, lealdade, China, dois lados do cérebro, progresso, grande, talento, inovação, segredo, sacrifício, esforço, desafio, Omar Hasan Ahmad al-Bashir, admiração, mérito, reconhecimento, ética, profissionalismo, Oriente Médio, investimento, futuro, discrição, hierarquia, bônus, foco, Hugo Chávez, cronograma, Estados Unidos, exportação, taxa, trabalho, atenção, ordem, organização, criatividade, perseverança, luta, estudo, inovação, esperança, comunicação interpessoal, imagem, chefe, diretoria, presidência, processo, comunicação, case, postura, estratégia, integração, onze de setembro, motivação, tendência, experiência, regra, parceria, governo, gestão, desempenho, projeto, diálogo, diferencial, supervisão, liderança, mudança, intenção, sustentabilidade, articulação, intangível, feeling, identidade, diretriz, comprometimento, cliente, rapidez, transparência, clareza, Fernando Henrique Cardoso, governança, protagonismo, informação, padrão, consistência, adubo, fertilidade, transversal, mensuração, resultado, curva, gráfico, sinergia, desenvolvedor, setor, interatividade, lucro, comportamento, ecologia, petróleo, mesa, ação, mentoria, consultor, coaching, counseling, retorno, capital intelectual, feedback, entrosamento, agenda, alinhamento, capacitação, agressividade, catalisador, vida intelectual, uniformizador, lei, cenário, workshop, pró-ativo, ouvir, questionar, confidencialidade, compromisso, senioridade, pessoa, retorno, recurso, participar, negociar, carreira, fluxo, ideias, gestão do conhecimento, conscientização, incentivo, objetividade, solução, oportunidade, desempenho, disseminar, fórmula, globalização, dólar, incessante, competência, sofisticada, expectativa, endereçamento, diversificação, performance, Rússia, financeiro, crise, fundo, seguro, impacto, resgate, banco, planilha, custo, preço, sólido, perspectiva, escassez, empresa, crédito, volatilidade, oscilação, commodity, derivativo, captação, câmbio, fundamento, instável, rentabilidade, capital, dívida, energia, maduro, privatizar, demanda, insumo, combustível, transferir, transferência, transferido, regulamentação, projetar, obrigação fiduciária, auditoria, referendar, tempo, receita, comissão, equity kicker, lock up, liquidez, minoritário, curto prazo, diluição, laudo, headhunter, cultura, construção, melhor, atuação, referência, modéstia, linha, rentabilidade, consulta, assembleia, estrutura, cedente, cota, energia, precatório, tecnologia, resgate, recebível, offshore, private bank, aplicação, conforto, escalada, reserva, tributo, sobretaxa, subprime, equivalência, a mãe do Godói, margem, oportunidade, proprietário, ativo, holding, concorrente, redução, small, valor, almoço, caneta, vulnerabilidade, capital social, impacto,

Petrobras, liminar, compra, observação, multa, juros, swap, supervisão, depósito, habeas corpus, executivo, contágio, eficácia, eventual, Ásia, hedge, uísque, neutralização, coordenação, caixa, cadeira, secretária, portfólio, andar, proveniência, MBA, revisão, reengenharia, deslocamento, lobby, ânimo, interesse, coletivo, freio, remédio, direitos humanos, adição, alíquota, contínuo, safra, velocidade, tenaz, concentração, fôlego, pressão, jornal, demanda, secreto, café, advogado, instância, nível médio, quem, lógica, férias, certeza, elevação, vida, recurso, hotmoney, abraço, direcionamento, elevador, demissão, tolerância, diversidade, sistemas complexos, matemática, verdade, benefício, histórico, relatório, carta, rede, construção, arquitetura, contenção, frieza, enriquecer, decisão, mulher, temporada, filosofia, transição, segurança, inteligência, satisfação, diplomacia, cotovelo, espaço, brilho, Ermenegildo Zegna, empreendedor, jardim, Grande Timoneiro, evento, valores sociais, conselho, final de semana, expediente, vermelho, curso, fundamento, probabilidade, juros, volátil, paz, Osama bin Laden, coquetel, comunicador, tapete, estabilidade, liquidez, neurolinguística, fiscal, gerenciamento, poder, uma coisa depois da outra, compromisso, exemplo, entusiasmo, camisa, tarefa, paradigma, modelo, pertencimento, sacrifício, abnegação, crescimento, sustentabilidade, eficiência, rapport, produzir, livro, auditor, piloto, escolher, recompensa, família, transformação, dependência, tecnologia da informação, meta, solução, nin hao, parceria, correção, passagem, turbulência, papel, se antecipe, esfriamento, ajuste, futebol, mercado futuro, salvaguarda, janjaweed, linguística corporativa, vanguarda, funça, mundo, oportunidade, cultura, estrutura comercial, gerenciamento de riscos, energia, melhor proveito, garota de programa, aposta, referências regionais, único, grandioso, tudo, todos, mil, harmonia, união, dois lados do cérebro, lealdade, confiança, instituição, reconhecimento, quarenta mil dólares, default, soldado, evolução do PNQ, modelo, ferramenta, ranking global, excelência gerencial, pensamento sistêmico, vagina, aeronave, comunicações móveis, DNA.

XXVII

O poeta Paulo leu com muito cuidado os arquivos que o doutor tinha lhe passado e se sentiu mal: não com o conteúdo. É que o sujeito é muito detalhista e metódico e anota observações mínimas. No dia tal, por exemplo, esse Godói, que parece mesmo ser um filho da puta, fez lá uma determinada brincadeira com duas moças perto de uma máquina de café. Dois dias depois o cara repetiu a mesma coisa, mas apenas uma delas riu. Claro, muito detalhista e metódico está certo ao concluir que isso quer dizer alguma coisa, mas a minúcia com que a cena toda está descrita deixa evidente que ele é bastante observador.

Já o amigo Paul recebe, em páginas seguidas, uma ênfase sobre a maneira com que administra conflitos e decide promoções. De uma hora para outra, muito detalhista e metódico escreve que o cara começou a abraçá-lo. Naqueles dias, ele não viu esse amigo Paul abraçar mais ninguém. A última observação sobre isso, porém, indica que finalmente, depois de três abraços nele, o presidente fez a mesma coisa com um certo Paulo.

O que mais perturba o patrão detalhista e metódico nesse caso é que o abraçado é o chefe direto do Godói. Aparentemente, isso significa que o filho da puta não será demitido. Não é esse o único momento em que os dois arquivos se cruzam.

Com certeza ele está fazendo um arquivo como aquele sobre o poeta Paulo. Enfim, muito detalhista e metódico já deve ter percebido que ele não concorda com toda aquela empulhação e está se armando para a batalha. Desgraçado, canalha, copiador de ideias.

Não é nada disso, muito detalhista e metódico fez aquelas duas cadernetas apenas porque sabia que tanto o Godói quanto o amigo Paul, por motivos diferentes, é claro, seriam cases do livro. Esse idiota desse poeta devia agradecer: a coisa está quase toda pronta. Basta só resumir e melhorar um pouco a redação. Isso, a bem da verdade, não quer dizer que o patrão detalhista escreve mal. Trata-se, é evidente, de falta de tempo. Se tivesse mais sossego, o próprio patrão detalhista escreveria sozinho. Ele se expressa muito bem e pode, inclusive, ser considerado um intelectual.

Mas, por outro lado, todo grande executivo, além de ser um filósofo, também tem consciência de suas limitações. E agora, o que mais falta ao muito detalhista e metódico é tempo. Por isso, ele ficou contente ao receber o telefonema em que o poeta Paulo dizia, apenas três dias depois, que já tinha dois capítulos bem adiantados. Se muito detalhista e metódico pudesse lê-los para dar uma base ao poeta, seria ideal. Ele gostaria, porém, de que os dois se encontrassem sozinhos. O livro está exigindo bastante concentração e muita gente à mesa deixa tudo meio disperso.

Na conversa, o poeta Paulo tomou coragem para explicar que tinha lido os dois arquivos e que os cases ainda não estavam prontos porque exigiam um cuidado extra. Mas muito detalhista e metódico pode ficar tranquilo porque ele está se esforçando muito no trabalho. Se às vezes ele aparenta indisposição ou deslocamento, concluiu, é por causa da timidez.

Não agora, mas um pouco mais adiante, o patrão detalhista vai chamar esse sujeito para trabalhar na Confucius. Ele é perfeito: ágil, pró-ativo e muito sincero. Tendo consciência das próprias limitações, já está portanto mais perto de saná-las.

XXVIII

Na visita seguinte, muito detalhista e metódico admirou-se com o estado da reforma. Mais quinze dias? Talvez. Com o empréstimo, ele pôde pagar adiantada uma parcela para a construtora, o que aumentou a confiança dos engenheiros. Inclusive, o poeta Paulo já está orientado a, no livro dos mandarins, não deixar passar a informação de que uma empresa é exatamente desse jeito, uma rede: o pessoal de cima avisa que o cara paga direito, o engenheiro faz uma reunião, depois chama o encarregado que transmite aos pedreiros.

Com a Confucius já nesse estado, talvez seja o momento de procurar aquele jornalista. O editor do jornal de economia.

Exato.

Muito detalhista e metódico teve alguma dificuldade para encontrá-lo, mas quando o cara finalmente retornou a ligação, os dois marcaram uma conversa no saguão do hotel onde está o pessoal que veio da China.

O jornalista chegou quinze minutos adiantado. Muito detalhista e metódico passou o material que a empresa já tinha, mas pediu desculpas pela informalidade: os folders ainda não estão prontos. A bem da verdade, ninguém pensou nisso por enquanto. Muito detalhista e metódico está começando a perceber o quanto ainda falta fazer para a inauguração.

A Confucius vai unir os modernos conceitos que ele trouxe da China com as necessidades contemporâneas que os executivos apresentam. Teremos pacotes especiais para grupos fechados: já tenho alguns delegados do interior. Sim, para eles mesmos. Ora, a China é um império milenar. Além disso, caso haja um problema pontual, eu mesmo farei os atendimentos de counseling. Também ofereceremos coaching, em alguns horários da semana e, em casos mais específicos, o mentoring pode ser tentado.

Pretendemos organizar programas para grupos maiores: um dia inteiro, por exemplo. Teremos um auditório também. O grande diferencial será o serviço de ponta oferecido para presidentes e executivos de cargo muito elevado. Quero apresentar minhas hipóteses sobre a obra do sociólogo e ex-presidente Fernando Henrique Cardoso junto com a experiência que eu trouxe da China. Eles poderão comprar um pacote de final de semana: terão serviço individualizado de mentoring, um pequeno refeitório em que um cozinheiro e também um serviço de massagem. Por falar nisso, essa é Liu Xan, uma das gueixas que eu importei da China.

Ela também simpatizou com o jornalista. O patrão, inclusive, ficou aliviado ao saber que os outros quatro chineses estavam na piscina do hotel. Pelo jeito, eles têm conseguido passar o tempo enquanto a Confucius não inaugura.

As gueixas são especialistas em massagem antiestresse. Inclusive, já que os outros estão na piscina, talvez Liu Xan possa mostrar para o jornalista como funciona. O nome dele é Paulo.

Exato.

Pois é, menina, esse não brochou, não. Pelo contrário, o cara nem esperou e já. Ah, não, aquele japonês que escreve só faz cara de malvado. Não é nada. Também acho.

Quando a notícia sobre a inauguração da Confucius saiu no jornal, meia página assinada pelo próprio editor, muito detalhista e metódico viu que precisava marcar outra reunião com toda a equipe. É o momento de se organizar.

Muito detalhista e metódico resistiu um pouco, mas acabou alugando outro quarto no hotel para servir mais ou menos de escritório. Hoje é quarta-feira. A partir de segunda, os funcionários da Confucius vão começar a cumprir expediente.

XXIX

Os chineses ficaram felizes com a notícia de que a Confucius, finalmente, vai inaugurar. A bem da verdade, eles já não aguentavam mais aquela vida de hotel. Depois do susto com a polícia, logo que chegaram ao Brasil, os seis sossegaram um pouco. O que aconteceu foi que, desavisados, resolveram abrir uma espécie de negócio próprio, sem a ajuda do muito detalhista e metódico, achando que no Brasil as coisas são do mesmo jeito que na China. Obviamente, logo ficou muito claro que eles não tinham nenhuma regulamentação. Aí a polícia resolveu agir. Foi bastante desagradável e se não fosse a intervenção do muito detalhista e metódico, a coisa toda poderia ter terminado em tragédia.

Quem não está assim tão satisfeita é a mulher Paula. Claro, desde que saiu do banco e, depois, soube dos planos do doutor, ela se engajou no projeto. Até o MBA tornou-se uma espécie de preparação para a Confucius. A mulher Paula nunca escondeu que sua prioridade é a consultoria. Mas não é correto dizer que ela se sente à vontade com os chineses. Os dois samurais, enfim, até dá para tolerar. Os caras são discretos e parecem ter como única ambição permanecer no Brasil. Mas aquelas três gueixas, elas a mulher Paula não suporta.

Porque é uma idiota, muito detalhista e metódico repetiu enquanto estacionava o carro na frente do prédio dela. Depois de duas semanas se sentindo incomodada, a besta resolveu lhe escrever um e-mail dizendo que as três parecem mais umas putas do que massagistas de verdade. E esse tipo de gente não demora a revelar as verdadeiras intenções. Mas a tolice maior vinha no final: para a tonta, as três espantariam as clientes mulheres da Confucius. E hoje em dia todo mundo sabe como o público feminino tornou-se importante para a vida de qualquer empresa.

Muito detalhista e metódico não estava com paciência para argumentar (e muito menos achava que a mulher Paula entenderia uma proposta tão avançada quanto a da Confucius) e apenas reforçou a atividade de massagista das três gueixas: elas resolvem qualquer problema nas costas dos clientes. Como a mula parecia não se convencer, ele então explicou que naquela fase da Confucius, nada poderia ser pior do que um desentendimento no interior da equipe.

E para esclarecer qualquer outro mal-entendido, ele gostaria, retirando uma aliança do bolso, de pedi-la em casamento.

A mulher Paula não conseguiu responder, mas aceitou o anel. Ela gostaria de abraçá-lo, mas muito detalhista e metódico se levantou, reclamando que os assessores do ex-presidente e sociólogo Fernando Henrique Cardoso recusavam-se a responder os constantes convites para a inauguração da Confucius que o Paulo estava enviando.

Exato.

A presença dele seria fundamental para a consolidação do nome da Confucius. Muito detalhista e metódico acha que talvez esteja faltando um esclarecimento: Fernando Henrique Cardoso precisa saber que parte grande dos princípios da consultoria foi concebida a partir de longos anos de estudo de seus livros. Será que ele devia pedir para o poeta Paulo redigir um convite mais detalhado?

Mas a mulher Paula ainda não estava em condições de responder. Ainda mais irritado com aquele silêncio, muito detalhista e metódico então disse que precisava ir. Finalmente ela conseguiu dizer alguma coisa e, depois de reclamar da quantidade de trabalho, ele acabou aceitando ficar mais um pouco.

XXX

Paulo do jornal conseguiu falar com o doutor apenas no começo da noite. Ele tinha resolvido passar o dia inteiro com a mulher

Paula e, talvez até propositalmente, acabou deixando o celular desligado. Os dois dormiram até tarde e, depois do café da manhã, deram uma boa adiantada na monografia do MBA dela. Com muita razão, a mulher Paula está preocupada com os prazos. Ela é um pouco lerda e depois que a Confucius inaugurar, o tempo livre vai diminuir muito.

Paulo do jornal queria contar que arranjara um encontro com um editor de livros que, inclusive, já tinha lançado uma coletânea com artigos do jornal. É um homem honesto, confiável e sobretudo muito afinado ao mercado brasileiro. O próprio editor, aliás, é autor de livros de sucesso: o mais popular já ultrapassou a centésima edição, uma raridade.

Uma reunião, então, ficou marcada para dali a dois dias. Infelizmente, Paulo do jornal não poderia ir, mas já tinha até meio que adiantado do que se tratava e também contado a experiência profissional do autor. O editor lembrou-se dos artigos dele e confirmou que algo que trata da China hoje em dia é muito interessante mesmo. Além disso, se o autor tem um negócio próprio, onde poderá também vender o livro, já é meio caminho andado. Por fim, se um jornal especializado no mesmo segmento da publicação garante o apoio, a princípio não há por que recusar um título como esse.

Faltava apenas essa notícia para o autor concluir que sua vida. Enfim, não que ele seja um iluminado, alguém que o destino, por uma espécie de preferência inexplicável, resolveu favorecer. De jeito nenhum. Toda essa recompensa veio agora, depois de anos de trabalho duro, muito estudo e sacrifício. Sem falar do tanto que ele se esforçou na China. Claro, não dá também para deixar o talento de lado. Existem algumas pessoas que realmente são especiais. Mesmo assim, sem muito esforço, é impossível, conforme ensina aliás o livro dos mandarins.

Depois o autor telefonou para o poeta Paulo. A bem da verdade, a mulher Paula não está convencida até agora se a indicação foi mesmo a melhor coisa que ela. Bobagem, sua tonta, ele está se saindo muito bem. O cara é esquisito, é verdade, mas para o mundo corporativo, isso importa muito pouco.

O poeta Paulo agradeceu o convite para ir junto com o doutor à editora, mas disse que preferia continuar em casa adiantando o livro. Aqui, uma prova de como ele é responsável! A bem da verdade, depois se arrependeu: talvez fosse a oportunidade de entrar no meio editorial. Com o dinheiro que está recebendo da Confucius ele pretende passar um tempo na Serra Gaúcha para terminar um novo livro de poemas. Dessa vez, porém, o poeta não quer custear a própria publicação: ora, tem gente por aí muito inferior a ele que, só por causa dos contatos, consegue publicar até em grandes editoras.

Por outro lado, o cara é meio estranho: nunca foi muito fácil para ele se sentir à vontade em grupos e logo as pessoas começam a lhe parecer ou simplesmente burras ou, pior, salafrárias. Aí, toca começar outro caderninho de denúncia. Se fosse à tal editora, fatalmente ele voltaria para casa com dez páginas de calhordice para registrar.

A bem da verdade, a reunião não foi ruim. Paulo, o editor, gostou muito do projeto e do esboço de texto que o autor mostrou. Ele já é um escritor de verdade! Com certeza a editora está disposta a publicá-lo.

Mas há dois detalhes que devem ficar muito claros. Primeiro, a editora precisa de mais ou menos um mês e meio para produzir o livro. Vai ser preciso correr, portanto, se ele quiser lançar na inauguração da Confucius, aliás, parabéns pelo projeto. Depois, apesar de já famoso, o escritor de verdade é um autor inédito. Com certeza, o livro fará sucesso, mas. Então, o que a editora costuma fazer é o seguinte: o escritor de verdade paga uma certa quantia e vai recebendo-a de volta, à razão de sete por cento para cada livro vendido. O retorno é certo. A bem da verdade, todas as editoras de livros de negócios e carreira corporativa trabalham assim. Ele, que é do meio, sabe que é difícil correr riscos hoje em dia.

Até que não é tanto dinheiro. O escritor de verdade, então, aceitou e prometeu voltar em vinte dias com o livro pronto. Agora, só falta ver se o poeta Paulo, para quem ele está telefonando de novo agora, vai conseguir dar conta do recado.

XXXI

Como toda empresa, a Confucius tem os seus problemas. De início, o escritor de verdade achou que a reforma iria atrasar.

Mas ele conseguiu um empréstimo no banco onde trabalhou por muitos anos (e chegou, inclusive, a ocupar um lugar de comando em um projeto importante na China) e a coisa deslanchou. Agora, faltam apenas alguns detalhes de acabamento. O livro dos mandarins também está muito bem encaminhado e o jornalista com quem ele colabora ajudou-o a encontrar uma editora.

Ao contrário do que a mulher Paula receava, ainda, o poeta Paulo está rendendo bem. Ele é esquisito mesmo, meio travado e sempre com a cara fechada, mas o que interessa é que trabalha direito e rápido.

O problema, porém, está com o primeiro grupo de clientes: alguns delegados de São Paulo, sobretudo da seccional de Campinas. No começo, eram quatro. O escritor de verdade explicou que seria preciso aguardar a inauguração da Confucius para que o grupo comprasse um pacote. Eles aceitaram, mas ficaram pressionando: queriam ser atendidos no hotel mesmo.

O escritor de verdade resistiu, até porque isso mancharia um pouco a imagem da consultoria. E hoje em dia não é preciso ser um executivo de verdade, e muito menos passar uma temporada na China, para saber que toda empresa que deseja fazer sucesso não pode se dar ao luxo de brincar com isso.

Agora, são dez delegados e eles querem trazer vários investigadores. O escritor de verdade não gostou da ideia. Enfim, delegados são administradores: não será difícil para ele preparar um conjunto de competências, trabalhá-las à luz da maneira chinesa de ver o mundo e acompanhá-los no counseling. E, sem dúvida nenhuma, profissionais como eles precisam passar pela sessão de relaxamento.

O escritor de verdade montou um programa para um sábado: pela manhã, uma palestra mais longa. Depois, o almoço no próprio restaurantezinho da Confucius e então uma hora e meia de conversa: sobre a cultura chinesa e o hábito de usar os dois lados do cérebro. Com isso, já serão quatro horas. Aí, metade dos delegados vai para as sessões individuais de massagem oriental antiestresse enquanto a outra faz, também individualmente, uma sessão de counseling. Depois, o grupo alterna.

O problema é que esse cronograma só daria certo com quatro delegados. Para dez, será preciso alterar sobretudo a programação da tarde. Por enquanto, trabalham na Confucius apenas três massagistas e duas pessoas para o counseling, ele próprio e a mulher Paula.

O escritor de verdade também não acha boa ideia misturar delegados e investigadores. São dois cargos diferentes e que exigem habilidades distintas. Ele não sabe exatamente como dizer isso, mas a questão agora nem está sendo essa: os delegados estão reclamando do preço. Por aquele orçamento, um deles gritou pelo telefone, vai dar dois mil reais por pessoa!

O escritor de verdade explicou que o valor incluía tudo, inclusive o almoço. Talvez ele estivesse espantado porque a polícia não costuma procurar aquele tipo de serviço. A propósito, eles estão de parabéns pela iniciativa. Não é todo mundo hoje em dia que valoriza a carreira. O delegado ignorou o elogio e disse que preferia então ficar só com a massagem mesmo. É um pacote fechado, o escritor de verdade também argumentou, mas logo foi interrompido pelo outro, que lhe perguntou, quase aos berros, se ele conhecia a lei e se estava querendo ver aquela porra ser fechada ainda antes da festa de inauguração.

XXXII

Infelizmente, o poeta Paulo não vai conseguir terminar o livro dos mandarins no prazo. Outra demonstração de sua consciência profissional: ele avisou antes e se justificou. A questão é que foi preciso refazer alguns textos do site da Confucius. O serviço de massagem oriental antiestresse, por exemplo, não será mais divulgado e servirá apenas como cortesia.

Quanto ao livro, não tem problema. Talvez seja melhor deixar realmente para depois, já que a inauguração deverá dar trabalho. O escritor de verdade resolveu fazer algo mais discreto. Ele pretende convidar apenas alguns velhos conhecidos, um grupo de potenciais clientes da Confucius (alguns delegados da seccional de Campinas já o procuraram e ele está estudando como fazer para combinar as necessidades deles com as possibilidades da empresa) e as pessoas que o próprio pessoal da consultoria quiser trazer. A mulher Paula, por exemplo, quer chamar os colegas do MBA. O jornalista também vai trazer dois amigos e Liu

Xan convidará a Paula, aquela moça que trabalha na portaria do hotel onde os chineses estão hospedados. Ela, claro, aceitará o convite, já que está louca para trabalhar na Confucius.

O próprio poeta Paulo deve comparecer à festa de inauguração. No começo, ele pensou em dar uma desculpa qualquer. Naturalmente, iria dizer que precisava adiantar o livro, agora que já teve até que adiar o prazo. Mas aí, pensou, a desfeita seria muito grande. Além de tudo, provavelmente o pessoal da editora vai e ele está muito interessado em fazer contatos para ver se não consegue publicar o próximo livro de poemas sem pagar. Poesia é sempre difícil, ele sabe, mas por outro lado, tem muita gente inferior a ele que lança, até por editoras grandes, só porque conhece as pessoas certas.

Com o dinheiro que está juntando com o trabalho na Confucius, ele pretende passar um tempo na Serra Gaúcha para concluir o livro. Mais uns quinze poemas e ele fecha. Aquele lugar o inspira muito, com certeza ele conseguirá mais do que isso, até.

A bem da verdade, o poeta Paulo está adorando o serviço. O escritor de verdade é um bom patrão, paga direito e facilita tudo. É um sujeito descomplicado. Sem falar que, como ele, também cultiva o hábito da anotação.

O escritor de verdade, porém, não tem motivos para fazer um caderninho como aquele sobre o poeta Paulo, o próprio repetiu em voz baixa. Quando foi comunicar que não conseguiria cumprir o prazo para concluir o livro, ele percebeu que o escritor de verdade não tinha sequer ficado muito incomodado. Inclusive, achou melhor: combinar o lançamento com a inauguração da Confucius talvez significasse arranjar um problema a mais. O poeta Paulo, a bem da verdade, acha-o um sujeito bem inteligente, honesto e correto.

XXXIII

Lin San Sin pegou quatro cabides do guarda-roupa e estendeu-os na cama. Ao lado do sobretudo, esticou a calça. As duas camisas, portanto, ficaram por baixo. Ele tinha trazido da China outras peças de roupa, é claro, mas era daquelas que sentia mais orgulho. Elas tinham sido, todas, presenteadas pelo escritor de verdade, que costuma usar modelos parecidos. Na China, quase ninguém tinha daquelas.

Lentamente, como se estivesse calculando quando deveria esticar o braço, depois dobrar um pouco as costas, então virar o corpo e colocar o outro braço na manga da camisa, ele se vestiu. Há vários dias, Lin San Sin vem se sentindo triste. Ele não consegue esquecer a imagem do rio e, ultimamente, o barulho das águas do Nilo Azul, que chegam muito velozes, encontrando o vagoroso Nilo Branco não lhe sai da cabeça.

No início, ele pensava no rio para dormir. Logo, esticava o corpo, concentrava-se e começava a se lembrar do ruído. Vinha-lhe à mente, então, sua imagem acompanhando um grupo de turistas para conhecer as margens do Grande Nilo.

Nos últimos dias, ele tem sentido uma vontade quase incontrolável de chorar. Então, encolhe todo o corpo por baixo do lençol e procura respirar fundo.

Do mesmo jeito, ele não se anima muito a sair da cama. Para fazer o quê, inclusive? Ele não entende como Lin San San acorda todo dia animado, logo desce para comer e depois ou vai assistir televisão, ou resolve andar um pouco com as meninas pela rua, quando não vão, todos os quatro, passar a manhã à beira daquela piscininha.

Mas e o rio?

Finalmente, a notícia de que iriam se mudar para a Confucius alegrou Lin San Sin. Para fazer a mala, ele esticou quatro cabides na cama. Ao lado do sobretudo, estendeu a calça. As duas camisas, portanto, ficaram por baixo. Antes de colocá-los na mala que tinha trazido da China, ele resolveu vestir-se de novo com o sobretudo. Aquele tipo de roupa caía-lhe muito bem.

Lin San Sin correu para a frente do espelho. Pela primeira vez em várias semanas, se sentia feliz. Mas foi por pouco tempo: logo viu que não tinha um sapato que combinasse com aquelas roupas. Na China, isso não era exatamente um problema. Mas aqui no Brasil ele tem visto que aqueles caras que o escritor de verdade parece respeitar tanto sempre aparecem com terno e sapatos pretos.

Ora, ele já tem dois salários acumulados. A bem da verdade, Lin San Sin ainda não sabe exatamente o valor daquele dinheiro no Brasil. Mas deve dar para comprar um belo par de sapatos pretos.

Enquanto o escritor de verdade não chegava com o Paulo para levá-los, ele correu até uma loja pertinho do hotel e de fato comprou um belo par de sapatos pretos. Depois, desfez a mala e vestiu-se com o terno que tinha ganho do patrão. Para dar um toque, apesar do calor, colocou também o sobretudo. Por fim, calçou o belo par de sapatos pretos, muito parecidos com os que aqueles homens que o escritor de verdade respeita tanto também usam. Quando voltou à portaria, todo mundo reparou, sobretudo no belo par de sapatos pretos. Finalmente ele deu risada. Pena que o escritor de verdade, porém, estava com tanta pressa e não deu muita atenção para Lin San Sin.

Mas e o rio, meu Deus? Ele não reparou sequer no belo par de sapatos pretos.

XXXIV

As três chinesas gostaram das instalações da Confucius. É uma empresa de consultoria que está sendo inaugurada por um ex-executivo de banco que passou algum tempo na China e agora volta com uma proposta diferente. A bem da verdade, não se trata de algo muito especializado. Não é uma consultoria de branding, por exemplo. Parece que o cara pretende oferecer, de maneira geral, dois tipos de serviço: um programa de palestras para grupos maiores e um trabalho de acompanhamento individualizado para executivos de cargo muito elevado.

Mas a tal Confucius diz, no site ao menos, que o seu maior diferencial será a proposta de junção das ideias do sociólogo e ex-presidente Fernando Henrique Cardoso com as práticas chinesas contemporâneas. Pois é, parece que tem ainda uma história de massagem antiestresse.

No site não fala nada. Deve ser um boato.

A bem da verdade, o serviço de massagem oriental antiestresse estará disponível apenas para executivos que comprarem o pacote de final de semana. Enquanto não estiverem fazendo counseling, eles ficam acompanhados por uma profissional que veio da China. Mas é um serviço restrito, por isso o escritor de verdade (o cara que concebeu a Confucius e também está para lançar um livro) não vê sentido em descrevê-lo no site.

O serviço de massagem oriental antiestresse será oferecido por três gueixas que ele trouxe da China. Elas são experientes e muito dedicadas ao trabalho: Liu Xan, Liu Xin e Liu Xun. Apenas uma delas fala inglês, mas isso não é um problema, já que elas são especialistas em linguagem corporal.

A dificuldade com a língua também tem incomodado muito Lin San Sin. Na China, ele falava inglês para trabalhar e, no resto do tempo, vivia com o seu próprio idioma mesmo. Agora, tem que se comunicar com os outros em inglês e precisa ficar o tempo inteiro ouvindo o português. A sua própria língua, porém, parece que está morrendo.

De noite, e o rio, meu Deus? De noite, quando não consegue dormir, ele às vezes. Mas Lin San Sin fica com receio de acordar Lin San San e acaba indo, quase na ponta dos pés, até o banheiro. Com a porta trancada, ele se olha no espelho e inevitavelmente começa a chorar.

Já os outros quatro estão se adaptando melhor ao Brasil. Lin San San até gostou desse tempo sem fazer nada. Na China, ele nunca tinha férias. Foi bom relaxar um pouco. Além disso, os brasileiros são simpáticos e parecem gostar de estrangeiros.

As três massagistas adoraram a Confucius. Elas terão um quarto cada uma para trabalhar e poderão usá-lo para dormir, mas devem deixar as coisas em um outro cômodo, meio afastado mas confortável também. Cada uma das três suítes tem uma cama grande, uma mesinha de escritório, outra menor para as bebidas, um espelho no teto e é toda decorada com motivos chineses.

Depois, o escritor de verdade mostrou a área externa. O muro era ainda mais alto que o do hotel Hilton de Pequim. Aqui, os clientes poderão deixar os carros estacionados. A função de Lin San Sin, por enquanto ao menos, será a de vigiar toda essa área. Lin San San trabalhará na parte interna.

Todos eles já devem ter percebido a responsabilidade que têm no projeto da Confucius. Aliás, aquele lugar é a própria casa deles. O escritor de verdade estará ali o tempo inteiro. Porém, todos devem seguir essas instruções para não ter mais problemas. Agora vocês são estrangeiros. Eu passarei quase todos os dias da semana aqui, mas à noite vocês ficarão sozinhos. Quanto à cozinha, vocês podem usá-la, mas as mesas devem estar limpas e vazias depois do café da manhã.

XXXV

Ninguém sabe o trabalho que uma inauguração como essa dá. Por sorte, o escritor de verdade selecionou uma equipe boa. Além dele próprio, que nesses últimos dias chega à Confucius ainda bem cedo e vai embora só depois da meia-noite, Paulo, seu antigo subordinado no banco, também está trabalhando duro. A mulher Paula resolveu deixar o MBA um pouquinho de lado nesses últimos dias e está, como todo mundo, dando uma boa força. Ela é que cozinha as refeições.

Lin San San tem sido muito importante para cuidar dos retoques finais na reforma. O pessoal sempre deixa alguma coisa para trás, é incrível. A bem da verdade, foi ele que fez uma bela faxina na parte externa da Confucius. Lin San Sin, por outro lado, parece desanimado. Às vezes, ele sai do quarto, construído no fundo especialmente para os dois chineses, e faz alguma coisa. Logo, porém, volta a se deitar. De repente, se tranca no banheiro. Mas esse comportamento estranho, a bem da verdade, não chama a atenção de ninguém: também pudera, com essa correria toda, o que ele queria?

Lin San Sin sempre foi vaidoso, deve ser isso.

As três massagistas chinesas também ajudaram um pouco na limpeza. Liu Xan, a bem da verdade, não gostou muito, pois se lembrou dos tempos de camareira. E ela está decidida a se esquecer daquela época. Inclusive, seu português está muito bom. Do jeito que não para de conversar com aquela menina que conheceu no hotel,

Não é que aquele valor, ela explicou para a amiga chinesa, seja tão alto assim. Mas como tem onde morar, comida de graça e não paga nenhuma conta, de fato é um bom dinheiro. O escritor de verdade já tinha ressaltado aos chineses essa vantagem. Liu Xan concordou. Por enquanto, inclusive, ela não sabe sequer no que gastar. Você vai mandar para a sua família lá na China? Ah, eu não tenho mais família.

A mulher Paula pensou em convidar as irmãs para a inauguração. Depois, porém, mudou de ideia: a palestra que o escritor de verdade pretende fazer deve ser muito chata.

Para elas, é claro. Todos estão muito ansiosos para ver se o ex-presidente e sociólogo Fernando Henrique Cardoso vai aparecer. O escritor de verdade enviou um convite com uma carta de sete páginas explicando exatamente a proposta. O texto deixava absolutamente claro o profundo conhecimento que ele tem da obra do sociólogo e ex-presidente. Mas ainda não houve confirmação da presença dele. Como ninguém também ligou para pedir desculpas, bem pode ser que na hora ele nos dê a honra.

Dez delegados, todos da seccional de Campinas, já confirmaram presença. O jornalista com quem ele colabora desde a época do banco disse que pretende levar alguns colegas de trabalho. A mulher Paula convidou o pessoal do MBA e o futuro editor do escritor de verdade também confirmou presença. O amigo Paul disse que possivelmente apareceria com outros executivos do banco.

XXXVI

A grande festa de inauguração da Confucius está marcada para as dezesseis horas. O escritor de verdade pretende fazer uma palestra e depois um coquetel será servido. Só na última hora, ele percebeu um problema bastante sério: não há lugar para muita gente em pé, quando os garçons começarem a servir. O auditório onde ele pretende falar tem as cadeiras presas ao chão. As salas de atendimento individual são muito pequenas, bem como a antessala que deve funcionar de recepção e de escritório para o Paulo. Restam as instalações do restaurante. Se ele tirar as quatro mesas, porém, caberão no máximo umas vinte pessoas.

Talvez na parte externa? É estranho, mas vai ser o jeito. Os convidados assistem à palestra e depois vão todos para o lado de fora. Os muros garantem a privacidade. Inclusive, o escritor acaba de acrescentar nos rascunhos de sua fala que uma das principais características da cultura oriental é a integração com o meio. Ora, basta lembrarmos dos famosos jardins chineses.

Às três e meia, duas viaturas da polícia civil estacionaram em frente à Confucius. Os oito delegados (dois acabaram tendo que ficar de plantão) entraram no prédio e foram recepcionados pelo escritor de verdade em pessoa, que recebeu os cumprimentos pelo pioneirismo da ideia.

Nossa, menina, olha o tamanho daquele. Liu Xin, a bem da verdade, gostou mais do único que tinha ido de terno. O escritor de verdade em pessoa tentou explicar que o serviço de massagem ainda não, mas. A mulher Paula sentiu uma coisa estranha sobre a barriga, uma espécie de peso que a impedia de respirar fundo, e resolveu ir ajudar o pessoal do bifê na cozinha.

Foram os próprios delegados que decidiram a ordem com que entrariam nos três quartos. No momento em que o primeiro grupo começou a receber a pioneira massagem oriental antiestresse da Confucius, os amigos do MBA da mulher Paula chegaram. Um deles disse para ela se acalmar, porque vai dar tudo certo. Inclusive, menina, o professor Paulo veio também: ele está estacionando.

Depois, chegaram os jornalistas e, quase ao mesmo tempo, o editor do escritor de verdade em pessoa. Às dezesseis horas em ponto, com todo mundo no auditório, que no entanto ainda estava meio vazio, o fundador da Confucius apareceu e, aplaudido, sentou-se no centro da mesa. Em primeiro lugar, ele agradeceu a presença de todos.

XXXVII

Para quem já conhece o escritor de verdade em pessoa, a palestra não teve nada de novo. Ele descreveu sua carreira no banco e se deteve, sobretudo, nos longos meses que passou na China. Foi lá que, refletindo profundamente sobre a maneira com que aquele povo milenar agia diante dos desafios diários, sobretudo perante o estágio a que o capitalismo contemporâneo chegou, foi lá, então, que ele teve a ideia da Confucius.

Com muita clareza, enxergou que poderia unir sua experiência na China, única, com as hipóteses do ex-presidente e sociólogo Fernando Henrique Cardoso. A bem da verdade, a história até que estava interessando o pessoal do MBA da mulher Paula. Ela, porém, tinha desaparecido, detalhe que o escritor de verdade vai demorar para descobrir.

No entanto, bem quando iria entrar na conceituação teórica da Confucius, os três primeiros delegados saíram das salas de relaxamento oriental antiestresse e os outros três tentaram entrar na mesma hora. Lin San San, porém, pediu dez minutos para as massagistas arrumarem o lugar. Pelas contas do editor, depois só faltam mais dois policiais, ou seja: um lugar vai ficar vago. Ele, então, levantou-se para reservar o seu e o escritor de verdade em pessoa, notando o início de um tumulto, parou um tempo para beber um gole de água.

Os três jornalistas perceberam que, se não reservassem um lugar também, ficariam para trás. Meio nervoso, finalmente Lin San San colocou os três policiais para dentro das salas de relaxamento oriental antiestresse da Confucius e organizou o resto da fila: depois, irão os outros delegados que ainda faltam e o editor; aí então entram os três jornalistas. Como, porém, Lin San San viu que o poeta Paulo, na última fileira do auditório, não parava de olhar para lá, resolveu perguntar se ele não estava interessado em uma massagem oriental antiestresse também, hoje de cortesia. O poeta Paulo recusou e enquanto se afastava, o chinês lembrou-se de que as meninas tinham lhe dito que o esquisitão não gosta de mulher. Quem pediu um lugarzinho no final da fila foi um dos garçons do bifê. Lin San San não viu por que recusar.

Lá da frente, o escritor de verdade em pessoa notou que a situação estava ameaçando sair do controle e percebeu, surpreso, que a massagem oriental antiestresse da Confucius parecia chamar mais atenção do que a sua própria fala. De fato, esse tipo de relaxamento é necessário, foi o que ele começou a dizer para tentar manter a atenção do público. O pessoal do MBA já começava a especular se aquilo é de fato o que eu estou pensando.

Só pode ser, menina. Então, por isso que a mulher Paula. Meu Deus, o professor Paulo tem doutorado nos Estados Unidos. Ele, inclusive, já foi embora.

Quando duas outras estudantes de MBA ameaçaram se levantar, quem entrou no auditório foi Lin San Sin, que insistia em aparecer vestido com as roupas que escritor de verdade em pessoa lhe tinha presenteado. Só o sapato preto foi ele mesmo que comprou.

Uma outra característica dos grandes executivos é a sensatez: o escritor de verdade em pessoa, portanto, encerrou a palestra de inauguração da Confucius, no que foi muito aplaudido, e convidou todos para conhecerem as instalações. Mas uma das duas alunas do MBA que tinha ficado gostaria de fazer uma pergunta: como é que funciona a massagem oriental antiestresse para mulheres? Na mesma hora, os delegados, que estavam adorando a Confucius, caíram na risada. O escritor de verdade em pessoa, então, viu que ter um negócio próprio é, de fato, muito difícil. Mas como todo grande executivo, ele não se intimidou e respondeu. Nos próximos dias, ela pode ligar para o número que está nos fôlderes. As duas agradeceram, prometeram que iriam fazer isso, mas não ficaram para o resto do coquetel. Com quase todo mundo no corredor onde estão as salas de massagem oriental antiestresse, o escritor de verdade em pessoa pediu para o pessoal do bifê se concentrar ali mesmo e um certo congestionamento tornou-se inevitável.

XXXVIII

Dois dias depois da inauguração, o maior jornal de economia do Brasil publicou uma reportagem de meia página sobre a Confucius. Claro, deve ter gente por aí dizendo que é matéria paga, sobretudo porque o escritor de verdade em pessoa já publicou várias vezes nesse mesmo caderno. Enfim, ele está preparado para todo tipo de calúnia e acusação.

A bem da verdade, não é isso que tem incomodado o escritor de verdade em pessoa desde a inauguração: mas sim a mulher Paula. O escritor de verdade em pessoa não a encontrou durante a festa e, depois, ela não atendeu o telefone nenhuma vez e também não respondeu o interfone quando ele foi visitá-la.

Enfim, ele poderia ter ficado na frente do prédio até ela atendê-lo. Ou, por outro lado, claro que com um pouco de insistência, o porteiro o deixaria entrar. Mas desde a matéria do jornal, ou melhor, logo depois da inauguração, os telefones da Confucius não param de tocar. O escritor de verdade quase não descansa mais: não dá tempo, portanto, para esse tipo de frescura.

Os clientes que estão aparecendo são de todos os tipos: muitos delegados, por exemplo. Eles curiosamente querem apenas o serviço de massagem oriental antiestresse oferecido com exclusividade pela Confucius. No início, o escritor de verdade em pessoa ficou incomodado, mas depois reparou que mesmo essa insistência está dentro dos princípios da consultoria: os orientais são muito focados. Dessa forma, a Confucius aconselha os profissionais a dedicarem a maior parte do seu tempo às questões realmente importantes. Muita gente não progride porque se perde em problemas laterais. Ora, e quem vai dizer que a principal carência dos delegados, ainda mais em um país como o Brasil, não seja um tempinho para relaxar? A Confucius está muito atenta a isso.

O único problema é que o escritor de verdade em pessoa já viu que apenas três massagistas não vão dar conta do serviço. Sem falar que, sem dúvida, será preciso arrumar mais um quarto para as sessões de relaxamento. Enfim, a mulher Paula vai entender. Mas a sala dela não tem um banheiro interno! Será preciso levantar um...

O escritor de verdade em pessoa ouviu a sugestão de Liu Xan e contratou para o setor de massagem oriental antiestresse da Confucius a Paula, aquela garota que trabalhava no hotel onde os cinco chineses se hospedaram ao chegar ao Brasil. Quando desembarcaram, ele os levou para a casa da mãe em um município perto de Campinas. Mas lá parece que os cinco não conseguiram se adaptar e depois de alguns probleminhas sem importância o escritor de verdade em pessoa resolveu trazê-los para mais perto.

Os chineses passaram mais de um mês no hotel de Osasco e Liu Xan fez amizade com essa garota. Ela acabou revelando para a amiga que se o escritor de verdade em pessoa pagasse um valor justo, aceitaria se integrar à equipe. O que ficou combinado, a bem da verdade, foi que Liu Xen receberá por oito horas de trabalho o mesmo que as três chinesas. Como não moraria na Confucius, porém, e só faria uma refeição lá, ele acrescentaria então quarenta por cento a mais por causa disso. O senhor é muito justo, Liu Xen respondeu concordando.

Muito justo ainda chamou Lin San Sin para uma conversa, elogiou a proverbial elegância dele e abriu o jogo sobre a necessidade de um homem para o setor de massagem oriental antiestresse da Confucius. Ele, é claro, adorou, e se colocou à disposição. Ainda não temos nada marcado, mas se prepare, por favor. Por fim, falta resolver apenas o problema dos delegados.

Muito justo já viu que vai ter que separar um tempo só para eles. Daqui a três dias, ele tem uma tarde inteira de atividades com vinte diretores de uma grande editora de revistas. Não dá para misturar. Aparentemente eles querem saber mais sobre a China e a pessoa que contratou a palestra não mencionou a massagem oriental antiestresse, apenas a notícia do jornal. Talvez muito justo deva reservar o período da noite para quem deseje apenas o relaxamento.

Mas uma coisa é muito clara para ele: com todo esse tipo de problema, não dá para aguentar as frescuras da tonta da mulher Paula.

XXXIX

Como, é frescura isso, é? O cara vai morar na China e volta com três mulheres, tudo puta, e aí vem falar que ela está com frescura? Homem é tudo igual mesmo, é frescura isso? Esse filho da puta, que frescura é essa, seu filho da puta? É frescura isso? O cara vai para a China, volta com três putas e ainda quer falar. E tem outra coisa e tem outra coisa, seu filho da puta: você é torto, seu desgraçado, maldito, você é torto e não sabe como tratar uma mulher. Você é nojento, é frescura isso, seu nojento, é frescura? Você é todo torto, seu filho da puta. Você não sabe como tratar uma mulher, dá nojo, seu desgraçado, maldito. É frescura isso, é frescura? Seu torto filho da puta, essa Confucius não passa de um puteiro. É isso mesmo, um puteiro! Seu desgraçado, canalha, canalha, você é torto, é torto, China de merda, volta pra lá, volta, seu canalha, filho da puta. Você não tinha o direito, não tem, seu torto maldito, seu filho da puta, volta pra lá, volta mesmo, seu torto, seu nojento, seu maldito, seu maldito, maldito. E não é frescura, não, você é torto, é todo torto, dá nojo. O cara vai pra China e volta com três putas e ainda quer falar de frescura. É frescura isso, é, seu filho da puta, filho da puta, é frescura, é, é isso, você é torto, é torto, e outra coisa, a calça do seu terno fica enfiada na bunda, você é torto, seu filho da puta, é frescura isso, canalha, é frescura, seu canalha, o cara vai para a China e volta com três putas, tudo puta, seu filho da puta, é frescura isso, é frescura, seu desgraçado, seu torto, você é torto, dá nojo, seu filho da puta maldito, é frescura isso, é frescura, você é um desgraçado, maldito, China de merda, você é torto, desgraçado, você é torto, é torto, é torto, é frescura isso? Seu filho da puta, é frescura, é frescura, seu canalha torto, seu desgraçado, dono de puteiro, vagabundo, safado, filho da puta, que China é essa, e isso é China, é China isso, é, seu filho da puta, seu canalha, cafetão de merda, você vai pra China e volta com três putas, tudo puta, tudo puta, nessa Confucius só tem puta, é um puteiro, é um puteiro, que consultoria é essa, o cara vai pra China e volta com três putas, e isso é consultoria dessa China aí, que China é essa, seu torto filho da puta, você é torto, seu filho da puta, você é todo torto, seu desgraçado filho da puta, filho da puta, você vai para a China e volta com três putas, e isso é consultoria, seu filho da puta, tudo puta, e eu digo mais: essa Confucius é um puteiro, é um puteiro, é um puteiro, puteiro, puteiro, puteiro, é um puteiro desgraçado, seu canalha, canalha desgraçado, isso é China, é China esse puteiro aí, seu torto, você é torto, seu filho da puta.

XL

O engenheiro respondeu que um quarto a mais, nos moldes dos que já tinham feito, dava para levantar em três dias. O torto, então, resolveu fechar a Confucius na sexta e no sábado, para ampliar um pouco a construção. A propósito, ele já tinha combinado uma tarde de palestras com um grupo de funcionários graduados de uma empresa de seguros e estava negociando uma semana inteira com os diretores e o pessoal mais especializado de uma das maiores empresas de transporte do Brasil.

Logo, se as coisas continuarem assim, e a bem da verdade só vão melhorar. Logo, portanto, se as coisas continuarem assim ele vai poder terminar o jardim chinês da parte externa da Confucius.

Mas esse tipo de jardim não é japonês?

Não vem ao caso.

A bem da verdade, a matéria do jornal sobre a Confucius ajudou muito. Aliás, o próprio diretor de redação, depois do que o Paulo lhe contou, está pensando em visitar a consultoria. Infelizmente, porém, nesse final de semana ela estará fechada. As atividades voltarão apenas na segunda. Depois, o torto vai cumprir o seguinte expediente: de manhã e à tarde palestras para grupos maiores. Das dezenove às vinte e três horas, o serviço de massagem oriental antiestresse. Isso de segunda à quinta. Nas sextas e sábados, a consultoria funcionará apenas para receber executivos de alto escalão interessados em counseling, coaching ou mentoring, cujo preço aliás já inclui o relaxamento oriental antiestresse. Por fim, há ainda o acompanhamento de final de semana: o cara chega no sábado às catorze horas e só vai embora no domingo à noite. Uma das gueixas o acompanhará o tempo inteiro, deixando-o apenas quando ele estiver nas sessões de counseling. A bem da verdade, é nesse último pacote que o diretor de redação ficou interessado.

Infelizmente, a Confucius fecha nessa sexta para abrir só na próxima segunda. Os delegados, porém, ficaram bastante irritados. Alguns, inclusive, chegaram até a trocar a data do plantão. Pelo telefone mesmo, o torto explicou que infelizmente ele precisou fechar a consultoria porque será necessário construir mais um quarto. Consultoria é a puta que o pariu, o delegado do outro lado da linha respondeu. Porra, a gente te dá a maior proteção e você agora fica regulando essa merda.

A Confucius é uma consultoria que traz ao Brasil, pela primeira vez, os valores com que a moderna China tem enfrentado o mundo contemporâneo, casando-os com as ideias do sociólogo e ex-presidente Fernando Henrique Cardoso. Qualquer pessoa que passe uma semana que seja em Pequim percebe como os antigos comunistas souberam se adaptar às regras do mercado, e inclusive transformaram diversos pontos negativos em conquistas próprias. Uma das maiores qualidades dos chineses é a tolerância. A Confucius, portanto, não poderia deixar de ouvir as críticas dos clientes e tentar se ajustar aos anseios deles.

Os delegados não se incomodaram em ter o serviço de massagem oriental antiestresse em meio a uma construção. Dessa forma, inclusive, o torto arrecada alguma coisa. Claro, como não usam o serviço de counseling (embora devessem), pagam muito menos. De graça, nem os próprios delegados aceitaram. E, a bem da verdade, eles são até ordeiros. Enquanto aguardam a vez, ficam tomando cerveja no restaurantezinho da Confucius, pelos corredores ou até na parte externa.

Mesmo com apenas três quartos funcionando, Liu Xen já começou a trabalhar. Assim, as gueixas podem descansar um pouco enquanto se revezam. Não é que o delegado Paulo, esse mesmo que está agora conversando com o torto, achou a massagem dela ruim. Claro, a garota não tem porra nenhuma de gueixa, mas não é esse o problema. Acontece que os colegas que já tinham vindo aqui me disseram que as meninas têm algo muito diferente na e essa que me atendeu, olha não estou dizendo que foi ruim, mas a dela é igual a qualquer outra. Nem o torto e nem o resto do pessoal da Confucius tinham lembrado que Liu Xen não é mutilada.

XLI

Diante de todo esse trabalho, a mulher Paula bem que podia facilitar um pouco as coisas. E, a bem da verdade, ela está fazendo falta: se tivesse alguém na cozinha da Confucius, o torto não precisaria ter saído atrás daquele monte de marmitex. Ele não tem responsabilidade de alimentar os pedreiros, mas o combinado é que os funcionários, durante o serviço, vão comer na própria consultoria. O torto não pode, pelo menos agora, contratar mais alguém. A própria faxina está sendo feita pelas quatro gueixas e por Lin San San. Mas cozinhar, isso eles não sabem.

Pelo jeito, alguma coisa deixou a mulher Paula muito incomodada: desde a inauguração, ela não aparece, não atende o telefone e, na única vez em que o torto foi ao apartamento dela, a tonta fingiu que não estava. Enfim, se ela ao menos dissesse o que a magoou tanto, talvez ele pudesse se explicar, pedir desculpas, mas nem isso. E logo nesse momento decisivo para a Confucius. Depois, a idiota não sabe por que perdeu o emprego no banco. Ela queria o quê?

E, a bem da verdade, ela está fazendo falta. Se estivesse trabalhando com eles, a mulher Paula poderia ficar na cozinha da Confucius. Ela é boa com isso. Talvez, também, ajudasse a desafogar um pouco o trabalho. Para a semana que vem a consultoria, além de já ter até ampliado a construção, vai receber um outro grupo para uma palestra, um executivo de um grande jornal brasileiro de economia acaba de confirmar a compra de um pacote de final de semana, com o serviço de counseling incluído, e o torto está quase terminando a negociação para um programa inteiro de palestras com uma das maiores empresas de transportes do Brasil. Sem falar no serviço de massagem oriental antiestresse exclusivo.

No sábado à noite, desajeitado e com a dor no meio do ombro esquerdo, o torto voltou ao apartamento da mulher Paula. Ela resolveu atendê-lo, mas disse que ele não passaria da porta. O torto anda muito ocupado e por isso, sem demorar muito, ajoelhou-se, jurou alguma coisa inaudível e quase implorou para ela ouvi-lo. Espantada, a mulher Paula abriu a porta e os dois.

Depois, o torto sugeriu uma pizza, mas a mulher Paula fez questão de cozinhar. É isso a única coisa que falta na Confucius, um toque feminino no refeitório. Ela riu e insinuou que homem é tudo igual.

No domingo, logo cedo, o torto quis voltar à Confucius para supervisionar as obras e ver se os chineses não tinham feito nenhuma tolice. A mulher Paula preferiu ficar em casa, mas prometeu que na segunda-feira voltaria ao trabalho. Ora, mas por que salário, ela respondeu rindo. Se a gente vai se casar, tudo o que acontecer com a Confucius é responsabilidade minha também.

XLII

A bem da verdade, o torto encontrou a Confucius em ordem. As três gueixas e Lin San Sin ainda dormiam. Lin San San, por sua vez, estava na cozinha tentando improvisar alguma coisa. Surpreendentemente, apesar de ser domingo, Paulo tinha ido trabalhar. Ele queria organizar algumas coisas, pois previa uma semana difícil pela frente. Torto ficou orgulhoso: a Confucius é uma família, não tem por que dar errado. O segredo, como aliás já está no livro para futuros executivos, é a escolha do capital humano.

Ele teve a luz de trazer da China cinco pessoas absolutamente adequadas àquele tipo de trabalho. Por falar nisso, Liu Xin e Liu Xun acabam de entrar na cozinha, onde Lin San San está tentando improvisar alguma coisa. A bem da verdade, não ficou ruim, mas seu bobo fez questão de avisar que a partir de amanhã, a mulher Paula vai cuidar da cozinha. Aquela chata, pensou Liu Xan, a última a entrar, mas achou melhor não dizer nada. Ela e as outras duas até estão achando divertido o trabalho. E Liu Xan elogiou a decisão de contratar Liu Xen, muito embora alguns clientes estejam reclamando.

Para desconversar, o torto perguntou se elas sabiam do Lin San Sin. Está deitado, ele não levanta mais.

A bem da verdade, Lin San Sin tinha se animado um pouco quando o torto disse que talvez ele também fosse trabalhar no setor de massagem oriental antiestresse da Confucius. Mas, pelo menos agora no começo, não apareceu ninguém e Lin San Sin ficou praticamente sem fazer nada. Ele não se incomoda, de jeito nenhum, com o fato de Lin San San às vezes organizar a fila do relaxamento, função que era dele na China.

A bem da verdade, Lin San Sin gostava mesmo era de levar as hóspedes do hotel Hilton de Pequim às margens do Nilo. Às vezes ele ia sozinho olhar o encontro do Nilo Azul com o Branco. O espetáculo é deslumbrante. Desde que chegou ao Brasil, ele não consegue se lembrar de como era o barulho da água. Da família, nunca teve saudades. A mãe de Lin San Sin tinha morrido quando ele era garoto e o pai. O pai. Ele sabe que uma das irmãs vive no sul do país, mas nunca teve notícias das outras. Com o rio, porém, ele já sonhou várias vezes. É estranho, mas agora parece que a saudade o prende ao colchão. Outro dia, tentou se erguer um pouco, mas não conseguiu. Logo para um instrutor de musculação, acontecer isso deve ser dramático. De vez em quando, dá uma enorme vontade de chorar. No começo, ele se levantava e ia ao banheiro, para Lin San San não notar nada. Agora, porém, ele chora no quarto mesmo. O outro dorme tão pesado que não ouve. O fato é que, deitado e imóvel, ele consegue lembrar-se vagamente do rio. Não que pretenda um dia voltar à China. Ele sabe muito bem que seria preso na mesma hora. De jeito nenhum. Então, outro dia Lin San Sin fechou os olhos, devia ser à tarde. Dezoito horas? Talvez. Ele fechou os olhos e, esticado no colchão, imaginou que seu corpo fosse o próprio rio. Primeiro, uma intensa pressão o jogou para o fundo, depois ele achou que não conseguiria voltar, e acabou se debatendo muito. Mas sobreviveu. O peso que ele sente sobre o peito desde que chegou ao Brasil, e Lin San Sin terminou urinando no colchão enquanto dormia. Por sorte, ninguém notou. No banho, de novo ele fechou os olhos e, que dor, agora em pé, tentou fingir que a água fosse a mesma do rio. Frustrado, voltou a se deitar, deve ter sido anteontem, e não levantou mais. Talvez seja o caso de alguém conversar com ele. O problema é que com todo esse movimento na Confucius, ninguém consegue parar para se preocupar com isso.

XLIII

Ontem pela manhã, torto recebeu um e-mail de um dos delegados que estiveram na Confucius na noite anterior. Ele dizia que tinha resolvido procurar os serviços de massagem oriental antiestresse depois da indicação entusiasmada de alguns colegas. E antes de tudo, é de fato justo elogiar tanto a iniciativa do senhor quanto a qualidade do trabalho. Fui muito bem recebido, o delegado continuava, e achei o ambiente agradável e acolhedor. Um de meus colegas, inclusive, me disse que o senhor está querendo construir um jardim ao lado do estacionamento. Um daqueles lugares cheios de paz que uma pessoa como eu sempre precisa. Creio que a decisão é muito acertada.

Esse é um dos delegados das antigas, torto percebeu: os mais novos não costumam ser tão educados. Pretendo voltar à sua empresa. Do mesmo jeito, eu gostaria de deixar bem claro que o serviço da moça que me atendeu foi de primeira qualidade. Eu, que trabalho na cúpula da polícia, não preciso dizer ao senhor que esse e-mail é completamente sigiloso. Pois bem, posso afirmar que poucas vezes uma profissional me atendeu tão bem. Essa moça que vocês chamam de Liu Xen é completa. Não quero deixar de ressaltar que os quimonos com que as meninas vêm nos receber também são de muito bom gosto. E ainda esclareço que o fato de Liu Xen ter a pele mais clara que as colegas de trabalho (das outras três, vi uma de relance e meus amigos comentaram sobre as outras) não me incomoda. Gosto também das mulatas, claro, mas para mim está bom. No mais, ressaltando que não estou infeliz de forma nenhuma com a qualidade do serviço, eu gostaria de dizer que pretendo voltar à sua empresa tão logo consiga achar tempo, mas eu queria ser atendido por uma das outras três que, segundo os meus colegas, tem a diferente das mulheres normais, ao menos das que estamos acostumados aqui no Brasil. A da Liu Xen é, apesar da performance dela, absolutamente comum. Sem mais, caso o senhor precise de algo que diga respeito a esse e-mail, o número do meu telefone celular é, apenas mantenha-o para si mesmo.

A bem da verdade, o torto estava satisfeito com os elogios que Liu Xen, desde que começou a trabalhar na Confucius, vinha recebendo. Ele, de forma nenhuma, acha que cometeu um erro ao contratá-la. Por outro lado, são pouquíssimos os clientes que, depois da sessão de massagem oriental antiestresse com ela, não dão um jeito de dizer que querem voltar com uma das outras três. A razão é óbvia e lhe escapou no momento da contratação.

Enquanto lia o e-mail, ele percebeu que a mulher Paula se aproximou. Torto não se preocupou e deixou-a ler a mensagem inteira.

Ela tinha ido conversar sobre o MBA. A bem da verdade, já deve fazer uns quinze dias que a mulher Paula não vai às aulas. Mas o assunto do e-mail, claro, é muito mais importante.

Enfim, há uns anos, ela fizera uma lipoaspiração com um cirurgião plástico muito sério. Tudo tinha corrido bastante bem e o torto deve saber que, se o profissional não for de fato muito bom, esse tipo de coisa acaba dando errado. Há uns seis meses, ela indicou os serviços dele para uma amiga que, do mesmo jeito, gostou muito. Talvez pudessem procurá-lo para ver se não seria possível Liu Xen ser operada e resolver, de uma vez por todas, aquele problema.

Além de tudo, o movimento só tem aumentado. Como, em pouco tempo, o orçamento da Confucius já tinha chegado perto do azul, o torto achou a ideia muito boa. É um investimento, a bem da verdade.

XLIV

O poeta Paulo tentou marcar a conversa com o torto longe da Confucius. Ele definitivamente não gosta de ir lá. Primeiro, acha tudo aquilo uma enorme picaretagem, muito embora por outro lado pense que o torto seja uma pessoa honesta e muito correta.

Inclusive, a bem da verdade, o próprio poeta tinha se identificado com o patrão, já que ele também faz anotações. A diferença é que, no caso dele, não necessariamente apenas pessoas são alvo de suas denúncias. Ele tem, por exemplo, dez cadernos de anotação sobre tudo o que viu na faculdade onde leciona há bastante tempo. A coisa vai desde a febre desmedida por lucro dos donos até o registro do comportamento imoral de seus colegas. Há uma página, por exemplo, sobre um calhorda que primeiro dispensava a turma e depois assinava o ponto, alegando que os alunos tinham resolvido emendar o feriado. Enfim, são quinze anos de anotações que, quando se tornarem públicas, vão escandalizar até o mais insensível dos jornalistas.

No entanto, ao observar as anotações do torto, ele logo viu que o cara é bem mais econômico e direto. O Godói ontem fez isso e aquilo quando estava na companhia de dois diretores. Há muitos detalhes, é lógico, mas todos eles convergem para uma única questão. Talvez esse direcionamento seja o que falte para suas próprias denúncias. Além do absurdo que é o sistema universitário hoje no Brasil, ele tem uma série de outros cadernos sobre as tramoias da vida literária do nosso país. Prêmios com resultado duvidoso, resenhas que elogiam amigos e destroem desafetos, autores com acesso a grandes editoras, tudo isso. Mas nunca foi muito fácil para ele organizar aquele material.

O poeta Paulo não sabe dizer se o torto chegou a começar um arquivo de anotações sobre ele, mas desconfia que não. Agora que vai se casar com a mulher Paula, essa possibilidade está ainda mais afastada. Mesmo distantes, enfim e a bem da verdade, todos são da mesma família.

Portanto, não é por receio de ser alvo de um arquivo de denúncias que o poeta Paulo prefere conversar com o torto longe da Confucius. Acontece que ele sempre tem a impressão, nas poucas vezes que vai lá, que aquele pessoal da massagem está rindo dele. E depois, nada garante que não o constranjam a fazer outra sessão de relaxamento.

Mas com aquele movimento, o torto não pode marcar em outro lugar. Por sorte, as gueixas estavam todas ocupadas e quase ninguém o viu na Confucius.

Uma das vantagens de trabalhar com esses executivos é que eles são muito diretos e objetivos. É o seguinte: acho que você conseguiu perfeitamente cumprir as minhas expectativas. Fiz apenas algumas anotações em vermelho para você mudar certos trechos. De resto, creio apenas que é preciso enriquecer mais o capítulo sobre linguística corporativa. Antes de me esquecer, aqui está a última parte do seu pagamento. Vou deixar claro: assim que você fechar esses pontos que faltam e a gente encerrar de vez o livro, vou te dar um bônus. Enfim, você está certo em falar de neurolinguística e em dar ênfase às habilidades mentais que os chineses adquirem enquanto se alfabetizam. A questão dos dois lados do cérebro, ainda, está perfeita. Eu queria apenas que você aprofundasse um pouco mais a definição de linguística corporativa. Afinal de contas, fui eu que a criei, e depois completasse a parte do vocabulário profissional. Para te ajudar, eu trouxe aqui um CD com mais seis arquivos.

Exato.

XLV

Nos últimos dias, a mulher Paula não está tendo tempo de pensar no MBA. É muita coisa. A bem da verdade, ela já não vai às aulas desde a inauguração da Confucius. Uma das meninas do grupo, inclusive, mandou um e-mail perguntando se a colega não iria continuar o curso, mas nem responder alguma coisa mais curta ela conseguiu. A consultoria se tornou sua única prioridade.

Ela, apesar disso, não se arrepende. Enfim, seria bom concluir o MBA, mas na vida às vezes a gente tem que fazer esses sacrifícios.

Exato.

O próprio torto também acha que ela deve desistir. Qual a utilidade de um curso desses, se você já está à frente de uma empresa?

A Confucius tem consumido o tempo deles. Não é um privilégio a que todas as pessoas, infelizmente, terão acesso algum dia. Você sabe que vai ter que trabalhar muito, talvez sem parar. Mesmo assim, sente uma ansiedade estranha pelo dia seguinte. A hora de dormir é boa só porque depois que você acordar, provavelmente outro sucesso vai aparecer na sua vida.

É tanta coisa que a mulher Paula não tem mais tempo para se dedicar ao MBA. Aliás, ela já não vai às aulas desde a inauguração.

O próprio torto comentou como foram estranhas as reações dos colegas dela no dia da inauguração. Com o sucesso da Confucius, eles sentiriam mais inveja e sairiam por aí falando todo tipo de absurdo sobre a empresa. De fato, o melhor é ela desistir desse curso.

XLVI

Finalmente, o livro dos mandarins em que o torto está trabalhando desde a China ficou pronto. O poeta Paulo reforçou o capítulo sobre linguística corporativa, mudou algumas coisas no início e aprofundou os cases. O torto adorou e, a bem da verdade, não escondeu a decepção quando o poeta pediu desculpas e disse que provavelmente não iria ao lançamento. Eu quero passar um tempo agora na Serra Gaúcha para terminar o meu livro de poemas. Bom, mas o lançamento vai ser daqui a uns dois meses. Estou pensando em alugar alguma coisa e passar um bom tempo lá. Só fazendo poesia.

O descaso das pessoas com a arte poética irrita muito o poeta Paulo. Mesmo na faculdade, às vezes um aluno levanta a mão só para fazer uma gracinha. Essas coisas são típicas de países atrasados. A bem da verdade, ele devia mesmo dizer que, se a poesia for uma merda, a confusão é outra. Mas aí ele estaria sendo hipócrita.

Além de tudo, o torto tem um enorme respeito pelo poeta Paulo e, a bem da verdade, gostou muito do trabalho dele. Por isso, inclusive, eu quero te dar esse bônus. Não é muita coisa, você sabe que a nossa empresa ainda está no começo, mas já é um sinal de que eu desejo continuar contando com a sua colaboração. Bom, peço que enquanto você estiver isolado fazendo suas poesias, cheque de vez em quando os e-mails, pois se eu precisar de algo, vou correr atrás de você.

O poeta Paulo trabalhou muito nesses últimos meses e deixou praticamente todos os textos da Confucius preparados, além do livro dos mandarins. Ele merece realmente esse tempo de descanso. Enfim, é isso: não vá se desgastar muito com esse negócio de poesia: relaxe bastante porque daqui a alguns meses eu quero começar um livro novo.

O torto avisou à mulher Paula que iria demorar um pouco mais para voltar e, como na Confucius seria impossível, parou em um pequenino restaurante para ler a versão final do livro.

Ficou só no começo: a emoção de alguém que finalmente conseguiu realizar seus sonhos. Ele não pretende parar agora, não é isso. Mas hoje o torto pode dizer que é um homem realizado. Foi preciso muito esforço para chegar até aqui.

Exato.

Por isso é um absurdo que pessoas como o Godói, por exemplo, esse filho de uma puta, saiam por aí dizendo que ele nunca esteve na China. Ele que vá perguntar para o amigo Paul.

No livro, o torto passa para as próximas gerações tudo o que aprendeu. Quer prova maior, seu filho da puta?

Aliás é como fez o ex-presidente e sociólogo Fernando Henrique Cardoso.

Quando o garçom trouxe a conta, o homem realizado lhe explicou que de fato não foi fácil. Mas a presidência valeu a pena. Não é o que as pessoas pensam. A solidão é muito grande, mas você simplesmente precisa cumprir certos rituais. E foi o que ele fez: jamais fugiu do seu destino histórico. Agora, enfim, com o livro dos mandarins, essa obra que ele deseja dedicar à posteridade, as coisas ficarão mais assentadas: durante todos aqueles anos, muita gente passou por ele, mas se não fosse um esforço particular, é isso que diferencia um estadista de, enfim, qualquer outra pessoa.

XLVII

Quando o homem realizado explicou o problema para o cirurgião plástico, ele respondeu que nem se coloca: não é o valor do pagamento. O caso é que ele não tem a menor ideia de como funciona aquilo. Claro, na literatura especializada de vez em quando aparece uma referência ao hábito, disseminado até hoje, das mulheres em várias regiões africanas sofrerem uma excisão na área da. Mas como o problema nunca apareceu para ele, o médico simplesmente passa por cima.

De jeito nenhum, o cirurgião respondeu muito firme. Daquela forma, dificilmente o homem realizado acharia alguém que aceitasse fazer a operação. Sim, sem dúvida, ele sabe que o sigilo está garantido. Claro, além disso o problema também não é um futuro processo: todas as pacientes assinam um termo de responsabilidade, afirmando que a operação é um desejo expresso delas mesmas, e que os riscos estão muito claros.

Não tenho a menor ideia de como proceder. Além disso, a bem da verdade, não ajo com precipitação. O senhor pode ver a respeitabilidade que tenho no mercado. Se eu cheguei aqui onde estou hoje, foi depois de muita seriedade e esforço. Não posso internar uma mulher amanhã e, no dia seguinte, ir logo cortando a dela. Uma coisa como essa demanda muito estudo e preparação.

O homem realizado simpatizou na mesma hora com aquele médico e o convidou para conhecer a Confucius, uma empresa de consultoria que inaugurou há pouco tempo e já está fazendo um enorme sucesso. Só para o senhor ter uma ideia, temos agendadas atividades até o final desse mês. À noite, a consultoria oferece um serviço exclusivo de massagem oriental antiestresse com quatro gueixas. É uma delas que eu preciso que o senhor opere. Seria uma honra para nós recebermos a sua visita.

Quatro horas depois, o doutor Paulo errou a travessa e gastou quase vinte minutos até finalmente achar a rua da Confucius. O homem realizado foi recebê-lo no estacionamento e os dois tomaram um café no restaurantezinho informal da consultoria. Muito simpático, por sinal.

O homem realizado, um pouco depois de deixar o consultório, lembrou-se dos arquivos que escrevera na China sobre a tal mutilação e por sorte conseguiu localizá-los em um CD na Confucius mesmo. Ainda sem terminar o café, o doutor passou os olhos por todas as informações e viu que nada ali era muito diferente do que ele poderia encontrar na internet. A não ser a última, que descrevia os efeitos da cicatriz no prazer sexual masculino.

Liu Xan já o estava aguardando. Ele a examinou cuidadosamente, observando que de fato a coisa é feita de um jeito meio primário. Ela, por sua vez, achou-o tenso e resolveu começar a massagem pelos ombros. Como ele é mais velho, saberá esperar com paciência. Os delegados, por exemplo, sempre querem ir logo. Também é bom, mas às vezes incomoda.

Antes de sair, o doutor ainda quis fazer outras observações e anotou tudo em um caderninho. No estacionamento, ele confirmou que a operação seria possível sim, pelo valor de. Salgado, o homem realizado pensou. Levaria todo o lucro da Confucius até ali e exigiria ainda um novo empréstimo. Mas o banco já viu que a empresa é sólida e ele mesmo sabe que o retorno deve ser rápido.

Liu Xan, depois que o doutor foi embora, disse para Liu Xen deixar de ser boba, menina. No caso dela, não vai doer nada. Além disso, que diferença faz para você? A garota, porém, não consegue conceber que alguém possa fazer isso. Ela já viu, claro, que do jeito como a coisa anda no novo emprego, mais uns poucos meses e terá no banco uma quantia que com certeza.

Caso opere, o homem realizado simplesmente aumenta o fixo dela em trinta e cinco por cento. Ele, inclusive, reuniu os funcionários todos da Confucius (Lin San Sin acabou não indo) e garantiu que, se as coisas continuarem daquele jeito, em seis meses será instaurado o sistema de participação nos lucros através de bônus.

XLVIII

Lin San Sin achou que se animaria um pouco se fosse passear pela construção. Desde ontem o pessoal está trabalhando no jardinzinho chinês. Vai ficar lindo. Como não tinha comido nada, estava fraco e teve dificuldade para andar. Mas aos poucos foi se erguendo. Por alguns instantes, acreditou ter força até para oferecer alguma ajuda. Talvez melhorasse, pensou.

Logo depois, porém, Lin San Sin achou que, se não se encostasse no muro, iria imediatamente cair no chão. Aliás, ele começou a pensar que suas costas fossem de tijolo. Uma pilha pequena estava à sua frente: talvez, por isso. Ou quem sabe porque o muro, alguns minutos mais tarde, começou a parecer-lhe a última coisa que o mantinha em pé.

Vou me dobrar, percebeu. Então, para evitar cair ali, Lin San Sin flexionou levemente o joelho esquerdo e forçou os dois braços para trás. Mas o Nilo não acolhe nenhum corpo frágil, e a violência da água, naquele ponto, machucou-o. Se os ossos doeram, o cheiro do rio o ajudou muito. Aquele era o momento de Lin San Sin escolher sair ou, quem sabe, ficar com ele para sempre.

Ele voltou a sentir o cheiro do Grande Nilo, o rio que desde menino, quando seu pai. As águas o machucaram, é verdade, mas ele o traiu. Não, não foi isso. Não foi isso, Lin San Sin deixou-se levar, agora em águas bem mais mansas. Se acaso boiasse por mais algum tempo, talvez pudesse deixar o rio em um lugar de pouco movimento e não ser visto. Ele não poderá voltar ao Sudão, provavelmente nunca mais.

Lin San Sin, muito calmo, deixou o corpo aproximar-se da margem e, quando finalmente a ponta da mão esquerda tocou a terra, ele ajoelhou-se, olhou para os dois lados e, certo de que ninguém o observava, voltou lentamente para o quarto. Apenas deitado ele se sentia seguro. Com certeza, o governo já ordenou que se os cinco voltarem, algum dia, devem ser presos e executados na mesma hora. Mas ali ninguém irá incomodá-lo.

O rio o perdoou, é claro. Talvez por isso ele esteja se sentindo confortado. Lin San Sin virou o corpo para a direita e chutou, muito de leve, a parede. Lá estava ela. Para fazer isso, porém, acabou deixando o tornozelo descoberto. Colocá-lo de volta embaixo do cobertor exigirá outro movimento. Mas se fizer isso, Lin San Sin vai conseguir proteger todo o corpo de novo.

Agora ele precisa esperar alguns instantes para se aclimatar ao cobertor. Se mover o corpo, um dedinho só, não vai dar para Lin San Sin sentir aquele conforto outra vez. Ele sabe disso e ficou imóvel.

Então, ele pôde sentir o colchão. Para isso, não precisa se mover. Basta que, de olhos fechados, ele se esforce para que sua pele perceba o leve atrito com a espuma. Não é um exercício difícil e Lin San Sin saiu-se de novo muito bem. Agora ele já está deitado há algum tempo. Todo o seu corpo acomodou-se por baixo do cobertor. Agora o colchão também o acolhe. Finalmente, está tudo pronto para imaginar agora o rio. Não tem por que Lin San Sin se arrepender agora: deu tão certo que ele sentiu um momento de alívio. Agora mesmo. Foi passageiro, mas intenso o suficiente para ele desejar que mais alguém estivesse ali. Quem? Ninguém, e de novo Lin San Sin mergulhou em uma profunda tristeza.

A bem da verdade, agora o Rincão está na porta. Mas não há, definitivamente, o que ele possa fazer.

XLIX

A bem da verdade, apesar do Lin San Sin daquele jeito, o ambiente da Confucius está cada dia mais animado. As três gueixas se aclimataram muito bem ao Brasil. Elas já andam sozinhas nas imediações da consultoria, se divertem muito com a televisão e de fato gostam dos homens brasileiros. Todas estão bem adiantadas no português. Liu Xan já conversa com muita facilidade.

Lin San San também está feliz. De manhã, o café é por conta dele. Quando o dia começa, o chinês organiza um pouco o prédio e passa a fazer o papel de segurança, que aliás deveria ser do Lin San Sin. Inclusive, o homem realizado prometeu que, quando a Confucius finalmente se estabilizar, ele vai ver como funciona a carteira de motorista para estrangeiros. Aí o chinês volta a dirigir.

O homem realizado se acostumou muito bem à rotina de palestras. Ele costuma começar contando sua experiência na China, introduz a questão do mercado financeiro global, contextualiza com algum trecho da obra do sociólogo e ex-presidente Fernando Henrique Cardoso e, então, mergulha nos interesses específicos de cada grupo. Está funcionando. Até aqui várias empresas, depois de contratar uma palestra apenas, negociaram algum tipo de programa mais longo: minicursos, acompanhamentos, esse tipo de coisa.

Os serviços de counseling, coaching e mentoring também estão crescendo e, felizmente, a mulher Paula tem trabalhado bem. A única coisa é que logo precisarão de outra pessoa. Por enquanto, os dois combinaram esforçar-se um pouco mais para administrar com adequação o rapport da empresa. Depois, eles estão pensando em promover o Paulo, que até aqui vem demonstrando um compromisso incondicional com a Confucius. Por isso, inclusive, o homem realizado pediu para ele assistir a uma parte das palestras.

Sem falar nos amigos: não passa três dias sem que o editor do jornal, aquele que sempre acreditou no trabalho do homem realizado, apareça por lá. O cara que vai publicar o livro dos mandarins também frequenta muito o serviço de massagem oriental antiestresse. Ele gosta de ir à Confucius pessoalmente dizer como está o processo de preparação do texto, mostrar os estudos para a capa, tudo isso. A bem da verdade, o homem realizado emociona-se a cada vez que o editor aparece com o livro um pouco mais adiantado. Acontece com qualquer escritor.

Alguns delegados também se tornaram clientes fiéis. O problema com a Liu Xen continua, mas não tem afastado os clientes. Além disso, qualquer escritor promete resolvê-lo já nas próximas semanas. Enfim, talvez haja um período de recuperação em que ela tenha que ficar de licença.

A bem da verdade, Liu Xen continua resistindo. Em casa, se fizer mesmo a tal operação, ela não vai poder ficar. O jeito será convalescer na própria Confucius. Liu Xan disse para ela que isso é comum: quando foi mutilada, na China, ela mesma ficou quase um mês deitada, aos cuidados de uma tia mais velha. Depois, cicatriza e pronto. E no caso dela, com toda aquela assistência, com certeza vai ser mais fácil e rápido.

L

O cirurgião plástico, antes de fazer outra sessão de massagem oriental antiestresse com Liu Xan, reuniu-se com qualquer escritor para explicar suas conclusões sobre a operação. Ele tinha feito alguns estudos e, inclusive, consultado dois outros colegas. É algo um pouco mais simples do que parecia de início e o trabalho principal deve ser mesmo o de reproduzir a cicatriz das três outras chinesas. Convenhamos que não é nada demais. A menina deverá ficar afastada do trabalho por apenas um mês, já que quase todo o procedimento será externo. Não mais do que isso.

Qualquer escritor agradeceu sinceramente o empenho do médico e disse que iria pedir para a garota tomar uma decisão logo. O cirurgião garante que não haverá maiores consequências e nenhum risco? Sim, apenas os corriqueiros de uma operação plástica. Sem falar que, depois, ela pode reverter o processo.

No final do expediente, qualquer escritor chamou Liu Xen para conversar. Tinha sido um dia difícil: cinco delegados. Mesmo assim, a garota mostrava certa firmeza estranha no rosto. Nada que aparentasse estar decidida, porém. Quase, talvez, a dignidade do descontrole, mas qualquer escritor não tem a menor sensibilidade para esse tipo de coisa. Era simplesmente uma conversa com uma ótima funcionária.

E foi asssim que ele começou, para terminar afirmando que a decisão devia ser exclusivamente dela e o médico tinha deixado claro que os riscos eram mínimos e a operação, reversível e quase que só externa. É uma questão estética, apenas. Mas, se recusar, você não poderá continuar trabalhando na Confucius. A justificativa do qualquer escritor é simples: a identidade da empresa. Ele não pode oferecer serviços diferenciados para os clientes, sendo que todos estão atrás da mesma coisa. E quando uma empresa está inaugurando, não dá para descuidar.

Liu Xen começou a chorar. Nada ostensivo, muito embora pela primeira vez ela o tenha irritado. Executivos detestam funcionários que demonstram fraquezas em público. A bem da verdade, executivos detestam funcionários fracos. Ela pediu licença para responder depois e qualquer escritor concordou, inclusive porque isso a faria sair da sua frente.

Antes de ir embora, qualquer escritor andou um pouco pelo jardim chinês. Tinha ficado mesmo muito charmoso: pequeno e acolhedor. Talvez a Confucius possa oferecer ali algumas sessões de coaching. O laguinho funciona com um sistema de circulação de água que permite que ela seja trocada, se não chover, apenas uma vez por semana. Fica mais barato.

No dia seguinte, surpreendentemente Lin San Sin se alegrou e, de novo com o terno que tinha ganho do qualquer escritor, aceitou tomar café da manhã com Lin San San. Liu Xan continuava dormindo, mas Liu Xin e Liu Xun também ficaram muito felizes ao vê-lo tentando se animar um pouco. Ele não comeu muito, a bem da verdade, mas já é alguma coisa ter saído da cama depois de tanto tempo.

Liu Xun, inclusive, convidou-o para passear no jardim chinês. Todo mundo sabe que Lin San Sin adora a natureza. De repente ele não se anima a cuidar das plantas e do laguinho? Ele não conseguia sorrir, mas parecia satisfeito andando lá fora. Por duas vezes, agachou-se para acariciar uma planta. E também colheu uma flor para fazer gracinha com Liu Xun.

Quando chegou ao laguinho, porém, Lin San Sin começou a chorar de novo. Liu Xun tinha ficado admirando um canteiro de flores a alguns metros e não percebeu nada. Quando ouviu o barulho, ele já tinha se jogado dentro da água e estava tentando se esconder por trás da coluna que sustenta a minicachoeira. Como era muito raso, porém, não conseguia afundar. Lin San San ouviu os berros de Liu Xun e logo correu para tirar

Lin San Sin da água. Nesse momento, qualquer escritor estava estacionando o carro e se assustou ao ver os dois chineses dentro do laguinho. Rápido, ele entendeu o que estava acontecendo e disse para Lin San San levar imediatamente o outro para o quarto. Por sorte, a Confucius estava vazia.

LI

Talvez hoje tenha sido o pior dia da Confucius. Nada demais, a bem da verdade: fizemos os agendamentos de sempre e o movimento no setor de massagem oriental antiestresse foi o mesmo. Agora à noite, porém, um japonês resolveu largar a massagem de Liu Xin na metade e saiu gritando pelo corredor. Bem que a mulher Paula tinha alertado qualquer escritor para o perigo de oferecer uísque para os clientes que estão esperando o serviço de relaxamento. Se a cerveja já dava problema, imagina agora.

No começo, ninguém entendeu muito bem: isso aqui não é chinês nada, e não tem gueixa também. Essa não é gueixa, ela é preta, ninguém vê que ela é preta, seus trouxas? Tudo um bando de trouxa picareta, ninguém vê que essas putas não vieram da China nada, seus otários? Tudo preta.

Qualquer escritor ficou muito irritado, mas não falou nada, a princípio, até porque achou que o filho da puta invejoso fosse um delegado. Dois outros estavam nos quartos, inclusive.

E tem outra coisa: só tem puta nessa merda, e ninguém aqui veio da China nada.

De fato, o japonês estava bêbado: ele cambaleou e, em vez de andar até a saída, encostou na parede para continuar com o dedo apontado para qualquer escritor, também parado na outra ponta do corredor.

Olha aqui, seu picareta, só tem puta nessa merda. E aqui, essas putas não vieram da China nada, eu que sei o que é uma gueixa, seu filho da puta.

Fiquei com vergonha e resolvi voltar para a minha sala. Por sorte, a mulher Paula já tinha ido embora. Se não, tenho certeza de que qualquer escritor teria ido para cima do cara. Não é coisa dele, a bem da verdade, mas convenhamos: aquele japonês invejoso filho da puta abusou mesmo. Enfim, é normal, em qualquer ambiente, aparecer gente com despeito para puxar o tapete de quem faz sucesso. Ainda mais no caso do qualquer escritor: acho que a nossa empresa não tem nem dois meses e já está desse jeito. Eu sou testemunha de como ele é correto: o cara tem palavra e sabe valorizar quem trabalha com seriedade.

Esse jardim é japonês, e não chinês, suas bestas. E não tem chinesa nenhuma nesse puteiro de merda. E tira a mão de mim, seu fedorento.

Ainda bem que outros três delegados esperavam a vez para a massagem oriental antiestresse e resolveram dar um jeito no invejoso filho da puta: é o seguinte, malandro, racismo é crime. Então a gente vai fazer o seguinte, o senhor se manda daqui e ninguém ouviu nada. Do contrário, o senhor vai ter que nos acompanhar até a delegacia para explicar esse negócio de fedorento. Todo mundo ouviu.

É verdade, se precisasse, inclusive, eu mesmo me apresentaria como testemunha: que coisa deprimente, no mundo de hoje, com certeza um sujeito de nível, com um carrão daquele, o cara vem aqui, bebe uma dose e fica louco desse jeito. Mas todo invejoso é covarde: perto da polícia, o filho da puta ficou quieto, saiu resmungando alguma coisa e se mandou no carrão.

Por isso que eu entendo: qualquer escritor acabou ficando nervoso e descontou no Lin San Sin. É verdade, a gente não pode mesmo levar o cara para o hospital. E fazer o quê, depois: deixá-lo lá? Ninguém quer isso.

Mas bem que você podia sair dessa cama, seu vagabundo. Porra, se você não queria trabalhar, por que não ficou na China, então? Todo mundo aqui está dando um duro danado e você dormindo o dia inteiro. Para um homem do seu tamanho, você não tem vergonha, não?

Eu pensei em ir até lá para trazer qualquer escritor de volta para o escritório, mas ele estava muito nervoso e, então, achei melhor não me meter. De fato, e a bem da verdade, ele tem razão: todo mundo está dando o sangue pela Confucius, o cara não pode, agora, ficar fazendo corpo mole. Desse jeito, sobra mais trabalho.

LII

Todo bom executivo sabe que as coisas precisam estar absolutamente claras para a sua equipe. Do contrário, a menor desconfiança pode atrapalhar a harmonia do grupo e, sem dúvida, a produtividade irá diminuir. Quem ler o livro que qualquer escritor deve lançar nas próximas semanas, ainda, aprenderá que, se ler direito é claro, pois hoje em dia muita gente que até fez doutorado não consegue sequer entender um texto simples. Por isso, inclusive, e a bem da verdade, ele aconselhou a mulher Paula a deixar aquele negócio de MBA de lado. Imagina a quantidade de invejoso que não deve ter em um curso desses. Para alguém beber um pouco mais e sair falando besteira, é um minuto.

Quem ler o livro para futuros executivos que ele deve lançar nas próximas semanas, ainda, aprenderá que a autoridade de um chefe deve vir da confiança que a equipe deposita nele. Por isso, é preciso ser justo e aplaudir a coragem do qualquer escritor: ontem, a Confucius viveu dois constrangimentos quase em seguida. Quando alguma coisa ameaça desestabilizar a harmonia do grupo, essa é outra frase que estará no livro dos mandarins, o ideal é tratar o problema ainda no começo.

Qualquer escritor, então, reuniu toda a equipe da Confucius (com exceção do Lin San Sin) no miniauditório para uma conversa. O clima estava mesmo pesado. Sem esconder nada, começou dizendo que a consultoria, que afinal de contas é de todos eles, está fazendo um sucesso ainda maior do que ele tinha previsto. Quando estava encerrando seu trabalho para o banco na China e planejava a Confucius, qualquer escritor tinha pensado que um ano, no mínimo, seria necessário para a empresa se estabelecer. Enfim, funcionamos há quanto tempo? Três meses, se tanto. Nem isso? Ele foi obrigado a correr muitos riscos, contraiu empréstimos e todo mundo está trabalhando feito louco. O sucesso nesse caso é de todos. É nosso. Não é segredo que no meio corporativo a inveja é muito grande. Sem falar que, como a Confucius não esconde sua admiração pela China, e os japoneses são inimigos históricos do país do Grande Timoneiro, é normal também que incidentes como o que se viu aqui ontem aconteçam. Felizmente, a Confucius é uma empresa amiga da lei e agentes policiais quase sempre estão no prédio, sinal do respeito deles para conosco. Nosso ânimo não pode ser abalado por esse tipo de coisa.

Não é segredo, ainda, que um dos membros da nossa equipe está passando por momentos difíceis. Estou consciente disso e tenho acompanhado-o de perto. Todos vocês podem ficar tranquilos, pois ele receberá tratamento adequado aqui na Confucius mesmo e com certeza logo nos dará a alegria de voltar para o grupo. Tenho experiência com esse tipo de problema. O Paulo que está aqui e trabalhou por muito tempo comigo no banco, ou a mulher Paula, que me ajudou a enfrentar aquela situação, podem confirmar. Certa vez um desgraçado qualquer queria demitir uma moça, uma garota esperta e esforçada, só porque ela tinha medo do vento. Eu me revoltei contra aquela injustiça e a trouxe para a minha equipe. Bom, tivemos prejuízos: nos dias em que uma tempestade ameaçava cair, ela não aparecia no trabalho. Mas em compensação, sentindo-se compreendida e segura, na maior parte das vezes a moça problemática rendia muito. Por isso eu quero dizer que Lin San Sin é parte muito importante do nosso projeto e hoje cedo eu e a mulher Paula, que é formada em psicologia e tem muita experiência, decidimos que ela irá acompanhar o caso muito de perto. Não há nenhum motivo, portanto, para qualquer preocupação. A Confucius continua e sempre será inabalável, estejam seguros disso.

LIII

Eu não vou falar nada, é claro, mas não sei se esse cara vai melhorar não. Fico vendo pelo tal de Lin San San, o outro. O sujeito passa o tempo ou na cozinha, ou andando para cima e para baixo. Às vezes, ajuda a faxineira a levar o saco de lixo para fora, e logo que vê qualquer escritor tentando carregar uma caixa, já aparece todo oferecido. Mas eu fiz as contas: se a gente somar tudo, esse sujeito deve trabalhar no máximo umas três horas por dia. Esse tipo de gente não me engana, não.

Qualquer escritor gosta, lógico: o cara parece que sempre está por perto: precisou de uma força, lá vem ele sorrindo com aqueles dentes enormes. Eu nunca vou falar isso, é claro, mas para mim ele não passa de um desses cavalos que o pessoal do interior usa para puxar a carroça. Eu já vi que uma daquelas moças tem um chicote, vai ver que bate nele de noite. Por falar em carroça, outro dia o cara estava insistindo para dirigir.

Não dá para deixar. Desde a época do banco eu reparo em como qualquer escritor se preocupa em fazer as coisas direito. Ele é meticuloso, organizado e justo. Imagina se iria deixar um pangaré desses pegar um carro? Tenho certeza de que a história da carta de motorista é só para ver se o cara esquece um pouco essa besteira. O Brasil não é a China.

Depois, o que será que esse cavalo faz com o pagamento? O cara quase não sai daqui. As gueixas eu sei: vivem comprando besteira. Praticamente não passa uma manhã sem que elas não saiam para passear. Todo dia, as retardadas gastam dinheiro. Só porcaria, claro, mas quem vai explicar para três putas? E a coisa vem aumentando a cada dia. Da brasileira eu não gosto: tem cara de sem-vergonha. Ela só está explorando qualquer escritor. Assim que fizer um pé de meia, vai sumir daqui. Eu não duvido, inclusive, que ela não seja amiga daquele japonês. Depois, se qualquer escritor der mesmo o aumento para ela, certo isso não está, a puta vai ganhar mais do que eu. Não vou falar nada, é claro, mas às vezes dá raiva.

Se bem que, desde a época do banco eu desconfio disso, ele deve saber o que está fazendo. Percebo por essas palestras. É inegável que qualquer escritor sabe como o mundo funciona atualmente. Não digo que eu tenha medo de ser consultor também, de jeito nenhum. Mas não sei se consigo aquela clareza toda. Depois, talvez para mim falte um pouco de vivência: não tenho cara de pau de pedir para ele me pagar uma viagem. Se eu fosse um desses pangarés, já teria falado: uma carta de motorista, televisão no quarto, o outro só dorme, um tonto, e a menina quer agora um bônus.

Não vou dizer que elas não trabalham. Das duas às onze, sem dúvida, ficam sem parar. Mas eu chego praticamente todos os dias às oito horas da manhã, prefiro comer aqui, quieto enquanto respondo os e-mails e organizo a agenda, e quase sempre vou embora depois da meia-noite. Não estou reclamando: mas esse Lin San San vir agora posando de esforçado é realmente uma ironia. O cara não passa de um burro de carga. Outra coisa, longe de mim pensar que aquele japonês estava certo, mas eu não sei se esse cara toma banho todo dia, não. As gueixas, sem dúvida, vivem no chuveiro. Inclusive, não vou falar nada, é claro, mas daria para reduzir bastante a conta de luz. Quando eu for promovido, enfim, minhas responsabilidades vão aumentar, aí talvez eu tenha mais liberdade para explicar para qualquer escritor. O cara vive ocupado, não dá para ele prestar atenção em tudo.

LIV

Qualquer escritor começou a carreira profissional como estagiário em um banco de grande porte. Aos poucos, conforme estudava e adquiria experiência, foi progredindo na empresa até atingir o cargo de diretor do Setor de Desenvolvimento. Tratava-se de um departamento de vanguarda, presente apenas em algumas grandes corporações do mundo. Sua função era basicamente colher dados e redigir relatórios para que os outros setores do banco pudessem tomar decisões com maior embasamento.

Nessa função, seu desempenho foi fantástico. Logo, o presidente do banco no Brasil, um certo amigo Paul, percebeu que ali estava um funcionário excepcional. Quando o pessoal de Londres pediu-lhe a indicação de alguém da mais absoluta confiança, ele não teve dúvidas: qualquer escritor!

Depois de mostrar para o presidente do conselho, em tese o principal executivo da corporação em todo o mundo, o quanto era competente, qualquer escritor foi designado para ocupar o posto principal do Projeto China, uma espécie de força-tarefa que o banco criou para estudar, em Pequim e em algumas outras cidades chinesas, como poderia lucrar com o desenvolvimento daquele país tão interessante sem correr nenhum risco.

De novo, o desempenho do qualquer escritor foi inacreditável. Em Pequim, porém, ele começou a sentir que era o momento de mergulhar em alguma coisa mais pessoal, mesmo que isso significasse um recomeço. Foi então que surgiu a Confucius, uma empresa de consultoria cujo principal objetivo é dar acompanhamento a executivos e oferecer palestras e minicursos de atualização, sempre utilizando as hipóteses que o próprio qualquer escritor foi levantando durante a carreira. Ele nunca parou de estudar: o ex-presidente e sociólogo Fernando Henrique Cardoso é uma de suas inspirações; a outra é a própria dinâmica chinesa, por assim dizer.

Ainda no banco, ele viu que tinha muito o que ensinar para pessoas que desejam começar a carreira de executivo. A bem da verdade, quem deu a ideia do livro foi um colega, a quem agradeço de coração. Obrigado, Paulo. Aos poucos, e ainda na China, qualquer escritor continuou o projeto até chegar ao resultado final, que será publicado no início da próxima semana.

É difícil descrever a emoção. Quando o editor chegou na Confucius com a prova final e a capa, qualquer escritor pediu para ficar sozinho por um tempo. Todo mundo entendeu. Mesmo a mulher Paula, que talvez quisesse participar daquele instante, preferiu deixá-lo em paz. Antes de sair, ela deu um beijinho rápido no rosto do noivo e, quase murmurando, falou que é o livro dele mesmo, pode acreditar: olha aqui o seu nome: Paulo Paulo Paulo.

Antes de tudo, ele conferiu onde estava a dor que sente desde menino: muito longe da coluna vertebral. Do contrário, já estaria desmaiado no chão...

Para quem não está acostumado, pode parecer estranho, mas a primeira reação dele foi sentir um enorme vazio. Claro, é o dever cumprido. Paulo Paulo Paulo, porém, acha que aquele é apenas o começo. Não tem por que parar agora. Só com outro, um verdadeiro escritor como ele preenche o vácuo que um livro pronto deixa.

Esse é o primeiro de muitos, Paulo Paulo Paulo explicou para a jornalista que veio à consultoria especialmente para entrevistá-lo. Vou aguardar algum tempo, aprofundar-me um pouco mais e no ano que vem pretendo contar a filosofia que norteia o meu trabalho na Confucius.

O senhor pode falar mais um pouco sobre isso?

Claro.

LV

A sala de espera do consultório tem a decoração sóbria: um desses quadros baratos na parede onde fica encostado um sofá macio e, inclusive, cheiroso; em frente, a secretária controla o telefone, a agenda e o computador. Ao lado esquerdo de quem se senta no sofá macio e cheiroso, duas poltronas estão quase sempre vazias. Mas não hoje, já que Liu Xan e a mulher Paula vieram acompanhar Liu Xen. Na maior parte das vezes, a paciente só traz uma outra pessoa, que fica com ela no sofá macio e cheiroso.

Liu Xen está tentando distrair-se com uma dessas revistas de moda. Mas é difícil. A primeira consulta será hoje. O cirurgião plástico, um dos mais reconhecidos de São Paulo, vai apenas explicar os procedimentos, deixar bem claro que os riscos são mínimos, fazer alguns exames prévios e mostrar os documentos que ela terá que assinar. A sala dele fica na primeira porta do lado direito do sofá macio e cheiroso. A segunda é o banheiro.

É para lá que Liu Xen está indo agora. Antes de fechar a porta, ela respondeu que sim, está tudo certo. Liu Xan sabe que a amiga não tem reagido bem à ideia de operar. É uma besteira, ela já insistiu várias vezes: quando foi comigo, não tinha esse negócio de médico, consulta e anestesia.

Mas não resolve. No banheiro, a garota procura concentrar-se em frente ao espelho. Do mesmo jeito, não funciona. Ela então joga um pouco de água no rosto e, com isso, estraga a maquiagem. Agora terá que retocá-la, mas o estojo está dentro da bolsa que ficou em cima do sofá macio e cheiroso. Então, ela vai ter que voltar à sala de espera. Quando abre a porta, nota que a mulher Paula a observa.

Melhor não olhar para ela. Liu Xen nunca gostou do jeito autoritário da mulher do Paulo Paulo Paulo. Além disso, tem certeza de que a ideia da operação foi dela. Enquanto vasculha o interior da bolsa, a garota ouve um movimento na sala ao lado: o médico deve estar se preparando para chamá-la. Ela percebe que a recepção não tem janelas. Um prédio chique desses e nenhuma ventilação. Rápida, ela corre para o banheiro e enxerga um pequenino vitrô. De olhos fechados, tenta sentir a corrente de ar no rosto, mas o ambiente seco continua maltratando-a.

O jeito é retocar a maquiagem e pronto. No espelho, Liu Xen procura esquadrinhar o interior dos olhos. Eles estão meio vermelhos, mas nada demais. A pele do rosto não tem nenhuma ruga. Seria o suficiente para Liu Xen sorrir, mas isso nem lhe passa pela cabeça. O sorriso e a falta de rugas são logo substituídos por um leve tremor na pálpebra esquerda. Por que será, meu Deus?

Ela, então, abre a porta devagar e volta para o sofá. Como se fosse um velho costume, finge que está colocando o estojo direitinho dentro da bolsa. Alguma coisa espeta seu dedo. Nada demais: se não estivesse tão nervosa, sequer teria percebido. A campainha do telefone toca, mas a secretária faz questão de falar bem baixinho para não incomodar ninguém: consultório do doutor Paulo, cirurgião plástico.

A bem da verdade, ali ele apenas faz as consultas prévias. As operações são realizadas em um hospital próximo. Liu Xen vai descobrir isso depois, muito embora não lhe faça a menor diferença.

Ela volta a se sentar e tenta encostar as costas no sofá cheiroso. Como é muito macio, Liu Xen acaba escorregando. Para se equilibrar, precisaria forçar as duas pernas no chão. Mas elas estão um pouco fracas. A bem da verdade, não dá mais tempo: o médico acaba de se levantar e, enquanto ela percebe que não vai conseguir se acomodar direito no sofá se não se concentrar, ele abre a porta e chama a próxima paciente. O doutor Paulo é quase um senhor, mas o sorriso bonachão não a acalma.

A senhora é a mãe? A mulher Paula nega com um aceno e, então, Liu Xen entra na sala sozinha.

Agradecimentos

Agradeço aos executivos e funcionários de vários bancos que aceitaram me descrever o seu dia a dia. Por razões evidentes, não vou identificá-los. Agradeço a Pedro Yacubian, funcionário do Itamaraty lotado em Cartum, Sudão, a enorme ajuda. Minha irmã Fabiana auxiliou-me com algumas questões médicas. O tradutor Renato Marques leu um primeiro esboço e sugeriu uma personagem. O psicanalista Tales Ab'Saber também foi um interlocutor importante e discutiu comigo diversas passagens. O editor Denis Araki, forneceu uma boa bibliografia. Josélia Aguiar, além de confirmar a verossimilhança de diversas passagens e sugerir outras, também me ofereceu contatos fundamentais. Mamede Jarouche, Safa Jubran e Khalid Tailche, todos do departamento de árabe da USP, foram muito prestativos. Cibele Alves também me ajudou bastante. Marcelo Ferroni jamais deixou de me atender, o que acabou sendo decisivo em todo o processo. Muitas outras pessoas participaram, aqui e ali, em partes menores ou maiores, da criação do livro. A todas elas, meu agradecimento.

Durante a fase final da última redação do livro, meu grande amigo André Silva, que tinha discutido comigo os primeiros esboços, resolveu interromper a própria vida. A ele, por fim, minha homenagem.

1ª EDIÇÃO [2009] 1 reimpressão

ESTA OBRA FOI COMPOSTA EM ADOBE GARAMOND PELA ABREU'S SYSTEM E IMPRESSA EM OFSETE PELA LIS GRÁFICA SOBRE PAPEL PÓLEN SOFT DA SUZANO PAPEL E CELULOSE PARA A EDITORA SCHWARCZ EM JANEIRO DE 2018

A marca FSC® é a garantia de que a madeira utilizada na fabricação do papel deste livro provém de florestas que foram gerenciadas de maneira ambientalmente correta, socialmente justa e economicamente viável, além de outras fontes de origem controlada.